Issue d'une famille dont les origines remontent aux passagers du *Mayflower*, **Lara Adrian** vit avec son époux sur le littoral de la Nouvelle-Angleterre, où elle profite des charmes de cimetières centenaires, du confort moderne et des embruns de l'océan Atlantique.

Du même auteur, chez Milady :

Minuit :

1. *Le Baiser de minuit*
2. *Minuit écarlate*
3. *L'Alliance de minuit*
4. *Le Tombeau de minuit*
5. *Le Voile de minuit*
6. *Les Cendres de minuit*
7. *Les Ombres de minuit*

www.milady.fr

Lara Adrian

Les Ombres de minuit

Minuit – 7

Traduit de l'anglais (États-Unis) par Pascal Tilche

Milady

Milady est un label des éditions Bragelonne

Titre original : *Shades of Midnight*

Suivi d'un extrait de : *Taken by Midnight*

Publié en accord avec Dell Books, une maison d'édition de The Random House Publishing Group, une division de Random House, Inc.

ISBN : 978-2-8112-0799-1

Bragelonne – Milady
60-62, rue d'Hauteville – 75010 Paris

E-mail : info@milady.fr
Site Internet : www.milady.fr

À l'inoubliable Eithne O'Hanlon, habitante de l'île d'Émeraude, qui a su communiquer son enthousiasme pour « Minuit » autour d'elle et dont le charme et l'esprit m'ont valu tant de sourires et de fous rires lors de nos échanges numériques. Merci d'être ce que tu es !

Remerciements

Merci du fond du cœur à tous ceux qui participent à la production, à la promotion et à la vente de mes livres, aux États-Unis comme à l'étranger. J'ai vraiment beaucoup de chance de pouvoir compter sur chacun d'entre vous et j'apprécie réellement tout le travail que vous accomplissez autour du mien.

Je remercie également avec une profonde humilité mes merveilleux lecteurs, dont les mails, les lettres et les messages en ligne me permettent de garder le sourire quand je ne quitte plus mon clavier pour parvenir à respecter mes délais. Je ne saurais vous dire à quel point votre amitié et votre enthousiasme sont importants pour moi.

Enfin, aucun de mes livres ne serait ce qu'il est sans l'implication et le soutien de mon mari : la foi qu'il a en moi et ses encouragements – sans oublier ses idées formidables – me sont infiniment précieux. Je ne pouvais rêver d'un meilleur partenaire, dans la réalité comme dans la fiction. Merci pour tout.

Prologue

Sous le ciel étoilé de la nuit alaskaine, le hurlement d'un loup s'éleva avec clarté et majesté. Ce chant magnifique à la pureté sauvage se prolongeait, traversant les immensités compactes d'épicéas de la forêt boréale pour venir à l'assaut des parois rocheuses couvertes de neige qui s'élevaient le long des rives de la Koyukuk. Mais lorsque le loup relança son cri obsédant, un éclat de rire discordant lui répondit, suivi d'un hurlement contrefait par une voix avinée.

L'un des trois types du groupe réuni cette nuit-là dans ce coin perdu pour faire la fête autour d'un feu mit ses mains gantées en porte-voix devant sa bouche et émit une nouvelle réponse éraillée à l'adresse du loup, qui depuis s'était tu au loin.

— Vous avez entendu ? Ça, c'est de la communication ! (On lui tendit la bouteille de whisky qui passait de main en main.) Je t'ai déjà dit que je parlais couramment le loup, Annabeth ?

De l'autre côté du feu, la jeune fille émit du fond de sa capuche fourrée un petit rire accompagné d'un nuage de vapeur.

— Pour moi, ça ressemblait plutôt à un cochon qu'on égorge.

— Oh, c'est méchant, ça, mon cœur. Vraiment méchant ! (L'homme prit une lampée et passa la bouteille à son tour.) Tu voudrais peut-être que je te fasse une démo de ce que je sais faire avec ma bouche un de ces jours. Tu verras, je suis extrêmement doué.

— T'es vraiment un trouduc, Chad Bishop.

Elle avait raison, mais à sa façon de le dire on voyait bien qu'elle n'en pensait pas un mot. Elle rit de nouveau, un son chaud et aguicheur qui provoqua chez Teddy Toms une érection instantanée. Pour masquer ce détail, il se décala sur la pierre froide où il avait choisi de s'asseoir. Chad annonça alors qu'il devait pisser, et Annabeth et l'autre fille se mirent à bavarder ensemble.

Teddy sentit un coup de coude dans les côtes.

— Tu vas rester ici toute la nuit à baver devant elle ? Lève ton cul de dégonflé et va la draguer, bordel !

Teddy se tourna vers le grand type maigre assis à côté de lui sur la pierre et secoua la tête.

— Allez, arrête de jouer les lopettes. Tu sais que tu veux y aller. Elle va pas te mordre. Enfin, à moins que tu le lui demandes.

C'était Skeeter Arnold qui avait amené Teddy. C'était également lui qui avait fourni le whisky, une boisson que Teddy, pourtant âgé de dix-neuf ans, n'avait goûté qu'une seule fois avant cette nuit-là.

Dans la maison de son père – et, d'ailleurs, dans la petite communauté de six personnes à laquelle il appartenait – l'alcool était interdit. Ce soir-là, il en avait déjà absorbé plus de dix gorgées. Et il ne voyait pas où était le mal. En fait, il aimait bien l'impression de chaleur et de relâchement que cela lui procurait. Il se sentait un homme.

Un homme dont le plus grand désir était de se lever pour aller dire à Annabeth Jablonsky ce qu'il ressentait à son égard.

Skeeter tendit à Teddy la bouteille presque vide et le regarda avaler la dernière goutte.

— Je crois que j'ai autre chose que tu vas aimer, mon gars, dit-il à Teddy.

Il retira ses gants et plongea la main dans la poche de sa parka.

Teddy ne savait pas trop ce dont il s'agissait et s'en fichait pas mal à cet instant-là. Il était hypnotisé par Annabeth, qui venait d'enlever sa capuche pour montrer à son amie les nouveaux piercings qui couraient tout le long du pavillon de son oreille délicate. Elle avait les cheveux teints en blanc polaire, avec une unique mèche rose fluo, mais Teddy savait qu'elle était brune, parce qu'il l'avait vue danser le printemps précédent dans un club de striptease de Fairbanks, où Annabeth Jablonsky était mieux connue sous le nom d'Amber Joy. En y repensant, Teddy sentit ses joues s'enflammer et l'érection qu'il avait tenté d'oublier connut une nouvelle vigueur.

— Tiens, dit Skeeter, ce qui lui permit de penser à autre chose alors qu'Annabeth et son amie se levaient pour rejoindre le bord de la rivière gelée. Tire là-dessus, mec.

Teddy prit la petite pipe métallique et renifla la fumée qui sortait du fourneau. Un petit morceau d'un truc qui ressemblait à de la craie y brûlait en dégageant une puanteur chimique. Il plissa les yeux puis regarda Skeeter d'un air dubitatif.

— Que… Qu'est-ce que c'est ?

Skeeter sourit et ses lèvres minces découvrirent ses dents gâtées.

— Une petite dose de courage, c'est tout. Vas-y, tire ! Tu vas aimer.

Teddy porta la pipe à ses lèvres et tira une bouffée douce-amère. Comme ça ne le fit tousser qu'un peu, il expira la fumée et en prit une autre.

— C'est bon, hein ? (Skeeter le regarda fumer un peu puis tendit la main pour reprendre la pipe.) Doucement, garçon, laisses-en un peu pour les autres. Tu sais, je peux t'en avoir si tu veux ; de quoi boire, aussi. À condition d'y mettre le prix, je peux t'avoir n'importe quoi. Si tu as un besoin, tu sais à qui t'adresser, OK ?

Teddy hocha la tête. Même dans les endroits les plus reculés de la région, tout le monde ou presque connaissait le nom – et les activités – de Skeeter Arnold. Le père de Teddy ne le supportait pas. Il avait interdit à son fils de traîner avec lui et s'il apprenait que Teddy avait fait le mur ce soir-là – surtout alors qu'ils attendaient une livraison de denrées et de fournitures pour le lendemain matin – il lui passerait un savon mémorable.

— Prends ça et va l'offrir aux dames avec mes compliments, lui dit Skeeter en lui tendant à nouveau la pipe.

Teddy en resta bouche bée.

— Tu v… veux dire à A-Annabeth ?

— Non, imbécile. À sa mère.

Teddy rit nerveusement de sa propre gaucherie. Skeeter sourit de plus belle, ce qui accentua encore sa ressemblance avec un insecte.

— Tu diras pas que je t'ai pas aidé, dit Skeeter tandis que Teddy prenait la pipe chaude en jetant un regard vers l'endroit où Annabeth et son amie bavardaient près de la rivière.

Après tout, ça faisait un moment qu'il cherchait un prétexte pour lui parler, non ? Cette occasion-là en valait bien une autre. Et il n'en aurait peut-être pas de meilleure.

Teddy se leva et s'avança vers les filles. Derrière lui, Skeeter se mit à glousser. Teddy avait les jambes en coton et le sol semblait se dérober sous ses pieds. Pourtant, il avait l'impression de voler tandis que son cœur battait à tout rompre et que son sang se précipitait dans ses veines.

En entendant la glace et le gravier craquer sous ses pas, les deux filles se retournèrent vers lui et Teddy se retrouva bouche bée devant l'objet de son désir, luttant pour trouver les mots qui lui permettraient de gagner ses bonnes grâces. Il resta ainsi un bon moment à la regarder, et les deux amies finirent par se mettre à rire.

— Qu'est-ce qu'il y a ? demanda Annabeth le regard interrogateur. Teddy, c'est ça ? Je t'ai déjà aperçu plusieurs fois, mais on n'a jamais eu l'occasion de parler avant ce soir. Il t'arrive d'aller prendre un verre chez Pete à Harmony, hein ?

Il se contenta de faire « non » d'un geste piteux, occupé à assimiler le fait qu'elle venait juste de dire qu'elle l'avait remarqué avant ce soir-là.

— Tu devrais venir, Teddy, ajouta-t-elle avec entrain. Si je suis au bar, je te servirai même si tu n'as pas encore vingt et un ans.

Le son de la voix d'Annabeth et celui de son nom sur ses lèvres manquèrent de faire défaillir Teddy. Elle lui sourit, découvrant ainsi deux incisives qui se chevauchaient légèrement, un petit défaut qui le ravissait.

— Euh… Tiens.

Il lui tendit la pipe puis fit un pas en arrière. Il aurait voulu dire un truc cool, dire quelque chose – n'importe quoi – qui aurait incité Annabeth à voir davantage en lui qu'un bouseux qui ne connaissait rien à rien.

Et pourtant il en savait des choses. Beaucoup. Il savait qu'Annabeth était une brave fille, qu'au fond d'elle-même elle était honnête et gentille. Il en avait l'intime conviction, il en aurait mis sa tête à couper. Elle valait mieux que sa réputation et que n'importe lequel des paumés avec lesquels elle traînait ce soir-là, probablement mieux que Teddy lui-même.

C'était un ange merveilleux, un ange de pureté, et elle avait juste besoin que quelqu'un le lui rappelle.

— OK, cool, merci, dit-elle en tirant une bouffée, avant de passer la pipe à son amie.

Puis toutes deux se détournèrent, lui signifiant ainsi son congé.

— Attends, dit Teddy au prix d'un immense effort. (Il inspira profondément alors qu'elle se retournait vers lui.) Euh… Je voulais juste que tu saches que je… je te trouve vraiment très belle.

L'amie d'Annabeth étouffa un petit rire dans sa main gantée. Mais pas Annabeth. Elle ne riait pas. Elle le regarda sans parler, sans ciller, et quelque chose de doux se mit à briller dans ses yeux ; de la confusion, peut-être. Son amie riait franchement à présent, mais Annabeth écoutait toujours, sans se moquer de lui le moins du monde.

— Je pense que tu es la fille la plus fantastique que j'aie jamais rencontrée. Tu es… tu es fantastique. Je suis vraiment sincère. Tout est… fantastique chez toi.

Et merde, il se répétait… mais tant pis. Le son de sa propre voix, libérée du bégaiement qui lui rendait insupportable l'idée même d'avoir à parler, le surprit. Il déglutit et inspira profondément, se préparant à tout déballer devant elle, tout ce qu'il ruminait depuis qu'il l'avait vue danser sur cette scène branlante et mal éclairée en ville.

— Je pense que tu es parfaite, Annabeth. Tu mérites qu'on te respecte et… et qu'on te chérisse, tu sais ? Tu es vraiment spéciale. Tu es un ange et tu mérites d'être honorée par un homme qui prendra soin de toi, te protégera et… et t'aimera…

Teddy sentit un déplacement d'air, un air chargé des odeurs lourdes du whisky et de l'eau de Cologne bon marché de Chad Bishop.

— Embra-bra-brasse-mo-mo-moi, Amber Joy, s'iiil-te-pl-pl-plaît ! Lai-lai-laisse-mo-mo-moi tou-tou-toucher tes tes té-té-tons parfaits !

Teddy sentit son sang refluer en voyant Chad aller jusqu'à Annabeth et lui passer un bras sur les épaules d'un air possessif. Et son humiliation ne connut plus de bornes quand Chad se mit à embrasser la jeune femme à pleine bouche, un baiser qu'elle ne rejeta pas, même si elle ne semblait pas l'accueillir de bonne grâce.

Quand Chad la lâcha enfin, Annabeth jeta un regard à Teddy puis repoussa mollement Chad en lui posant la main ouverte sur la poitrine.

— T'es vraiment débile, tu le sais, ça ?

— Et tu es si b-b-bandante que ma b-b-bite se...

— Ferme-la ! (Les mots avaient quitté les lèvres de Teddy avant qu'il ait pu les retenir.) F-f-ferme-la, putain ! Ne... ne lui pa-pa-parle pas comme ça.

Chad fronça les sourcils.

— Rassure-moi, c'est pas à moi que tu parles, connard ? Dis-moi que ce-ce-ce n'est pas to-to-toi, là, qui me ré-ré-réclame une raclée, T-T-Teddy T-T-Toms.

Alors qu'il allait plonger sur Teddy, Annabeth se mit en travers de son chemin.

— Laisse ce pauvre gosse tranquille. C'est pas sa faute s'il parle comme ça.

Teddy aurait voulu rentrer sous terre. La confiance qu'il ressentait une minute plus tôt avait complètement disparu devant les railleries de Chad Bishop et la pitié humiliante d'Annabeth. Il entendit Skeeter et l'amie d'Annabeth se joindre à Chad. Ils étaient tous en train de se moquer de lui à présent. Tous en train d'imiter son bégaiement, leurs voix se télescopant et sonnant à ses oreilles.

Teddy tourna les talons et se mit à courir. Il sauta sur sa motoneige et mit le starter. À la seconde même où le vieux moteur démarrait, il accéléra. Lançant sa machine à pleine vitesse, il s'arracha, désespéré et furieux.

Il n'aurait jamais dû suivre Skeeter. Il n'aurait jamais dû boire ce whisky ou fumer cette saleté. Il aurait dû écouter son père et rester à la maison.

Plus il se rapprochait de chez lui, plus ses regrets s'intensifiaient. Mais, à environ cinq cents mètres du petit groupe de cabanes de rondins où sa famille habitait depuis des générations, la colère et le sentiment d'humiliation qui avaient envahi Teddy cédèrent la place à une peur panique.

Son père n'était pas couché.

Même tamisée par les rideaux, la lumière d'une lampe allumée dans le salon illuminait comme un projecteur l'obscurité environnante. Si son père était debout, il savait forcément que Teddy n'était pas là. Et dès qu'il aurait franchi le seuil, son père verrait qu'il avait fait la fête. Autrement dit, il était dans la mouise, et pas qu'un peu.

— Bo-bordel, murmura Teddy en éteignant le phare de sa motoneige avant de s'écarter de la piste principale et de couper le moteur.

Puis il descendit de la machine et resta debout une minute à regarder la maison, le temps de retrouver l'équilibre sur ses jambes alourdies par l'alcool.

Quoi qu'il dise, il ne s'en tirerait pas sans dommages. Mais, tandis qu'il se mettait en marche vers la maison, il essaya quand même de s'inventer une excuse plausible quant à l'endroit où il était allé et ce qu'il avait fait au cours des heures qui venaient de s'écouler. Après tout, il était adulte. Certes, il se devait d'aider son père de toutes les manières possibles, mais cela ne voulait pas dire qu'il ne pouvait avoir une vie à lui hors du hameau. Et si son père prétendait le contraire, il faudrait simplement qu'il lui explique son point de vue.

Mais plus il approchait, plus il perdait courage. Chacun de ses pas prudents dans la neige faisait entendre un craquement lourd, amplifié par le calme irréel qui régnait dans l'air glacé. Le froid s'immisçait par le col de sa parka, intensifiant le tremblement dû à sa crainte. Une rafale se précipita entre les maisons et, lorsque le vent glacial le frappa en plein visage, Teddy ressentit une peur si profonde qu'il en eut la chair de poule.

Il s'arrêta et regarda autour de lui. Ne voyant rien d'autre que la neige éclairée par la lune et les silhouettes sombres des arbres, il dépassa la cabane qui abritait la boutique de son père, où sa famille et les rares habitants disséminés dans le secteur venaient se ravitailler. Il continua de regarder devant lui, essayant de voir s'il n'y aurait pas malgré tout un moyen de se glisser incognito dans la maison. Le seul son qui lui parvenait était celui de son propre souffle.

Tout paraissait si tranquille, d'un calme surnaturel, presque mortel.

C'est à cet instant-là que Teddy s'arrêta de marcher pour regarder à ses pieds. Sous ses bottes, la neige n'était plus blanche, mais sombre ; il y avait là, presque noire à la lumière de la lune, une immense tache, une horrible tache de sang. Plus de sang répandu que Teddy n'en avait jamais vu de sa vie.

Et il y en avait encore à quelques pas de là. Tant de sang !

C'est alors qu'il vit le corps.

À sa droite, tout près de l'orée de la forêt. Il connaissait cette grande silhouette, ces larges épaules sous le maillot de corps arraché et noirci par le sang.

— Papa !

Teddy courut jusqu'à son père et s'agenouilla pour venir à son secours. Mais il n'y avait plus rien à faire. Son père était mort, la gorge et la poitrine réduites en bouillie.

— Oh, non ! Papa ! Oh, mon Dieu, non !

Frappé d'horreur et de chagrin, Teddy se releva pour aller chercher son oncle et ses deux cousins plus âgés que lui.

Comment était-il possible qu'ils ne se soient pas rendu compte de ce qui s'était passé ? Comment son père avait-il pu être attaqué et laissé dans la neige, à se vider de son sang ?

— À l'aide ! cria Teddy, la gorge sèche.

Il courut à la porte la plus proche en criant à son oncle de se réveiller. Seul le silence lui répondit, un silence qui s'étendait à tout l'ensemble de cabanes et de remises bâties sur ce petit lopin de terre.

— Que-quelqu'un ! N'importe qui ! Aidez-mo-moi, je vous en supplie !

Aveuglé par les larmes, Teddy, criant toujours, leva le poing pour l'abattre sur la porte mais, la voyant s'ouvrir seule sous l'action du vent, il n'acheva pas son geste. À l'intérieur, juste au-delà du seuil, gisait son oncle, dans une mare de sang, comme son père. Et, un peu plus loin dans la pénombre, il reconnut les formes de sa tante et de ses cousins.

Ils ne bougeaient pas. On les avait tués eux aussi. Tous les gens qu'il aimait, tout son monde, avaient disparu.

Mais qu'est-ce qui s'est passé ici ?

Seigneur, qui a pu faire un truc pareil ?

Il ressortit et marcha au hasard vers le centre du hameau, engourdi, incapable de croire ce qu'il avait vu.

Ce n'est pas possible. Ce n'est pas la réalité.

Pendant une fraction de seconde, il se demanda si la saloperie que Skeeter lui avait fait fumer ne le faisait pas halluciner. Peut-être rien de tout cela n'était-il en train de se produire ? Peut-être faisait-il un mauvais trip et voyait-il des choses qui n'étaient tout simplement pas vraies ?

Mais c'était un espoir inconsidéré. Le sang n'était pas factice. Sa puanteur lui envahissait les narines et recouvrait l'arrière de sa langue comme une huile épaisse, menaçant de le faire vomir. La mort autour de lui était bien réelle.

Teddy tomba à genoux dans la neige. Il se mit à sangloter, incapable de résister au choc et au chagrin qui l'assaillaient. Il hurla et frappa la terre gelée, envahi par le désespoir.

Il n'entendit pas les pas qui approchaient. Ils étaient trop légers, comme ceux d'un chat. Mais, soudain, il sut qu'il n'était plus seul.

Et il comprit, avant même de tourner la tête et de voir le regard de braise du prédateur, qu'il allait rejoindre sa famille dans la mort.

Teddy Toms s'apprêta à crier, mais aucun son ne sortit de sa gorge.

Chapitre premier

À mille mètres sous les ailes du Beaver monomoteur rouge, le large ruban de glace de la Koyukuk brillait comme une rivière de diamants au clair de lune matinal. Alexandra Maguire suivait le long cours d'eau pris par le gel au nord de la petite ville d'Harmony, l'arrière de son avion plein des marchandises qu'elle allait livrer ce jour-là à une poignée d'établissements du fin fond de l'Alaska.

Assise à côté d'elle dans le siège passager se trouvait Luna, le meilleur copilote qu'elle ait jamais eu à part son père, qui lui avait appris tout ce qu'elle savait sur l'art de voler.

Cela faisait à présent deux ans que la chienne gris et blanc avait pris la place de Hank Maguire, quand la maladie d'Alzheimer s'était vraiment installée. Pour Alex, c'était difficile de croire qu'il l'avait quittée depuis six mois déjà, même si elle avait souvent le sentiment de l'avoir perdu progressivement depuis bien plus longtemps que ça. Maigre consolation : la maladie qui lui avait ravagé le cerveau et la mémoire lui avait aussi permis d'oublier sa douleur.

Désormais, elle et Luna vivaient seules dans la vieille maison d'Harmony et assuraient ensemble le ravitaillement de la petite clientèle que Hank s'était constituée dans la région. Les oreilles pointées en avant, Luna gardait ses yeux bleus perçants rivés sur le terrain montagneux de la chaîne Brooks, dont la masse sombre dominait l'horizon au nord-ouest. Alors qu'elles passaient le cercle polaire arctique, la chienne se mit à s'agiter sur son siège et à gémir.

— Ne me dis pas que tu sens déjà le charqui d'orignal du père Toms, dit Alex en tendant la main pour ébouriffer la fourrure épaisse de la grosse tête de Luna tandis qu'elles continuaient leur route le long de la Middle Fork Koyukuk, un affluent de la rivière, après les villages de Bettles et d'Evansville. Il va falloir attendre une vingtaine de minutes pour le p'tit déj, ma grande. Voire un peu plus si ce gros orage au-dessus d'Anaktuvuk Pass décide de venir vers nous.

Alex regardait les nuages noirs qui s'étendaient à quelques kilomètres au nord. La météo annonçait encore de la neige. Ça n'avait certes rien de très étonnant pour un mois de novembre en Alaska, mais ce n'était pas pour autant l'idéal pour sa tournée du jour. Elle lâcha un juron en voyant que le vent venu des montagnes prenait de l'ampleur et se mettait à souffler à travers la vallée, ajoutant quelques difficultés à une navigation déjà assez agitée.

Alors que le pire s'éloignait, le portable d'Alex se mit à sonner dans la poche de sa parka. Elle le sortit et répondit sans avoir besoin de demander qui était à l'autre bout du fil.

— Salut, Jenna.

Alex entendait le bulletin météo du Forest Service en fond sonore dans la maison de sa meilleure amie.

— La tempête va arriver de ton côté d'ici quelques heures, Alex. Tu t'es posée ?

— Pas encore.

Elle traversa une nouvelle série de trous d'air alors qu'elle approchait de la ville de Wiseman et vira sur le couloir qui allait l'amener à la première escale de sa tournée.

— Je suis à une dizaine de minutes de chez les Toms, maintenant. Je n'ai que trois arrêts après. Ça ne devrait pas me prendre plus d'une heure par étape, même avec le vent debout que j'ai pour l'instant. Je pense que la tempête devrait être passée au large à ce moment-là.

Son estimation tenait plus de la méthode Coué que d'une appréciation objective de la situation, mais ce qui importait pour elle, c'était de rassurer son amie. Alex ne s'en faisait pas vraiment pour sa sécurité. C'était un bon pilote et elle avait été trop bien formée par Hank Maguire pour risquer de faire quoi que ce soit de vraiment imprudent. Mais il fallait regarder les choses en face : à cause du mauvais temps, la livraison des marchandises qu'elle transportait avait déjà une semaine de retard, et elle n'allait sûrement pas laisser quelques flocons de neige ou quelques rafales de vent l'empêcher d'apporter leurs commandes à des gens qui habitaient au milieu de nulle part et comptaient sur elle pour se nourrir et se chauffer.

— Tout va bien de mon côté, Jenna. Tu sais que je suis prudente.

— Oui, je sais. Mais il peut toujours se produire un accident, non ?

Alex aurait pu répondre à Jenna de ne pas s'inquiéter, mais ça n'aurait servi à rien. Son amie savait comme tout le monde – peut-être même mieux que la plupart des gens – que le credo officieux du pilote de brousse était en gros le même que celui des flics : « L'important, c'est d'y aller ; rentrer n'est pas obligatoire. »

Jenna Tucker-Darrow, ancienne policière issue d'une longue lignée de policiers – et, de surcroît, veuve d'un policier – resta silencieuse un long moment. Alex se douta que son amie se laissait aller à des souvenirs douloureux et essaya de combler le vide par du bavardage.

— Hé, tu sais que quand j'ai parlé au père Toms hier, il m'a dit qu'il venait de fumer un gros quartier de viande d'orignal. Tu veux que je lui fasse du charme pour qu'il me renvoie avec une portion supplémentaire de charqui pour toi ?

Jenna rit, mais on sentait bien que ses pensées étaient à des années-lumière de là.

— Et comment ! Si tu penses que Luna te laissera faire, alors oui, j'aimerais bien.

— Marché conclu. Rien n'est meilleur que le charqui du père Toms, à part ses scones au bacon en sauce. Et moi, veinarde que je suis, j'ai droit aux deux !

C'était le père d'Alex qui avait mis en place la tradition du petit déjeuner chez le père Toms en échange de la livraison bimensuelle de ses commandes de marchandises. Elle avait plaisir à la maintenir, même si l'essence aviation consommée pour l'occasion coûtait bien plus cher que les repas simples concoctés par Toms. Mais Alex aimait beaucoup le vieux bonhomme et sa famille. C'étaient des gens simples et pleins de bonté qui menaient dans ce pays rude la même vie authentique que les générations vigoureuses qui les avaient précédés.

À l'idée même de s'attabler avec le père Toms devant un petit déjeuner chaud fait maison et d'échanger avec lui les derniers potins du pays, Alex ne regrettait aucun des trous d'air rencontrés sur le chemin de ce coin perdu. Tandis qu'elle survolait les dernières crêtes avant sa descente vers le terrain d'atterrissage de fortune derrière la boutique de Toms, Alex salivait en pensant au mélange sucré salé de la viande fumée et des scones gorgés de beurre qui étaient sûrement déjà en train de chauffer sur le poêle à bois.

— Écoute, je vais te laisser, reprit-elle. Je vais avoir besoin de mes deux mains pour poser ce truc, et je…

Elle resta soudain sans voix. Au sol, quelque chose de bizarre venait d'attirer son regard. Dans la pénombre de ce matin d'hiver, elle ne parvenait pas vraiment à identifier la forme trapue couverte de neige étendue au centre du hameau, mais cela ne l'empêcha pas d'avoir d'un coup la chair de poule.

—Alex ?

Concentrée sur l'étrange objet dans la neige devant elle, elle ne répondit pas. Elle sentait la peur se glisser dans ses os, aussi froide que le vent qui fouettait le pare-brise.

—Alex, tu es toujours là ?

—Euh… ouais, je suis là.

—Que se passe-t-il ?

—Je ne sais pas exactement. Le hameau des Toms est juste devant moi, mais il y a quelque chose qui cloche.

—Quoi, qu'est-ce que c'est ?

—Je ne sais pas vraiment. (Tandis qu'elle s'approchait encore, se préparant à atterrir, elle regarda par la fenêtre du cockpit.) Il y a quelque chose dans la neige. Ça ne bouge pas. Oh, mon Dieu… je crois que c'est un homme, ou une femme.

—Tu es sûre ?

—Non, murmura Alex dans le portable.

Mais vu le rythme auquel battait son pouls, elle n'avait en fait aucun doute qu'il s'agissait d'un être humain étendu sous une couche de neige fraîche.

Un être humain mort, si la personne, quelle qu'elle fût, était restée là, dans ce froid impitoyable, sans que quelqu'un s'en aperçoive pendant plus de quelques heures.

Mais comment aurait-ce été possible ? Il était près de 9 heures du matin. Et même si le jour ne se levait pas avant la toute fin de matinée si loin dans le Nord, le père Toms était sûrement debout depuis plusieurs heures. Et il aurait fallu que les autres habitants du hameau – sa sœur et sa famille – soient aveugles pour ne pas se rendre compte non seulement que l'un d'entre eux manquait à l'appel, mais aussi qu'il était étendu, gelé, juste devant leur porte.

— Parle-moi, Alex, insistait Jenna avec sa voix de flic, celle qui exigeait qu'on lui obéisse. Dis-moi ce qui se passe.

Alors qu'elle amorçait sa descente, Alex remarqua une autre forme inquiétante au sol, cette fois entre la maison du père Toms et l'orée de la forêt voisine. Autour du corps, la neige était gorgée de sang, des taches sombres qui souillaient horriblement la couverture de poudreuse fraîche.

— Oh, Seigneur, siffla-t-elle. Ça sent mauvais, Jenna. Quelque chose de terrible s'est produit ici. Il y a au moins deux personnes là en bas. Elles ont été... mises à mal d'une façon ou d'une autre.

— « Mises à mal » ? Tu veux dire « blessées » ?

— Tuées, murmura Alex, la bouche sèche, certaine à présent de ce qu'elle voyait. Mon Dieu, Jenna... il y a du sang. Plein de sang.

— Merde, lâcha Jenna. OK, écoute-moi, Alex. Je veux que tu restes en ligne avec moi. Fais demi-tour et reviens ici. Je vais appeler Zach par radio en te gardant au téléphone. D'accord ? Quoi qu'il se soit passé, je pense que nous devons laisser Zach s'en occuper. Ne t'approche pas...

— Je ne peux pas les laisser comme ça, l'interrompit Alex. Il y a des gens blessés là en bas. Ils ont peut-être besoin d'aide. Je ne peux pas faire demi-tour et les laisser là comme ça. Oh, mon Dieu... Il faut que je me pose pour voir ce que je peux faire.

— Alex, putain, ne...

— Je raccroche, annonça Alex, je suis sur le point d'atterrir.

Ignorant les injonctions répétées de Jenna lui intimant de laisser Zach Tucker, son frère et le seul officier de police à deux cents kilomètres à la ronde, gérer la situation, Alex coupa la communication et posa l'avion équipé de skis sur le terrain de fortune. Une fois l'appareil arrêté dans la poudreuse – certes un peu brusquement, mais vu son état de nervosité et sa panique naissante, ce n'était pas si mal –, elle coupa le moteur. Dès qu'elle eut ouvert le cockpit, Luna sauta par-dessus ses genoux à bas de l'avion et fila vers le centre du hameau.

— Luna !

La voix d'Alex résonna dans le calme inquiétant de l'endroit. La chienne avait disparu hors de vue. Alex descendit de l'appareil et l'appela une nouvelle fois. Seul le silence lui répondit. Personne ne sortit des maisons proches pour l'accueillir. Il n'y avait pas le moindre signe du père Toms au niveau de sa boutique de rondins à une trentaine de mètres de là. Aucun signe non plus de Teddy, qui, même s'il jouait les ados blasés, adorait Luna autant qu'elle le vénérait. Pas plus que de Ruthanne, la sœur de Toms, ou de son mari et de ses fils adultes, qui d'habitude étaient tous debout bien avant l'aube tardive de novembre pour vaquer aux tâches quotidiennes. Tout était calme et silencieux, absolument sans vie.

— Merde, murmura pour elle-même Alex, dont le cœur battait à tout rompre.

Mais que s'était-il donc passé là ? Dans quelle situation dangereuse venait-elle de se fourrer en quittant le cockpit ?

Tandis qu'elle ouvrait la soute pour prendre son fusil chargé, une éventualité terrible se présenta à son esprit. On était au cœur de l'hiver, au fin fond du pays, et ce ne serait pas la première fois que quelqu'un péterait les plombs dans ces circonstances, s'en prenant à ses voisins ou à soi-même, voire les deux. Elle ne voulait pas y penser, ne voyait personne dans cette communauté si soudée capable de craquer comme ça, pas même Teddy, pourtant très renfermé et dont les fréquentations inquiétaient depuis peu le père Toms.

Prête à tirer, Alex partit dans la direction qu'avait prise Luna. La poudreuse tombée la nuit précédente était douce sous ses bottes et étouffait le bruit de ses pas tandis qu'elle approchait de la boutique du père Toms. La porte arrière n'était pas verrouillée, et la neige qui s'était accumulée sur le seuil l'avait même ouverte de quelques centimètres. Cela faisait clairement plusieurs heures que personne n'était venu voir de ce côté.

Alex déglutit et essaya de calmer la peur qui commençait à lui nouer l'estomac. Elle n'osait plus appeler à présent. Elle osait à peine respirer en continuant au-delà du magasin pour rejoindre le groupe de cabanes situées un peu plus loin. L'aboiement de Luna la fit sursauter. La chienne était assise à quelques mètres de là devant l'une des formes sans vie qu'Alex avait repérées depuis les airs. Luna aboya de nouveau puis poussa le corps du museau comme si elle essayait de le faire bouger.

— Oh, Seigneur, comment est-ce possible ? souffla Alex en parcourant une nouvelle fois du regard le hameau silencieux et en raffermissant sa prise sur son arme.

En rejoignant Luna et le tas immobile couvert de neige, elle eut le sentiment que ses pas se faisaient de plus en plus lourds.

— Bon chien. Je suis là maintenant. Laisse-moi regarder.

Mais elle n'eut pas besoin de s'approcher beaucoup pour voir que c'était Teddy qui était étendu là. La chemise de flanelle préférée du jeune homme, à l'écossais noir et rouge, dépassait de son épaisse parka fourrée, déchirée et sanglante. Les mèches de ses cheveux brun foncé qui avaient volé contre sa joue et son front étaient couvertes de givre. Sa peau olive, gelée et cireuse, tirait sur le bleu là où elle n'était pas rouge brique à cause du sang coagulé sorti de la déchirure béante qui remplaçait désormais son larynx.

Alex faillit partir à la renverse et inspira profondément en prenant violemment conscience de ce qu'elle voyait.

Teddy était mort. C'était juste un gosse, bordel ! Quelqu'un l'avait tué et l'avait laissé là comme un animal sacrifié.

Et il n'était pas le seul à avoir subi ce sort dans ce hameau familial perdu au milieu de nulle part. Sous le choc et envahie par la peur, Alex se recula et tourna la tête pour observer les maisons et leurs environs immédiats. Un peu plus loin une porte avait été enfoncée. Une autre silhouette immobile gisait devant une autre cabane. Et une autre encore, juste sous la portière ouverte d'un pick-up garé le long d'une vieille remise à bois.

— Oh, mon Dieu, non…

Et puis, il y avait le corps qu'elle avait vu lors de sa descente vers le hameau, celui qui ressemblait tellement au père Toms. Il était étendu sans vie et couvert de sang à l'orée de la forêt derrière sa maison.

Les mains crispées sur son arme même si elle doutait que le tueur – ou les tueurs, vu l'étendue du carnage qui avait eu lieu là – ait pris le risque de traîner sur place, Alex se dirigea comme malgré elle vers cette portion de neige écarlate près des arbres, Luna sur les talons.

À chaque pas son cœur et son estomac se serraient un peu plus. Elle ne voulait pas voir le père Toms comme ça. Elle ne voulait plus jamais voir quelqu'un qu'elle aimait violenté, brisé et ensanglanté.

Et pourtant elle ne parvint pas plus à s'arrêter d'avancer qu'elle ne put s'empêcher de s'agenouiller devant le cadavre de cet homme qui l'avait toujours accueillie avec un sourire et une étreinte chaleureuse. Alex posa son fusil dans la neige rouge à côté d'elle. Un cri inarticulé s'étranglant dans sa gorge, elle tendit la main et fit rouler doucement le corps en le tirant par l'épaule. À la vue du visage sans vie qui lui faisait soudain face, son sang se figea. Les traits de Toms, jadis empreints de jovialité, arboraient une expression de terreur pure. Alex ne pouvait même pas imaginer l'horreur de ce qu'il avait dû voir à l'instant de sa mort.

À moins que…

Le souvenir bien enfoui jaillit du fin fond de son passé. Alex en sentit la morsure et entendit les cris qui avaient transpercé la nuit – et sa vie – pour toujours.

Non !

Alex ne voulait pas revivre cette souffrance. Elle ne voulait pas repenser à cette nuit, surtout pas à cet instant. Pas alors qu'elle était entourée à ce point par la mort. Pas alors qu'elle était si terriblement seule. Il lui était insupportable de laisser remonter à présent ce passé qu'elle avait laissé dix-huit ans et des milliers de kilomètres derrière elle.

Mais il ne cessait de lui revenir à l'esprit comme si tout cela lui était arrivé la veille. Comme si tout recommençait, comme si cette horreur à laquelle elle et son père avaient survécu il y avait si longtemps en Floride était venue s'imposer à cette famille innocente des étendues sauvages de l'Alaska. Alex ravala un sanglot et essuya les larmes qui lui brûlaient les joues en venant geler sur sa peau.

Le grognement sourd de Luna à côté d'elle interrompit les pensées d'Alex. La chienne fouissait la neige près du corps, le museau enfoncé dans la poudreuse. Elle avança en reniflant une piste qui menait vers les arbres. Alex se releva pour voir ce qu'elle avait trouvé. D'abord, elle ne vit rien, puis ce qu'elle vit ne parvint pas à franchir la barrière de son entendement.

C'était une empreinte de pas, ensanglantée et en partie masquée par la neige fraîche ; une empreinte de pas humain qui correspondait en gros à une botte de pointure 49. Et le pied qui l'avait laissée était nu, ce qui, avec le froid qui régnait là, était plus qu'improbable : c'était impossible.

— Mais qu'est-ce que…

Terrifiée, Alex attrapa Luna par la peau du cou et la maintint contre elle pour éviter que la chienne ne piste les traces plus avant. Les suivant du regard, elle vit qu'elles s'estompaient rapidement avant de s'évanouir complètement. Ça n'avait pas de sens.

Rien de tout ça n'avait de sens dans la réalité du monde tel qu'elle voulait le voir.

Elle entendit soudain sonner son portable, resté dans l'avion, et aussi les parasites de la radio du Beaver qui transmettait tant bien que mal une voix masculine qui lui demandait de répondre.

— Alex, bon Dieu ! Tu me reçois ? Alex !

Heureuse de cette diversion, elle ramassa son fusil et courut jusqu'à l'appareil, Luna à ses côtés comme le garde du corps canin qu'elle était vraiment.

— Alex ! (Zach Tucker lançait une nouvelle fois son nom sur les ondes.) Si tu m'entends, Alex, réponds maintenant !

Elle se pencha par-dessus le siège et attrapa le micro de la radio.

— Je suis là, Zach, et ils sont tous morts. Le père Toms. Teddy. Tous.

Zach lâcha un juron à voix basse.

— Et toi ? Ça va ?

— Ouais, murmura-t-elle. Oh, mon Dieu, Zach ! Comment c'est possible ?

— Je vais m'en occuper, la rassura-t-il. Pour l'instant, j'ai besoin que tu me dises ce que tu peux sur ce que tu vois. As-tu remarqué des armes, quoi que ce soit qui expliquerait ce qui a bien pu se passer ?

Alex lança un regard malheureux au carnage derrière elle. Toutes ces vies interrompues si brutalement. Tout ce sang dont le vent glacé véhiculait l'odeur.

— Alex ? As-tu la moindre idée de la façon dont ces gens ont pu être tués ?

Elle ferma les yeux et serra les paupières pour éviter le flux des souvenirs qui l'assaillaient : les hurlements de sa mère et de son petit frère, les cris d'angoisse de son père qui prenait dans ses bras la petite fille de neuf ans qu'elle avait été pour fuir dans la nuit avant que les monstres aient une chance de les tuer tous.

Alex secoua la tête, essayant désespérément de se débarrasser de cette marée d'horreurs… et de s'interdire de penser que les meurtres de la nuit précédente étaient marqués au sceau de la même terreur impensable.

— Parle-moi, l'incitait Zach. Aide-moi à comprendre ce qui s'est passé si tu peux, Alex.

Les mots ne voulaient pas sortir de sa bouche. Ils restaient piégés dans sa gorge, étouffés par le nœud d'effroi glacial qui venait de se former dans sa poitrine.

— Je ne sais pas, finit-elle par répondre. (Dans le silence du paysage glacé et vide, sa voix lui sembla lointaine et désincarnée.) Je ne peux pas te dire ce qui aurait pu faire ça. Je ne peux pas…

— D'accord, Alex. Je sais que tu dois être bouleversée. Rentre maintenant, c'est tout. J'ai déjà appelé Roger Bemis à l'aérodrome. Il va m'emmener là-bas dans l'heure et nous allons nous charger des Toms, OK ?

— OK, murmura-t-elle.

— Ça va aller maintenant, je te le promets.

— OK, répéta-t-elle, en sentant une nouvelle larme glisser sur sa joue froide.

Son père lui avait dit les mêmes mots cette année-là. Elle n'avait pas cru alors à sa promesse. Et après ce qu'elle venait de voir, avec ce sentiment que quelque chose de maléfique se rapprochait d'elle de nouveau, Alex se demanda s'il arriverait un jour où tout se passerait vraiment bien pour elle.

Skeeter Arnold tira une longue bouffée de son gros joint en se laissant aller dans son fauteuil inclinable couvert de velours bleu layette. Malgré l'état délabré de ce dernier, c'était ce qu'il avait de mieux comme meuble dans le studio merdique qu'il occupait à l'arrière de la maison de sa mère à Harmony. Gardant soigneusement la fumée dans les poumons, il ferma les yeux et tendit l'oreille pour entendre les jacasseries que transmettait la radio à ondes courtes posée sur le comptoir de la cuisine. Vu le genre de trafic qu'affectionnait Skeeter, le bon sens exigeait de se tenir au courant de ce que faisaient non seulement les flics, mais aussi les péquenots trop stupides pour les éviter.

Et, ouais, peut-être aussi qu'il aimait écouter les rapports de police parce qu'il se réjouissait volontiers des galères des autres. C'était pas mal de se souvenir de temps en temps qu'il n'était pas le plus grand loser de tout l'Alaska, contrairement à ce que sa vieille salope de mère lui répétait régulièrement. Skeeter expira lentement, accompagnant la fumée d'un juron en entendant les craquements du vieux parquet qui annonçaient l'arrivée de cette chieuse dans le couloir qui menait chez lui.

— Stanley, tu ne m'as pas entendue t'appeler de là-haut ou quoi ? T'as l'intention de passer ta journée à roupiller là-dedans ? (Elle frappa du poing la porte, puis tourna énergiquement la poignée, qui résista car il avait mis le verrou.) Je t'ai pas dit de filer chercher du riz et des haricots en boîte ce matin, peut-être ? Alors qu'est-ce que t'attends, le dégel ? Lève ton cul de flemmard et rends-toi utile, pour changer !

Skeeter ne se donna pas la peine de répondre. Il ne bougea pas non plus de son fauteuil, ignorant sa mère qui continuait à râler et à cogner contre la porte. Il tira tranquillement une nouvelle bouffée sur son joint, profitant de la griserie qu'il lui procurait, sachant pertinemment qu'elle finirait par se lasser et par rejoindre son perchoir de harpie devant la télé, ce qui était sa vraie place.

En attendant, Skeeter se contenta d'aller jusqu'à la radio et de monter le son. Le seul et unique policier d'Harmony, Zachary Tucker, avait l'air tourneboulé par une grosse affaire aujourd'hui.

— Stanley Arnold, espèce de rejeton dégénéré, ne t'imagine pas que tu vas te débarrasser de moi en tournant un bouton ! (Sa mère frappa une nouvelle fois sur la porte, puis fila en continuant à pester dans le couloir, pour le principe.) Tu es comme ton père. T'as toujours été un bon à rien et ça changera jamais !

Skeeter se releva et se rapprocha de la radio au moment où Tucker, qui faisait son rapport aux flics de Fairbanks, leur fournissait la position d'un site où il y avait plusieurs morts – probablement des meurtres venait-il de préciser – à quelque soixante kilomètres de là en pleine nature. Tucker s'apprêtait à rejoindre l'endroit dans l'un des deux avions basés à Harmony. Il indiquait que le pilote de l'autre, Alexandra Maguire, qui était à l'origine de la découverte des corps lors d'une tournée de livraison, était actuellement sur le chemin du retour.

Skeeter sentit l'excitation le gagner. Il connaissait parfaitement la zone en question. D'ailleurs, il était sorti de ce côté la nuit précédente avec Chad Bishop et d'autres. Ils avaient bu et fumé des trucs près de la rivière… juste avant de se mettre à faire chier Teddy Toms. En fait, d'après ce qu'il comprenait, le hameau dont parlaient les flics ne pouvait être que celui où vivait la famille du gamin.

— Putain, c'est pas possible, murmura Skeeter, se demandant s'il avait vraiment raison.

Histoire de vérifier, il griffonna les coordonnées sur sa paume, puis fouilla dans une pile de factures impayées et autres paperasses jusqu'à trouver la carte couverte de taches de bière qu'il utilisait comme dessous de verre depuis quelques années déjà. Il repéra le site sur la carte, toujours incrédule, mais pris soudain d'un intérêt malsain quand il vit que son hypothèse se vérifiait.

— Putain de Dieu, lâcha-t-il en tirant une longue bouffée sur son joint avant de l'éteindre sur le Formica du comptoir pour garder le reste pour plus tard.

Il était trop excité à présent pour le finir. Trop plein de curiosité morbide pour s'empêcher de faire les cent pas dans la pièce encombrée.

Le vieux Toms ou son beau-frère avait-il pété les plombs ? Ou est-ce que c'était Teddy qui avait disjoncté ? Peut-être le gamin était-il rentré chez lui et avait-il craqué après que Skeeter et les autres l'avaient poussé à bout et fait chialer la nuit précédente à la rivière ?

Skeeter se dit qu'il saurait tout ça bientôt. Il avait toujours voulu voir un mort de près. Peut-être allait-il faire un petit détour sur le chemin du magasin où il devait acheter ces haricots et ce riz que voulait sa mère ?

Ouais, et peut-être même qu'il allait laisser tomber ces conneries de commissions et, pour une fois, faire exactement ce dont il avait envie.

Il ramassa son portable ; le nouveau, avec sa caméra intégrée et son étui sympa orné de têtes de mort. Puis il récupéra la clé de sa motoneige Yamaha dans le désordre du comptoir. Sans prendre la peine de prévenir sa mère ni de lui dire où il allait, il enfila sa tenue d'hiver et sortit dans le froid glacial.

Chapitre 2

Boston, Massachusetts

Brock monta le chauffage de quelques degrés, et la chaleur jaillit des évents du tableau de bord de la Range Rover.

— Bon Dieu, ce qu'il fait froid cette nuit ! Je déteste l'hiver, mec. On se croirait au fin fond de la Sibérie, ici.

Le grand mâle de Détroit mit ses mains en coupe devant sa bouche et souffla dedans.

— On en est loin, répliqua Kade, qui était installé au volant du 4 × 4 garé, le regard fixé sur l'immeuble délabré qu'ils surveillaient depuis près de deux heures.

Même dans l'obscurité d'après minuit, avec une couche de neige fraîche d'un blanc immaculé, l'endroit avait vraiment l'air merdique. Cela dit, ça ne changeait rien. Quel qu'ait été l'objet du commerce qui avait lieu à l'intérieur – drogues, sexe, ou une combinaison des deux –, la clientèle ne manquait pas. Kade observa un trio d'étudiants portant des vestes aux couleurs de leur université et deux jeunes femmes bien couvertes sortir d'une Chevrolet Impala déglinguée pour pénétrer dans l'immeuble.

— Si on était en Sibérie, ajouta-t-il une fois la rue de nouveau tranquille, nos couilles tinteraient comme des grelots et on pisserait des glaçons. Boston en novembre, crois-moi, c'est carrément la Floride.

— Dit le vampire né sur un putain de glacier en Alaska, ironisa Brock de sa voix traînante.

Il secoua la tête et mit ses mains devant une buse d'aération en les frottant l'une contre l'autre pour essayer de se réchauffer.

— Combien de temps tu crois qu'on va devoir attendre avant que notre bonhomme se décide à montrer sa face de rat ? poursuivit-il. Moi, il faut que je bouge avant de me retrouver le cul collé au siège par le froid.

Le petit rire émis par Kade tirait franchement sur le grognement. En fait, il était aussi impatient que son partenaire de patrouille. Ce n'étaient pas les humains qui les avaient amenés cette nuit devant cet immeuble d'un des quartiers les plus mal famés de Boston, mais l'individu censé diriger les activités illégales qui s'y déroulaient. Et si leurs renseignements – à savoir que le vampire en question faisait également commerce d'une autre marchandise interdite – se révélaient exacts, la nuit allait se terminer sur une note très déplaisante et probablement sanglante.

Kade en avait marre d'attendre.

— Le voilà, souffla-t-il, soulagé, en voyant un faisceau de phares apparaître au coin de la rue puis une Mercedes noire étincelante ornée de baguettes et de jantes dorées s'arrêter lentement le long du trottoir.

— Non, mais je rêve, ironisa Brock, avec un sourire narquois à la vue du show qui s'annonçait.

La berline vibrait presque des basses qui résonnaient à l'intérieur et de voix criardes encore plus puissantes, si c'était possible. Le chauffeur sortit et fit le tour du véhicule pour ouvrir la portière arrière droite. Deux pitbulls blancs en laisse en sortirent d'abord, suivis par leur maître, un grand mâle de la Lignée qui faisait de son mieux pour jouer les durs malgré son long manteau de renard, ses dix kilos de khôl et toute sa quincaillerie bling-bling.

— Oublie tout ce que Gideon a trouvé sur ce connard, dit Kade. On serait en droit de se le faire rien que pour lui apprendre à se montrer en public dans cette tenue.

Brock afficha un large sourire qui découvrit l'extrémité de ses crocs.

— Et moi je pense qu'on devrait se le faire rien que pour nous avoir obligés à nous geler les couilles ici.

Sur le trottoir, le vampire tira brusquement sur les laisses de cuir cloutées de ses chiens, qui avaient osé prendre de l'avance sur lui. Tout en se dirigeant vers la porte de l'immeuble, il donna un coup de pied à celui qui était le plus proche de lui et rit au glapissement de douleur de l'animal. Quand il eut disparu dans le bâtiment avec son chauffeur et ses dogues, Kade coupa le contact du Range Rover et ouvrit sa portière.

— Allons-y, dit-il. Essayons de passer par-derrière pendant que notre ami fait son entrée.

Ils passèrent derrière l'immeuble et trouvèrent au niveau du sol une fenêtre à moitié masquée par la neige et des détritus. Kade s'accroupit et la dégagea avant de soulever la vitre et de la faire pivoter sur ses charnières pour observer l'espace sombre qui s'ouvrait de l'autre côté. C'était une cave aux murs de briques, garnie de quelques matelas pourris et jonchée de seringues et de préservatifs usagés. Une puanteur due à la pisse, au vomi et à d'autres fluides corporels assaillit les sens exacerbés de Kade comme un coup à l'occiput.

— Seigneur, siffla-t-il, en retroussant les lèvres sur ses dents et ses crocs. Le concierge de notre ami mérite vraiment d'être viré.

Il se faufila par l'ouverture et atterrit sans bruit sur le sol de ciment brut. Malgré ses cent trente kilos et toutes les armes qu'il portait, Brock se posa à côté de lui aussi délicatement qu'une plume. Kade lui montra de la main, au-delà des déchets révoltants qui couvraient le sol, un coin obscur de la pièce où l'on voyait une courte chaîne et une paire de menottes. Non loin se trouvait une bande de ruban adhésif renforcé, sur lequel étaient restées collées plusieurs mèches de longs cheveux blonds.

Brock rencontra le regard dur de Kade dans la pénombre. Sa voix profonde tenait plus du grondement que d'autre chose.

— Des trafiquants de chair humaine.

Kade hocha la tête, l'air grave, écœuré par les preuves de tout ce qui s'était passé dans cette prison humide et obscure en sous-sol. Il s'apprêtait à rejoindre l'escalier pour interrompre les réjouissances à l'étage au-dessus quand un juron proféré à voix basse par Brock l'arrêta.

— On n'est pas tout seuls ici, mec.

Brock montra une porte fermée par une barre et presque entièrement masquée dans l'ombre par le squelette rouillé d'un vieux sommier à ressorts qui avait été posé contre elle un peu trop soigneusement.

— Des humains, ajouta-t-il. Des femelles, juste de l'autre côté de cette porte.

Entendant à présent la faible respiration saccadée, et soudain conscient de l'onde de douleur et de souffrance que véhiculait l'air fétide de l'endroit, Kade se dirigea avec Brock vers ce coin sans lumière de la cave. Ils poussèrent de côté le vieux sommier puis Kade souleva la lourde barre métallique qui verrouillait la porte de l'extérieur.

— Nom de Dieu, murmura Brock dans l'obscurité.

Il entra dans la petite pièce, où trois jeunes femmes se tenaient blotties les unes contre les autres dans un coin, tremblantes et terrifiées. Lorsque l'une d'entre elles se mit à crier, Brock se déplaça plus vite qu'aucune des humaines droguées ne pouvait le voir et, se penchant, passa la main sur le front de la femelle, qu'il fit taire en la mettant ainsi en transe.

— Ça va. Vous êtes en sécurité maintenant. On ne va pas vous faire de mal.

— Ont-elles été saignées ? demanda Kade, qui regardait Brock calmer de la même façon les deux autres captives.

— Elles ont été battues récemment, il y a des hématomes, répondit celui-ci. Mais je ne vois pas de traces de morsure. Pas plus que la marque des Compagnes de sang, ajouta-t-il en faisant une vérification rapide des extrémités et des parties de peau exposées chez les trois femmes, à la recherche de la tache de naissance représentant une petite goutte d'eau tombant dans l'arrondi d'un croissant de lune qui distinguait certaines femelles mortelles, au génotype sortant de l'ordinaire, de leurs sœurs.

Il relâcha doucement le bras livide qu'il tenait et se releva.

— Au moins, aucune de celles-là n'est une Compagne de sang.

Cette maigre consolation n'exonérait pas l'ordure de vampire qui s'était fait une spécialité de vendre des femmes au plus offrant.

— Donne-moi une minute pour nettoyer leurs mémoires de ce qu'elles ont subi et les faire sortir d'ici, dit Brock. Je te rejoins tout de suite après.

Kade répondit d'un hochement de tête et d'un sourire qui découvrit ses crocs.

— Pendant ce temps-là, je monte, histoire d'avoir une petite conversation privée avec notre ami.

Sentant l'agressivité parcourir ses veines comme de l'acide, Kade emprunta les marches qui menaient au rez-de-chaussée bruyant du bâtiment, mais il ne pénétra pas dans la salle où se déroulait une orgie au milieu d'un nuage de fumée narcotique, des lourds décibels d'une musique industrielle psychédélique et des lumières stroboscopiques.

Il entendait la voix grinçante du salopard qu'il cherchait. Elle provenait d'un bureau au fond du hall dans lequel débouchait l'escalier.

—Allez me chercher la femelle qui vient d'arriver avec ces trois petits cons d'Harvard. Non, pas la blonde, l'autre. Si c'est une vraie rousse, elle peut me rapporter deux fois plus.

Kade resta en retrait, adressant un sourire au massif chauffeur/garde du corps qui, sortant du bureau de son patron, le repéra immédiatement. Il appartenait lui aussi à la Lignée, et une lumière ambrée menaçante apparut dans ses yeux quand il vit le danger qui se dressait devant lui.

—Tss, tss, dit Kade d'un ton moqueur, une dague prête à fendre l'air en main.

Il la lança à l'instant même où le chauffeur tendait la main pour dégainer et l'atteignit en pleine gorge. Le corps de l'imposant vampire s'effondra et, tandis que le bruit de sa chute couvrait un instant le boucan provenant de la grande salle, Kade contourna le cadavre pour venir s'encadrer dans la porte du bureau.

Avant même que leur maître engoncé dans son manteau de fourrure ridicule ait pu réagir, les deux pitbulls blancs s'élancèrent et chargèrent Kade en grondant. Il ne tressaillit même pas. Pourquoi l'aurait-il fait ? Il se contenta de planter son regard autoritaire dans le leur pour les stopper d'un coup et ils se couchèrent sur la moquette à ses pieds.

En plus de la longévité, de la force et de la soif de sang qui les caractérisaient, tous les membres de la Lignée naissaient avec un don unique, même si parfois il s'agissait plutôt d'une malédiction. Celui de Kade était la capacité d'établir une connexion psychique avec les animaux prédateurs et de contrôler leur comportement par la pensée. C'était un pouvoir qu'il avait affiné jusqu'à un degré de précision létal à l'époque où il était gamin dans les étendues sauvages et gelées de l'Alaska, et ce avec des animaux beaucoup plus dangereux que ne l'étaient ces deux chiens.

— Pas bouger ! dit-il d'un ton calme aux molosses, avant de lever le regard vers le vampire qui le regardait bouche bée depuis l'autre côté de la petite pièce. Toi non plus !

— Mais qu'est-ce… qui êtes-vous, bordel ?

La panique et l'indignation déformaient la bouche du vampire, qui détailla Kade, depuis ses bottes et son treillis noirs, assortis à la couleur de ses cheveux ébouriffés, jusqu'à l'impressionnante collection de lames et d'armes semi-automatiques qu'il arborait à la taille et dans des holsters de cuisse.

— Un guerrier, souffla-t-il, visiblement pas assez arrogant – ou pas assez stupide – pour ne pas ressentir une certaine crainte devant ce visiteur imprévu. Mais qu'est-ce que l'Ordre peut bien me vouloir ?

— Des renseignements, répondit Kade.

Il fit un pas à l'intérieur de la pièce et ferma la porte derrière lui, s'arrêtant pour gratter l'un des chiens à présent calmés derrière l'oreille avant de poursuivre :

— Nous avons entendu dire des choses inquiétantes à propos de ton business ici. On aimerait en savoir plus.

Le vampire haussa les épaules et tenta de feindre l'étonnement sans beaucoup de succès.

— Qu'est-ce que je pourrais dire ? J'ai des activités nombreuses et variées.

— Ouais, ça j'ai vu. Pas mal, ta petite entreprise dans le sous-sol de ce bâtiment pourri. Ça fait combien de temps que tu pratiques la traite des blanches ?

— Je ne vois pas de quoi vous parlez.

— Allons, allons. M'obliger à me répéter n'est pas une bonne stratégie.

Kade s'accroupit et fit signe à la paire de pitbulls de le rejoindre. Ils vinrent s'asseoir à côté de lui comme des gargouilles, le regard braqué sur leur ancien maître, en attente d'un ordre de Kade, simplement parce que c'était ce qu'il voulait qu'ils fassent.

— Je parie que si je demandais à ces chiens de t'égorger je n'aurais pas à me répéter. Qu'est-ce que tu en penses ? On essaie ?

Le vampire déglutit avec peine.

— Ça… ça ne fait pas très longtemps. Je dirais une dizaine de mois. J'ai débuté avec la came et les putes, puis j'ai commencé à avoir certaines… demandes. (Il triturait l'une des nombreuses bagues en or qui brillaient à ses doigts.) Vous savez, des demandes de services d'un genre plus permanent.

— Et tes clients ? le relança Kade, qui s'était redressé, du haut de ses deux mètres. Qui sont-ils ?

— Des humains, essentiellement. Mais je ne garde pas vraiment de traces.

— Mais tu fournis bien aussi ces services – il avait sifflé le mot à travers ses crocs – à des membres de la Lignée, non ?

Ce n'était pas vraiment une question et le vampire le savait. Il haussa de nouveau les épaules, et le col de son manteau de renard vint effleurer ses boucles d'oreilles en brillants.

— Mes affaires se traitent en espèces. L'offre et la demande, c'est tout. Lignée ou non, l'argent est le même.

— Et les affaires marchent bien, j'imagine.

— Je ne m'en tire pas trop mal. Mais en quoi mon business intéresse-t-il l'Ordre, hein ? Vous voulez toucher ? se risqua-t-il avec un très léger sourire. Je pourrais céder une part du gâteau à Lucan, si c'est de ça qu'il s'agit. Après tout, je suis un homme d'affaires.

— Tu es une ordure, voilà ce que tu es, rétorqua Kade, outré mais pas surpris qu'une sangsue comme celle-là pense que lui ou l'un de ses frères d'armes soit à vendre. Et si je répétais à Lucan ce que tu viens de dire, il t'ouvrirait en deux des couilles au menton. Mais, tu sais quoi ? Laisse tomber. Je vais lui éviter d'avoir à le faire…

— Attends ! (Le vampire leva les mains.) Attends. Dis-moi ce que tu veux savoir.

— OK. D'abord, combien y avait-il de Compagnes de sang parmi les femmes que tu as enfermées dans ta cave puis vendues ?

Un silence écœurant s'ensuivit pendant que le vampire considérait la meilleure façon de répondre. Même ce fumier savait que les rares femelles qui portaient la tache de naissance des Compagnes de sang étaient précieuses à toute la Lignée et vénérées comme telles. S'attaquer à une Compagne de sang, c'était s'attaquer à toute la race vampire, car il n'y avait pas sur la planète d'autres femelles capables de porter les fils de la Lignée dans leur ventre. Faire de l'argent consciemment sur la souffrance d'une Compagne de sang ou profiter de quelque façon que ce soit de sa mort constituait pratiquement le crime le plus odieux qu'un membre de la race de Kade puisse commettre.

Ce dernier observait l'autre vampire comme il l'aurait fait d'un insecte sous verre et, en fait, il accordait encore moins de valeur à la vie de ce mâle.

— Combien, espèce de charogne ? Plus d'une ? Une dizaine ? Une vingtaine ? (Il eut du mal à retenir son grondement.) Est-ce que tu les as vendues sans savoir ce qu'elles étaient ou est-ce que tu as fait un profit encore plus important sur leur dos ? Réponds à ma question, putain !

L'accès de fureur de Kade fit se dresser les deux pitbulls, leurs muscles compacts tendus à se rompre, un grognement menaçant s'échappant de leurs gueules. Ils étaient à l'écoute de la colère de Kade comme il était à leur écoute. Il les retenait encore, sachant que si le vampire maintenant terrorisé devant lui avait la moindre information de valeur à livrer, il était de son devoir de la lui arracher.

Alors seulement, il pourrait le tuer en toute conscience.

— À qui as-tu vendu des Compagnes de sang ? Réponds à la question, bordel. Je ne vais pas attendre toute la nuit que tu te décides à dire la vérité.

— Je… je ne sais pas, bredouilla-t-il. C'est la vérité. Je n'en sais rien.

— Mais tu reconnais que tu l'as fait. (Il mourait d'envie d'en finir avec cette ordure.) Dis-moi avec qui tu as fait tes trafics, avant que je t'arrache la tête.

— Je le jure… Je ne sais pas qui les voulait !

Kade n'allait pas le laisser s'en tirer à si bon compte.

— Y a-t-il eu plusieurs personnes qui sont venues te voir pour les femelles ? Dragos ? Est-ce que ce nom te dit quelque chose ?

Kade regardait le vampire les yeux plissés, attendant qu'il morde à l'hameçon. Mais le nom qu'il venait de lui jeter à la tête ne le fit pas réagir. Quiconque aurait traité avec le vampire de deuxième génération connu sous le nom de Dragos – un méchant pervers dont les crimes n'avaient été découverts que récemment grâce aux efforts de l'Ordre – aurait certainement réagi à l'évocation de son nom.

Mais le salaud que Kade avait devant lui ne le connaissait visiblement pas. Il soupira et secoua la tête.

— Je n'ai eu à faire qu'à un seul type. Il n'appartenait pas à la Lignée, mais il n'était pas à proprement parler humain non plus. Plus quand je l'ai rencontré en tout cas.

— Un Laquais, c'est ça ?

Cette nouvelle ne rassurait pas vraiment Kade. La création de Laquais était contraire à la loi de la Lignée, sans parler de la morale la plus élémentaire, mais de toute façon seuls les vampires les plus puissants pouvaient créer ces esclaves humains décérébrés. Saignés jusqu'à la limite de leurs forces, les Laquais n'avaient de loyauté qu'envers leur Maître. Dragos se considérait au-dessus de toutes les lois, vampires comme humaines. La question n'était pas de savoir si Dragos avait des Laquais, mais plutôt combien il en avait et à quel point ils étaient infiltrés dans la société humaine.

— Est-ce que tu reconnaîtrais ce Laquais si tu le revoyais ?

Le renard qui constituait le col du manteau du vampire se souleva de nouveau avec ses épaules.

— Je n'en sais rien. Peut-être. Ça fait longtemps que je ne l'ai pas vu par ici. Il y a bien trois ou quatre mois que je n'ai plus fait affaire avec lui. Il a été l'un de mes habitués pendant quelques mois, et puis je n'en ai plus entendu parler.

— Ça a dû être une telle déception pour toi, ironisa Kade. Décris-le-moi. À quoi ressemblait ce Laquais ?

— À vrai dire, je ne l'ai jamais détaillé. Ça ne m'intéressait pas vraiment d'ailleurs. Je pouvais voir que c'était un Laquais et ce mec payait en gros billets. Je n'avais pas besoin d'en savoir plus à son sujet.

À ces mots, qui trahissaient l'absence totale de sens moral du vampire assis devant lui, Kade sentit la rage l'envahir. Il avait tué pour moins que ça – beaucoup moins même – et le besoin d'en finir avec ce mâle corrompu le taraudait.

— Donc, ce que tu dis, c'est que tu lui as vendu à plusieurs reprises des femmes innocentes trop droguées pour pouvoir se défendre, sans te préoccuper le moins du monde de ce qu'il en faisait ni d'où elles risquaient de finir. Et sans poser de questions. C'est ça, en gros, hein ?

— Je suppose qu'on pourrait dire que je dirige mon affaire sur le principe du « moins j'en sais, mieux je me porte ».

— Ouais, on pourrait dire ça, acquiesça Kade. Ou je pourrais dire que tu diriges ton affaire comme un lèche-cul dégonflé qui mérite de mourir lentement dans d'atroces souffrances.

Le vampire ne lâcha pas le regard de Kade mais l'odeur âcre de la peur se répandit autour de lui.

— Attendez, laissez-moi une seconde pour réfléchir, d'accord ? Peut-être que je peux me souvenir de quelque chose. Je peux peut-être trouver un moyen de vous aider…

— Ça m'étonnerait.

Kade l'observa longuement et comprit à la panique qui envahissait son visage qu'il ne tirerait rien de plus de cette conversation.

Et puis il en avait marre d'avoir ce connard devant lui.

Il s'accroupit et prit la gueule des dogues dans ses paumes, plongeant son regard dans les yeux brillants de l'un, puis de l'autre. L'ordre silencieux fut confirmé par un regain de tension dans leurs muscles puissants, et les pitbulls sautèrent sur le bureau pour s'asseoir devant leur ancien maître, les yeux fixes, la gueule ouverte sur leurs crocs dégoulinants de bave.

— Bons chiens, dit Kade. Et il tourna les talons.

— Attendez… alors, c'est tout ? demanda le vampire d'un ton hésitant derrière la paire de gargouilles humides perchées face à lui. Je veux juste être sûr que tout est cool entre nous. Je veux dire… Je vous ai dit tout ce que je savais. C'est tout ce que voulez de moi, hein ?

— Pas tout à fait, dit Kade sans se retourner vers le trafiquant de chair humaine. (Il mit la main sur la poignée de la porte.) Il y a encore un truc.

Et alors qu'il sortait du bureau et refermait la porte, il entendit la paire de molosses qui attaquaient. Il s'arrêta, ferma les yeux et jouit de la violence du moment à travers le lien viscéral avec les animaux que lui conférait son don. Il ressentait chaque craquement d'os, chaque arrachement de chair. Dans la pièce le vampire hurlait et pleurait, et ses cris de douleur ponctuaient plaisamment la musique et les gémissements de plaisir provenant de la grande salle.

Brock arriva dans le hall au moment où Kade contournait le cadavre du chauffeur.

—Alors, tu t'es occupé des femelles ? demanda ce dernier en rejoignant son partenaire de patrouille.

—J'ai effacé de leurs mémoires tout souvenir de leur captivité et les ai renvoyées chez elles, dit Brock.

Le grand mâle se contenta d'un coup d'œil au corps qui gisait là avant de revenir à Kade en haussant un sourcil.

—Et toi ? ajouta-t-il. As-tu réussi à tirer quelque chose de notre ami ?

—En fait, les chiens c'était pas vraiment son truc.

Les cris en provenance du bureau ne s'étaient pas encore arrêtés. Brock sourit.

—Il semblerait bien. Autre chose ?

—Ouais, malheureusement. Nos renseignements étaient bons : ce connard s'est essayé au trafic de Compagnes de sang. Son client était un Laquais, mais il ne savait rien de plus sur lui. Il ne l'a jamais regardé de près et a été incapable de me le décrire.

—Et merde, dit Brock, en passant sa grande main sur son crâne chauve. Donc, j'imagine que de ce côté-là c'est mort, hein ?

Kade inclina la tête. Les derniers gémissements se firent entendre derrière la porte.

—Je crois qu'on peut le dire.

Brock lâcha un petit rire faussement contrit.

— Bon. Nettoyons cet endroit et fermons-le. Je viens d'avoir un SMS de Gideon, qui nous demande de rentrer dès que possible. Ça concerne un problème dans le Nord.

— Dans le nord… de l'État ?

— Non, mec. Beaucoup plus au nord que ça.

Brock garda les yeux rivés sur ceux de Kade, juste assez longtemps pour éveiller ses soupçons.

— Visiblement il s'est passé un truc en Alaska. Il n'a pas précisé quoi exactement. Il a juste dit que Lucan voulait te voir au quartier général sans tarder.

Chapitre 3

Avant même d'arriver avec Brock au complexe de l'Ordre, Kade avait compris que les nouvelles ne pouvaient être bonnes. Fondateur et chef du groupe de guerriers, et de surcroît membre de la première génération de la Lignée, Lucan, âgé de quelque neuf cents ans, n'était certainement pas alarmiste de nature. Et s'il avait cru bon de réclamer spécifiquement la présence de Kade, ça voulait dire que la situation en Alaska ne pouvait être que sérieusement merdique.

Kade ne pouvait s'empêcher d'échafauder scénario sur scénario, tous plus perturbants les uns que les autres, des trucs horribles qu'il n'avait malheureusement aucun mal à imaginer et qui lui nouaient l'estomac. Mais il garda ses craintes pour lui tandis qu'il garait la Rover dans le garage qui abritait la flotte de véhicules de l'Ordre derrière le manoir lourdement sécurisé et qu'il empruntait l'ascenseur avec Brock pour retrouver, quelque cent mètres plus bas, le quartier général souterrain.

— Ça va, mec ? demanda Brock alors qu'ils quittaient l'ascenseur et prenaient un des couloirs du labyrinthe dallé de marbre blanc qui reliait les salles du complexe. Tu sais, si ça avait à voir avec ta famille là-bas, Lucan l'aurait dit. Je suis sûr que quoi qu'il se soit produit, elle va bien. Y a pas à s'inquiéter, hein.

— Non, y a pas à s'inquiéter, répondit Kade, mais c'était par pur réflexe.

Cela faisait à peu près un an qu'il avait quitté le hameau de sa famille en Alaska pour rejoindre l'Ordre à Boston. Il était parti brusquement, pour répondre à l'appel urgent qu'il avait reçu de Nikolaï, un des guerriers de l'Ordre qu'il avait rencontré plusieurs décennies auparavant lorsque ses voyages l'avaient amené à quitter la toundra gelée de l'Alaska pour rejoindre celle de la patrie sibérienne de Niko.

Il y avait certaines choses que Kade avait laissées en plan en Alaska. Des trucs qui le hantaient, et ce d'autant plus du fait de la distance et des longs mois qu'il avait passés loin de son État natal.

S'il s'est passé quoi que ce soit et que je n'ai pas été là pour intervenir…

Alors qu'ils rejoignaient le couloir qui allait les mener au laboratoire, il s'efforça de repousser cette pensée.

Lucan, le Gen-1 aux cheveux noirs, attendait dans la salle d'opérations du complexe avec Gideon, dont les cheveux fous ne portaient pas immédiatement à croire qu'il était le génie local responsable de l'équipement technologique sophistiqué de l'Ordre. Les deux vampires étaient debout devant un écran plat. Au moment où les portes transparentes du labo s'écartaient pour laisser le passage à Kade et Brock, Lucan était en train de se passer la main sur sa mâchoire carrée.

— Alors, qu'a donné cette piste à Roxbury ? demanda-t-il quand les deux guerriers furent entrés dans la salle.

Kade fit un bref résumé de ce qu'il avait obtenu du trafiquant de chair humaine, c'est-à-dire pas grand-chose. Mais en parlant il ne pouvait s'empêcher de penser au moniteur derrière Lucan. Et quand le grand mâle se mit à marcher de long en large comme il le faisait toujours lorsqu'il était soit en colère, soit absorbé dans ses pensées, il aperçut pour la première fois en entier l'image qui occupait l'écran.

Ce n'était pas joli joli.

Une photo un peu floue – ou peut-être était-ce une image tirée d'un flux vidéo – s'y étalait en rouge et blanc. Du sang et de la neige. Kade comprit instinctivement qu'il s'agissait d'un meurtre brutal dans les étendues sauvages et glacées de l'Alaska et eut l'impression qu'il venait de recevoir un coup de poing en plein plexus solaire.

— Que s'est-il passé ? demanda-t-il d'une voix si éteinte qu'elle semblait apathique, carrément plate.

— Une méchante vidéo s'est retrouvée sur le Net aujourd'hui, expliqua Lucan. D'après ce que nous en savons, elle a été faite avec un téléphone portable il y a deux heures et chargée via un fournisseur d'accès de Fairbanks sur un site Web destiné aux amateurs de scènes de crime et autres malades qui prennent leur pied à voir des morts.

Lucan jeta un regard à Gideon et, après un clic de souris de celui-ci, l'image figée à l'écran se mit à bouger. On entendait la respiration excitée de la personne qui tenait le portable et la neige qui crissait sous ses pas. La scène filmée ainsi à la va-vite montrait l'étendue de ce qui avait dû être un massacre très brutal.

Un corps sanglant était étendu là sur la neige rougie. La mise au point était mauvaise mais le porteur du téléphone était parvenu à zoomer sur les blessures de la victime. Ses vêtements et sa peau étaient déchirés, et il y avait de nombreuses lacérations et morsures qui n'avaient pu être faites que par des dents très affûtées.

Ou des crocs.

— Seigneur, murmura Kade, estomaqué par la sauvagerie qui avait présidé à ce meurtre, alors que la vidéo, dont le compteur dépassait déjà les quatre minutes, se poursuivait par le spectacle de trois autres morts dans la neige et la glace.

— On dirait l'œuvre de Renégats, dit Brock, d'une voix aussi grave que l'expression qu'il arborait.

C'était bien dommage, mais le fait était là : il y avait dans la nation vampire des individus qui ne pouvaient pas – ou qui ne voulaient pas – contrôler leur soif de sang. Alors que la majorité des membres de la Lignée obéissaient à ses lois et savaient faire preuve de simple bon sens, il y en avait d'autres qui se laissaient aller sans considérer les conséquences. Ceux qui se nourrissaient trop, ou trop souvent, se retrouvaient bien vite accros, emportés par la Soif sanguinaire, la maladie des Renégats. Et une fois qu'un vampire avait franchi le cap, il n'y avait que très peu d'espoir qu'il puisse revenir en arrière.

La Soif sanguinaire était presque toujours un aller simple pour la folie… et la mort, soit aux mains des guerriers de l'Ordre, soit à cause de la maladie elle-même, qui rendait imprudents les plus prudents des vampires. Tout ce que connaissait un Renégat, c'était sa soif. Pour l'étancher, il tuerait sans discrimination, prendrait n'importe quel risque. Il irait même jusqu'à massacrer un village entier si l'occasion s'en présentait.

— Il faut abattre celui qui a fait ça, quel qu'il soit, sans tarder, reprit Brock. Ce fils de pute doit être mis hors d'état de nuire.

Lucan hocha la tête.

— Le plus tôt sera le mieux. C'est pour cette raison que je t'ai fait demander, Kade. La situation là-bas pourrait échapper rapidement à tout contrôle, pas seulement si on a un problème de Renégats à gérer, mais aussi parce que les autorités humaines ont eu vent des meurtres. Gideon a capté un message destiné à la police d'État de l'Alaska envoyé d'une petite ville de l'intérieur du nom d'Harmony. Heureusement, elle a moins d'une centaine d'habitants, mais il suffit d'un hystérique criant « vampire » pour rendre la situation encore plus désastreuse.

— Merde, murmura Kade. Est-ce qu'on sait qui a fait la vidéo ?

— Difficile à dire pour l'instant, reprit Lucan. Gideon s'en occupe. Ce dont nous sommes sûrs, c'est qu'il y a un policier en poste dans la ville ; c'est lui qui a alerté le central de Fairbanks au sujet des meurtres. À l'évidence, le temps nous est compté. Il faut que nous sachions qui est responsable du massacre, et nous devons nous assurer que personne sur place ne s'approche de la vérité.

Kade écoutait, les nerfs toujours à vif à cause de la brutalité de ce qu'il venait de voir sur le moniteur. Il apercevait toujours du coin de l'œil la dernière image, figée à l'écran, une image floue du visage ensanglanté d'un jeune humain dont les yeux marron, à présent aveugles, étaient partiellement masqués par les cristaux de glace accrochés à ses cils noirs. C'était juste un gosse, bon Dieu ! Il devait avoir à peine une vingtaine d'années… et encore.

Ce n'était pas la première fois que Kade voyait le résultat d'un massacre sanglant en plein cœur de l'Alaska. Et lorsqu'il était parti de chez lui, il y avait de ça de nombreux mois, il espérait bien ne jamais rien revoir de tel.

— Nos effectifs sont limites ici avec notre problème du moment, mais on ne peut pas pour autant se permettre de laisser cette situation là-bas dans le Nord sans surveillance, dit Lucan en regardant Kade. Il faut que j'envoie là-haut quelqu'un qui connaisse le terrain et les gens, et qui ait des liens avec la population vampire locale.

Kade était conscient qu'il ne pouvait décemment pas refuser la mission, même si l'Alaska était vraiment le dernier endroit où il aurait voulu aller. Lorsqu'il en était parti l'année précédente pour rejoindre l'Ordre, il espérait bien ne jamais y revenir.

Il voulait oublier l'endroit où il était né, cet espace sauvage qui pourtant l'appelait sans cesse comme une maîtresse possessive et destructrice depuis qu'il l'avait quitté.

— Qu'en dis-tu, l'ami ? demanda Lucan comme le silence de Kade s'éternisait.

Il n'avait pas le choix. Il devait à Lucan et à l'Ordre de se charger de cette affaire inattendue et déplaisante. Quelles qu'en soient pour lui les conséquences.

Et ce même si la recherche d'un vampire affecté d'un besoin incontrôlable de tuer devait le mener chez lui, dans une zone de quelque deux cents kilomètres carrés au cœur de l'Alaska. Chez lui, sur les terres de sa famille.

L'air grave, il hocha la tête pour signifier son accord au chef de l'Ordre.

— Quand dois-je partir ?

Trois quarts d'heure plus tard, Kade faisait les cent pas dans ses appartements privés. Son sac de cuir noir était posé au bout du lit et, à côté, se trouvait un téléphone satellitaire. Pour la troisième fois au cours des dix minutes qui venaient de s'écouler, Kade attrapa l'appareil et composa le numéro qu'il n'avait pas appelé depuis la nuit de son départ d'Alaska.

Cette fois, il laissa sonner.

Ce fut un choc d'entendre la forte voix de son père au bout du fil.

— Ça fait un moment, dit Kade en guise de salut.

En réponse, son père se contenta d'un simple grognement.

C'était un effort de contact risible après un an sans nouvelles de son propre fait. Cela dit, ce n'était pas comme si son père l'avait jamais considéré comme responsable ou fiable, ni d'ailleurs lui avait jamais concédé quelque autre qualité que ce fût.

La conversation fut difficile, un échange de quasi-onomatopées jusqu'à ce que Kade parvienne à demander plus clairement des nouvelles de chez lui. Son père lui parla de la rudesse de l'hiver, dont le seul avantage était que le soleil restait caché en permanence à l'exception de trois heures en milieu de journée. Kade se souvint de la longue obscurité du Nord. Son pouls se mit à battre furieusement à la pensée de toute cette nuit, de toutes ces heures de liberté pour profiter de la nature.

Il était évident que son père n'avait pas encore entendu parler du récent massacre. Kade n'en parla pas, pas plus que de la mission qui l'envoyait au nord. Au lieu de ça, il se racla la gorge et finit par poser la question qui le taraudait depuis qu'il avait su qu'il y avait un problème en Alaska.

— Comment va Seth ? Est-ce que tout se passe bien de son côté ?

Le silence qui précéda la réponse de son père fit monter son niveau d'inquiétude.

— Il va bien. Pourquoi cette question ?

Kade sentit le soupçon que véhiculait la voix de son père, la désapprobation qui finissait toujours par s'y glisser chaque fois que Kade osait aborder des sujets concernant son frère.

— Je me demandais juste s'il était dans le coin. C'est tout.

— Ton frère avait des problèmes de Havrobscur à traiter pour mon compte en ville, reprit son père d'une voix neutre. Il est parti il y a quelques semaines de ça.

— Quelques semaines, répéta Kade. Ça fait long. Est-ce que tu as eu de ses nouvelles récemment ?

— Pas récemment, non. Pourquoi ? (Au silence qui suivit, Kade sentit que son père s'impatientait.) De quoi s'agit-il exactement, Kade ? Tu nous laisses un an sans reprendre contact et maintenant tu me soumets à un interrogatoire sur les allées et venues de ton frère. Qu'est-ce que tu veux exactement ?

— Laisse tomber, répliqua Kade, regrettant sur-le-champ d'avoir téléphoné. Oublie que j'ai appelé. Il faut que j'y aille.

Il n'attendit pas la réponse de son père. Il n'avait vraiment pas besoin de l'entendre.

Kade coupa la communication sans rien dire de plus, la tête pleine des images sinistres qu'il avait vues au labo quelques dizaines de minutes auparavant et de l'idée que cela faisait peut-être de nombreuses semaines qu'on était sans nouvelles de son frère.

Ce frère qui partageait le don de Kade.

Cette même sauvagerie dangereusement séductrice, ce pouvoir violent qui pouvait si facilement échapper à tout contrôle. Et qui l'avait fait au moins une fois !

Bon Dieu, Seth !

Kade jeta le téléphone sur le lit. Puis, avec un grondement furieux, il se retourna et envoya son poing dans le mur le plus proche.

Chapitre 4

La tempête arctique avait frappé l'intérieur de l'Alaska pendant deux jours d'affilée, lâchant près d'un mètre de neige sur la petite ville d'Harmony et ses voisines éloignées le long de la rivière, et faisant chuter les températures diurnes jusqu'à – 25 °C dans toute la région. D'habitude, ce genre de temps provoquait l'une des deux réactions suivantes chez les gens du cru : soit ils restaient bien au chaud chez eux, soit ils filaient se retrouver chez Pete, le bar restaurant du coin.

Mais ce jour-là, malgré les hurlements du vent d'hiver et le froid mordant qui s'intensifiait alors que la troisième et dernière heure de soleil se transformait en crépuscule méridien, la quasi-totalité des quatre-vingt-treize résidents d'Harmony s'étaient regroupés dans le bâtiment de rondins de l'église congrégationaliste pour une réunion municipale extraordinaire. Alex était assise à côté de Jenna sur un banc de la deuxième rangée et essayait comme tout le monde de trouver un sens au carnage qui venait d'avoir lieu chez les Toms, suite auquel six corps brutalement mutilés avaient été ramenés et entreposés dans une morgue de fortune à l'aérodrome d'Harmony. Toute la ville était plongée dans un état d'anxiété et de fébrilité.

Alex savait que Zach Tucker avait essayé d'empêcher la nouvelle de l'attaque perpétrée sur le hameau des Toms de se répandre, mais, malgré l'étendue considérable de l'intérieur de l'État, les bruits circulaient vite – et encore plus vite dans les trente kilomètres carrés de la portion de territoire habitée qui bordait la Koyukuk. Les mauvaises nouvelles, en particulier du genre de celles qui se rapportaient à de multiples décès inexpliqués et violents, avaient tendance à atteindre les coins les plus reculés comme si elles voyageaient sur les ailes des corbeaux.

Cela faisait quarante-huit heures qu'Alex avait découvert les meurtres et que Zach avait décidé de faire transporter les corps depuis la scène du crime jusqu'à Harmony en attendant que le temps se lève et que les policiers de Fairbanks puissent venir se charger de l'enquête, et dans l'intervalle les habitants de la ville étaient passés du choc et de la consternation à la suspicion et à une hystérie croissante et dangereuse. Ils n'avaient pas pu attendre plus longtemps avant d'exiger de savoir qui – ou ce qui – avait si violemment attaqué le père Toms et sa famille.

— Je ne comprends tout simplement pas, dit Millie Dunbar depuis son banc derrière Alex.

La vieille femme avait la voix qui tremblait, pas tant à cause de ses quatre-vingt-sept ans que du chagrin et de l'inquiétude qu'elle ressentait.

— Qui aurait pu vouloir faire du mal à Wilbur Toms et à sa famille ? poursuivit-elle. C'étaient des gens si bons, si gentils. Après s'être installé ici, mon père a fait du commerce avec le grand-père de Wilbur, en amont de la rivière, pendant des années. Et il n'a jamais rien eu à redire sur aucun des Toms. Je n'arrive tout simplement pas à imaginer qui pourrait être assez mauvais pour faire une chose pareille.

L'un des habitants de la ville assis dans le fond de l'église intervint à son tour.

— Si vous me demandez mon avis, j'ai un doute sur le fils, Teddy. Beaucoup trop calme, ce garçon-là. Je l'ai un peu vu traîner en ville ces derniers temps, mais il ne disait même pas bonjour quand on lui adressait la parole ; il faisait comme s'il était trop bien pour s'en donner la peine. Ça m'a fait me demander ce qu'il avait en tête et s'il n'avait pas quelque chose à cacher.

— Oh, je t'en prie, dit Alex, se sentant obligée de défendre Teddy puisqu'il n'était plus là pour le faire lui-même.

Elle se retourna sur son banc et lança un regard désapprobateur aux dizaines de visages qui s'étaient durcis derrière elle, arborant un air soupçonneux suite aux accusations sans fondement de Big Dave Grant.

— Teddy se montrait timide envers ceux qu'il ne connaissait pas bien, c'est tout. Il ne parlait jamais beaucoup parce que les gens se moquaient souvent de son bégaiement. Et suggérer qu'il aurait pu avoir la moindre responsabilité dans le massacre de sa famille alors qu'il est étendu juste à côté de ses proches à la morgue, c'est faire preuve d'un manque de cœur révoltant. Si vous pouviez voir dans quel état ils ont été mis…

Jenna posa doucement la main sur le poignet d'Alex, mais cette précaution était inutile. Alex n'avait aucune intention de poursuivre sur sa lancée. C'était déjà assez dur pour elle d'avoir eu à revivre constamment le souvenir de sa cruelle découverte depuis qu'elle était tombée sur les cadavres du père Toms, de Teddy et du reste des membres de la famille pour qu'elle se mette à décrire devant tout le monde la brutalité qui avait présidé à la tuerie. Pas question de dire comment leur chair avait été arrachée jusqu'à l'os et leurs gorges ouvertes comme si quelque bête infernale était sortie de la nuit glaciale pour se nourrir des vivants.

Non, pas une bête.

Un être de cauchemar.

Un monstre.

Alex ferma les yeux pour chasser la vision de sang et de mort qui commençait à surgir des coins les plus sombres de sa mémoire. Elle ne voulait pas la laisser émerger, plus jamais. Il avait fallu des années et des milliers de kilomètres, mais elle avait laissé cette sombre réalité derrière elle. Elle y avait survécu, même si ça lui avait énormément coûté pour y parvenir.

— Est-ce que c'est vrai qu'on n'a pas trouvé l'arme du crime ? cria quelqu'un au milieu de l'assemblée. Si on ne leur a pas tiré dessus et si on ne les a pas poignardés, alors comment est-ce qu'on les a tués ? J'ai entendu dire qu'il y avait beaucoup de sang répandu là-bas.

Depuis la chaire où il s'était installé, Zach Tucker leva une main pour stopper le flot de questions du même ordre qui s'ensuivit.

— Jusqu'à ce que le détachement des State Troopers arrive de Fairbanks, tout ce que je peux vous dire, c'est que nous traitons ça comme un homicide multiple. Et comme je suis l'un des policiers chargés de l'enquête, je ne suis pas en mesure de discuter les détails de l'affaire avec qui que ce soit pour l'instant, et je ne pense pas non plus qu'il serait sage de ma part de spéculer dessus.

— Mais, et les blessures, Zach ?

Cette fois, c'était Lanny Ham qui avait pris la parole, sa voix fluette chargée d'une énergie plus nerveuse encore qu'à l'accoutumée.

— J'ai entendu dire que les corps ont l'air d'avoir été attaqués par des animaux. De gros animaux. Est-ce que c'est vrai ?

— Qu'en pense Alex, puisque c'est elle qui a trouvé les corps ? demanda quelqu'un d'autre. Est-ce qu'elle ou toi pensez qu'ils ont pu être tués par des animaux ?

— Roger Bemis a dit qu'il avait vu deux loups qui rôdaient autour de sa propriété à l'ouest de la ville l'autre jour, intervint Fran Littlejohn, qui dirigeait le petit dispensaire de la ville.

D'habitude, elle avait plutôt les pieds sur terre, mais là on sentait une note d'hystérie dans sa voix.

— L'hiver vient à peine de commencer et il est déjà rude. Qui dit que ce n'est pas une meute affamée qui a décidé d'attaquer le hameau des Toms ?

— Tout à fait d'accord. Et si c'était bien des loups, qui dit qu'ils ne vont pas venir regarder de notre côté, maintenant qu'ils ont goûté à l'homme ? lança une autre voix.

La paranoïa s'installait.

— Allons, allons, doucement, dit Zach Tucker, dont la tentative de calmer ses concitoyens se perdit dans l'hystérie collective qui se répandait dans l'église.

— Vous savez, j'ai vu un loup juste avant la tombée de la nuit, pas plus tard que la semaine dernière. Un grand mâle noir qui reniflait autour de la poubelle derrière chez Pete. Ça ne m'a pas plus perturbé que ça alors, mais maintenant…

— Et n'oubliez pas qu'il y a à peine quelques mois des loups ont tué des chiens de traîneau à Ruby. Les journaux ont écrit qu'ils n'ont rien laissé d'autre que des tripes et quelques colliers de cuir…

— Le truc à faire, c'est peut-être d'agir nous-mêmes, lança Big Dave du fond de l'église. Vu qu'on est coincés là à attendre que les flics se pointent pour nous aider, on n'a qu'à organiser une chasse. Une chasse au loup.

— Ce n'étaient pas des loups, murmura Alex, dont l'esprit revenait malgré elle à l'empreinte ensanglantée qu'elle avait vue dans la neige. Celle-ci n'avait pas été laissée par un loup, ni par aucun autre animal d'ailleurs, elle était sûre de ça.

Mais une petite voix lui soufflait qu'elle n'était pas non plus exactement humaine.

Mais quoi alors ?

Elle secoua la tête, refusant de laisser ses pensées dériver vers la réponse qu'elle espérait et voulait impossible.

— Ce n'étaient pas des loups, répéta-t-elle en élevant la voix par-dessus le tumulte de la paranoïa qui se diffusait comme une maladie autour d'elle. Elle se leva et se retourna pour faire face à la foule enflammée.

— Aucun loup ne tue jamais comme ça, pas quand il est seul. Et même la meute la plus enhardie ne ferait pas ça.

— Mlle Maguire a raison, confirma Sidney Charles, l'un des plus âgés parmi les autochtones d'Harmony et le maire de la ville de longue date.

Il hocha la tête à l'attention d'Alex depuis le banc qu'il occupait dans la première rangée. Quoique parsemée de cheveux blancs, sa queue-de-cheval maintenue par un lacet de cuir était encore bien noire et c'était au niveau des yeux et de la bouche que les rides de son visage buriné étaient le plus marquées, car c'était un homme jovial et rieur. Mais à présent son expression était grave et on voyait à ses épaules affaissées que tous ces discours de mort lui pesaient, car d'habitude il se tenait droit comme un « i ».

— Les loups respectent l'homme et nous devons nous aussi les respecter. Ma vie a été longue, assez longue pour que je puisse vous assurer qu'ils ne sont pas responsables de cette horreur. Et si je devais vivre encore cent ans, je ne croirais jamais qu'ils aient pu l'être.

— Eh bien, avec tout le respect que je te dois, Sid, moi, je préférerais ne pas prendre ce risque, dit Big Dave, aussitôt approuvé par plusieurs des hommes qui l'entouraient. Aux dernières nouvelles il n'y a pas de saison préconisée pour se charger des loups qui posent problème, pas vrai, sergent Tucker ?

— Non, confirma Zach de mauvaise grâce, mais...

Big Dave reprit sa diatribe.

— Mes amis, si des loups menacent nos hameaux et nos villes, eh bien... nous avons le droit de nous défendre. C'est même notre devoir, bordel. Pour moi, il est hors de question d'attendre sans rien faire qu'une meute affamée décide d'attaquer de nouveau.

— Je suis avec Big Dave sur ce coup, déclara Lanny Ham en se levant d'un bond. (Il se tordait les mains devant lui et son regard nerveux filait de tous côtés.) Je dis qu'il faut qu'on agisse avant que le même genre de problème nous tombe dessus ici à Harmony.

— Mais personne ne m'a écoutée, c'est pas possible ? s'énerva Alex. Je vous dis que les loups ne sont pas responsables de ce qui est arrivé au père Toms et à sa famille. Ils ont été attaqués par quelque chose de terrible, quelque chose d'horrible... mais ce n'était pas un loup. Ce que j'ai vu là-bas n'a pas pu être fait par un animal, quel qu'il soit. C'était quelque chose d'autre...

Alex s'interrompit soudain. En parcourant le fond de l'église du regard, elle venait de rencontrer une paire d'yeux gris argent si perçants qu'elle en avait perdu le souffle et la voix. Elle ne connaissait pas l'homme aux cheveux noirs qui se tenait debout dans l'ombre à côté de la porte. Il n'était pas d'Harmony, ni d'aucune de ses voisines éloignées. Alex était sûre de ne jamais avoir vu nulle part dans tout l'intérieur de l'Alaska ces traits taillés à la serpe et cette mâchoire carrée, pas plus que ce regard intense. Et son visage n'était pas de ceux qu'une femme oublie.

Quand elle devint brusquement muette, oubliant ce qu'elle voulait dire, l'étranger ne dit rien et ne cilla même pas. Il se contenta de la regarder par-dessus les têtes des participants à la réunion comme s'il ne voyait qu'elle, comme s'il n'y avait qu'eux deux dans l'église.

— Que crois-tu que c'était, ma grande ?

La voix fluette de Millie Dunbar arracha d'un coup Alex au regard envoûtant de l'étranger. La gorge sèche, elle déglutit et se retourna pour faire face à la douce vieille dame et aux autres habitants d'Harmony, qui attendaient à présent en silence qu'elle leur dise ce qu'elle croyait avoir vu au hameau des Toms.

— Je… je ne suis pas très sûre, éluda-t-elle en se disant qu'elle aurait mieux fait de se taire. Elle sentait la chaleur du regard que l'étranger posait sur elle et n'avait soudain plus la moindre envie d'exprimer ce qu'elle avait pensé ce jour-là sur place et gardé en tête pendant les longues heures qui s'étaient péniblement écoulées depuis.

— Qu'as-tu vu, Alexandra ? insista Millie, dont le visage reflétait un mélange poignant d'espoir et de crainte. Comment peux-tu être si certaine que ce ne sont pas des animaux qui ont tué ces gens adorables ?

Alex secoua faiblement la tête. Bon Dieu, elle s'était mise elle-même dans cette position délicate et, à présent, avec braquées sur elle une centaine de paires d'yeux dont les possesseurs attendaient ses explications, elle ne pouvait plus reculer. Pas en tout cas sans passer pour une idiote et condamner une meute de loups innocents aux soins zélés de Big Dave et de tous ceux qui, comme lui, semblaient attendre la permission de filer sans raison les tirer comme des lapins.

Merde !

Que dire d'autre que la vérité ?

— J'ai vu… des traces, finit-elle par admettre d'une voix douce.

— Des traces ?

Cette fois ce fut Zach qui parla, tout en l'observant les sourcils froncés de sa position en chaire au-dessus de l'assemblée.

— Tu ne m'en as rien dit. Où les as-tu vues, Alex ? De quelle sorte de traces s'agissait-il ?

— C'était une empreinte... dans la neige.

— Tu veux dire une empreinte de botte ?

Alex garda le silence un long moment, ne sachant pas trop comment formuler ce qu'elle allait dire ensuite. Le calme se prolongea sans que personne ne pipe mot. Elle sentait le poids de leur attention, toute la ville accrochée aux mots de la grande blonde un peu trop maigre qui avait passé presque toute sa vie à Harmony mais était toujours considérée en partie étrangère à la communauté parce qu'elle y était arrivée avec son père en provenance des marigots de Floride.

C'était le souvenir de ces marais inondés de soleil qui envahissait à présent les sens d'Alex. Elle sentait le goût de saumure de l'eau sur la langue, respirait l'odeur suave des cyprès couverts de lichen et des lis parfumés. Elle entendait le chant entêtant des cigales et les coassements graves des ouaouarons donnant la sérénade la nuit quand elle regardait sa mère bercer son petit frère sur la véranda du bungalow tout en leur lisant une histoire de cette voix douce et si tendre qui lui manquait tant. Elle voyait la lune rousse qui rejoignait dans le ciel l'océan d'étoiles scintillantes.

Et elle ressentait toujours, à présent encore, la peur qui lui avait transpercé le cœur quand la nuit avait été déchirée par la violence des monstres venus se nourrir.

Rien de tout ça n'avait disparu.

C'était toujours aussi épouvantablement réel.

— Alex !

La voix de Zach la tira de sa torpeur et la ramena à Harmony, Alaska, et à la frayeur épouvantable qui s'emparait d'elle quand elle envisageait que l'horreur qu'elle avait fuie en Floride risquait de la retrouver.

— Que se passe-t-il, Alex ? (Le ton sec de Zach dénotait son impatience.) J'ai besoin de savoir ce que tu as vu là-bas. Tout ce que tu as vu.

— J'ai vu une empreinte de pas, énonça-t-elle aussi clairement que possible. Pas l'empreinte d'une botte, mais celle d'un pied nu. Un très grand pied, en apparence humain, mais en fait… pas vraiment…

— Ben voyons, éructa Big Dave en riant. Ce ne sont pas des loups qui les ont tués, c'est le Bigfoot ! On aura tout entendu.

— C'est quoi cette histoire, Alex ? C'est une plaisanterie ?

— Non, persista-t-elle en se détournant du regard incrédule de Zach pour revenir aux autres. Ils la regardaient tous comme s'ils s'attendaient à la voir éclater de rire.

À l'exception de l'étranger à la chevelure noire, dans le fond.

Ses yeux transperçaient ceux d'Alex comme des lances de glace, mais, comme elle soutenait son regard, cette sensation de froid se transforma en une sensation de chaleur presque insupportable. Et il n'y avait pas la moindre trace de moquerie dans son expression. Il écoutait avec une intensité qui la remua profondément.

Lui la croyait quand toutes les autres personnes présentes rejetaient ce qu'elle venait de dire avec des regards de confusion polis… ou moins polis.

— Ce n'est pas du tout une plaisanterie, déclara Alex aux habitants d'Harmony. Je vous jure que je n'ai jamais été plus sérieuse…

— J'en ai assez entendu, annonça Big Dave, qui se dirigea lourdement vers la porte, suivi par plusieurs autres hommes qui riaient entre eux.

— Je sais que ça a l'air fou, mais vous devez m'écouter, reprit Alex, bien décidée à les convaincre à présent qu'elle leur avait exposé la vérité.

Enfin, une partie de la vérité en tout cas. Car s'ils ne voulaient pas la croire à propos de l'empreinte qu'elle avait vue dans la neige, ils n'accepteraient jamais cette autre vérité, encore plus incroyable – plus terrifiante même –, à savoir ce qu'elle croyait responsable des meurtres du père Toms et de sa famille.

Même Jenna la regardait comme si elle venait de péter un plomb.

— Personne ne peut survivre à ce froid sans être habillé en conséquence, Alex. Tu ne peux pas avoir vu une empreinte de pied nu, là-bas. Tu sais ça, n'est-ce pas ?

— Je sais ce que j'ai vu.

Tout autour d'elles, les gens commençaient à se disperser. Alex se mit sur la pointe des pieds pour essayer de trouver l'étranger, mais elle ne le voyait plus. Il était parti. Elle ne savait pas pourquoi ça l'attristait et ne comprenait pas non plus pourquoi elle se sentait obligée de le chercher. Ce besoin de le voir la rendait impatiente et pressée de sortir de l'église.

— Ça va aller, tu sais, dit Jenna en se levant, un sourire de compassion aux lèvres, avant de serrer Alex dans ses bras. Tu as eu un truc pas facile à traverser. Les deux jours qui viennent de s'écouler ont été durs pour tout le monde, en particulier pour toi j'imagine.

Alex se dégagea de l'étreinte de son amie et secoua vaguement la tête.

— Je vais bien.

La porte de l'église s'ouvrit et se referma. Un autre groupe de personnes sortait dans la nuit froide. Était-il lui aussi là-dehors ? Il fallait qu'elle sache.

— As-tu vu ce type dans le fond de l'église pendant la réunion ? demanda-t-elle à Jenna. Des cheveux noirs, des yeux gris pâle. Il se tenait isolé debout près de la porte.

Jenna secoua la tête.

— Mais de qui tu parles ? Je n'ai remarqué personne...

— C'est pas grave. Écoute, je crois que je vais faire l'impasse sur la virée chez Pete, ce soir.

— Tu as raison, acquiesça Jenna alors que Zach descendait de la chaire pour venir vers elles. Rentre chez toi et tâche de dormir, d'accord ? Tu te fais tout le temps du souci pour moi, mais là maintenant c'est à toi que tu dois penser. Cocoone-toi un peu. D'ailleurs, ça fait un moment que je n'ai pas pris un burger et une bière seule avec mon vieux raseur de frère. Il a tendance à m'éviter ces derniers temps, au point que je me demande s'il n'aurait pas une copine cachée ou un truc du genre.

— Pas de copine cachée, dit Zach en les rejoignant. J'ai pas le temps pour ça ; je suis marié à mon job. Ça va, Alex ? C'était vraiment bizarre, cette histoire ; ça ne te ressemble pas du tout. Si tu veux parler de ce qui s'est passé, avec moi ou même avec un psy...

— Je vais bien, répéta Alex, agacée à présent, et reconnaissante à sa colère de lui permettre de remettre son passé troublé dans le placard d'où il n'aurait pas dû sortir. Écoute, oublie ce que j'ai dit ce soir. Ça n'avait pas de sens, je faisais juste marcher Big Dave.

— Eh bien, c'est un connard et il l'avait bien cherché, dit Jenna, visiblement soulagée à l'idée de ne pas avoir à appeler les hommes en blanc au bout du compte.

Alex sourit avec une légèreté qu'elle ne ressentait pas vraiment.

— Amusez-vous bien chez Pete tous les deux.

Elle ne leur laissa pas vraiment le temps de lui dire bonsoir, mais son élan vers la porte fut ralenti par un trio de vieilles dames qui parlaient et se déplaçaient tout doucement. Lorsqu'elle put enfin respirer l'air glacial de la nuit, son pouls s'était nettement accéléré. S'arrêtant un instant sous les avant-toits chargés de neige de l'église de rondins, elle scruta les environs à la recherche du visage étonnant dont les traits s'étaient gravés dans sa mémoire à l'instant même où elle l'avait vu pour la première fois.

Il n'était pas là.

Quelles que fussent son identité et les raisons qui l'avaient amené à Harmony alors que le mauvais temps empêchait pourtant quiconque d'y parvenir, il était simplement ressorti dans l'obscurité avant de s'évanouir dans le paysage, comme emporté par le vent glacé.

Chapitre 5

Kade s'enfonçait profondément dans les étendues sauvages et glacées. La petite ville d'Harmony était déjà à plus de soixante kilomètres derrière lui. Dans cette région, l'hiver, les moyens de transport humains se limitaient à l'avion, le traîneau à chiens et la motoneige. Kade, lui, voyageait à pied, son sac et son matériel sur le dos, ses raquettes le maintenant à la surface de congères capables d'avaler un homme en entier. C'est à ce qui faisait de lui un membre de la Lignée qu'il devait la vitesse surhumaine avec laquelle il franchissait une succession interminable de crêtes et de vallées sans se soucier plus que ça de la bise qui lui fouettait le visage.

Son cœur et son âme d'Alaskain se délectaient du froid et des difficultés du terrain, qui faisaient résonner la sauvagerie qu'il avait en lui, cette sauvagerie qui ne demandait qu'à se manifester à présent qu'il était de retour dans la toundra de ses ancêtres.

Il n'eut aucun mal à suivre la Koyukuk vers le nord en direction du hameau des Toms. Et quand il fut proche de la zone où avaient eu lieu les meurtres, son odorat hyperdéveloppé le guida pour le reste du chemin. Malgré l'épaisse couche de neige fraîche laissée par les tempêtes des deux jours précédents, pour un individu de son espèce l'odeur du sang versé se propageait toujours sur le vent comme la lumière d'un phare signalant l'emplacement du récent carnage.

Ce qu'il avait vu sur les images de la vidéo postée sur le Web qu'avait repérée Gideon à Boston l'avait en partie préparé à cette mission. Après la réunion municipale d'Harmony, il s'était rendu jusqu'à l'aérodrome pour aller en solitaire jeter un coup d'œil aux morts qui reposaient sur la glace dans l'unique hangar du terrain. Si leurs blessures lui avaient paru sinistres sur la vidéo, les voir de près n'avait certainement rien arrangé.

Mais Kade avait étudié les lacérations – on aurait presque pu dire les éviscérations – en gardant la tête froide et un regard objectif. Sa visite à la morgue de fortune ne lui avait causé aucune surprise. Les Toms n'avaient été tués ni par des animaux ni par des humains.

C'était autre chose qui les avait martyrisés… comme la jeune femme, la jolie blonde aux yeux marron nommée Alexandra Maguire, l'avait clairement dit lors de la réunion à l'église.

Elle, en revanche, avait constitué une vraie surprise pour Kade.

Grande et mince, dotée d'une beauté sans fard et qui s'en passait fort bien, cette femelle avait épaté Kade quand elle s'était dressée pour déclarer qu'elle avait vu quelque chose de bizarre dans la neige. D'abord, Kade ne savait rien de la présence de témoins à part l'imbécile qui avait fait la vidéo et avait eu le mauvais goût de la mettre en ligne. D'ailleurs, localiser et faire taire ce dernier faisait partie des priorités de la mission de Kade, juste après celles qui consistaient à identifier le – ou les – Renégat responsable de l'attaque sanglante et à faire en sorte que justice soit faite froidement et sans délai.

Mais voilà qu'une nouvelle complication se présentait sous la forme de cette femelle, Alex.

Un écueil de plus dans une situation qui n'en manquait déjà pas. Quoi qu'elle ait vu, quoi qu'elle sache sur les meurtres qui avaient été commis là, elle représentait pour Kade un problème qu'il lui faudrait traiter avant que tout se complique encore plus. Mais il pouvait penser à bien des choses plus désagréables à faire dans le cadre de sa mission que de tirer les vers du nez à cette jolie blonde.

Et parmi elles se trouvait la visite de l'ensemble des maisons et des dépendances tapies dans l'ombre qui constituaient le hameau familial des Toms. Les narines de Kade frémissaient à l'odeur du sang masqué sous le blanc manteau de neige qui couvrait les lieux. À cette distance d'une centaine de mètres, la scène paisible avait tout d'une carte postale : un avant-poste de la colonisation niché au milieu de forêts d'épicéas et de bouleaux.

Mais la puanteur de la mort y restait accrochée malgré le froid, plus nette encore quand Kade rejoignit la cabane de rondins la plus proche de la piste. Il enleva ses raquettes et monta les deux marches du porche. La porte de bois brut était fermée mais pas verrouillée. Il tourna la poignée et l'ouvrit d'un coup d'épaule.

Dès le seuil, il vit une vaste flaque de sang gelée qui brillait comme de l'onyx noir au clair de lune. Sa réaction corporelle à la vue et à l'odeur des globules rouges cristallisés fut violente. Bien que le sang ait été répandu et vieux, et donc inutile pour Kade, dont l'espèce ne pouvait se nourrir qu'aux veines d'êtres humains vivants, ses crocs s'allongèrent d'un coup hors de ses gencives.

Quand, levant la tête, il aperçut la trace sombre qui menait de la pièce principale de la cabane au petit couloir qui rejoignait le cœur de l'habitation, il lâcha un juron à travers ces crocs. Encore du sang ! Beaucoup de sang ! L'une des victimes avait essayé d'échapper au prédateur. Kade posa son sac et ses raquettes, puis suivit le couloir. En fuyant vers la chambre du fond, l'humain n'avait fait que sceller son sort. Les éclaboussures criardes sur les murs et le lit défait en disaient assez sur la brutalité qui avait présidé à ses derniers instants.

L'endroit avait vu le meurtre de deux autres personnes et Kade ne prit aucun plaisir à reconstituer les scénarios épouvantables de leurs fins en parcourant le reste du hameau et en analysant le déroulement de l'attaque. Il en avait vu assez. Il savait sans l'ombre d'un doute que la Soif sanguinaire était à l'origine des événements. Celui qui avait massacré les humains vivant là l'avait fait avec un acharnement qui dépassait tout ce que Kade avait vu jusque-là – même celui du plus sauvage et du plus atteint des Renégats.

— Fils de pute, murmura-t-il, les boyaux tordus de dégoût, en s'éloignant du hameau pour rejoindre la forêt environnante à la recherche d'un air non pollué par les effluves de sang. Il respira un grand coup, emplissant profondément ses poumons de la fraîcheur hivernale.

Mais cela ne fut pas suffisant. La faim et la rage l'emprisonnaient comme des chaînes de plus en plus serrées et il suffoquait de chaleur dans ses vêtements. Il se les arracha tous et se retrouva nu dans la nuit glaciale de novembre. Cela l'apaisa un peu, mais toujours pas assez.

Il voulait courir – il en avait besoin – et sentit les bras froids de l'Alaska sauvage s'ouvrir pour se saisir de lui. Il entendit soudain le hurlement rauque d'un loup dans le lointain, et ce cri résonna profondément dans sa moelle et se mit à chanter dans ses veines.

Kade rejeta la tête en arrière et hurla à son tour.

Ce fut un autre loup qui lui répondit, de beaucoup plus près que le premier. En l'espace de quelques minutes, la meute s'était rapprochée, venant vers lui à travers les épicéas serrés les uns contre les autres. Le regard de Kade passait d'une paire d'yeux perçants à la suivante. Le mâle alpha, un grand spécimen noir à l'oreille droite déchirée, sortit des arbres et avança vers lui, telle une ombre sur le blanc immaculé de la neige.

Kade ne bougea pas d'un centimètre tandis que, bientôt suivi des autres, le grand mâle se mettait à tourner lentement autour de lui. Le regard plongé dans celui des loups, il leur communiqua mentalement l'assurance qu'il ne leur voulait aucun mal. Ils comprirent le message, comme il savait que ce serait le cas.

Et lorsqu'il leur eut silencieusement ordonné de partir, la meute bondit à travers l'épais rideau d'arbres de la forêt illuminée par les étoiles.

Alors Kade bondit à leurs côtés et courut avec les loups comme s'il avait fait partie de la meute.

Ailleurs au cœur de la nuit froide, un autre prédateur parcourait l'espace gelé et inhospitalier.

Cela faisait des heures qu'il marchait, seul et à pied, dans ces étendues sauvages et désertes où il se trouvait depuis plus de nuits qu'il ne s'en souvenait. Il avait soif, mais ce besoin était moins urgent qu'il ne l'avait été quand il avait commencé son périple dans le froid. Son corps était nourri à présent, ses muscles, ses os et toutes ses cellules chargés de puissance grâce au sang qu'il avait absorbé peu de temps auparavant. Trop de sang, même, mais son métabolisme était déjà en train de digérer le trop-plein.

Et à présent qu'il était plus fort, son corps régénéré, il avait du mal à résister à l'appel de la chasse.

Car après tout, qu'était-il d'autre que le plus extraordinaire des chasseurs ?

Et ce furent ses instincts de prédateur qui se réveillèrent quand le calme des bois qu'il traversait fut dérangé par la démarche rythmée d'un intrus à deux pattes. Et, tandis qu'une odeur de feu de bois et de peau humaine mal lavée assaillait ses narines, il vit se matérialiser la forme sombre d'un homme enveloppé d'une lourde parka non loin d'où il venait de se tapir dans l'obscurité. À chaque pas que faisait l'humain se faisait entendre un tintement métallique, qui venait des chaînes et du piège qu'il tenait dans l'une de ses mains gantées. Dans l'autre se trouvait un animal mort qu'il tenait par les pattes de derrière, un gros rongeur qu'il avait éviscéré sur le chemin.

Le trappeur se dirigeait vers une petite cabane de rondins un peu plus loin sur la piste.

Le chasseur regarda passer sa proie, inconsciente des yeux brillants qui le suivaient avec gourmandise.

Pendant quelques instants, le chasseur débattit intérieurement des mérites comparés d'une attaque à l'intérieur du petit abri et d'une course-poursuite parmi les arbres et les congères au grand air.

Se décidant finalement pour un peu de sport, il sortit de son poste d'observation et émit un grognement sourd, à la fois avertissement et invitation à courir pour l'humain à présent alerté.

Le trappeur ne le déçut pas.

— Oh, Seigneur. Mais, mon Dieu, qu'est-ce que…

Le visage barbu de l'homme pâlit et sa mâchoire s'affaissa. Terrifié, il lâcha son matériel et sa prise dérisoire dans la neige à ses pieds et se mit à courir de toutes ses forces vers les arbres.

Le chasseur, lui, retroussa les lèvres sur ses crocs, anticipant la traque à venir.

Pour donner un peu de piquant au jeu, il laissa sa proie prendre un peu de distance, puis se lança à sa poursuite.

Chapitre 6

Près d'une heure avant le lever du jour, Alex chargea le traîneau de sa motoneige et prit la piste, Luna installée devant elle. Elle était toujours remuée par la réunion municipale de la nuit précédente et vivement intriguée par l'étranger qui semblait s'être volatilisé aussi curieusement qu'il était apparu dans le fond de la petite église de rondins d'Harmony.

Qui était-il donc ? Qu'était-il venu faire dans la petite ville perdue ? Et d'où était-il donc arrivé alors que la dernière tempête de neige avait laissé la plus grande partie de l'intérieur de l'Alaska coupée des ports les plus proches ?

Et pourquoi avait-il été, la nuit précédente, la seule personne de l'assemblée à écouter sa description de l'empreinte laissée dans la neige chez les Toms sans se comporter comme s'il pensait qu'elle avait perdu la tête ?

Certes, tout cela n'avait plus beaucoup d'importance aujourd'hui. Monsieur le Beau-Gosse-Ténébreux avait quitté Harmony depuis belle lurette et Alex avait un traîneau chargé au maximum de produits de base à livrer. Les marchandises étaient destinées à quelques-unes des personnes qu'elle avait dû négliger lorsque sa tournée aérienne avait brusquement été interrompue chez les Toms.

À présent elle avait à peine trois heures de jour et juste assez d'essence pour faire le circuit de plus de cent cinquante kilomètres qui l'attendait.

Elle n'avait aucune raison de faire le détour par le hameau des Toms, qui était proche de sa route à environ une heure d'Harmony, si ce n'était le besoin impérieux d'avoir des réponses, l'espoir – aussi futile qu'il fût – de trouver au massacre une explication qui ne fasse pas intervenir des empreintes de pieds sanglantes dans la neige et des souvenirs remontés de son enfer personnel.

Alors qu'Alex tournait sur la piste encombrée de congères qui menait chez le père Toms, Luna sauta pour courir dans la poudreuse étincelante.

— Reste avec moi ! cria Alex en ralentissant à l'approche du petit groupe de bâtiments de bois sombre.

En constatant l'ardeur de Luna à courir devant elle, Alex fut ramenée malgré elle à ce moment épouvantable trois matinées plus tôt et à l'horrible découverte du corps du jeune Teddy.

Et, exactement comme ce jour-là, voilà que Luna prenait à présent de la distance, ignorant les appels d'Alex.

— Luna ! cria une nouvelle fois Alex dans le calme de l'après-midi naissant.

Elle coupa les gaz de la motoneige et sauta à bas de l'engin avant de se frayer un chemin de son mieux en râlant dans les profondes congères qui avaient à peine ralenti la progression de Luna.

— Luna !

À plusieurs mètres de là, la chienne franchit le perron de la maison du père Toms, à l'intérieur de laquelle elle disparut. Comment ça ? La porte était ouverte, alors que Zach avait pris soin de tout bien fermer avant que les corps de Toms et de sa famille soient enlevés. Est-ce que le vent avait poussé la porte ?

Ou bien quelque chose de plus dangereux que la bise arctique était-il passé par ici depuis la tuerie ?

— Luna ! appela encore Alex en se rapprochant de la cabane, furieuse de sentir sa voix trembler.

Son pouls s'accélérait. Elle déglutit pour se débarrasser de son anxiété et essaya de nouveau.

— Luna ! Sors de là, ma grande.

Elle entendit qu'on bougeait à l'intérieur, puis un craquement quand une latte de plancher protesta contre le froid et le poids de qui – ou ce qui – se trouvait là avec sa chienne.

D'autres bruits, des pas qui approchaient de la porte. Un frisson courut le long de sa colonne vertébrale. Elle tendit la main pour prendre le pistolet qu'elle gardait dans son dos sous sa parka, et le pointait devant elle à deux mains lorsque Luna arriva tranquillement pour l'accueillir et la rejoindre au pied du perron.

Et derrière elle, dans la maison, il y avait un homme, l'étranger à la chevelure noire qui s'était tenu dans le fond de l'église la nuit précédente. Malgré le froid, il ne portait qu'un jean lâche, qu'il était en train de fermer nonchalamment comme s'il venait juste de sortir du lit.

Il soutint le regard incrédule d'Alex avec un calme incompréhensible pour elle, comme si plonger le sien dans le canon d'un calibre .45 chargé était pour lui un exercice quotidien.

— Vous, murmura Alex, dont le souffle se transformait en buée devant elle. Qui êtes-vous ? Et qu'est-ce que vous foutez là, bordel ?

Il restait là, immobile et imperturbable dans le salon du père Toms. Au lieu de répondre à ses questions, il donna un petit coup de son menton carré pour indiquer le pistolet d'Alex.

— Ça vous embêterait de pointer ce truc ailleurs ?

— Oui, peut-être bien, dit-elle, le cœur battant toujours la chamade, mais pas seulement de peur maintenant.

Ce type était impressionnant avec ses deux mètres ou presque, ses larges épaules musclées et ses puissants biceps qui semblaient capables de lever un orignal à bout de bras. Sous des tatouages aux dessins étranges qui semblaient faits de henné et formaient sur son torse et ses bras une espèce de motif tribal, sa peau avait la couleur douce et dorée d'un autochtone. Ses cheveux noir de jais brillants, aux épis coupés court, semblaient indiquer cette même origine.

Seuls ses yeux démentaient une ascendance purement alaskaine. Gris argent, perçants derrière les épais cils noirs qui les encadraient, ils paraissaient tenir Alex dans une étreinte quasi physique.

— Je dois vous demander de sortir de la maison, que je vous voie, déclara-t-elle, extrêmement mal à l'aise face à cette situation… et à cet homme.

Même si elle était certaine de ne pas faire le poids face à lui, pistolet ou pas pistolet, elle fit de son mieux pour imiter le ton sans réplique d'officier de police que savait prendre Jenna quand c'était nécessaire.

— Maintenant ! Sortez !

Il inclina la tête de côté en regardant au-delà d'elle le brouillard lumineux qui régnait à l'extérieur.

— J'aimerais autant pas.

Il aimerait autant pas ! Je rêve !

Alex s'assouplit les doigts pour raffermir sa prise sur son arme et il leva lentement les mains en signe de non-belligérance.

— Il fait au moins – 20 °C là-dehors. Un homme risquerait de se geler quelque chose d'essentiel, dit-il, se permettant même un demi-sourire amusé. Mes vêtements sont dans la chambre. Comme vous le voyez, je ne suis pas habillé pour recevoir, pas plus que pour une fusillade dans la toundra.

Son ironie eut raison de l'agitation que ressentait Alex. Sans attendre sa réponse – et sans se soucier le moins du monde de l'arme chargée toujours pointée sur lui –, il tourna les talons et s'enfonça plus avant dans la maison du père Toms.

Seigneur ! Ces tatouages fascinants faisaient tout le tour et couvraient aussi son dos. Ils semblaient bouger avec lui à chaque pas, accentuant le roulement de chacun de ses muscles durs et fins.

— Inutile que vous restiez debout dans le froid, vous non plus, dit-il en disparaissant de la vue d'Alex, et sa voix profonde fit réagir follement le pouls de cette dernière. Rangez ce pistolet et entrez si vous voulez parler.

— Et merde, souffla Alex.

Elle relâcha les bras, pas très sûre de ce qui venait juste de se passer. Ce type était incroyable. Soit il était vraiment sûr de lui, soit il était fou.

Elle fut tentée de tirer un coup de semonce, juste pour qu'il comprenne qu'elle ne plaisantait pas, mais à ce moment-là Luna lâcha un petit gémissement et remonta les marches pour le suivre dans la maison.

Non, mais quel clebs déloyal !

Alex baissa son arme et monta les marches avant de pénétrer prudemment dans ce qui avait presque été un second foyer pour elle au cours des années précédentes. Mais cette fois elle se sentait en territoire étranger, rien ne semblait plus coller.

Sans la voix tonitruante du père Toms pour l'accueillir, la maison lui parut plus froide, plus sombre, plus vide que jamais. Heureusement, il n'y avait eu aucun sang répandu à l'intérieur car Teddy comme son père avaient soit fui, soit été chassés à l'extérieur avant que leur meurtrier ne les rattrape. Tout semblait exactement comme s'ils avaient été là, sauf que le décor glaçait Alex, comme s'il s'agissait d'une sorte de réalité différente qui se serait télescopée avec celle qu'elle connaissait.

Un grand sac de cuir noir ouvert reposait, incongru, sur le canapé habillé d'un plaid à carreaux orange et brun. Alex jeta un coup d'œil à son contenu, remarquant quelques vêtements de rechange et un couteau de chasse à l'air menaçant qui avait été tiré de son fourreau et posé sur un pantalon de treillis noir.

Mais le couteau-scie luisant qui semblait capable de venir à bout d'un grizzly n'était qu'un avant-goût du reste des armes disposées dans le salon de Wilbur Toms.

Un fusil à canon scié était posé près de la porte. À côté, sur un guéridon fabriqué de ses mains par le père Toms comme cadeau de mariage pour sa femme quelque trois décennies auparavant, se trouvait une boîte de balles faites main. Les longues ogives brillantes étaient à pointe blindée ; c'était le genre de munitions qui traversaient instantanément et sans peine les chairs et les os. Une autre arme, un semi-automatique 9 mm qui ridiculisait un peu son .45, garnissait un holster d'aisselle noir à côté de la boîte de balles à tête creuse.

Ayant vécu la plus grande partie de sa vie dans l'intérieur sauvage de l'Alaska, Alex n'était en général pas impressionnée par les armes ou les équipements de chasse, mais cet arsenal personnel et la conscience soudaine que son propriétaire venait de la rejoindre sans bruit dans la pièce la prirent par surprise.

Elle leva les yeux et le vit enfiler une épaisse chemise de flanelle grise et en rouler les manches sur ses avant-bras. Les fascinants tatouages disparurent quand il referma quelques boutons sur le devant. La pièce n'était pas grande, et Alex sentit sur lui les odeurs de l'air arctique et des épicéas, mais aussi celle de quelque chose de plus sauvage qui semblait émaner directement de son être et titilla tous ses sens.

Mon Dieu, était-elle restée si longtemps sans compagnie masculine que son instinct de survie ait disparu ? Elle ne le croyait pas, et pourtant elle n'était pas la seule femelle dans la pièce à être affectée par cet étranger surgi de nulle part la nuit précédente. Luna avait posé son cul de traîtresse à ses pieds et le regarda avec adoration quand il se pencha pour la gratter derrière les oreilles. D'habitude, la chienne était timide, et prudente avec les étrangers, mais pas avec lui.

Si Alex avait besoin que quelqu'un se porte garant du caractère d'un individu, suivre l'instinct de Luna n'était certes pas un mauvais calcul. Cela dit, elle avait son propre instrument interne pour juger si elle pouvait faire confiance à quelqu'un, une espèce de détecteur de mensonge embarqué dont elle avait pris conscience alors qu'elle n'était encore qu'une enfant. Malheureusement, pour qu'il fonctionne, il fallait qu'elle soit proche à toucher la personne ; en général un simple contact du bout des doigts lui suffisait alors pour savoir si on lui mentait ou non.

Aussi tentant qu'il lui parût de poser ses mains sur la peau nue de ce type, cela signifierait aussi d'avoir à poser son pistolet. Et, franchement, elle ne pensait pas qu'il serait très malin de devenir si vite aussi amicale à son égard.

— Qui êtes-vous ? questionna-t-elle d'un ton sec, se demandant si cette fois elle obtiendrait une réponse. Que faisiez-vous à la réunion municipale à Harmony et qu'est-ce qui vous amène ici ? Vous êtes en train de polluer une scène de crime, au cas où vous ne l'auriez pas remarqué.

— J'ai remarqué. Et le mètre de neige fraîche qui a recouvert l'endroit l'avait fait bien avant mon arrivée, répliqua-t-il sans s'excuser le moins du monde, en continuant de caresser Luna de sa grande main sur la tête et dans le cou tandis que la chienne en bavait presque de contentement.

D'un coup, Luna se leva pour venir lécher la main de sa maîtresse, mais Alex aurait juré que quelque chose d'intime était passé entre l'homme et l'animal dans l'instant qui avait précédé.

— Mon nom est Kade, dit-il alors, en braquant sur elle son regard gris acéré et tranquille.

Il lui tendit la main, mais Alex n'avait pas encore décidé si elle pouvait déjà lui faire confiance à ce point-là. Il hésita un moment, puis laissa retomber son bras le long du corps.

— Si j'ai bien compris ce que j'ai entendu hier soir, vous étiez proche des victimes. Toutes mes condoléances, Alex.

Elle fut troublée par la familiarité toute naturelle avec laquelle il avait prononcé son nom. Et elle n'aima pas la façon dont sa voix et sa compassion inattendue et non provoquée semblèrent pénétrer sa poitrine pour venir prendre tous ses sens en otage. Elle ne le connaissait pas et elle n'avait certainement pas besoin de sa pitié.

— Vous n'êtes pas du coin, dit-elle abruptement, car elle ressentait le besoin de maintenir la distance alors qu'il lui semblait que plus elle restait en sa présence, plus les murs l'oppressaient. Mais vous êtes alaskain, n'est-ce pas ?

Il secoua vaguement la tête.

— Je suis né en Alaska. J'ai grandi au nord de Fairbanks.

— Oh ? Dans quelle famille ? demanda-t-elle, tentant de faire passer sa question comme relevant plus de la conversation que de l'interrogatoire.

Il cligna juste une fois des paupières, un mouvement très lent sur ses yeux extraordinaires.

— Vous ne pouvez pas connaître ma famille.

— Vous seriez surpris. Je connais beaucoup de gens, répliqua-t-elle, d'autant plus insistante qu'il semblait évasif. Testez-moi.

Ses lèvres charnues dessinèrent un sourire.

— Est-ce une invitation, Alex ?

Elle se racla la gorge, prise de court par le sous-entendu, mais plus encore par l'augmentation subite de son rythme cardiaque alors que la question restait comme suspendue entre eux. Puis il se mit à avancer d'un grand pas assuré qui l'amena à moins d'un mètre d'elle.

Dieu, qu'il était beau ! Et plus encore de si près. Son visage émacié était tout en angles, et ses sourcils et ses cils noirs mettaient en valeur la couleur hivernale et l'intelligence acérée de ses yeux aux coins intérieurs légèrement inclinés. Des yeux de loup. Des yeux de chasseur.

Et quand il se rapprocha encore, Alex se sentit prise au piège de ces yeux. Elle sentit la chaleur de sa main sur la sienne, puis une pression ferme mais douce lorsqu'il lui retira souplement le pistolet des doigts.

Il le lui rendit immédiatement, posé sur sa paume ouverte.

— Vous n'aurez pas besoin de l'utiliser, je vous le promets.

Quand elle eut accepté l'arme sans rien dire et l'eut rengainée dans son dos, il alla jusqu'au canapé et rangea la méchante lame posée sur le haut de son sac ouvert.

— Vous avez été l'un des premiers témoins de ce qui s'est passé ici. Vous avez dû être rudement secouée.

— Ça n'a pas été franchement agréable, s'entendit-elle répondre – l'euphémisme de l'année ! Les Toms étaient des gens bien. Ils ne méritaient pas de mourir comme ça. Personne ne mérite une telle mort.

— Non, affirma-t-il sobrement. Personne ne devrait mourir comme ça. Sauf les responsables de ce qui est arrivé à vos amis.

Alex le regarda fermer le couvercle de la boîte qui contenait ses balles mortelles et la ranger dans son sac.

— C'est ça qui vous a amené ici – vous et toutes ces armes ? Est-ce que quelqu'un d'Harmony vous a engagé pour venir massacrer une innocente meute de loups ? Ou êtes-vous à votre compte ?

Il inclina la tête vers elle.

— Personne ne m'a engagé. Je résous les problèmes. Vous n'avez pas besoin d'en savoir plus.

— Un chasseur de primes, murmura-t-elle avec plus de fiel qu'elle n'aurait peut-être dû. Ce qui s'est passé ici n'a rien à voir avec les loups.

— C'est ce que vous avez dit hier soir pendant la réunion. Personne ne vous a cru.

Sa voix était plus sérieuse qu'elle ne l'avait été jusque-là et, quand il regarda Alex, ce fut avec une intensité inquisitrice qui lui fit faire un pas en arrière.

— Et vous ?

Si c'était possible, son regard gris se fit encore plus perçant. Comme s'il voyait en elle jusqu'aux souvenirs qu'elle ne supportait pas de revivre.

— Dites-moi ce que vous savez, Alex.

— Vous voulez dire que je vous en apprenne plus sur l'empreinte que j'ai trouvée dehors ?

Il secoua la tête de façon quasi imperceptible.

— Je veux dire le reste. Comment se fait-il que vous soyez si sûre qu'on ne peut pas attribuer ce massacre à des animaux ? Avez-vous vu l'attaque ?

— Non, Dieu merci, s'exclama-t-elle.

Elle devait avoir réagi trop instinctivement, car il fit un pas vers elle en la toisant. Il la jaugeait à présent du regard.

— Et la vidéo ? Il y en a plus quelque part ? Plus que ce qui a été tourné après la tuerie ?

— Quoi ? (Cette fois, Alex n'eut pas à feindre la confusion.) Quelle vidéo ? Je ne sais pas du tout de quoi vous parlez.

— Il y a trois jours, quelqu'un a filmé les lieux avec un téléphone portable et mis la vidéo en ligne sur un site illégal.

— Oh, mon Dieu. (Consternée, Alex porta la main à sa bouche.) Et vous l'avez vue ?

À voir la joue de l'homme trembler, Alex eut sa réponse.

— Si vous savez quoi que ce soit de plus sur le carnage qui a eu lieu ici, il faut que vous me le disiez maintenant, Alex. Il est capital que je puisse disposer d'un maximum d'informations.

Si Alex avait été tentée de tout raconter la nuit précédente lors de la réunion, à présent qu'elle se tenait seule devant cet homme – cet étranger qui la faisait vibrer inexplicablement à tous les niveaux de son être – les mots se figeaient dans sa gorge. Elle ne le connaissait pas. Elle n'était pas sûre du tout de pouvoir lui faire confiance, même si elle était parvenue à rassembler le courage d'énoncer à haute voix ses soupçons les plus sombres.

— Quelle est la vraie raison de votre présence ici ? demanda-t-elle doucement. Qu'est-ce que vous cherchez ?

— Je cherche des réponses, Alex. Je crois que je cherche la même chose que vous : la vérité. Peut-être pouvons-nous nous aider l'un l'autre.

La sonnerie aigrelette du portable d'Alex brisa le silence qui s'installait. Elle lui fournit l'excuse qui lui manquait pour s'écarter de quelques pas de cet homme dont la présence semblait vider tout l'air de la pièce. Alex se détourna de lui et répondit.

C'était Jenna, qui l'appelait pour lui rappeler qu'elles devaient se retrouver ce soir-là chez Pete pour dîner. Alex confirma hâtivement. Jenna raccrocha après lui avoir dit au revoir, mais Alex garda le téléphone à l'oreille.

— OK, pas de problème, dit-elle, feignant de poursuivre la conversation. Ouais, j'arrive. Je serais là dans une vingtaine de minutes maximum. D'accord. Oui, oui, salut.

Elle raccrocha et fourra le portable dans la poche de sa parka avant de se retourner vers la nouvelle personne favorite de Luna, qui était à présent assise sur le canapé avec la chienne couchée à ses pieds.

— Il faut que j'y aille. J'ai des livraisons à faire avant le coucher du soleil, et puis je dois retrouver une amie en ville pour dîner.

Elle avait hâte de s'en aller à présent, mais pourquoi se sentait-elle obligée de donner des explications à cet homme ? En quoi cela pouvait-il l'intéresser de savoir pourquoi elle partait en courant comme une dératée ?

Faisant fi de toute subtilité, Alex claqua des doigts et appela Luna. À son crédit, celle-ci vint vers elle sans paraître trop déçue d'être arrachée au nouvel objet de sa vénération.

— Je ferai savoir au sergent Tucker que vous étiez ici aujourd'hui, reprit-elle, se disant que ça ne pouvait pas faire de mal de lui rappeler qu'elle était en excellents termes avec la police.

— Bonne idée, Alex. (Il garda sa pose avachie sur le canapé du père Toms.) Soyez prudente. À très bientôt.

En faisant signe à Luna de la suivre avant de se diriger vers la porte de la cabane, Alex surprit le sourire qui s'étalait lentement sur le visage de l'homme. Et même si elle n'osait pas regarder derrière elle, elle sentit dans sa nuque que ses yeux vif-argent la regardaient s'installer sur sa motoneige avec Luna et lancer le moteur. Quelques centaines de mètres plus loin, une pensée lui traversa soudain l'esprit.

Elle n'avait pas vu d'autre motoneige garée dans le hameau.

Alors comment diable était-il arrivé jusqu'ici, alors que plus de soixante kilomètres d'étendues sauvages séparaient cet endroit d'Harmony ?

Chapitre 7

Kade patienta les quelques heures de jour dans la cabane du père Toms. Dès qu'il put s'aventurer à l'extérieur sans risque pour sa peau de vampire sensible au soleil, il repartit à pied, cette fois en direction de la vaste propriété que possédait sa famille au nord de Fairbanks.

Il se demanda comment il allait être accueilli dans le Havrobscur de son père, lui, le fils prodigue, le mouton noir impénitent, qui était parti un an auparavant sans explications et sans jamais regarder en arrière. Il ressentait une certaine culpabilité d'avoir fait ça mais n'imaginait pas une seconde que qui que ce soit le croirait s'il le disait.

Seth, son frère, serait-il là à son arrivée et, si c'était le cas, que dirait-il des meurtres qui avaient ramené Kade de Boston pour enquêter dans sa région natale pour le compte de l'Ordre ?

Mais, plus important encore, Kade se demandait ce que cachait Alexandra Maguire.

Il savait assez ce que signifiait garder un secret pour deviner que la jolie pilote de brousse n'était pas complètement honnête quant à ce qu'elle savait du récent massacre – pas plus avec lui quelques heures plus tôt qu'avec ses concitoyens ou les autorités locales la veille, voire qu'avec elle-même.

Il aurait pu insister auprès d'elle pour qu'elle lui dise la vérité dans la cabane du père Toms, mais Alex ne semblait pas du genre à se laisser forcer la main. Kade devrait gagner sa confiance pour obtenir d'elle les informations dont il avait besoin.

Il lui faudrait peut-être même la séduire pour arriver à ses fins, une solution qu'il semblait envisager avec un intérêt bien trop aigu. Ouais… Ça, c'était un boulot difficile, se rapprocher d'Alexandra Maguire ! Chaque mission devrait exiger du guerrier de mener à bien une tâche aussi ardue.

Ses réflexions sur la manière dont il allait s'y prendre avec elle lors de leur prochaine rencontre lui firent perdre toute notion du temps et des kilomètres qu'il avalait. En un rien de temps, il atteignit l'immense étendue de terres vierges couvertes de forêts que sa famille possédait depuis des siècles. L'odeur familière des bois et de la terre qui dormait sous la neige lui serra la poitrine. Ça avait été si longtemps son domaine, son royaume.

Combien de fois Seth et lui avaient-ils couru en hurlant à travers cette même forêt, frères d'armes, jeunes seigneurs de la chasse ? Trop pour qu'il se souvienne de chacune d'entre elles.

Mais Kade se souvenait très bien de la nuit où cette enfance idyllique et partagée s'était achevée. Il sentait encore le poids de cet instant dans la peur qui s'abattit soudainement sur lui alors qu'il approchait le complexe de cabanes de bois qui constituait le Havrobscur de son père.

Contrairement à la plupart des communautés civiles de la Lignée, ce Havrobscur n'avait pas de périmètre de sécurité grillagé ou de caméras de surveillance en circuit fermé. Il n'y avait pas non plus de gardes postés à ses abords. Si loin dans l'intérieur de l'État, c'était inutile. Dure, perdue, vaste, la terre elle-même protégeait les nombreuses résidences et les gens qui y vivaient.

Et si les prédateurs à quatre pattes ne dissuadaient pas d'éventuels visiteurs humains indésirables de venir jusque-là, le père de Kade et les quelque vingt autres mâles de la Lignée qui vivaient au sein du Havrobscur seraient ravis de s'en charger.

Kade emprunta la piste enneigée qui menait jusqu'à la grande maison principale. Il frappa à la porte, ne se sentant pas d'entrer sans être annoncé.

C'est le frère cadet de son père qui vint lui ouvrir.

—Eh bien, qu'est-ce que tu fais à rester comme ça dans la neige, Seth… ?

—Oncle Maksim, dit Kade, en hochant la tête pour saluer l'autre mâle, dont le visage s'éclaira en le reconnaissant. Comment vas-tu, Max ?

Le vampire avait près de trois cents ans, mais, avec son visage sans rides et ses épais cheveux bruns, il semblait, comme tous ceux de leur espèce, dans la fleur de l'âge.

—Je vais bien, répondit-il. Voilà une heureuse surprise, Kade. Ton père va être ravi de te savoir de retour.

Kade retint un petit rire en l'entendant, mais seulement parce qu'il savait que son oncle disait ça par gentillesse.

—Il est là ?

Maksim hocha la tête.

—Dans son bureau. Mon Dieu, c'est un vrai soulagement de te revoir et de savoir que tu vas bien. Cela fait si longtemps que tu n'as pas donné de nouvelles que j'ai bien peur que nombre d'entre nous supposaient le pire.

—Ouais, dit Kade, volontairement ironique. Ça m'arrive souvent. Pourrais-tu dire à mon père que je suis là ?

Son oncle lui donna une petite tape sur l'épaule.

—Je vais faire mieux que ça. Viens avec moi. Je t'emmène à lui moi-même.

Kade suivit le grand mâle dans l'imposante résidence jusqu'au bureau de son père, qui donnait à l'ouest. Maksim frappa à la porte, puis tourna la poignée et ouvrit.

— Kern, mon frère, regarde qui est de retour à la maison.

Le père de Kade se détourna de l'écran de son ordinateur et fit pivoter son grand fauteuil de cuir pour leur faire face. Kade regarda son visage sévère passer d'une expression de surprise et de soulagement à une expression de confusion, puis de désappointement réel quand il se rendit compte que c'était le fils prodigue qui attendait sur le seuil, pas son favori. Il fronçait les sourcils.

— Kade.

— Père, répondit celui-ci sachant bien qu'il n'y aurait pas d'embrassades ou d'effusions quelconques de la part de son géniteur, qui se levait de son siège et venait se placer devant son grand bureau.

Il n'accorda qu'un bref regard à son frère, debout à la porte derrière Kade.

— Laisse-nous, Maksim.

Sans le voir, Kade sentit le retrait silencieux et obéissant de son oncle. Le regard grave de son père, lourd de désapprobation, le transperçait à travers la pièce. Kade posa son sac et attendit le bon (dé)plaisir de son père.

— Tu as oublié de mentionner ton intention de rentrer lors de notre récente conversation téléphonique. (Comme Kade ne s'excusait pas, son père soupira bruyamment.) Mais, bon, ça n'a rien d'étonnant. Après tout, tu n'as pas pris non plus la peine de nous parler avant de partir il y a un an de ça. Tu t'es contenté de t'en aller sans penser à tes responsabilités ou à ta famille.

— Le temps était venu pour moi de quitter la maison, répondit Kade après un long silence. J'avais des choses à faire.

Le ricanement de son père lui parut chargé d'animosité.

— J'espère que le jeu en valait la chandelle. Tu as brisé le cœur de ta mère, tu le sais, non ? Jusqu'à ce que tu finisses par te manifester l'autre jour, elle était certaine que tu t'étais fait tuer après avoir rejoint cette équipe de justiciers là-bas à Boston. Et même si Seth serait bien la dernière personne à dire du mal de toi, je peux te garantir que ton départ lui a brisé le cœur, à lui aussi. Ton frère a changé depuis que tu es parti.

Et bien sûr la faute en revenait clairement à Kade, comme pour tout le reste d'ailleurs. Il secoua la tête, conscient qu'il ne servirait à rien d'essayer de se défendre ou de défendre l'Ordre. Lucan et les autres guerriers n'avaient pas besoin du soutien ou de l'approbation de son père. Lui non plus, du reste.

Cela faisait bien longtemps qu'il survivait sans, et il avait abandonné depuis belle lurette le besoin de prouver sa valeur à cet homme.

—Alors, Seth est toujours en déplacement pour ton compte ?

Son père lui jeta un regard suspicieux.

—Il ne devrait pas tarder à rentrer. J'imagine qu'il va aussi en profiter pour se nourrir, ce qui expliquerait son retard.

—Et Perth ?

—Ils ne sont pas encore accouplés, répondit sèchement Kern.

Kade grogna, pas vraiment étonné de cette réponse. Cela faisait à présent une demi-douzaine d'années qu'il avait été convenu que Seth et Perth, l'une des Compagnes de sang qui vivaient dans le Havrobscur familial depuis qu'elles étaient enfants, deviendraient un couple lié par le sang. À l'époque, Perth avait préféré Seth à tous les autres mâles de la région et, au grand bonheur de ses parents, il avait accepté de faire de cette femelle sa compagne. Le problème c'est qu'il semblait trouver une bonne excuse après l'autre pour remettre à plus tard.

Sans compagne pour satisfaire son besoin de sang, un vampire devait se nourrir sur la population humaine. La plupart des mâles de la Lignée aspiraient à un lien indissoluble et éternel qui les libérerait de leur soif de sang en leur fournissant une source stable et aimante de puissance et de passion pour le reste de leur vie.

Mais certains préféraient rester sans attaches, à chasser où bon leur semblait, et aimaient avoir à rechercher et à conquérir sans cesse de nouvelles proies humaines.

Kade lui-même n'était pas pressé de se fixer avec une Compagne de sang, ce qui représentait un autre point de friction avec son père et sa mère, qui étaient liés par le sang et heureux en ménage depuis plus d'un siècle. Ils avaient reporté tous leurs espoirs sur Seth. C'était lui l'étudiant sérieux, l'intellectuel, lui qui, c'était clair, prendrait un jour les rênes du Havrobscur familial ou formerait le sien propre.

Kade avait toujours été à l'opposé de son frère. C'était probablement son côté tapageur et irresponsable qui l'avait condamné aux yeux de son père, alors que la maîtrise de soi dont faisait montre Seth lui avait permis d'obtenir une liberté quasi illimitée.

— Eh bien, reprit son père après un long silence. Puisque tu es revenu à la raison et que te voilà rentré chez toi, j'imagine que cela signifie que tu es prêt à reprendre ta place au sein de la famille. Et comme il semble que tu n'aies pour bagage pas grand-chose de plus que ce que tu as sur le dos, je vais faire le nécessaire pour transférer des fonds sur ton ancien compte.

— Je ne suis pas venu demander l'aumône, s'insurgea Kade, que cette supposition mettait en fureur. Quant à rester, ce n'est pas dans mes plans…

— Où est mon fils ? (Kade venait d'être interrompu par une femme menue qui avait ouvert la porte du bureau comme une tornade et se précipitait dans la pièce.) C'est vraiment toi ! Oh, Kade !

Toute tremblante d'émotion, elle prit Kade dans ses bras. Sa mère était toujours aussi belle et aussi vive – et même plus qu'avant semblait-il, son aura encore accrue par la grossesse que révélaient le pull et le pantalon blancs qu'elle portait. Avec la chevelure noir de jais et les yeux gris argent qu'elle avait transmis à ses fils, la mère de Kade, Victoria, était une femme superbe. Comme son compagnon, elle ne faisait pas plus de trente ans, ayant cessé de vieillir grâce au lien de sang qu'elle partageait avec Kern.

— Oh, mon chéri. Je me suis fait tellement de souci ! Dieu merci, tu es de retour et, regarde-moi, juste à temps. (Elle sourit, rayonnante.) Tu auras deux nouveaux frères dans moins d'un mois. De nouveau de vrais jumeaux, comme toi et Seth.

Malgré le plaisir évident de sa mère, Kade sentit son estomac se nouer. Le don qu'il partageait avec Seth, cette aptitude à communiquer avec des prédateurs et à les soumettre à leur volonté, constituait un talent particulier que leur mère leur avait transmis dans ses gènes comme la douceur et la couleur dorée de sa peau, ses cheveux noirs et ses yeux exotiques. Mais chez Kade et Seth, contrairement à chez elle, le sang de la Lignée légué par leur père conférait à ce don un côté obscur. Et il avait peur que cela se répète chez ses deux nouveaux frères.

— Tu es resplendissante, Mère. Je suis ravi de te voir si heureuse.

— Je le suis encore plus maintenant que tu es là. Tu verras, j'ai gardé tes quartiers exactement dans l'état où tu les avais laissés. Et il ne s'est pas passé un jour sans que je prie pour que mes deux fils adorés vivent de nouveau en famille et en sécurité sous notre toit.

Elle jeta une nouvelle fois ses bras autour de Kade, ce qui le rendit encore plus mal à l'aise pour ce qu'il devait lui dire.

— Je… je ne sais pas combien de temps je vais rester. Je ne suis pas revenu vivre ici, Mère. Je suis en Alaska pour le compte de l'Ordre.

Elle s'écarta ; son sourire avait disparu.

— Tu ne restes pas ?

— Seulement jusqu'à ce que ma mission soit terminée. Ensuite, il faudra que je rentre à Boston. Je suis désolé que tu aies cru…

— Mais tu ne peux pas partir, murmura-t-elle avec des larmes dans les yeux. C'est ici chez toi, Kade. Ta place est ici. Nous sommes ta famille. Tu as une vie ici…

Il secoua doucement la tête.

— Ma vie est avec l'Ordre maintenant. Ils ont besoin de moi et j'ai des choses importantes à faire. Oh, Mère, je suis navré de te décevoir comme ça.

Elle porta la main à sa bouche pour retenir ses sanglots et fit quelques pas à reculons en trébuchant. Le père de Kade fut instantanément à ses côtés et l'enlaça en une attitude protectrice. Il lui parla doucement, avec tendresse, prononçant rien que pour elle des mots qui semblèrent la consoler un peu. Mais ses larmes et ses sanglots ne s'arrêtèrent pas complètement pour autant.

Kern l'escorta avec précaution jusqu'à la porte, où il ne s'arrêta que pour lever la tête et lancer un regard dur à son fils. Celui-ci ne baissa pas les yeux et ils restèrent ainsi un instant à s'affronter.

— Nous n'en avons pas fini tous les deux, Kade. Attends-moi ici le temps que je m'occupe de ta mère.

Kade attendit comme on venait de lui ordonner, mais pas plus d'une minute. Le temps passé loin de cet endroit lui avait fait oublier ce que ça avait été d'y vivre. Il ne pouvait pas plus vivre chez son père que dans l'ombre de Seth. Être à l'origine de la détresse de sa mère était pour lui une vraie souffrance, mais s'il avait eu besoin qu'on lui rappelle que sa place n'était pas là, le regard que son père venait de lui lancer ne lui laissait plus aucun doute sur le sujet.

— Et merde, siffla-t-il en attrapant son sac pour quitter le bureau.

Il sortit, se disant que l'air glacial l'aiderait à clarifier ses pensées. Mais son regard fut immédiatement attiré par la cabane qu'occupait son frère. Il savait qu'il ne devait pas y pénétrer – il n'en avait absolument pas le droit –, mais le besoin d'obtenir des réponses à ses questions fut plus fort que sa réticence à envahir l'intimité de Seth et la culpabilité qui allait avec. Il ouvrit la porte et entra.

Il n'était pas trop sûr de ce à quoi il s'était attendu. Le chaos ou tout au moins le désordre d'un esprit troublé ? Mais l'appartement de Seth était toujours aussi bien rangé, tout y était à sa place, meubles et objets personnels précisément disposés. Il y avait un livre de philosophie sur la table de lecture à côté du canapé, une collection de disques classiques sur le lecteur de CD. Et devant l'ordinateur de Seth était posé sous un presse-papiers de cristal un dossier impeccable contenant des tirages de feuilles de calcul sur lesquelles il était clair qu'il travaillait pour le compte de leur père.

Seth, le fils parfait.

Sauf que plus il regardait autour de lui, plus il semblait à Kade que cette cabane était un décor plutôt qu'un vrai lieu de vie. Tout était trop net, trop soigneusement arrangé, comme si les choses avaient été mises là au cas où quelqu'un s'aviserait de fouiner à la recherche d'un truc qui cloche ou d'un signe d'imposture évident, comme Kade était justement en train de le faire.

Mais Kade connaissait son frère mieux que personne. Mieux, il faisait partie de Seth, comme personne d'autre ne le pouvait, du fait du lien intime qui les unissait en tant que vrais jumeaux. Depuis qu'ils étaient gamins ils étaient deux parties d'un même tout, inséparables, dotés d'une compréhension mutuelle qui se passait de mots.

Kade avait longtemps cru que Seth et lui étaient identiques en tous points. Jusqu'au jour où il avait vu pour la première fois son frère diriger une meute de loups au cours de la poursuite d'un grizzly et de sa mise à mort.

Ils étaient encore tout jeunes à l'époque. Ils avaient quatorze ans et voulaient absolument tester les limites de leurs forces et de leurs aptitudes surnaturelles. Seth jouait les cadors, se vantant d'avoir conquis l'amitié d'une meute de loups du voisinage et de pouvoir contrôler les esprits de plus d'un animal à la fois. Kade n'avait jamais fait ça – il ne s'était même jamais rendu compte qu'il pouvait le faire –, ce qui avait rendu Seth encore plus désireux de lui en faire la démonstration.

Il avait appelé la meute en hurlant et, avant que Kade se rende vraiment compte de ce qui se passait, ils couraient tous deux avec les loups à la recherche d'une proie. Ils trouvèrent un grizzly en train d'attraper des saumons dans une rivière. Seth ordonna à la meute de le tuer. À la surprise de Kade, ils obéirent. Mais le plus impressionnant – et surtout le plus insupportable – fut de voir Seth prendre part au massacre.

Ce fut un long combat sanglant… et Seth avait adoré ça. Couvert du sang et des tripes de l'animal, il avait appelé Kade à se joindre à lui, mais ce dernier avait été atterré. Il avait vomi dans les herbes et ne s'était jamais senti aussi mal de sa vie.

En privé, Seth l'avait asticoté avec ça pendant des semaines. Il n'avait cessé d'exciter Kade, jouant le diable perché sur son épaule, le défiant de tester les limites de son don pour déterminer lequel d'entre les jumeaux était le plus puissant. Et, stupidement, Kade avait fini par céder. L'orgueil avait fait de lui un idiot et il avait relevé le gant que lui avait jeté Seth.

Il avait affiné son don jusqu'à ce que son usage lui devienne aussi naturel que la respiration. Il en était venu à adorer la sensation de la vie sauvage sur sa peau, envahissant ses sens. Il était devenu si plein de la puissance de son don qu'il lui fut vite impossible de s'empêcher de l'utiliser à tout-va.

Seth avait été furieux de voir les aptitudes de Kade surpasser les siennes. Il était jaloux et manquait d'assurance, un cocktail explosif. D'un coup il avait trouvé quelque chose de plus à prouver à Kade et un nouvel objet à ses penchants violents.

Sans se poser de questions, Seth avait fini par utiliser son sombre don sur de nouvelles proies.

Lui et sa meute avaient tué un humain.

Cela s'était produit quelques mois à peine avant que Kade soit recruté par l'Ordre. Révolté, furieux, il avait eu l'intention de traîner Seth devant son père et le reste du Havrobscur pour révéler sa transgression impardonnable de la loi de la Lignée. Mais Seth l'avait travaillé au corps. Il avait juré ses grands dieux que cela avait été de sa part une erreur terrible, un jeu qui avait fini par devenir incontrôlable. Il avait supplié Kade de ne pas le dénoncer. Il lui avait promis que le meurtre avait été un accident et que cela ne se reproduirait plus jamais.

Même alors, Kade ne l'avait pas vraiment cru et il aurait dû rendre public son secret. Mais Seth était son frère adoré – son autre moitié. Et Kade savait ce que la nouvelle du crime de Seth ferait à ses parents, en particulier à sa mère.

Alors il s'était tu, même si ce secret n'avait cessé de le dévorer de l'intérieur depuis.

Il avait protégé Seth de la vérité et ses parents de ses ravages, et quand Nikolaï l'avait appelé de Boston en lui disant que l'Ordre recrutait il avait sauté sur l'occasion.

Et à présent le massacre de la famille Toms avait remis tout ça au premier plan. Il espérait de toute son âme que son frère n'était pas capable de tuer une famille entière de sang-froid, mais il avait peur que Seth ait eu beaucoup de mal à tenir la promesse qu'il lui avait faite un an auparavant.

L'esprit obscurci par cette crainte, Kade s'apprêta à quitter la cabane. Ce n'est qu'à mi-chemin de la porte qu'il se rendit compte qu'il venait de marcher sur une épaisse peau de grizzly. Celle-ci couvrait le sol du salon, et bien qu'il ne soit plus rien resté depuis belle lurette de l'ours que Seth et ses loups avaient tué, le rictus figé de ce grizzly mort produisit en lui un déclic. Il revint sur ses pas et s'agenouilla à côté de la mâchoire ouverte de l'animal.

— Seigneur, faites que je me trompe, murmura-t-il en glissant prudemment la main dans la gueule aux crocs acérés.

Il l'enfonça aussi loin que possible et jura quand ses doigts rencontrèrent le tissu soyeux d'un petit sac caché là, au fond de la gorge du grizzly.

Kade sortit le sachet que fermait une cordelette. Le posant dans sa main, il entendit un petit bruit métallique. Il desserra l'ouverture et fit glisser le contenu sur sa paume. Il y avait là plusieurs bagues en or, ainsi qu'un bracelet de cuir tressé auquel étaient accrochées une dent d'ours et de petites mèches de cheveux coupées sur différentes têtes humaines, dont certaines étaient encore souillées par du sang séché.

Pas moyen de nier l'évidence.

Apparemment, Seth avait gardé des souvenirs. Kade venait de tomber sur une cachette de reliques arrachées à ses victimes.

— Espèce de fils de pute, lâcha Kade. Espèce d'enfoiré de malade de fils de pute.

La colère et le chagrin se rejoignirent au creux de son estomac. Il ne voulait pas croire à ce qu'il voyait. Il voulait esquiver la réalité, s'accrocher à n'importe quelle explication, à l'exception de celle qui hurlait dans sa tête comme une sirène d'alarme.

Son frère était un tueur.

Était-ce lui qui avait attaqué la famille Toms d'une façon si haïssable ?

Au fond de lui, Kade ne pouvait imaginer qu'il se soit rendu coupable du massacre d'une famille entière.

Malgré la peur qui lui nouait l'estomac, il lui fallait absolument d'autres réponses avant de se convaincre que Seth était un tel monstre. Il lui fallait des preuves. En fait, ce dont il avait besoin, c'était de regarder son frère dans les yeux et d'exiger de lui la vérité, une fois pour toutes.

Et s'il s'avérait que Seth était coupable, Kade se sentait prêt à faire ce qu'il fallait faire. Ce qu'il aurait dû faire quand il avait eu pour la première fois la preuve du dédain apparent que professait Seth pour la vie humaine.

Il le tuerait.

Chapitre 8

Chez Pete ce soir-là, la plupart des clients étaient assemblés au bar dans la salle de devant, où le bruit des conversations le disputait au vacarme d'une retransmission d'un match de hockey sur une chaîne satellitaire et aux accents plaintifs d'une vieille chanson des Eagles sur le juke-box installé près des toilettes unisexes et de la salle de jeu. Alex et Jenna étaient assises face à face à l'une des tables centrales. Elles avaient fini de dîner depuis un moment déjà et elles étaient en train de partager une part de tarte aux pommes maison en sirotant le fond de verre tiède de leurs bières locales.

Cela devait bien faire une heure que Jenna bâillait par intermittence et qu'elle regardait régulièrement sa montre, mais Alex savait que son amie était trop polie pour la laisser tomber. Égoïstement, elle voulait prolonger la soirée. C'était elle qui avait insisté pour la tarte et une dernière bière, et elle avait même mis quelques pièces dans le juke-box pour avoir l'excuse d'attendre que sa chanson passe avant qu'elles s'en aillent.

Elle aurait fait n'importe quoi pour éviter d'avoir à rentrer dans sa maison vide.

Son père lui manquait, plus que jamais auparavant. Il avait été si longtemps son ami et son confident le plus cher. Quand la violence avait chamboulé tout son monde, il avait été son recours – fort, volontaire, capable. Il aurait été le seul à pouvoir comprendre les peurs inexprimables qui l'agitaient à présent, le seul vers qui elle aurait pu se tourner, le seul qui aurait pu lui dire que tout allait bien se passer en parvenant presque à la convaincre qu'il y croyait vraiment.

Mais à présent, si on exceptait sa chienne, elle était seule, et elle était terrifiée.

L'envie de déménager et de fuir ce qu'elle avait vu ce jour affreux au hameau des Toms était presque incontrôlable. Mais pour où ? Si l'Alaska n'avait pas été assez loin pour échapper aux monstres qui rôdaient dans ses souvenirs depuis la Floride, où pouvait-elle espérer y échapper ?

— Tu vas jouer avec cette fourchette toute la soirée ou tu vas te décider à manger de cette tarte ? (Jenna finit sa bière et posa la bouteille sur la table de bois brut.) C'est toi qui voulais un dessert, et tu me laisses le manger presque en entier.

— Excuse-moi, murmura Alex en posant sa fourchette. J'imagine que je n'avais pas aussi faim que je l'ai cru.

— Tout va bien, Alex ? Si tu as besoin de parler de ce qui s'est passé l'autre soir à la réunion ou là-bas chez les Toms…

— Non. Je n'ai pas envie d'en parler. Pour dire quoi de toute façon ? Y a des coups durs dans la vie, non ? Même les gens les plus gentils ont régulièrement droit à des catastrophes.

— Ouais, c'est sûr, répondit Jenna calmement, avec de la buée dans les yeux. Écoute, j'ai passé un moment chez Zach cet après-midi. Il semble que les flics de Fairbanks soient débordés en ce moment, mais ils nous enverront une unité d'ici quelques jours. Entre-temps, ils ont découvert une vidéo de la scène du crime sur Internet, non mais tu te rends compte ? Il semble qu'un connard soit allé là-bas peu de temps après ton passage, qu'il ait fait une vidéo avec son portable et qu'il l'ait ensuite mise en ligne sur un site illégal, qui, paraît-il, paie cent dollars pour toute image bien gore pourvu qu'elle soit authentique.

Alex se pencha en avant sur sa chaise, son attention soudain réactivée en entendant cette confirmation de ce que Kade lui avait dit chez les Toms.

— Et ils savent qui ?

Jenna roula des yeux et eut un geste vers la salle de jeu, où un petit groupe de fumeurs d'herbe locaux jouait aux fléchettes.

— Skeeter Arnold, dit Alex, pas surprise pour un sou que ce fainéant toujours au chômage mais jamais sans un verre dans une main et un joint dans l'autre ait suffisamment peu de respect pour les morts pour vendre leur image. Quel salopard ! Quand tu penses qu'il traînait avec Teddy Toms…

Elle ne put finir sa phrase. La réalité faisait trop mal.

Jenna approuva de la tête.

— Skeeter a l'habitude de mettre le grappin sur des gosses qu'il sait pouvoir manipuler. C'est un camé et un loser. Ça fait au moins un an que je dis à Zach que, d'après moi, ce type vend des drogues et de l'alcool dans les communautés autochtones abstinentes. Malheureusement, les flics ont besoin de preuves pour arrêter un type et le poursuivre, et Zach me répète chaque fois que tout ce que j'ai sur Skeeter Arnold, ce sont des soupçons.

Alex regarda son amie, consciente de l'étincelle de ténacité qui venait de s'allumer dans ses yeux.

— Ça te manque ? D'être flic, je veux dire.

— Non. (Jenna fronça les sourcils comme si elle réfléchissait à la question, puis secoua fermement la tête.) Je ne pourrais plus faire ce job. Je ne veux pas avoir à mettre de l'ordre dans les tragédies ou les merdiers des autres. Et puis, chaque fois que je me rendrais sur les lieux d'un accident de la route, je me demanderais à qui je vais arracher le cœur en faisant mon rapport. Je n'ai plus la force pour le travail de police à présent.

Alex tendit la main et serra celle de son amie avec gentillesse pour lui signifier qu'elle comprenait.

— À mon humble avis, tu es un grand flic, et c'est parce que tu te soucies vraiment des gens. Ça a toujours été plus qu'un travail pour toi, et ça se voyait. Nous avons besoin de plus de gens comme toi pour prendre soin du reste d'entre nous. Je ne peux pas m'empêcher de penser qu'un de ces jours, tu y reviendras.

— Non, répéta Jenna et, à travers le contact de leurs mains, Alex sentit que Jenna était sincère. J'ai perdu ce qu'il faut pour exercer ce métier en perdant Mitch et Libby. Tu te rends compte que ça va faire quatre ans cette semaine ?

— Oh, Jen !

Alex se souvenait très bien de la nuit de novembre au cours de laquelle le mari policier de Jenna et leur petite fille avaient trouvé la mort sur la route. Toute la famille rentrait d'une fête organisée par les State Troopers à Galena quand, sur une plaque de neige glacée, leur Chevrolet Blazer s'était mise à glisser inexorablement vers la voie qui venait en face. Le dix-huit roues qui les avait percutés était chargé à bloc de cinq tonnes de bois de charpente en route vers le sud.

Mitch, qui était au volant, avait été tué sur le coup. Libby, souffrant de multiples fractures et d'hémorragies internes, avait survécu deux jours à l'hôpital assistée par des machines avant que son petit corps abandonne la lutte. Quant à Jenna, elle était restée dans le coma pendant un mois et demi, pour apprendre à son réveil la terrible nouvelle de la disparition de Mitch et de Libby.

— Tout le monde dit qu'avec le temps la douleur finira par se calmer, que je pourrai me consoler avec les souvenirs heureux de ce que j'ai eu au lieu de m'appesantir sur ce que j'ai perdu.

Jenna retira sa main de sous celle d'Alex et se mit à triturer l'étiquette de sa bouteille de bière vide.

— Ça fait quatre ans, Alex. Est-ce que je ne devrais pas avoir fait au moins une partie de mon deuil ?

— Le deuil, ricana Alex. Ce n'est pas à moi qu'il faut parler de ça. Papa n'est mort que depuis six mois, mais je ne pense pas pouvoir renoncer à l'espoir de le voir franchir la porte de nouveau. C'est en partie à cause de ça que j'envisage de…

Jenna leva les yeux sur elle.

— De quoi ?

Alex haussa les épaules.

— C'est juste que je commence à me demander si ce ne serait pas mieux pour moi de vendre la maison et de passer à autre chose.

— Passer à autre chose… comme quitter Harmony ?

— Comme quitter l'Alaska, Jen.

En espérant laisser derrière elle cette mort qui semblait la suivre où qu'elle aille avant qu'elle ait une chance de la rattraper encore.

— Je me disais simplement que j'ai peut-être besoin de recommencer à zéro quelque part, voilà tout.

Elle ne parvint pas à déchiffrer l'expression de Jenna, qui semblait perdue quelque part entre la détresse et la jalousie. Mais avant que son amie puisse mettre son vrai talent de persuasion au service d'une argumentation reprenant les raisons pour lesquelles Alex devait absolument rester, un rugissement d'enthousiasme s'éleva du bar.

— Qu'est-ce qui se passe ? demanda Alex, qui tournait le dos aux braillards. L'équipe de Big Dave a gagné, ou quoi ?

— Je n'en sais rien, mais elle vient juste de se dépêcher de rejoindre le bar. (Jenna revint alors à Alex et jura à voix basse.) Tu es ma meilleure amie, Alex, et tu sais combien je suis difficile quand il s'agit de mes amis. Tu ne peux pas être tranquillement assise ici avec moi devant une part de tarte à moitié bouffée en pleine soirée hockey chez Pete et lâcher sans avoir l'air d'y toucher une bombe à propos de l'idée qui te serait venue de déménager. Depuis quand ? Et pourquoi ne pas m'en avoir parlé ? Je croyais qu'en tant qu'amies nous partagions tout.

Pas tout, pensa Alex. Il y avait certaines choses qu'elle n'avait le courage de partager avec personne. Des choses sur elle-même et d'autres qu'elle avait vues qui l'auraient fait cataloguer immédiatement comme instable ou carrément dérangée. Jenna ne savait même pas que la mère et le petit frère d'Alex avaient été assassinés, et encore moins comment.

Massacrés.

Attaqués par des créatures sorties tout droit des pires cauchemars.

Alex et son père avaient mis au point un mensonge beaucoup plus vraisemblable lors de leur voyage vers l'Alaska au moment de commencer une nouvelle vie sans la moitié manquante de la famille. À tous ceux qui posaient la question, il était répondu que la mère et le petit frère d'Alex avaient été tués par un chauffard soûl là-bas en Floride… et qu'ils étaient morts sur le coup, sans souffrances.

Rien n'aurait pu être plus éloigné de la vérité.

Alex s'était sentie coupable d'avoir perpétué ce mensonge, en particulier envers Jenna, mais elle s'était consolée en se disant qu'elle ne faisait que protéger son amie. Personne n'aurait voulu savoir de quelle horreur Alex et son père avaient été les témoins rescapés de justesse. Personne n'aurait supporté d'imaginer qu'un mal aussi épouvantable – aussi sanguinaire et violent – ait pu exister réellement.

Elle se dit qu'elle continuait à protéger Jenna, qu'elle épargnait son amie comme son père avait tenté de l'épargner elle.

— Ça vient juste de me traverser l'esprit, c'est tout, murmura-t-elle, avant d'avaler à son tour la dernière gorgée de bière tiède.

Elle venait à peine de poser la bouteille qu'une serveuse blond platine arriva avec deux nouvelles bières. Alors qu'elle se penchait pour poser les bouteilles fraîches sur la table, Alex remarqua que la mèche rose flashy de sa chevelure décolorée était assortie à la nuance de son rouge à lèvres.

Alex secoua la tête.

— Attends une seconde, Annabeth. Nous avons déjà payé notre note et nous n'avons pas commandé ces bières.

— Je sais, répondit la serveuse en faisant signe de son pouce par-dessus son épaule vers le bar. Mais il y a quelqu'un là-bas qui vient d'offrir une tournée générale.

— Si c'est de la part de Big Dave, je passe mon tour, grommela Jenna.

— C'est pas lui, dit Annabeth avec un large sourire qui éclaira tout son visage. J'ai jamais vu ce type avant. Grand, des cheveux noirs en bataille, des yeux impossibles, et beau à se pâmer.

Ce fut au tour d'Alex de grommeler. Ce ne pouvait être que Kade, elle le sut avant même de pivoter sur sa chaise pour lancer un regard inquisiteur vers le groupe d'hommes assemblés au bar. Sa tête aux cheveux sombres et soyeux dominait au centre de la petite foule.

— Incroyable, murmura-t-elle, alors qu'Annabeth quittait la table.

— Tu le connais ? demanda Jenna.

— C'est le type que j'ai vu au fond de l'église hier soir. Il s'appelle Kade. Je l'ai revu aujourd'hui au hameau des Toms pendant ma tournée.

Jenna fronça les sourcils.

— Et qu'est-ce qu'il foutait là ?

— Je ne sais pas exactement. Je l'ai trouvé dans la cabane du père Toms. Il avait l'air de sortir du lit en plein milieu de l'après-midi. Et il était sérieusement armé : fusil à canon scié, couteau, pistolet, sans compter les balles destinées à du gros gibier. J'imagine qu'il compte aider à résoudre notre prétendu problème de loups.

— Rien d'étonnant à ce que Big Dave ait l'air de l'apprécier tellement alors, fit sèchement remarquer Jenna. Eh bien, en tout cas, je suis bien incapable de boire une autre bière, gratuite ou non. Je n'en peux plus. Je dois m'arrêter chez Zach pour déposer des dossiers qu'il m'a demandés, et après il faut vraiment que je rentre chez moi.

Alex acquiesça en essayant de ne pas penser au fait que Kade était dans la même pièce qu'elle et à la façon troublante qu'avait son pouls de s'envoler à cette idée.

Jenna se leva et prit la doudoune qu'elle avait accrochée au mur.

— Et toi ? Tu veux que je te dépose ?

Malgré l'heure tardive et le monde que Kade semblait avoir attiré chez Pete, cela valait mieux que ce qui l'attendait chez elle.

— Non. Vas-y et ne t'inquiète pas pour moi. Je vais finir cette tarte, avec peut-être une tasse de café pour la faire passer. Et puis, je préfère marcher. L'air frais me fera du bien.

— OK, si tu es sûre… (Comme Alex hochait la tête, Jenna vint la prendre brièvement dans ses bras.) Plus question de déménagement, hein ? En tout cas, pas sans m'en parler avant. C'est clair ?

Alex sourit, mais le cœur n'y était pas.

— C'est clair.

Elle regarda son amie se frayer un chemin jusqu'à la sortie et, incapable de résister à sa seconde nature, celle qui faisait d'elle un flic, jeter au passage un regard inquisiteur à l'étranger venu là ce soir. Puis, malgré le bruit qui régnait dans l'établissement, Alex entendit le son creux de la vieille clarine fixée à la porte quand Jenna la claqua derrière elle.

Alex se coupa un morceau de tarte avec sa fourchette, mais s'arrêta au moment de le porter à sa bouche. Mais qu'est-ce qu'elle foutait ? Elle n'avait pas faim du tout et la dernière chose dont elle avait besoin était d'une tasse du café quasi solide de Pete, qui la tiendrait éveillée toute la nuit quand enfin elle serait parvenue à trouver le courage de retourner chez elle.

Bon Dieu, elle était ridicule ! Ce dont elle avait réellement besoin, c'était de rentrer, de nourrir Luna avant qu'elle ait mis la maison en charpie pour se venger d'avoir été abandonnée toute la soirée, et d'essayer de dormir correctement pour une fois. Le reste, elle y penserait au matin, quand elle aurait les idées plus claires. Tout prendrait son sens, alors. En tout cas, elle l'espérait, parce qu'elle ne voyait pas ce qui pourrait encore arriver qui serait susceptible de la perturber davantage.

Dès qu'elle fut debout et qu'elle eut enfilé sa parka, Alex sentit les deux bières qu'elle avait bues se précipiter vers sa vessie. Super ! Aller aux toilettes chez Pete signifiait longer le bar… et passer à côté de Kade. Elle envisagea d'ignorer l'urgence imposée par sa plomberie, mais, avec le froid qu'il faisait, parcourir les quelques centaines de mètres qui la séparaient de chez elle dans cet état serait une vraie torture. Elle risquait même une catastrophe.

Et puis après ? Kade la repérerait peut-être ? Et alors ? Après tout, rien ne l'obligeait à lui parler. Pas plus qu'à le regarder, d'ailleurs.

Ouais, son plan était brillant. Dommage qu'il ait capoté avant même qu'elle ait fait plus de deux pas.

Elle sentit les yeux vif-argent de Kade traverser la foule et se braquer sur elle comme deux rayons lasers. Son regard, chaud, électrique, la traversa, irriguant chacune de ses terminaisons nerveuses comme l'auraient fait lesdits rayons. Elle tenta d'ignorer l'effet qu'il lui faisait, ce qui lui fut soudain plus facile lorsqu'elle parvint à isoler la voix rauque de Big Dave des autres et l'entendit se vanter de ses récents exploits cynégétiques tandis que Kade souriait et approuvait de la tête comme s'il s'était trouvé avec ses meilleurs amis.

Ça fait à peine vingt-quatre heures qu'il est en ville et il est déjà un vieux pote de ces braillards. Quelle foutue chance il a !

Dégoûtée, Alex continua son chemin, dépassant le juke-box pour atteindre les toilettes. Lâchant un petit soupir de soulagement en les trouvant inoccupées, elle entra et fit ce qu'elle avait à faire, roulant des yeux en entendant les récits d'ivrognes et les rires qui continuaient de l'autre côté de la porte verrouillée. Ce n'est que lorsqu'elle fut au lavabo en train de se laver les mains qu'elle leva les yeux sur le miroir et y rencontra le regard d'une autre elle-même à la mine fatiguée et défaite.

— Oh, mon Dieu, murmura-t-elle, désolée de ne pas avoir pris le temps de se mettre un peu de mascara avant de sortir de chez elle ce soir-là. Et aussi de passer une brosse dans cette coiffure échevelée.

Elle fit une tentative pour discipliner les mèches blondes qui partaient dans tous les sens, mais elle était vouée à l'échec. Rien d'étonnant à ce que Kade l'ait regardée comme il l'avait fait. On aurait dit un sosie de Méduse quasi privé de sommeil pendant une semaine d'affilée, ce qui, il fallait bien le dire, décrivait assez bien sa situation.

Son apparence avait-elle été si désastreuse quand elle l'avait vu plus tôt dans la journée ? Elle espérait bien que non. Elle espérait qu'il n'avait pas pensé…

— Nom de Dieu ! Mais pourquoi devrais-tu te soucier le moins du monde de ce qu'il pense, hein ? dit-elle au visage tragique dans le miroir. Ce type là-dehors est la dernière personne sur laquelle tu aies besoin de faire impression.

Alex acquiesça à son propre commentaire, tout en se demandant si les événements récents lui avaient fait franchir une frontière invisible au-delà de laquelle il était tout à fait normal d'avoir des conversations avec son propre reflet. C'était déjà assez gênant qu'elle parle à Luna comme si la chienne comprenait tout ce qu'elle lui disait, mais là, ça allait trop loin.

Elle prit une profonde inspiration, accrocha ses cheveux en désordre derrière ses oreilles, puis ouvrit la porte des toilettes et sortit.

— Tout va bien là-dedans ?

Kade ! Oh, mon Dieu !

Il était appuyé au juke-box, qui s'était enfin décidé à cracher la chanson qu'elle avait choisie il y avait près d'une heure de ça. Il lui faisait un grand sourire, les yeux pétillant d'humour. L'avait-il entendue se réprimander elle-même par-dessus les paroles ironiques de Sheryl Crow, dont la chanson exposait longuement son erreur préférée ?

— Je vois que vous vous êtes déjà fait des amis à Harmony.

Il émit un grognement et jeta un coup d'œil au groupe d'hommes qui continuaient à descendre des bières, avant de reporter toute son attention sur elle.

— Big Dave et quelques autres ont décidé de pister la meute de loups qui a été repérée dans le coin il y a peu. Ils m'ont demandé de me joindre à eux.

Alex se mit à ricaner.

— Toutes mes félicitations. Je suis sûre que vous allez tous bien vous amuser.

Alors qu'elle s'en allait, il ajouta :

— J'ai aussi entendu parler ce soir d'une mort suspecte qui a eu lieu à la fin de l'hiver dernier. Un autochtone, vivant seul dans une cabane à une quinzaine de kilomètres au nord d'Harmony. Big Dave semble croire que, là encore, les loups étaient responsables.

Alex se retourna en secouant la tête.

— Vous voulez parler d'Henry Tulak ? Il buvait et il était un peu toqué. Le plus probable, c'est qu'il ait fait un truc stupide et qu'il soit mort de froid.

Kade haussa les épaules.

— Big Dave et les autres disent qu'on n'a rien pu prouver parce qu'il a fallu attendre le dégel pour découvrir le corps de Tulak. Il n'en restait plus alors que quelques os.

— Si vous aviez vécu dans l'intérieur du pays comme vous le prétendez, vous sauriez que rien n'y dure bien longtemps, dehors. Si les éléments ne vous font pas disparaître, les charognards s'en chargeront. Ça ne veut pas dire que les loups ont tué cet homme.

— Peut-être pas, dit Kade. Il n'empêche que, d'après la rumeur, la dernière fois qu'on a vu Tulak vivant il racontait qu'il avait vu une meute de loups rôder autour de chez lui. Il disait qu'il avait eu le sentiment qu'ils le jaugeaient, attendant une chance de frapper.

Entendre ce genre de conneries répétées, particulièrement par Kade, qu'elle aurait cru plus malin que Big Dave Grant et sa bande de crétins, mit un comble à l'agacement d'Alex.

— Big Dave dirait n'importe quoi pour exciter son monde. C'est dans sa nature. Si j'étais vous, je n'accorderais pas trop de poids à ce qu'il raconte.

— Je suis ici pour obtenir des informations, Alex. Pour l'instant, Big Dave semble le plus prêt à m'en fournir. Tout ce que j'obtiens des autres habitants de cette ville, ce sont des faux-fuyants et des demi-vérités, qui ne m'intéressent ni les uns ni les autres.

Ça y était. Cette fois, elle se sentait offensée. Son baromètre intérieur passa directement de l'agacement à la fureur.

— Et pourquoi êtes-vous là réellement ? Parlons-en, des faux-fuyants et des demi-vérités ! Regardez-vous ! Vous vous pointez ici, personne ne vous connaît, personne même ne sait d'où vous venez…

— Je vous l'ai dit, de la région au nord de Fairbanks. En passant par Boston, si maintenant on se met à être honnête l'un envers l'autre.

Alors, il n'était pas vraiment de l'Alaska. Il était venu de l'extérieur. Aussi innocemment qu'elle le put, elle posa sa main sur l'avant-bras de Kade et se pencha vers lui, comme si elle avait été un flic questionnant un témoin récalcitrant.

— Comment avez-vous fait pour rejoindre Harmony alors que tout le monde est bloqué par le mauvais temps depuis plusieurs jours ? D'ailleurs, à ce propos, comment vous êtes-vous rendu au hameau des Toms après avoir quitté Harmony la nuit dernière ?

— J'ai marché. Avec des raquettes, bien sûr.

— Vous avez marché plus de soixante kilomètres en pleine nuit ?

Alex se mit à rire, mais sans humour. La main toujours sur le bras de Kade, elle restait attentive à son instinct, attendant que ses sens lui indiquent si elle pouvait lui faire confiance. Mais rien ! Il était transparent comme du verre, illisible.

Toutefois, ça ne changeait rien au conte qu'il essayait de lui servir.

— Quelle connerie ! Vous êtes là en train de m'accuser de vous mentir, quand vous ne m'avez rien dit de vous à part que vous vous appelez Kade et que vous êtes un chasseur de primes cherchant à se faire de l'argent sur une meute de loups innocents.

Il secoua très légèrement la tête.

— Je n'ai jamais dit que j'étais venu ici chasser des loups, ni pour de l'argent ni pour autre chose. C'est une supposition de votre part. Et elle est fausse.

— D'accord, je donne ma langue au chat, alors. Qu'est-ce que vous foutez ici et pourquoi êtes-vous arrivé chargé de toute cette artillerie ? Qu'est-ce que vous voulez exactement, Kade, le non-chasseur de loups du nord de Fairbanks en passant par Boston ?

— Je vous l'ai dit lors de notre première conversation de la journée. J'ai besoin de connaître la vérité – toute la vérité – sur ce qui est arrivé à vos amis. Et je crois que vous pouvez m'aider, Alex. Je pense même que vous êtes probablement la seule à pouvoir le faire.

Il baissa le regard à l'endroit où la main d'Alex était toujours posée sur son bras. Elle la retira vivement, sentant encore sa voix profonde résonner en elle, les mots qu'il venait de prononcer lui donnant le sentiment qu'elle pourrait peut-être lui faire confiance, que son instinct ait été capable de le confirmer ou non.

Elle ne voulait pas s'emballer pour lui, bordel. Elle ne voulait pas le croire, quoi qu'il ait pu dire alors que son cœur battait la chamade et que tout en elle lui criait de fuir. De fuir avant de commettre l'erreur de laisser cet homme pénétrer son enfer personnel sans rien savoir de lui.

— Vous cherchez quoi ? demanda-t-elle doucement. (Elle aurait voulu avoir la force de s'en aller et de le laisser planté là au lieu de céder à la curiosité.) À quel jeu jouez-vous ?

— Je ne sais pas ce que vous voulez dire, répliqua-t-il, malgré cette fermeté dans le regard qui disait bien que peu de choses échappaient à son intelligence acérée. D'après vous, à quel jeu est-ce que je joue ?

Alex lui rendit son regard, se forçant à essayer de lire dans ses yeux tout ce qu'il ne lui dirait probablement pas.

— Vous me dites que vous n'êtes pas un chasseur de loups, mais vous laissez Big Dave et les autres croire que vous en êtes un. Vous me dites que vous voulez obtenir des informations de ma part, et pourtant vous ne cédez rien en échange. Soit vous faites partie des gentils, soit vous n'en faites pas partie. Qu'en est-il, Kade ?

Quelque chose passa rapidement sur son visage.

— Vous voyez tout en termes de bien et de mal, en noir et blanc ? Est-ce que pour vous les gens sont soit bons, soit mauvais ?

— Oui.

Elle n'y avait jamais pensé dans ces termes, mais elle devait bien admettre que cette clarté la confortait. Le bien était le bien, et le mal le mal. Dans son expérience, une ligne bien définie les séparait.

Et Kade n'avait toujours pas répondu à sa question.

À son grand étonnement, il tendit la main et passa les doigts sur sa joue, où quelques cheveux épars étaient retombés. Elle savait qu'elle aurait dû se cabrer à ce contact non sollicité, mais la chaleur de sa caresse – aussi fugace qu'elle ait été – lui avait fait trop de bien pour la nier.

— Vous pouvez être honnête avec moi, Alex. Vous pouvez être sûre que quoi que vous me disiez, je n'ai pas de mauvaises intentions à votre égard.

Mon Dieu, elle était tentée de tout lâcher devant lui, là tout de suite.

Elle ne connaissait cet homme ni d'Ève ni d'Adam, c'était sûr, et pourtant, quand elle le regardait dans les yeux, en sentant toujours la chaleur que ses doigts avaient laissée sur sa peau, elle n'avait qu'une envie : croire qu'elle pouvait lui faire vraiment confiance. Quelque part dans un coin effrayé de son cœur de petite fille, elle espérait vraiment qu'il serait capable de l'aider à se débarrasser de quelques-uns des démons qui l'avaient hantée presque toute sa vie.

Sans qu'elle puisse expliquer pourquoi, elle avait l'impression que, si elle lui disait tout des monstres qui avaient tué sa mère et son petit frère – les mêmes monstres dont elle était certaine qu'ils avaient aussi massacré la famille Toms –, Kade comprendrait. Et qu'aussi inattendu que cela ait pu paraître il serait son allié le plus solide.

— Vous pouvez tout me dire, reprit-il, de sa voix profonde si douce et si convaincante. Dites-moi ce que vous savez de cette trace dans la neige. Vous savez ce qui a laissé cette empreinte, n'est-ce pas ? Dites-le-moi, Alex. Je veux vous aider, mais il faut d'abord que vous, vous m'aidiez.

— Je… (Alex déglutit, s'apercevant qu'il était plus difficile que prévu de rassembler son courage.) Ce que j'ai vu… Les mots sont difficiles à prononcer…

— Je sais. Mais ça va aller, je vous le promets. Vous ne risquez rien à me le dire.

Elle inspira nerveusement et sentit à proximité une odeur de fumée âcre et de vêtements pas lavés. Elle venait à peine de l'interpréter qu'elle vit Skeeter Arnold et une paire de ses copains de fumette quitter le bar pour retourner dans la salle de jeu. Un portable orné d'un motif de têtes de mort dans une main, une bière dans l'autre, Skeeter leva sa bouteille en direction de Kade en passant.

— Merci pour les mousses, mec. C'était vraiment chic de ta part, tu sais.

Kade ne laissa pas son regard s'attarder sur Skeeter, mais Alex ne put dissimuler sa répulsion. Et elle en fut heureuse, car le dégoût qu'elle sentit pour Skeeter Arnold tempéra un peu cette folie passagère qui lui avait fait penser qu'elle pouvait faire confiance à cet étranger qui se jouait d'elle comme il aurait joué d'un instrument de son invention.

— Il me semble que vous n'aimez pas vraiment ce type, dit Kade comme Alex laissait passer un frisson de dégoût.

Elle grogna.

— Vous vous souvenez de la vidéo dont vous m'avez parlé, les images de la famille Toms qui ont été mises en ligne ? Eh bien, le sale type qui l'a faite, c'est lui.

Cette fois, Kade dévisagea Skeeter. Son regard était plus qu'intense ; il était meurtrier. Et tandis qu'Alex l'observait, elle s'aperçut que le motif du tatouage de ses avant-bras, dont on apercevait une partie sous les manches retournées de sa chemise, n'était plus de la couleur de henné dont elle se souvenait mais d'un bleu-noir profond.

Eh bien, voilà qui était vraiment bizarre !

Peut-être avait-elle bu une bière de trop ? À moins qu'elle se trompe ? Après tout, elle avait été si estomaquée en tombant sur lui plus tôt dans la journée au hameau des Toms, sans rien dire du fait que son incroyable corps était à moitié nu, qu'il était tout à fait possible qu'elle ait mal vu la couleur de son encre. Sauf qu'elle n'avait jamais vu un si beau travail de *body art* de sa vie et que l'image qu'elle avait eue de lui debout là en train de boutonner son jean comme si elle l'avait réveillé et tiré du lit était de celles qu'elle n'oublierait jamais.

Après une longue minute passée à transpercer Skeeter Arnold du regard, Kade le ramena finalement sur Alex.

— Je me chargerai de lui plus tard. Ce que vous avez à dire est plus important.

Mais Alex fit un pas en arrière, sentant le danger qui émanait de cet homme, même s'il lui parlait avec la même gentillesse que précédemment. Quelque chose en lui avait changé. Il avait un air menaçant qui l'avait mise sur le qui-vive.

Et il n'avait pas répondu lorsqu'elle lui avait demandé s'il était bon ou mauvais.

— Je crois qu'il vaudrait mieux que j'y aille, maintenant, murmura-t-elle en reculant encore d'un pas avant de filer devant lui.

— Alex, l'entendit-elle appeler derrière elle.

Mais elle continua d'avancer, coupant à travers le nœud compact de gens agglutinés au bar, avide de retrouver un peu d'air frais et dégrisant, mais aussi de sentir se calmer la réponse troublante et viscérale de son corps en présence de Kade.

Chapitre 9

Kade lâcha un grognement sourd en voyant Alex traverser le pub comme si elle avait le diable à ses trousses.

Il était allé un peu trop loin avec elle, une tactique dont il aurait dû savoir, malgré le peu de temps qu'il avait eu pour voir comment Alex fonctionnait, qu'elle ne marcherait pas. Quand quelqu'un tentait de lui forcer la main, Alexandra Maguire se braquait.

Et pour ne rien arranger, il n'avait fait qu'empirer les choses en s'aventurant à la toucher.

Il n'avait pu résister à cet élan et quelque chose chez lui s'était rendu compte au moment où il le faisait qu'elle semblait heureuse de ce contact. En tout cas jusqu'à ce que ce flemmard gominé au regard éteint et au nez d'oiseau de proie se soit pointé et les eut dérangés. Kade avait une forte envie de lui casser la figure rien que pour ça, sans même parler du fait que c'était ce camé qui avait diffusé la preuve d'une attaque de vampire sur le Web.

Quant à Alex, Kade avait vu la peur que reflétaient ses yeux quand il l'avait pressée de questions. Elle avait été terrifiée de lâcher les mots, mais il était sûr qu'il avait été tout près de la convaincre de s'ouvrir complètement à lui sur ce qu'elle savait exactement. Et l'impression de froid glacial qu'il ressentait dans ses tripes lui disait que ce qu'elle savait allait bien au-delà du récent massacre perpétré contre la famille Toms.

Était-il possible qu'elle connaisse l'existence de la Lignée ?

Avait-elle déjà vu un vampire ?

Seigneur ! Et si elle avait trouvé autre chose qu'une empreinte de pied inexplicable là-bas au hameau des Toms ?

Si elle avait des informations qui impliquaient Seth dans le carnage – ou qui l'innocentaient, aussi mince qu'ait été cet espoir –, il fallait qu'il les obtienne. Il fallait qu'il sache tout de suite.

Et si, de fait, elle se doutait de l'existence de la Lignée, ce serait beaucoup plus facile pour lui de nettoyer sa mémoire dehors dans l'ombre d'un parking pauvrement éclairé qu'au milieu d'un pub surpeuplé.

Il se glissa après elle dans le parking enneigé. Elle était déjà à mi-chemin de la petite zone damée, dépassant d'un pas vif la demi-douzaine de motoneiges et les quelques pick-up garés devant chez Pete. Elle ne changea même pas d'allure en entendant le bruit de la cloche résonnant derrière Kade quand celui-ci quitta le petit porche pour lui filer le train.

— Vous fuyez toujours, quand vous avez peur ?

Elle s'arrêta net, pivota sur ses talons, une expression curieuse sur le visage, comme si son commentaire avait fait mouche. Mais elle cligna des yeux et l'expression disparut, remplacée par un froncement de sourcils et une inclination crâne de sa tête encapuchonnée.

— Et vous, vous n'abandonnez jamais, même quand vous savez que vous ne gagnerez pas ?

— Jamais, répliqua-t-il sans la moindre hésitation.

Elle murmura un juron bien senti et se remit en route vers la rue. Kade la rattrapa en quelques enjambées.

— Vous alliez me dire quelque chose dans le pub, Alex. Quelque chose d'important que je dois absolument savoir. Qu'est-ce que c'était ?

— Bon Dieu ! (Elle se retourna vers lui, ses yeux de biche brillants de colère.) Vous êtes impossible, vous savez ?

— Et vous êtes belle !

Il ne savait pourquoi il l'avait dit, si ce n'est qu'il lui avait été trop difficile de garder cette pensée dans sa tête en la voyant là devant lui, l'air sauvage, les joues rosies par le froid arctique, ses cheveux blonds ébouriffés encadrant son visage à l'intérieur du capuchon fourré de sa parka.

Si Brock ou n'importe lequel des autres guerriers de Boston l'avaient entendu à cet instant, ils se seraient dit qu'il se jouait de cette femelle, l'accablant de sa flatterie pour obtenir ce qu'il voulait d'elle. Kade lui-même aurait bien voulu croire que telle était la cause de sa sortie maladroite. Mais en regardant Alexandra Maguire, dont la beauté sans apprêt était mise en valeur par le croissant de lune dans le ciel et la lueur multicolore des néons dans les vitrines du bar derrière lui, Kade sut qu'il n'était pas en train de jouer. Il était attiré par elle – violemment attiré – et il voulait qu'elle comprenne que ce n'était pas lui l'ennemi.

En tout cas pas lui en tant qu'individu.

L'indignation d'Alex se calma pour se rapprocher de quelque chose qui ressemblait à de la confusion. Elle fit un pas en arrière.

— Il faut vraiment que j'y aille, maintenant.

Kade leva la main mais s'arrêta avant de la retenir de force.

— Alex, quel que soit le secret que vous gardez, vous pouvez me le révéler. Laissez-moi partager une partie de ce poids avec vous. Laissez-moi vous protéger de ce qui vous effraie tant.

Elle secoua la tête en fronçant les sourcils.

— Je n'ai pas besoin de vous. Je ne vous connais même pas. Et si je ressentais le besoin de partager, j'ai des amis à qui je peux parler.

— Mais vous ne leur avez rien dit, n'est-ce pas ? (Ce n'était pas vraiment une question, et elle le savait aussi bien que lui.)

Il n'y a personne dans votre vie qui sache ce que vous gardez enfermé dans votre cœur. Dites-moi si je me trompe.

— Taisez-vous ! murmura-t-elle, la voix un peu cassée. Taisez-vous, s'il vous plaît. Laissez-moi tranquille. Vous ne savez rien de moi.

— Y a-t-il quelqu'un qui vous connaisse vraiment, Alex ?

Elle fut soudain si calme et si silencieuse que Kade se dit qu'il venait certainement de franchir une nouvelle ligne rouge et que cela allait l'éloigner encore plus de lui. Mais elle ne tourna pas les talons pour le laisser en plan. Elle ne le maudit pas à voix haute, ne le frappa pas, n'appela pas pour que quelqu'un sorte de chez Pete pour le faire à sa place. Elle se contenta de rester là à le regarder dans les yeux, avec un silence qui lui parut si terrible, si désespéré.

Le devoir qu'il avait en tant que guerrier de collecter une information vitale et de supprimer un risque potentiel pour la sécurité de la Lignée rencontra le désir soudain qu'il avait d'offrir son réconfort et sa protection à cette femelle qui déclarait avec tant de vigueur n'avoir besoin ni de l'un ni de l'autre.

Kade fit un pas vers elle, puis cette fois la toucha de nouveau. C'était juste un contact très léger du bout des doigts sur une mèche dorée de ses cheveux que chahutait la bise. Elle ne bougeait pas. Son souffle ne générait plus aucune buée et à cette distance Kade entendit le sang d'Alex qui se précipitait dans ses veines sous l'effet de l'accélération cardiaque.

— Vous m'avez demandé dans le pub si j'étais un gentil ou un méchant, lui rappela-t-il doucement, sa voix rendue rauque par la sensation qu'il avait de la chaleur du corps d'Alex tandis qu'il se rapprochait encore d'elle. (Il secoua la tête lentement.) Ce n'est pas à moi de décider, Alex. Peut-être penserez-vous que je suis un peu des deux. Dans ma vision des choses, tout est gris, il y a juste des nuances.

—Non… Je ne peux vivre comme ça, répondit-elle d'une voix éclatante de sincérité. Ça rendrait les choses trop compliquées. Ce serait trop dur de déterminer ce qui est vrai et ce qui ne l'est pas. Trop dur de savoir ce qui est réel.

—Je suis réel, dit Kade sans lâcher le regard d'Alex, tout en caressant la courbe de sa mâchoire du bout des doigts. Et vous m'avez l'air tout ce qu'il y a de plus réelle aussi.

À ce contact, elle inspira doucement et, comme ses lèvres s'ouvraient, Kade vint glisser sa bouche contre la sienne en un baiser impulsif… et immédiatement électrisant.

Il garda la paume tendrement posée sur la joue d'Alex tandis qu'il caressait ses lèvres des siennes et savourait la chaleur douce et humide de sa bouche. Elle embrassait avec douceur et don de soi. C'était si bon… Le contact de son corps pressé contre le sien enflamma Kade, son parfum enivrant de forêt et de vent allant titiller jusqu'à la moindre de ses terminaisons nerveuses.

Il ne pensait plus à rassembler des renseignements ou à trouver un endroit tranquille où nettoyer sa mémoire une fois récupérée l'information dont il avait besoin. Ce qu'il ressentait à ce moment n'avait rien à voir non plus avec la volonté de lui offrir confort et protection.

Tout ce qu'il ressentait, c'était du désir pour cette femme, un désir d'une intensité surprenante.

Et une soif qui devenait de plus en plus pressante.

Il avait suffi d'un simple baiser pour qu'elle l'entraîne dans une spirale de convoitise et de soif de sang. Il ne s'était pas nourri depuis son arrivée en Alaska, une omission imprudente qu'il se voyait à présent sommé de réparer avec une urgence qui ne le cédait en rien à celle de la pulsation chaude et violente qui s'était déclenchée entre ses jambes.

Du fond du brouillard généré par ces soifs dans son esprit, Kade entendit l'approche grondante d'un véhicule qui arrivait dans le parking. Il voulut ignorer le ronronnement du moteur du 4 × 4, mais une voix masculine appela dans l'ombre.

— Alex ? Tout va bien ?

— Merde, siffla-t-elle en se dégageant. C'était une erreur.

Tandis qu'elle s'écartait encore de plusieurs pas, Kade garda le silence. Cela dit, il aurait eu un peu de mal à parler, car ses crocs emplissaient désormais sa bouche. Alex, quant à elle, refusait de le regarder, ce qui l'arrangeait bien, car si à cet instant elle avait aperçu ses yeux, qui avaient viré du gris pâle, leur couleur normale, à l'ambre luisant qui trahissait son appartenance à la Lignée, cela aurait transformé son baiser impulsif et mal venu en une catastrophe de proportions considérables.

— Je n'aurais jamais dû vous laisser faire ça, murmura-t-elle avant de le contourner.

Kade risqua par-dessus son épaule un regard prudent vers la Chevrolet Blazer portant l'insigne des Alaska State Troopers vers laquelle se dirigeait Alex.

— Salut Zach, que se passe-t-il ? Je croyais que Jenna était chez toi.

— Elle vient juste de partir. Elle m'a dit que tu étais chez Pete et j'ai pensé y faire un tour pour prendre une bière avec toi. (La bise portait la voix de Tucker.) Mais qu'est-ce que tu fais là-dehors ? Tu étais avec quelqu'un ?

— Non, avec personne, dit-elle. (Kade sentit plus qu'il ne le vit le regard rapide qu'elle jeta vers l'ombre où il se tenait.) Je m'en allais. Tu me déposes ?

— Bien sûr. Monte !

Alex ouvrit la porte et grimpa dans le 4 × 4.

Kade serra les dents, refrénant le désir qui l'animait encore tandis qu'il la regardait fermer la porte et disparaître avec le mâle humain. Il avait décelé dans le ton du policier quelque chose qui démentait sa nonchalance et il se dit que de toute façon Zach Tucker ne devait pas être le seul homme d'Harmony prêt à trouver n'importe quelle excuse pour se retrouver en compagnie et dans les bonnes grâces de la délicieuse Alexandra Maguire. Il ressentit une forte envie de la suivre, qu'elle ait été contente de lui échapper ou pas.

Mais s'il avait eu besoin de quelque chose pour le distraire de cette idée, le hasard faisait bien les choses, car la porte du pub venait de s'ouvrir pour laisser le passage à Skeeter Arnold et trois de ses petits copains de fumette.

Kade vit avec satisfaction ces derniers filer dans un vieux pick-up Ford, et quand Skeeter se mit en route vers le fond du parking, il quitta l'ombre pour le suivre et échanger avec lui quelques mots sur le risque qu'il y avait à contrarier tout un tas de vampires.

Mais avant qu'il ait pu faire deux pas vers ce connard, Kade vit des phares s'allumer dans le parking et un Hummer noir quitter sa place derrière Skeeter Arnold. Le véhicule brillait sous les pâles lumières du parking et, vu la différence avec les guimbardes garées devant chez Pete, Kade aurait parié ses crocs que le conducteur n'était pas du coin. Et quand l'engin s'arrêta à la hauteur de Skeeter, qui passa la tête par la fenêtre passager ouverte, il ressentit un malaise et commença à se poser des questions.

Qu'est-ce que quelqu'un roulant en Hummer pouvait bien vouloir à un loser à la petite semaine comme Skeeter Arnold ? Le conducteur dit quelque chose que Kade n'entendit pas et Skeeter gloussa en hochant vivement la tête.

— Ouais, sûr. Pourvu que le tarif soit correct, ça pourrait m'intéresser d'en savoir plus, dit-il avant d'ouvrir la porte et de grimper dans le véhicule.

— Mais qu'est-ce que tu trafiques, mon bonhomme ? murmura Kade alors que le Hummer prenait de la vitesse en rejetant de la neige derrière lui.

Il avait l'impression que, quelle que soit la transaction qui s'amorçait entre Skeeter Arnold et son nouveau partenaire, elle serait sans commune mesure avec celles auxquelles était habitué ce dealer au petit pied.

Un air tiède et sifflant et une vieille romance country sortaient du tableau de bord de la Chevrolet Blazer officielle de Zach. Alex jeta un coup d'œil dans le rétroviseur droit, dans lequel le parking du pub disparaissait dans l'ombre derrière elle.

— Merci de me ramener, Zach.

— Penses-tu ! De toute façon il fallait que je sorte acheter des œufs et de la sauce piquante. Le p'tit déj des champions, tu savais ça ? Et celui des flics de trente-cinq berges sans aucune notion de nutrition.

Alex lui renvoya un sourire poli alors qu'ils parcouraient le second des deux pâtés de maisons qui séparaient son chez-elle de chez Pete. Elle se sentait tout aussi soulagée que stupide d'avoir fui Kade comme elle l'avait fait, mais elle devait bien avouer qu'elle avait été contente de la diversion. Et Dieu savait qu'elle en avait eu besoin, avant d'être tentée de faire quoi que ce soit de plus avec lui en plein parking, au milieu des pick-up et des motoneiges.

Mais où avait-elle eu la tête, à laisser un parfait étranger se permettre un truc pareil avec elle ? Ce n'était pourtant pas son genre de laisser un type profiter d'elle avec des flatteries à deux balles ou des mains baladeuses ; et en tant que jeune femme célibataire d'un coin perdu d'Alaska, elle en avait vu des tas essayer.

Mais, aussi doué pour la séduction que lui avait semblé Kade, ce qui s'était passé ce soir ne lui avait pas paru s'apparenter à un jeu ou à une tentative de drague ordinaire. Et, même si elle n'avait jamais vu son visage avant qu'il se pointe la veille, elle devait bien admettre – au moins en son for intérieur – qu'il ne lui paraissait pas étranger pour un sou.

Kade semblait la connaître – la comprendre – à un point qui l'étonnait.

Il avait l'air capable de regarder profondément en elle, jusque dans les recoins les plus sombres qu'elle-même n'osait pas explorer, et c'était ça qui la terrifiait le plus chez lui.

C'était ce sentiment troublant – celui d'être percée à jour – qui l'avait poussée à lui échapper ce soir-là.

— *Home sweet home*, dit Zach, interrompant les pensées d'Alex en s'arrêtant devant sa maison de planches, qui aurait eu bien besoin d'être entretenue.

» Jenna a déjà dû te le dire, mais on m'a informé que l'équipe de flics de Fairbanks devrait être là dans la semaine. (Alex hocha la tête et il posa son bras sur le dossier du siège passager avant de se pencher un peu plus vers elle.) Je sais que ce n'est pas facile pour toi. D'ailleurs, ce n'est pas facile pour moi non plus. Je connaissais Wilbur Toms et sa famille depuis de nombreuses années et je ne comprends pas comment un truc aussi horrible a pu leur arriver. Mais on finira par le savoir, Alex, c'est sûr.

Zach, dont le visage était à moitié éclairé par les pâles lumières du tableau de bord, arborait une expression troublée, prudente. De fait, après la sortie d'Alex lors de la réunion municipale, il n'y avait rien d'étonnant à ce que ses instincts de flic l'avertissent qu'elle n'avait pas tout dit.

— Si tu te souviens de quelque chose d'autre à propos de la scène des meurtres, Alex, il faut que tu me le dises, d'accord ? Quoi que ce soit, hein ? Je voudrais être sûr qu'on soit sur la même longueur d'ondes quand les types de Fairbanks se pointeront et commenceront à jouer les gros bras.

— Bien sûr, murmura-t-elle. Ouais, Zach. Si je pense à quoi que ce soit d'autre, je t'en parlerai.

Mais, au moment même où elle lui disait cela, elle se rendit compte qu'elle ne dirait plus rien de la piste dans la neige ou de la peur sans nom que lui donnait la certitude qu'un truc terrible était là, en liberté, dans les étendues sauvages et glacées, tout près de l'endroit où ils étaient tous deux assis à cet instant. La chose qu'elle redoutait était pire que n'importe quel danger présenté par les hommes ou les animaux. C'était quelque chose de monstrueux. Ni Zach Tucker ni un petit groupe de flics de Fairbanks ne pourraient l'arrêter, et Alex allait faire tout son possible pour ne plus y penser.

Elle allait aussi tenter d'oublier tout ce qui s'était passé dans les marigots de Floride il y avait si longtemps de ça. Le mieux était encore de tout enterrer et d'avancer.

Ou de déménager.

De fuir.

— Dors bien, dit Zach alors qu'elle descendait de la Chevrolet. Tu peux m'appeler n'importe quand, compris ?

Elle hocha la tête.

— Merci, Zach. Et merci encore de m'avoir déposée.

Il lui sourit, mais son sourire avait disparu avant même qu'il ait embrayé pour repartir. Pendant qu'Alex rejoignait la porte de la vieille maison qu'elle avait partagée avec son père depuis que, petite fille, elle s'était vue arrachée à ce qui constituait tout son monde – toute sa réalité –, l'idée de fuir tout ça faisait son chemin. Ce serait tellement plus simple de laisser ses souvenirs derrière elle. Tout recommencer ailleurs serait pour elle le meilleur moyen de se débarrasser des peurs qui l'assaillaient, qui étaient revenues encore plus sombres, plus épouvantables que jamais.

Elle ne pouvait plus faire face à une telle horreur.

Pas plus qu'elle ne pouvait se permettre de se bercer d'illusions et de croire que quiconque – même un homme comme Kade – puisse affronter un mal comme celui-là.

S'il y avait un truc dont elle n'avait vraiment pas besoin, c'était bien de s'impliquer dans une relation avec lui, à quelque niveau que ce soit. Mais cela ne l'empêchait pas de se demander ce qu'il pensait d'elle à présent, ni de regretter de ne pas s'être excusée avant de le planter là dans le froid.

Elle essaya de ne pas penser à la façon dont sa bouche si électrique, si désirable, s'adaptait si parfaitement à la sienne. De ne pas penser à la manière dont son cœur continuait à battre la chamade, son estomac à se nouer d'excitation à l'idée d'être dans ses bras. Elle tenta de ne pas songer à ce qui aurait pu se passer si Zach n'avait pas fait irruption comme il l'avait fait, mais il était si facile – trop facile – pour elle de s'imaginer avec Kade – peut-être nus ensemble dans son lit, ou peut-être se dévêtant en toute hâte et perdant tout contrôle au milieu du parking devant chez Pete, s'ils n'étaient pas parvenus à attendre jusque-là.

— Oh, là, là, ça craint vraiment tout ça, murmura-t-elle en ouvrant la porte. (La chienne se précipita sur elle pour lui faire la fête.) Je sais, Luna, je sais... J'ai tardé. Excuse-moi, ma puce. La journée a été longue pour moi aussi. Allez, prenons soin de toi maintenant.

Alex s'occupa l'esprit en lâchant la chienne derrière la maison pour qu'elle fasse ses besoins pendant qu'elle lui préparait un bol de nourriture et un autre d'eau propre. Quand Luna fut rentrée et pendant qu'elle mangeait sa pâtée, Alex enleva sa parka et ses vêtements et se dirigea vers la salle de bains pour y prendre une douche. Cela faisait plusieurs heures qu'elle attendait ce moment et elle le fit durer.

Le jet d'eau chaude contre sa peau nue n'aida pas à atténuer la chaleur rémanente du baiser de Kade. Elle se savonna en essayant de se rappeler depuis quand elle n'avait pas laissé un homme glisser des mains approbatrices sur les courbes de son corps nu. Depuis quand n'avait-elle pas eu de rapports intimes – vraiment intimes – avec qui que ce soit ? Le moment de faiblesse qu'elle avait connu avec Zach quelques semaines après la mort de son père ne comptait pas vraiment. Une nuit, à peine quelques heures même. Elle s'était alors trouvée dans un état émotionnel désastreux et avait simplement eu besoin de quelqu'un pour l'aider à tout oublier, ne serait-ce qu'un court instant.

Était-elle en train de faire la même chose avec Kade ? Est-ce qu'elle essayait de s'accrocher à lui en imaginant entre eux un truc qui n'existait pas vraiment – qui ne pouvait pas exister – à cause du nouveau traumatisme qu'elle était en train de vivre ?

Peut-être après tout n'était-ce que cela, une impression passagère d'abandon et une recherche d'ancrage. Ce soir-là, Kade lui avait dit qu'elle serait en sécurité avec lui. Mais, tandis qu'une part d'elle-même – une part instinctive, primitive – le croyait, elle savait aussi que le feu qu'il avait allumé en elle avec un simple baiser n'avait rien de sécurisant. Elle ne pouvait s'empêcher de penser que se rapprocher de lui pourrait constituer le plus grand risque qu'elle ait jamais pris. Il comprenait trop de choses chez elle, la connaissait trop bien. Et, ce soir-là, il lui avait fait une impression bien trop forte.

Laissant échapper un soupir, Alex se pencha dans la baignoire-douche exiguë et posa son avant-bras contre les carreaux glissants et sa tête dessus, laissant l'eau brûlante couler le long de son corps. Elle ferma les yeux et Kade fut tout de suite là. Son beau visage taillé à la serpe. Ses yeux brillants, intenses et pénétrants. La chaleur n'avait pas quitté Alex, cette chaleur qui la fit murmurer son nom en laissant sa main libre descendre et venir la toucher comme elle aurait aimé qu'il le fasse.

Elle plongea dans un état de délicieux abandon et laissa l'eau chaude, la vapeur et Kade effacer tout le reste.

Chapitre 10

À quelque cinq cents mètres de l'endroit où le Hummer avait amené Skeeter Arnold, Kade se tenait dissimulé dans l'ombre et observait depuis un bosquet serré d'épicéas et de pins. Ils se trouvaient à plus de trente kilomètres d'Harmony, près de la base d'une colline et d'un affluent étroit de la Koyukuk. Les quatre hectares de terrain et les petits bâtiments blancs qui se dressaient au-dessus du cours d'eau étaient entourés d'un grillage d'acier renforcé surmonté de barbelés. Des projecteurs et des caméras de sécurité étaient disposés à intervalles réguliers, et les deux gardes qui essayaient de lutter contre le froid dans la guérite installée derrière la grille étaient équipés de fusils d'assaut militaires.

On aurait pu croire que cet endroit charmant était une prison de haute sécurité, s'il n'y avait pas eu l'enseigne métallique fixée à la grille, qui avait connu des jours meilleurs, et sur laquelle on pouvait lire en lettres noires écaillées : « COLDSTREAM MINING COMPANY ».

Derrière le grillage, dans la cour, un groupe d'ouvriers s'activait à décharger des caisses scellées de différentes tailles de deux grands conteneurs. Certaines caisses étaient acheminées à l'intérieur d'un bâtiment proche ressemblant à un entrepôt, tandis que d'autres étaient emportées jusqu'à l'entrée sécurisée de la mine proprement dite.

De plus en plus curieux, se dit Kade, qui s'imaginait bien que les deux heures que Skeeter avait déjà passé dans le bâtiment de bureaux principal n'avaient pas été consacrées à un entretien d'embauche.

Kade tenait vraiment beaucoup à questionner l'humain sur ce qu'il était venu faire là – et sur le reste de ses activités variées, bien sûr –, mais si les nouveaux amis de Skeeter ne le relâchaient pas dans les minutes qui allaient suivre, cet interrogatoire devrait attendre. Il était plus important pour l'instant de prendre contact avec les membres de l'Ordre et de leur faire savoir ce qu'il avait découvert jusque-là. Et puis il fallait qu'il sache où il en était avec Alexandra Maguire.

À son grand dam, sa libido pointa le nez pour lui suggérer ardemment de retourner à Harmony à sa recherche. Mais ça ne le surprit pas de constater que la pensée d'Alex n'était jamais bien loin de sa conscience. Le feu de leur baiser, s'il avait fait mine de s'apaiser, restait présent en lui et prêt à renaître à la moindre occasion.

Et ça, ce n'était pas une bonne nouvelle.

Ce n'était pas une bonne nouvelle du tout de désirer cette femelle avec une telle force, surtout quand le succès de la mission de Kade dépendait de son silence et qu'il fallait à tout prix qu'il dévie ses soupçons et qu'il élimine le risque qu'elle représentait pour la réalisation des objectifs de l'Ordre et la sécurité de la Lignée dans son ensemble.

Il lui fallait effacer tout ce qu'Alexandra Maguire savait sur le meurtre des Toms et, plus généralement, sur les vampires. Et sans tarder.

Était-ce juste un peu plus tôt ce même jour qu'il avait envisagé de lui tirer les vers du nez en la séduisant si cela s'avérait nécessaire ? Désormais, ce plan présentait un sérieux défaut, parce que s'il y avait une chose que leur baiser lui avait montrée, c'était bien que s'approcher d'Alex – même dans le cadre de sa mission – n'allait pas être facile. Elle avait déjà sur lui un effet inattendu, aussi bien par la forte tendance à l'indépendance qu'elle portait comme un masque soigneusement ajusté que par la pointe de vulnérabilité qu'il avait entraperçue chez elle ce soir-là.

Non, il n'était pas question de retourner tout de suite en ville pour retrouver Alex chez elle. D'ailleurs, il n'imaginait pas qu'elle apprécie de le voir la harceler après la façon dont elle l'avait laissé en plan sur le parking du pub. Pour autant qu'il le sache, Zach Tucker était peut-être même encore avec elle. Il était clair qu'ils étaient amis, et il ne doutait pas que ce policier bien propre sur lui répondait à son besoin de tout ranger en catégories bien définies. De son chapeau impeccable à ses bottes parfaitement lacées, en passant par son uniforme soigneusement repassé, le sergent Tucker projetait une image de gentil bien tranchée, sans nuance aucune.

Sauf qu'il y avait un truc qui gênait Kade chez ce type. C'était en partie son aisance avec Alex, quoique Kade n'ait pas vraiment pour habitude de céder à la jalousie. Mais il y avait autre chose qui le dérangeait chez ce gars-là, quelque chose qui le poussait à se demander si finalement un retour rapide en ville pour vérifier que tout allait bien pour Alex ne serait pas indiqué. Quant à reprendre là où ils en étaient restés sur le parking, ce n'était qu'une option. Même si elle était sacrément tentante.

Avant que cette idée puisse prendre encore plus d'ascendant sur sa volonté, Kade la chassa d'un juron lâché à voix basse.

Décidément, cette mission prenait une sale tournure.

Sans pouvoir se débarrasser de cette impression, Kade abandonna la surveillance de Skeeter Arnold et de ses nouveaux copains obsédés par la sécurité et partit en direction du Havrobscur de son père. À pied, il y serait en quelques heures. Il pourrait s'y abriter de la lumière du jour, appeler le quartier général de Boston pour parler de ses premières découvertes et voir si Gideon pouvait trouver quoi que ce soit d'intéressant sur la Coldstream Mining Company.

Skeeter Arnold avait perdu toute notion de temps. Il était sur la banquette arrière du Hummer noir, surpris de voir que la pendule du luxueux véhicule marquait 6 heures du matin.

Il avait été absent toute la nuit ?

Il avait pourtant l'impression d'être sorti de chez Pete à peine quelques minutes plus tôt. Et voilà qu'il était de retour dans le parking du pub. Seulement, tout était différent à présent.

Lui était différent.

Il le sentait à la façon dont son corps se tenait sur la banquette de cuir, la colonne vertébrale droite comme un « i », les épaules redressées, loin de tomber comme à leur habitude. D'une certaine manière, il se sentait puissant, et il savait que la source de cette puissance était assise à côté de lui : immobile, silencieuse, toute de sombre menace et de maîtrise létale.

Skeeter ne savait pas le nom de l'individu. Il ne se souvenait même pas si on le lui avait dit.

Cela n'avait plus d'importance.

— Tu ne diras rien à personne de ce que tu as entendu cette nuit, dit la voix sépulcrale de sous la capuche profonde d'une parka de fourrure noire. Tu vas rentrer directement chez toi et détruire toutes les copies vidéo de la tuerie.

Skeeter hocha la tête avec soumission, désireux de plaire à tout prix.

— Bien, Maître.

Il se souvint que, lorsque le chauffeur du Hummer l'avait approché pour lui proposer de partager des renseignements avec un particulier intéressé, il s'était dit que la transaction impliquerait sûrement pour lui de belles espèces sonnantes et trébuchantes.

Il avait eu tort.

Comme il avait eu tort, quand on l'avait amené à la vieille mine pour rencontrer le particulier en question, de croire que le grand type vêtu d'un costume élégant et d'une chemise blanche immaculée n'était qu'un homme. Car il était plus que ça.

Il était… quelque chose d'autre.

Ce n'était pas sans une certaine appréhension que Skeeter avait suivi les gardes armés depuis le véhicule jusqu'au grand bâtiment et, à travers celui-ci, jusqu'à une zone sécurisée équipée de tables d'examen en acier inoxydable rutilantes et de plusieurs millions de dollars d'équipement informatique. Tout ça était vraiment bizarre, mais le truc le plus étrange avait été ce grand cylindre vertical qui ressemblait à une sorte de cage avec ses chaînes épaisses et ses entraves rivetées au sol.

Pendant qu'il essayait de comprendre à quoi cela pouvait bien servir, l'individu qu'il devait rencontrer – le même qui se tenait assis à ses côtés à présent – était entré dans la pièce et avait commencé à interroger Skeeter sur tout un tas de trucs. Il lui avait demandé de lui parler de la vidéo qu'il avait faite avec son portable au hameau des Toms, ce qu'il savait du massacre, s'il avait vu la créature qui avait attaqué les « humains ».

Skeeter se souvint de son trouble devant la façon bizarre dont les questions avaient été formulées et de son inquiétude à se retrouver dans une situation plus dangereuse qu'elle ne lui avait semblé au départ. Mais il n'avait pas eu la possibilité de faire demi-tour. Il avait mis le doigt sur une très grosse affaire. Et il l'avait compris tout de suite.

On lui avait posé des questions sur Alexandra Maguire et sur les rumeurs qui circulaient en ville à propos des meurtres.

Et quand il avait spontanément parlé de l'étranger, le grand type musclé aux cheveux noir de jais et aux yeux de loup qui s'était pointé en ville venu on ne savait d'où deux nuits plus tôt en posant le même genre de questions aux habitants, l'air de la pièce lui avait semblé s'épaissir d'un coup.

Skeeter se rappela l'angoisse qui l'avait saisi quand le grand type au costume avait pris un téléphone satellitaire sur une table proche et qu'il avait quitté la pièce quelques minutes.

Il se souvint qu'il était agité, qu'il avait besoin de penser à autre chose qu'au désastre qui l'attendait peut-être à la fin de ce coup de fil. Il avait demandé aux employés du laboratoire à quoi servait la cage, avait observé trois d'entre eux, vêtus de combinaisons blanches, tester certains des équipements et des logiciels qui commandaient différentes fonctions du truc.

« Cette cellule n'est pas faite pour un humain », avait-il suggéré. Sa taille, comme celle du siège qu'elle contenait et des entraves hypersolides fixées à ce dernier, semblait la destiner à quelque chose de beaucoup plus grand qu'un homme. Un grizzly, peut-être, avait dit Skeeter, sans que les employés, pas plus que les gardes armés, lui répondent.

« Elle a été construite pour un individu de mon espèce », avait déclaré le grand type élégant en revenant dans la pièce.

Il avait paru changé à Skeeter. Il avait certes toujours l'air important et riche, avec toujours la même aura de puissance létale, mais son visage avait semblé plus contracté, ses traits plus anguleux, plus prononcés.

Skeeter se souvint d'avoir soudain vu une étincelle de lumière ambrée dans les yeux plissés dont le regard le clouait sur place, alors même que chacune des cellules de son corps lui criait de filer le plus loin possible de cet endroit. Il se rappela aussi une vision fugitive de dents blanches acérées, le sentiment qu'il allait mourir dans les secondes qui suivraient… et puis il avait senti un corps le renverser d'un coup.

Skeeter ne parvenait pas à se souvenir de grand-chose après ce moment de pure terreur.

Tout s'était ralenti, puis… plus rien.

Mais il n'était pas mort.

Il s'était réveillé il y avait quelques minutes de ça, tout désarroi et toute peur évanouis.

À présent, il appartenait au puissant individu assis à côté de lui, le vampire qui l'avait transformé cette nuit-là en quelque chose de plus qu'un humain, lui aussi. La loyauté de Skeeter était garantie par son sang, sa vie même entièrement dépendante de celle de son Maître.

— Tu me communiqueras tous les renseignements que tu parviendras à rassembler, dit la voix qui le dirigeait en tout désormais.

— Oui, Maître, répondit Skeeter, et quand, d'un simple signe de tête, on lui eut intimé l'ordre de partir, il sortit du Hummer et attendit, tandis que le véhicule repartait.

Lorsqu'il se fut éloigné, Skeeter traversa le parking du pub jusqu'à sa motoneige, qui attendait là, toute seule. Il monta dessus et tourna la clé dans le démarreur. Rien ne se produisit. Il essaya de nouveau avec le même résultat, puis laissa échapper un juron en se rendant compte que, la veille, il avait oublié d'acheter de l'essence pour cette saleté de machine.

Il entendit soudain des chaînes qui faisaient craquer le parking gelé.

— Bonjour, le salua une voix familière. Besoin d'un coup de main ?

Skeeter secoua la tête sans regarder Zach Tucker. C'était bien sa veine : tomber juste à ce moment-là sur le seul flic d'Harmony.

Tucker ne tint pas compte de son refus. La Chevrolet Blazer vint se garer à côté de la motoneige, et le policier en sortit et alla prendre un jerrican d'essence rouge dans le coffre du pick-up.

— Une nuit blanche, hein ? demanda-t-il en s'approchant du Yamaha pour dévisser le bouchon du réservoir. Tu m'as l'air un peu défait ce matin, Skeeter. Tu as dû faire la fête avec tes nouveaux amis venus d'ailleurs. C'est ça ? À propos, belle machine, ce Hummer.

Skeeter n'offrit aucune explication, se contentant de regarder l'essence couler dans le réservoir de sa motoneige.

— C'est sur mon compte pour cette fois, déclara Tucker quand il eut fini.

Mais alors que Skeeter s'attendait à ce qu'il reparte, il vint se planter tout près de lui et reprit sur un ton confidentiel mais peu amène :

— Je croyais t'avoir dit de faire profil bas pour l'instant, de laisser tomber tes petits trafics et tes soirées de camé jusqu'à ce qu'on ait réglé cette histoire de meurtres. Ah, et puis, mettre en ligne cette putain de vidéo sur ce site de dépravés est probablement la plus belle connerie que tu aies pu faire. Maintenant, ces connards de Fairbanks me font chier parce que j'ai mal contrôlé une scène de crime !

Tucker était furieux, et en temps normal ça aurait pu inquiéter Skeeter.

Mais pas aujourd'hui.

— Est-ce que je dois te rappeler que notre petite opération pourrait bien nous péter à la gueule ? insista Tucker. J'ai toute une équipe de flics qui vient de Fairbanks dans la semaine pour reprendre l'enquête. Et je ne tiens pas à ce que tu leur donnes de bonnes raisons de s'incruster pour voir ce qui peut se passer d'autre dans le coin. Pigé ?

L'ignorant, Skeeter le contourna pour s'installer sur sa motoneige.

— T'es complètement con ? lança Tucker. Ou bien t'es juste raide ?

— Je n'ai jamais été aussi clean de toute ma vie, rétorqua Skeeter.

— Je veux savoir avec qui tu as fait la fête cette nuit. Où es-tu allé ? Seigneur, as-tu été assez stupide pour leur parler de moi ou de nos arrangements ?

— Ça ne te regarde pas. Ce que tu veux n'a plus d'importance. J'ai d'autres priorités.

Alors que Skeeter lançait son moteur, la main de Tucker vint s'abattre sans ménagement sur son épaule.

— Si tu essaies de me rouler sur ce coup-là, ne crois surtout pas que j'aurai des scrupules à te balancer. Tu te retrouveras au trou en moins de temps qu'il n'en faut pour dire « possession illégale avec intention de vendre ». Double-moi maintenant et je te jure que je t'enterre.

Skeeter soutint le regard meurtrier de celui qui avait été jusque-là son associé.

— Ce ne serait pas prudent, sergent Tucker. (Il vit dans son regard le choc ressenti par le flic et en éprouva un sentiment de triomphe.) Quoi qu'il en soit, merci pour l'essence.

Skeeter accéléra et s'arracha au parking. Le temps qu'il arrive chez sa mère à l'autre bout du pâté de maison, il était empli de son nouveau pouvoir et impatient d'obéir aux ordres de son Maître. Il gara la motoneige et entra par la porte de derrière. Il avait conscience que ses lourdes bottes faisaient beaucoup de bruit sur le vieux plancher du couloir, mais cela lui était tout à fait égal.

Cela faisait à peine une minute qu'il était rentré chez lui que sa mère commença à bouger à l'étage au-dessus. Il entendait ses jérémiades étouffées à travers le plafond.

Il savait qu'elle allait descendre le houspiller et il l'attendit de pied ferme.

— Stanley Elmer Arnold ! cria-t-elle en cognant à sa porte. As-tu la moindre idée de l'heure qu'il est ? Espèce de petit merdeux ! Comment oses-tu passer la nuit dehors en me laissant m'inquiéter pour toi, et ensuite rentrer à l'aube complètement soûl et me réveiller ! Tu n'es rien qu'un loser et un…

En une fraction de seconde, Skeeter bondit sur elle, dans le couloir. Sa main serrée sans pitié sur la gorge de sa mère l'interrompit avant qu'elle puisse crier la suite.

— Ferme-la, salope, dit-il d'un ton sans réplique. Je travaille, là-dedans.

Si elle avait prononcé ne serait-ce qu'une syllabe de plus après qu'il eut retiré sa main, Skeeter l'aurait tuée sur place. Et, bon Dieu, elle le savait. Elle avait compris qu'à partir de cet instant les choses seraient différentes.

Sans rien dire, elle s'écarta de lui, titubant un peu dans ses pantoufles miteuses et son peignoir d'éponge feutré. Lentement, elle fit demi-tour et repartit d'où elle était venue le long du couloir.

Skeeter Arnold inclina la tête en la regardant s'en aller, puis sourit en retournant aux tâches beaucoup plus importantes qui l'attendaient dans le studio crasseux qui lui tenait lieu de logis.

Chapitre 11

Cela faisait bizarre à Kade de se retrouver dans sa cabane au sein du Havrobscur de son père, comme s'il venait de pénétrer dans ce qui lui serait resté d'un rêve lointain de maison qui ne semblait plus vraiment lui correspondre. Et pourtant, exactement comme elle l'avait dit, sa mère s'était assurée que tout soit à la même place qu'au jour de son départ. Après la longue nuit qu'il venait de passer à Harmony et aux alentours, il appréciait le confort de son profond fauteuil de cuir, parfaitement disposé devant une énorme cheminée de galets où ronflait un feu de grosses bûches.

Se laissant aller contre le haut dossier, Kade gloussait dans son téléphone satellitaire au récit que lui faisait Brock de tout ce qu'il avait raté à Boston les dernières nuits.

— Je te le dis, mec, si nous ne faisons pas attention, ces femelles vont nous couper l'herbe sous le pied. Elles ont tellement bien géré les missions de jour en surface qu'on commence à passer pour des petits rigolos.

Depuis que Kade était entré en communication avec le complexe de l'Ordre quelques minutes plus tôt, Brock le régalait d'anecdotes sur certaines des Compagnes de sang des autres guerriers et l'aide qu'elles apportaient à ce qui avait été jusqu'à il y avait peu une sorte de club réservé aux hommes. Désormais, les missions de l'Ordre faisaient appel à toutes les bonnes volontés, cette politique du « tout le monde sur le pont » ayant pour seul objectif d'empêcher un vampire assoiffé de pouvoir appelé Dragos de transformer en enfer l'existence de la Lignée comme celle des humains.

Les ressources tant matérielles que financières de Dragos semblaient inépuisables et ses plans étaient effrayants. Jusque-là, son forfait le plus sordide avait été l'enlèvement et la séquestration d'un nombre inconnu de Compagnes de sang, qu'il utilisait depuis des décennies pour donner naissance à une armée d'assassins sauvages. L'Ordre avait détruit son quartier général quelques semaines auparavant mais, même si son opération avait été interrompue, on suspectait qu'il s'était replié en emportant l'essentiel de sa logistique.

Le but principal de l'Ordre était désormais de trouver les Compagnes de sang captives avant qu'il puisse les tourmenter d'avantage. Et comme la vitesse d'intervention pouvait faire la différence entre la vie et la mort pour ces femmes, Lucan avait accepté de mettre en œuvre tous les moyens dont disposait l'Ordre, parmi lesquelles les femelles très spéciales, aux dons uniques, qui avaient pris pour compagnons certains des guerriers.

Il y avait la compagne de Rio, Dylan, qui avait le don de voir les esprits de Compagnes de sang mortes et, quand elle avait de la chance, d'obtenir d'elles des informations essentielles. Il y avait Élise, qui était appariée à Tegan et qui avait le don de déceler les pensées sombres et les mauvaises intentions des humains. Elle accompagnait Dylan dans les refuges publics ou privés et dans les asiles de nuit, où ce talent lui permettait d'évaluer les gens qu'elles rencontraient.

La compagne de Gideon, Savannah, avait, elle, un don du toucher, grâce auquel elle lisait l'histoire des objets dans l'espoir de trouver des pistes susceptibles de mener à certaines des Compagnes de sang disparues. Quant à celle de Nikolaï, Renata, son pouvoir de neutraliser par la pensée non seulement des humains, mais aussi des vampires, faisait d'elle une alliée formidable pour n'importe quelle opération. Elle fournissait un service armé de protection rapprochée aux autres Compagnes de sang lors de leurs missions de jour.

Apparemment, même la compagne d'Andreas Reichen, Claire, qui venait juste de se remettre des événements dramatiques qui avaient suivi leurs retrouvailles, prenait part à son tour aux activités de l'Ordre. Utilisant sa capacité à pénétrer dans les rêves d'autrui, elle avait tenté de prendre contact avec certaines des Compagnes de sang réputées disparues depuis des années.

— Tu sais, ajouta Brock avec ironie, quand Niko m'a recruté pour ce job il y a un an, je le voyais juste comme une bonne excuse pour casser du Renégat.

Kade sourit au souvenir de leurs premières patrouilles dans Boston, dont la routine consistait à éliminer les accros à la Soif sanguinaire de la ville et à faire exploser des trucs.

— Ouais. On en regretterait presque la simplicité de nos premières missions, n'est-ce pas ?

Brock approuva d'un grognement.

— À propos de Renégats, reprit-il, comment ça se passe là-haut dans la glacière ? Ça fait deux jours, et même un peu plus. Tu maîtrises la situation ?

— Je suis sur quelques pistes, mais rien de solide pour l'instant. Je vais probablement rester encore quelques jours, peut-être une semaine.

Le juron de Brock fit comprendre à Kade ce qu'il pensait de cette prévision.

— J'aime autant que ce soit toi, mec, crois-moi.

Il y eut un bref silence, puis il demanda :

— Tu as déjà eu l'occasion de voir ta famille ?

— Ouais, répondit Kade en inclinant la tête en arrière pour river son regard sur les épais chevrons de la cabane. Et ça s'est passé à peu près aussi bien que je l'escomptais.

— À ce point-là, hein ?

— Disons, si tu veux, que je me sens mieux accueilli quand je sors la nuit à – 30 °C.

— Dur, dit Brock. Je suis désolé, mec. Vraiment.

Kade secoua la tête.

— Oublie. Je ne tiens pas tant que ça à parler de mon retour à la maison. Je voulais juste vous tenir au courant et vous faire passer une info qui intéressera peut-être Gideon.

— Vas-y. Je t'écoute.

— J'ai retrouvé le connard qui a mis en ligne le clip vidéo des cadavres. Il s'appelle Skeeter Arnold, c'est un camé et sûrement même un petit dealer. Je l'ai vu quitter un bar et filer dans un Hummer flambant neuf avec chauffeur, qui l'a emmené jusqu'à une sorte de compagnie minière en pleine cambrousse. Le nom inscrit sur la porte est « Coldstream Mining Company ». Mets Gideon là-dessus quand il aura une minute. Je suis curieux de savoir quel genre de business ce loser peut faire avec eux.

— Ça marche, dit Brock. Prends soin de toi. Et ne va pas te geler quoi que ce soit qui pourrait te servir plus tard.

Kade gloussa malgré le malaise que lui inspirait toute cette histoire.

— Je reste en contact, conclut-il avant de raccrocher.

Alors qu'il reposait le téléphone sur un guéridon à côté de lui, il entendit quelqu'un frapper à la porte de la cabane.

— C'est ouvert, dit-il, s'attendant à voir son père. (Il se rencogna dans le fauteuil dans l'attente du discours de désapprobation à venir.) Entre.

Mais ce fut en fait Maksim qui entra dans la pièce, et Kade ne put dissimuler son soulagement. Il se leva en souriant et fit signe à son oncle de le rejoindre devant le feu.

— Je ne pensais pas que tu reviendrais, déclara Max. En tout cas, pas si tôt. J'ai entendu dire que ça ne s'était pas bien passé entre toi et mon frère l'autre jour. J'aimerais tant qu'il ne soit pas si dur avec toi.

Kade haussa les épaules.

— Nous n'avons jamais été d'accord. Je n'espère plus que ça change, crois-moi.

— Maintenant que tu es l'un des guerriers de l'Ordre, dit Max, ses yeux pétillants d'un regard complice et sa voix profonde au léger accent pleine d'une admiration non dissimulée, je suis fier de toi, mon neveu. Fier du travail que tu accomplis. Il y a de l'honneur à le faire, comme il y a toujours eu de l'honneur en toi.

Kade aurait voulu balayer ces louanges comme inutiles, mais les entendre prononcées – en particulier par Max, que Kade, même s'il avait une paire de siècles de moins que lui, avait toujours considéré comme un frère – lui faisait trop de bien pour prétendre qu'elles ne comptaient pas.

— Merci, Max. Venant de toi, ça veut dire beaucoup pour moi.

— Inutile de me remercier. Je ne dis que la vérité. (Il observa Kade longuement, puis se pencha en avant, les coudes plantés sur ses genoux écartés.) Ça fait un an que tu es parti. Tu dois faire des choses importantes pour le compte de Lucan et de son Ordre.

Kade sourit, conscient de la façon dont Max observait sa situation. Comme lui, Max rêvait d'aventure. Mais, contrairement à lui, il s'était engagé à servir de second au père de Kade, le chef du Havrobscur de Fairbanks. La loyauté de Max l'avait enchaîné à cette « prison » de deux cents kilomètres carrés, et même s'il ne lui serait jamais venu à l'idée de se dérober à son devoir et à son allégeance à son intransigeant de frère, Max chérissait les notions de risque et de récompense, de courage et d'honneur, tout autant que Kade.

C'est pour cette raison, et parce qu'il savait que la loyauté de Max lui était également acquise, que Kade était sûr qu'il pouvait lui confier certains éléments de son expérience de membre de l'Ordre et de sa mission présente.

— J'ai entendu dire qu'il y avait eu des remous au sein de l'Agence du maintien de l'ordre dans l'Est il y a quelques mois de ça, dit Max en regardant Kade d'un air interrogateur.

— C'est vrai, admit celui-ci, en se remémorant l'une des premières missions auxquelles il avait participé, à l'occasion de laquelle avait commencé le combat que menait à présent l'Ordre contre ce fou de Dragos. Nous avons débusqué un officier supérieur de l'Agence qui n'était pas ce qu'il prétendait être. Ce type opérait sous un alias et cela faisait des décennies, et même plus, qu'il fomentait une rébellion dans le plus grand secret. Nous en sommes encore à essayer de découvrir l'ampleur de la corruption, mais c'est loin d'être simple. Chaque fois que nous nous rapprochons de ce salopard, il se terre un peu plus profondément.

— Et alors, vous le traquez de plus belle, commenta Max, parlant comme l'aurait fait n'importe lequel des guerriers à Boston. Vous continuez à le frapper, à le harceler de tous les côtés, jusqu'à ce qu'il soit trop épuisé par sa fuite incessante et qu'il se décide à combattre face à face. Et alors vous le détruisez, une bonne fois pour toutes.

Kade hocha la tête d'un air sinistre, conscient de la sagesse des conseils de Max et regrettant que la traque de Dragos ne soit pas aussi simple, aussi tranchée que ça.

Ce que Max ne savait pas – et ce que ni lui ni personne d'autre ne devait savoir –, c'était que Dragos n'était que la partie émergée d'un iceberg très dangereux. Dragos avait une arme secrète, une arme en sa possession depuis des siècles. À peu près au moment où Kade avait rejoint l'Ordre, les guerriers avaient découvert l'existence d'une créature qu'on croyait morte depuis longtemps. Un Ancien. L'un des extraterrestres assoiffés de sang qui avaient engendré la Lignée sur Terre il y avait de ça plusieurs millénaires.

Dragos était le petit-fils de cette créature, à partir de laquelle il avait créé une armée de vampires assassins sans pitié et presque invincibles.

Si cette nouvelle se répandait dans les communautés de la Lignée aux États-Unis et à l'étranger, ce serait la panique généralisée.

Et si les populations humaines devaient apprendre non seulement que des vampires vivaient en leur sein, mais aussi qu'un mégalomane avait l'intention de prendre le pouvoir et de les asservir… alors ce serait l'apocalypse.

Kade dut se secouer pour s'arracher à ce scénario cauchemardesque.

— Tandis que le reste de l'Ordre fait ce que tu viens de décrire, Max, moi j'ai été choisi pour une mission en Alaska. J'enquête sur une attaque qui a provoqué la mort de plusieurs humains dans un hameau familial dont tous les membres ont été supprimés en une seule nuit.

Max fronça les sourcils.

— Des Renégats ?

— C'est ce que nous croyons. (Et ce qu'espérait Kade, même si chaque minute de sa mission l'éloignait de plus en plus de cette explication.) Tu n'aurais pas entendu parler de problèmes dans les Havrobscurs, dis-moi ? Personne que la rumeur dise proche de la Soif de sang ?

Max secoua lentement la tête.

— Rien de tout ça. Il y a bien eu un incident il y a environ neuf mois de ça à Anchorage. Un gamin stupide du Havrobscur local a presque saigné un humain lors d'une fête en ville, mais c'est le seul problème qu'il y ait eu dans la région récemment.

Cette nouvelle ne soulagea pas Kade, bien au contraire, car, s'il n'y avait pas de Renégats en maraude, il ne voyait plus qu'un responsable envisageable.

— Je me demande si Seth est au courant de quoi que ce soit d'autre, murmura-t-il en tâchant de ne pas laisser transparaître sa peur et sa rage dans sa voix. Ça m'embêterait vraiment de ne pas le voir pendant mon séjour.

— Il n'aimerait pas te rater, lui non plus, dit Max, avec une sincérité non feinte.

Il ne savait pas pour Seth. Comme les autres, il ne se doutait de rien.

Seul Kade savait.

Et le poids de ce qu'il savait était de plus en plus lourd à porter.

Max se laissa aller sur le dossier de son fauteuil et se racla doucement la gorge.

— Il y a quelque chose que je veux te dire, Kade. Quelque chose que tu dois comprendre... à propos de ta famille, et de ton père.

— Je t'écoute, dit Kade, pas très sûr en fait d'avoir envie d'entendre combien son père adorait Seth et aurait aimé que Kade lui ressemble plus, en dehors bien sûr de l'aspect physique.

— Mon frère, ton père, a du mal à montrer son affection. En particulier à ton égard.

— Tiens, c'est drôle, je n'avais pas remarqué, ironisa tristement Kade.

— Il y a un secret dans notre famille, dit Max, et Kade sentit une sorte d'engourdissement. Kern et moi avions un jeune frère. Je suis sûr que tu ne le savais pas. Peu de gens le savent. Il s'appelait Grigori. Kern l'aimait beaucoup. Nous l'aimions tous beaucoup. Grigori était un garçon charmant et intelligent. Mais il était aussi un peu sauvage. Très jeune déjà, il se rebellait contre l'autorité et gérait toutes les situations auxquelles il était confronté en prenant un maximum de risques.

Kade sourit et se dit que lui aussi aurait probablement aimé Grigori.

— Malgré ces défauts, Kern était fou de ce gosse. Mais quelques années plus tard, quand on apprit que Grigori était devenu Renégat, qu'il avait tué sous l'emprise de la Soif sanguinaire, Kern le raya de son esprit. Comme ça, d'un coup, ajouta Max en claquant des doigts. Nous n'avons plus jamais vu Grigori et Kern n'en a plus jamais parlé. Et, de ce jour, ça a été un autre homme.

En écoutant le récit de Max, Kade s'avoua à contrecœur la compassion qu'il ressentait envers son père pour la perte qu'il avait subie.

— Il se peut que ton père ait peur de ne pouvoir supporter de nouveau une douleur du même ordre, suggéra Max. Peut-être voit-il un peu trop de Grigori en toi par moments.

Et apparemment il avait décidé très tôt de passer Kade par pertes et profits et de reporter tous ses espoirs paternels sur Seth…

— Ça n'a pas d'importance, murmura Kade, à moitié sincère.

Il avait bien trop à faire à gérer une situation de vie ou de mort pour s'inquiéter du peu d'attentes de son père envers lui.

— Merci de m'avoir appris ça, Max. Et de l'analyse que tu en fais. Merci aussi d'être passé.

Max, toujours perspicace, comprit à demi-mot et se leva.

— Tu as des choses à faire. Je ne veux pas te retarder.

Alors qu'il tendait la main, Kade le prit brièvement dans ses bras.

— Tu es un homme bon, Max. Un véritable ami. Merci.

— Je suis toujours là pour toi, Kade. Tu n'as qu'à demander.

Kade raccompagna son oncle à la porte et l'ouvrit juste au moment où passaient deux femmes emmitouflées dans des manteaux d'hiver et portant chacune une couette pliée. L'une d'entre elles tourna la tête et sursauta.

— Oh… Kade ? demanda-t-elle, son joli visage éclairé par un grand sourire. Kade ! J'ai entendu dire que tu étais revenu en Alaska, mais je ne m'étais pas rendu compte que tu étais ici.

— Salut Perth, dit-il en adressant un sourire poli à la Compagne de sang que son frère faisait poireauter depuis déjà quelques années.

À côté de lui, Max s'était raidi. Kade sentit la chaleur qu'il dégageait tandis que Perth continuait à bavarder avec animation. Avec ses cheveux d'un roux flamboyant et ses yeux d'un vert profond éclairés par la lumière du feu de cheminée qui brûlait derrière eux, elle était superbe.

— Ruby et moi allions voir l'aurore boréale depuis l'une des corniches. Est-ce que vous vous joindriez à nous ?

Kade et Max déclinèrent tous deux l'invitation, mais ce fut le refus de Max qui tempéra le plus le sourire de Perth, même si elle essaya de le cacher avec le bord de la couette qu'elle tenait en main. Et, alors que les deux Compagnes de sang s'éloignaient, Kade remarqua que son oncle ne les quittait pas des yeux.

Ou plutôt, qu'il ne quittait pas des yeux l'une d'entre elles.

— Perth ? demanda Kade, encore surpris par l'attirance soigneusement contrôlée qu'il venait de voir chez eux deux.

Maksim reprit ses esprits et reporta son regard sur Kade.

— Elle s'est promise à un autre. Je ne m'autoriserai jamais à me mettre entre eux, quel que soit le temps que ça prendra à Seth pour accepter enfin le don précieux dont il a été gratifié. Quel petit salaud arrogant et ignorant !

Kade regarda son oncle quitter le porche de sa cabane pour traverser le terrain enneigé jusqu'à la sienne.

Il hésitait entre rire de la virulence de Max et maudire Seth pour le risque qu'il avait pris de détruire deux vies de plus.

Chapitre 12

Alex versa une bouilloire d'eau chaude dans le filtre de la vieille cafetière posée sur le poêle. Tandis que la cuisine s'emplissait de l'arôme du café fraîchement moulu pour la deuxième fois ce matin-là, elle se retourna vers la table où elle prenait son petit déjeuner avec Jenna. En fait, c'était surtout elle qui petit-déjeunait. Jenna avait à peine entamé sa portion de frites maison et avait à peine touché à ses œufs brouillés.

— Dieu que je hais l'hiver, murmura-t-elle en se laissant aller contre le dossier de sa vieille chaise en bois et en glissant un regard pensif vers la fenêtre, derrière laquelle l'obscurité était toujours aussi dense, même s'il était déjà 8 heures du matin. Il y a des jours où l'on a l'impression qu'il ne finira jamais.

— Ne t'en fais pas, il finira, dit Alex en s'asseyant en face de son amie, dont le regard semblait de plus en plus vague.

Bien sûr, ce n'était pas vraiment l'obscurité ou le froid qui lui pesaient tant. Alex n'avait pas besoin de regarder le calendrier fixé au mur à côté du téléphone pour comprendre l'origine de la tristesse croissante de son amie.

— Hé, lança-t-elle en se forçant à l'enthousiasme. Si le temps se maintient jusqu'au week-end, j'avais pensé voler jusqu'à Anchorage. On pourrait faire un peu de shopping, aller au cinéma. Tu es partante pour un week-end filles en ville ?

Jenna lui rendit son regard et secoua la tête avec lassitude.

— Je ne crois pas, non.

— Oh, allez. Ce sera sympa. Et puis, tu me dois bien ça, hein. Je viens juste de finir mon dernier paquet de Red Goat pour toi. Il faut que j'aille chez *Kiladi Brothers* pour reconstituer mon stock.

Jenna se laissa aller à un petit sourire triste.

— Le reste de ton Red Goat adoré ? Waouh ! Tu dois vraiment t'inquiéter pour moi. Tu penses que je file un mauvais coton, hein ?

— Tu en dis quoi, toi ?

La question d'Alex était directe et exigeait une réponse franche. Elle tendit la main par-dessus la table et la posa sur celle de Jenna. Elle observait son amie, attentive à ce que lui dirait son instinct qui semblait toujours savoir si on lui mentait ou non.

— Est-ce que ça va aller, cette fois ? ajouta-t-elle.

Jenna soutint son regard comme si elle ne pouvait s'en détacher. Elle soupira doucement.

— Je ne sais vraiment pas, Alex. Ils me manquent. Ils me donnaient une bonne raison de me lever le matin, tu sais ? Quand Mitch et Libby en faisaient encore partie, je sentais que ma vie avait un sens, je me sentais utile. Je ne suis pas sûre de jamais ressentir ça de nouveau.

Bon, c'était la vérité, aussi douloureuse fût-elle. Alex pressa tendrement la main de Jenna. Puis elle cligna des yeux, libérant son amie de la contrainte invisible de son regard chasseur de vérité.

— Ta vie a du sens, Jenna. Et tu n'es pas seule. Tu nous as déjà, Zach et moi.

Jenna haussa les épaules.

— Mon frère et moi nous éloignons l'un de l'autre depuis un moment déjà et, depuis peu, ma meilleure amie parle de faire son sac et de déménager.

— Ce ne sont que des paroles en l'air, dit Alex en ressentant une pointe de culpabilité à la fois pour sa lâcheté, qui lui faisait penser de nouveau à fuir, et pour la demi-vérité qu'elle servait à Jenna dans l'espoir de l'aider à se sentir mieux.

Elle se leva, emportant leurs tasses jusqu'au poêle.

— Alors, à quelle heure es-tu partie du pub finalement, cette nuit ? demanda Jenna tandis qu'Alex lui versait du café frais et le rapportait à table.

— Je suis partie peu après toi. Zach arrivait et m'a ramenée.

Jenna prit une gorgée de café et reposa sa tasse.

— Tiens donc !

— Il m'a juste déposée, dit Alex. Il m'a proposé de prendre une bière avec lui au pub, mais j'étais partie pour rentrer chez moi.

— Ouais, le connaissant comme je le connais, il voulait probablement juste une bonne excuse pour te faire monter dans sa guimbarde. Il en pinçait déjà pour toi quand on était ados, tu sais. Après tout, peut-être que malgré son discours de gros dur marié à son boulot, il est toujours secrètement amoureux.

Alex ne le pensait pas. La seule nuit qu'ils avaient passée ensemble leur avait suffisamment prouvé à tous les deux que quoi qu'il y ait eu entre eux, ça ne dépasserait plus jamais le stade de l'amitié. Cela faisait près de dix ans qu'elle connaissait Zach mais, pour elle, il restait plus un étranger que Kade au bout d'une seule journée.

Même si cela semblait incroyable, malgré la façon dont Kade la perturbait émotionnellement, au fond d'elle-même elle se sentait physiquement plus en sécurité avec lui qu'avec Zach, un agent de la loi décoré.

Seigneur, elle ne voulait pas réfléchir à ce que ça disait de ses capacités de jugement!

Alors qu'elle s'attardait sur cette pensée en prenant une grande gorgée de café, le téléphone se mit à sonner. Alex se leva et décrocha sa ligne entreprise avec sa formule habituelle.

— Transports et livraisons Maguire, j'écoute.

— Salut!

Ce mot unique prononcé par cette voix profonde désormais intimement familière la traversa de part en part comme un courant électrique.

— Euh! Bonjour… Kade, énonça-t-elle, agacée de laisser transparaître son émotion.

Et pourquoi aussi ce souffle court?

— Comment avez-vous eu mon numéro?

Voyant Jenna lever les sourcils de surprise, Alex se tourna et s'accouda au comptoir pour tenter de masquer la chaleur qui lui montait aux joues.

— Il n'y a pas beaucoup de Maguire à Harmony, répondit Kade à l'autre bout de la ligne. Pas beaucoup de pilotes non plus. Alors j'ai fait un effort de jugeote et j'ai appelé le seul numéro correspondant à ces deux critères trouvé dans l'annuaire, celui d'un certain Hank Maguire de Transports et livraisons Maguire.

— Oh. (Alex se laissa aller à un sourire.) Et comment savez-vous qu'il ne s'agit pas de mon mari?

Son rire la caressa comme du velours.

— Vous n'embrassez pas comme une femme mariée, Alex.

À cette évocation, elle eut l'impression de se liquéfier et elle eut beaucoup de mal à ne pas se tortiller en pensant aux lèvres de Kade sur les siennes et au moment torride qu'elle avait passé en se rejouant la scène la nuit précédente sous la douche.

— Alors, euh… Vous… Vous appelez pour le boulot ?

Oh, mon Dieu ! Elle avait bien failli ajouter « ou pour le plaisir », mais elle avait eu la présence d'esprit de ravaler les mots avant de se mettre dans une position embarrassante. Pas question d'associer « Kade » et « plaisir » dans la même phrase. Elle avait déjà eu un aperçu largement suffisant de ce que ça risquait de donner, assez en tout cas pour savoir que cela signifiait danger et complications, et elle avait déjà tout ce qu'il lui fallait dans ce domaine.

— Je devais retrouver Big Dave et quelques autres gars à Harmony aujourd'hui, dit Kade, lui lançant tranquillement la meilleure des raisons qu'il lui fallait pour se convaincre qu'elle ne voulait rien avoir à faire avec lui.

— Oh, c'est juste, répliqua Alex. La grande chasse aux loups. Eh bien, bon amusement ! Il faut que j'y aille…

— Attendez, insista-t-il alors qu'elle allait raccrocher. J'étais censé sortir avec Big Dave aujourd'hui, mais en fait j'espérais engager un guide pour m'emmener jusque chez Henry Tulak à la place.

— Henry Tulak, répéta Alex lentement. Qu'est-ce qui pourrait bien vous intéresser là-bas ?

— C'est que… J'ai vraiment besoin de savoir comment est mort cet homme, Alex. Est-ce que vous m'y emmèneriez ?

Il avait l'air sincère, et curieusement résigné à un éventuel refus de sa part. Et parce que cela paraissait tellement important pour lui, Alex se retrouva en train de tourner autour du pot au lieu de l'envoyer balader directement comme elle aurait probablement dû le faire.

Et voilà que ça recommençait, encore une fois elle laissait ses hormones enflammées l'empêcher de voir qu'elle n'était toujours pas sûre de savoir à quel jeu jouait Kade.

— Et Big Dave, alors ?

— Oh, eh bien, je lui présenterai mes excuses la prochaine fois que je le croiserai, répondit-il, apparemment pas plus gêné que ça de poser un lapin au matamore local et à ses petits copains. Qu'en dites-vous, Alex ?

— Oui, d'accord. (Et, bon Dieu, elle n'avait pas besoin de se sentir si excitée à la perspective de passer du temps avec lui.) Le jour devrait se lever vers midi, alors pourquoi ne pas me retrouver à Harmony vers 11 heures ? Nous aurons assez de lumière pour le trajet et environ deux heures pour examiner le site une fois là-bas.

Kade grogna, comme s'il réfléchissait à ce qu'elle venait de dire.

— J'aimerais autant ne pas attendre qu'il fasse jour pour partir, si ça ne vous dérange pas.

— Vous préférez voyager dans le noir ?

Quand il répondit, ce fut comme si elle voyait son sourire s'épanouir lentement sur son visage.

— Un peu d'obscurité ne m'effraie pas, si vous n'en avez pas peur non plus. Je suis déjà en route vers chez vous. Je peux être là dans l'heure.

Il fallait bien reconnaître qu'il ne manquait pas d'audace. Ce type voulait un truc et il faisait ce qu'il fallait pour l'obtenir sans se poser de questions.

— Dans une heure, c'est bon pour vous, Alex ?

Elle regarda la pendule et se demanda combien de temps il lui fallait pour quitter son vieux pyjama, prendre une douche et se redonner figure humaine.

— Euh… oui. D'accord, une heure alors. À plus.

Alors qu'ils raccrochaient chacun de leur côté, Alex sentit le regard plein de curiosité de Jenna dans son dos.

— C'était Kade, hein ?

Alex se retourna avec aux lèvres un sourire penaud.

— Euh… ouais.

Jenna se laisser aller contre le dossier de sa chaise et croisa les bras. Malgré son sweat, son jean usé et ses cheveux noirs dénoués sur les épaules, elle avait tout du flic.

— C'est le même Kade que chez Pete hier soir, le même Kade que tu as vu chez les Toms hier dans la journée ; celui dont tu disais que tu ne voulais rien avoir à faire avec lui ? Ce Kade-là ?

— C'est bien lui, répondit Alex. Et avant que tu en dises plus, sache que je me contente juste de l'emmener chez Tulak pour qu'il puisse examiner l'endroit.

— Oui, oui.

— C'est du boulot, rien d'autre, conclut Alex, qui se dépêcha de débarrasser les assiettes du petit déjeuner pour les poser dans l'évier. (Elle récupéra un morceau de toast trempé dans l'œuf, et le jeta dans la gueule de Luna, qui n'attendait que ça.) Pour moi, si ça peut faire un fusil de moins dirigé contre les meutes de loups du coin, je suis tout à fait ravie de distraire Kade avec une excursion.

Quand elle revint à la table pour l'essuyer, Jenna la regarda intensément.

Il n'y avait pas besoin de l'étrange détecteur de mensonges interne d'Alex, ni même des années d'expérience de Jenna comme flic, pour se rendre compte qu'Alex était amoureuse. Qu'elle était complètement tourneboulée par un homme qu'elle ne connaissait que depuis deux jours, et tentée de laisser cet homme aux centaines de nuances de gris plus troubles les unes que les autres pénétrer dans son petit monde propret fait de noir et de blanc.

— Fais attention, Alex, dit Jenna. Je suis ton amie et je t'aime. Je ne voudrais pas que tu sois blessée.

— Je sais, répondit Alex. Et je ne risque rien.

Jenna rit sous cape et la chassa de la main.

— Eh bien ? qu'est-ce que tu fais encore là au lieu de te préparer pour ce rendez-vous qui n'en est pas un ? Allez, va ! Luna et moi nous chargerons bien de la vaisselle du p'tit déj.

Alex sourit.

— Merci, Jen.

— Mais quand tu reviendras de ce rendez-vous qui n'en est pas un, lui cria Jenna pendant qu'elle filait le long du couloir, j'exigerai le nom de famille de ce type et son numéro de sécu. Et un dossier médical complet, aussi. Et tu sais que je ne plaisante pas !

Alex le savait, mais ça ne l'empêcha pas de rire et de continuer à flotter sur un sentiment d'excitation et d'espoir, qui, s'il ne lui était pas habituel, était vraiment le bienvenu.

Chapitre 13

Kade ne s'était pas vraiment rendu compte à quel point il avait envie de revoir Alex. Mais, à présent qu'elle arrivait pour lui ouvrir et qu'il la regardait à travers la vitre givrée de sa porte d'entrée, il en prenait conscience. Grande et mince, vêtue d'un jean sombre et d'une polaire vert citron avec un col roulé dessous, ses cheveux blonds lumineux coiffés en deux tresses tombant juste au-dessus des épaules, elle avait quelque chose de printanier dans cet hiver glacial. Son visage souriant était rehaussé d'un tout petit peu de mascara et du rouge qui lui montait soudain aux joues.

— Salut, dit-elle en ouvrant la porte. Vous m'avez trouvée.

Il approuva d'un hochement de tête.

— Je vous ai trouvée.

— Laissez-moi deviner, dit-elle, souriant toujours. Vous avez marché jusqu'ici comme vous l'avez fait l'autre jour pour aller chez les Toms ?

Il eut un petit sourire narquois et montra de la main la motoneige qu'il avait garée devant chez elle.

— Non, aujourd'hui j'ai décidé d'utiliser un engin à moteur.

— Eh oui, bien sûr. (Elle tenait la porte ouverte.) Entrez. J'attrape mes bottes et mes affaires, et on y va.

Alors qu'elle disparaissait dans un coin du salon, Kade pénétra dans la petite maison confortable en laissant son regard circuler sur le mobilier simple et le décor accueillant.

Il sentait Alex à sa place dans cet endroit, sentait que le canapé et les chaises sans chichis, les bois rustiques des tables et les verts, les marrons et les beiges du tapis de laine sur lequel il marchait lui correspondaient bien.

Elle revint dans la pièce avec des bottes à lacets aux pieds et une épaisse parka kaki sur le dos.

—Je suis prête si vous l'êtes. Laissez votre motoneige où elle est. Nous allons sortir par-derrière et prendre la mienne pour rejoindre l'aérodrome.

Kade, qui avançait deux pas derrière elle, s'arrêta.

—L'aérodrome ?

—Ouais, la météo ne prévoit pas de neige pour les deux jours à venir, alors pourquoi perdre notre temps à prendre les motoneiges alors qu'on peut voler jusque là-bas ?

—Je n'avais pas compris que nous allions voler. (Il ressentit un instant d'incertitude, ce qui ne lui arrivait quasiment jamais.) Mais il fait noir, dehors.

—Mon avion ne connaît pas la différence entre le jour et la nuit, répondit-elle, le regard amusé. Allons-y ! Enfin, sauf si un peu d'obscurité vous met mal à l'aise, Kade.

Elle le taquinait, et Dieu qu'il aimait ça. Il sourit, plus que prêt à relever tout défi qu'elle voudrait bien lui lancer.

—Je vous suis.

Alex au guidon et Kade ravi de voyager derrière elle sur la motoneige, ne serait-ce que pour l'occasion que cela lui donnait de l'enserrer de ses bras, ils filèrent à toute vitesse à travers les jardins enneigés de la ville jusqu'à l'endroit où le monomoteur d'Alex attendait sur ce que, faute d'un autre mot, il fallait bien appeler l'aérodrome d'Harmony. À part le hangar transformé en morgue temporaire où reposaient les corps des Toms, celui-ci était constitué d'un court ruban de neige damée et de balises lumineuses qui dépassaient à peine des congères les plus hautes.

Le Beaver de Haviland d'Alex avait un seul voisin, un petit Super Cub Piper qui était équipé de gros pneus et pas de skis comme l'avion d'Alex. Une rafale passa sur la piste en poussant un nuage de poudreuse comme elle l'aurait fait d'une touffe d'herbes sèches.

— Eh bien ! Quelle activité !

— C'est mieux que rien. (Elle gara la motoneige et ils en descendirent.) Allez-y, montez ! Moi, il faut que je fasse les vérifications d'usage avant que nous puissions décoller.

Peu habitué qu'il était à recevoir des ordres d'une femme, Kade faillit protester. Mais il était bien trop décontenancé par l'assurance dont faisait preuve Alex. Il monta dans le cockpit de l'avion, qui n'était pas verrouillé, et referma la porte. Même si le Beaver était la bête de somme des grandes étendues de l'intérieur, Kade fut immédiatement surpris par le peu d'espace qu'offrait la cabine. Avec ses près de deux mètres et ses quelque cent quinze kilos – nu et sans armes –, c'était déjà un grand mâle mais, assis là dans le siège passager du monomoteur tout équipé, il avait l'impression que les panneaux métalliques et les fenêtres étroites formaient les parois d'une cage minuscule.

Alex arriva côté pilote et sauta dans son siège derrière le manche.

— Tout est paré, annonça-t-elle d'un ton enjoué. Attachez votre ceinture et nous serons en l'air en un rien de temps.

Vu l'endroit paumé de l'Alaska où ils se trouvaient, il n'y avait rien d'étonnant à ce qu'il n'y ait ni contrôle aérien, ni tour de contrôle à qui demander une autorisation de décollage. Alex était seule pour les faire décoller et les orienter dans la bonne direction. Kade la regardait faire, très impressionné par la façon dont elle manipulait les commandes et mettait l'engin en mouvement sur cette piste ridiculement courte. Une minute plus tard, ils s'élevaient dans l'obscurité, grimpant de plus en plus haut dans un ciel matinal dépourvu de la moindre lumière à part celle qui émanait de la lointaine couverture d'étoiles.

— Beau boulot, déclara-t-il en lui jetant un coup d'œil alors qu'elle redressait l'appareil et le guidait à travers quelques rafales d'un vent capricieux. Je suppose que vous avez déjà fait ça une ou deux fois.

Elle se tourna vers lui avec un petit sourire.

— Je pilote depuis mes douze ans. Bien sûr, j'ai dû attendre d'en avoir dix-huit pour suivre une formation officielle et passer ma licence.

— Vous aimez ça, être ici en haut avec les étoiles et les nuages.

— J'adore ça, répondit Alex, qui, hochant la tête d'un air pensif, vérifia quelques-uns des compteurs sur le tableau de bord de l'appareil avant de reporter son regard sur l'immense néant qui s'étalait devant eux. C'est mon père qui m'a appris à piloter. Quand j'étais gosse, il me disait toujours que le ciel est un endroit magique. Parfois, quand j'avais peur ou qu'un cauchemar me réveillait, il m'emmenait voler… quelle que soit l'heure. On montait haut dans le ciel, où rien de mauvais ne pouvait nous atteindre.

Quand elle parlait de son père, Kade entendait dans sa voix à la fois l'affection qu'elle lui portait et le chagrin qu'elle ressentait de sa perte.

— Depuis combien de temps votre père est-il décédé ?

— Ça fait six mois. Alzheimer. Il y a quatre ans, il a commencé à oublier des trucs. Ça a empiré assez vite, et au bout d'un an, quand ça a commencé à affecter ses réflexes dans l'avion, il a finalement accepté que je l'emmène à l'hôpital de Galena. La maladie évolue différemment chez chaque malade, mais pour Papa… les choses sont allées si vite. (Alex laissa échapper un long soupir songeur.) Je crois qu'il a abandonné dès qu'il a connu le diagnostic. Je ne sais pas, peut-être avait-il même renoncé à la vie avant ça ?

— Comment ça ?

Il n'avait pas voulu se montrer indiscret, mais elle se mordit la lèvre en entendant sa question, un réflexe qui signifiait probablement qu'elle avait l'impression de lui en avoir déjà dit plus qu'elle n'en avait l'intention. Au regard anxieux qu'elle lui lança, il comprit qu'elle essayait d'une certaine façon de le jauger, de décider si elle pouvait lui faire confiance.

Lorsqu'elle finit par reprendre la parole, sa voix était tranquille, son regard de nouveau devant elle comme si elle ne pouvait pas lui dire ce qu'elle avait à dire tout en le regardant.

— Mon… Mon père et moi avons déménagé pour l'Alaska quand j'avais neuf ans. Avant ça, nous vivions en Floride, dans les Everglades, où mon père organisait des excursions en hydravion dans les marais et les Keys.

Kade la scrutait à la lumière tamisée du cockpit.

— C'est un monde complètement différent d'ici.

— Ça, ça ne fait aucun doute.

Un cliquetis métallique venu de quelque part dans l'avion se déclencha soudain et le cockpit se mit à vibrer. Kade s'accrocha à son siège, heureux de voir qu'Alex ne paniquait pas. Son attention se concentra sur ses instruments et elle augmenta la vitesse. La vibration et le cliquetis cessèrent.

— Ne vous inquiétez pas, dit-elle, d'un ton aussi amusé que l'était son regard. Comme disait mon père, c'est un fait avéré que certains des bruits les plus alarmants produits par les avions ne sont audibles que la nuit. Je pense que tout va bien maintenant.

Kade gloussa, pas très à l'aise.

— Il va bien falloir que je vous croie.

Ils volèrent au-dessus d'une pente montagneuse, puis changèrent progressivement de direction pour revenir vers la Koyukuk.

— Alors, que s'est-il passé en Floride, Alex ? demanda-t-il en revenant au sujet qu'il n'avait pas l'intention de lâcher à présent.

Son instinct lui disait que c'était dans cette direction qu'il fallait creuser pour découvrir les secrets qu'elle semblait taire, mais il n'était pas en train d'essayer de faire progresser son enquête. Non, il était vraiment intéressé par Alex – bon Dieu, s'il était franc avec lui-même, il lui fallait admettre qu'elle commençait vraiment à compter pour lui – et il voulait comprendre ce qu'elle avait eu à traverser. Il entendait la douleur qui se cachait derrière ses mots et il voulait l'en soulager autant qu'il le pourrait.

— Vous est-il arrivé quelque chose, à vous ou à votre père, en Floride ?

Elle secoua la tête et eut de nouveau pour lui un de ses regards scrutateurs.

— Non… non… pas à nous… mais à ma mère et à mon petit frère…

Sa voix se brisa. Kade sentit ses sourcils se froncer.

— Comment sont-ils morts, Alex ?

Pendant un instant qui lui parut figé, alors que le regard d'Alex, comme pétrifié par une peur revécue, ne lâchait pas le sien, Kade sentit son estomac se nouer d'effroi. Le petit espace qu'ils partageaient à quelque deux mille cinq cents mètres d'altitude sembla se réduire encore sous l'effet du silence terrible d'Alex.

— Ils ont été tués, lâcha-t-elle enfin, des mots qui ne firent qu'accélérer le pouls de Kade lorsqu'il en envisagea l'une des interprétations possibles, une interprétation terrible qui rendrait sa relation avec Alex encore plus impossible qu'elle ne l'était déjà.

Mais elle haussa les épaules et son regard se porta de nouveau au-delà du pare-brise. Elle prit une profonde inspiration et relâcha l'air.

— C'était un accident. Un conducteur soûl a grillé un feu rouge et il a percuté la voiture de ma mère. Elle et mon petit frère ont été tués sur le coup.

Le froncement de sourcils de Kade s'était accentué en l'entendant réciter les faits à toute allure, comme si elle voulait s'en débarrasser le plus vite possible. Et « réciter » semblait le terme juste, parce qu'il y avait dans cette explication quelque chose qui le frappait comme du par cœur, comme trop bien répété.

— Je suis désolé, Alex, répondit-il malgré tout, incapable pourtant de la libérer de son regard scrutateur et à présent soupçonneux. J'imagine toutefois que le fait qu'ils n'aient pas souffert a été un soulagement, aussi mince soit-il.

— Ouais, reprit-elle d'un air impassible. Au moins ils n'ont pas souffert.

Ils volèrent un moment en silence, regardant le paysage défiler sous eux, des zones sombres de forêts denses et de montagnes escarpées à la lueur bleue électrique de la toundra et des contreforts couverts de neige. Dans le lointain, Kade vit l'éclat vert de l'aurore boréale, qu'il pointa du doigt pour Alex. Bien qu'il les ait observés d'innombrables fois depuis le sol au cours de ses presque cent ans de vie, il n'avait jamais eu l'occasion de voir danser les voiles colorés à l'horizon en se trouvant lui-même dans le ciel.

— Incroyable, hein ? fit remarquer Alex, qui semblait vraiment dans son élément quand elle fit faire un grand arc à son engin pour leur permettre de jouir plus longtemps du phénomène.

Kade regardait le spectacle des couleurs, mais ses pensées n'avaient pas quitté Alex et il tentait toujours de déduire les faits à partir du conte qu'elle semblait vouloir lui faire croire.

— Difficile de faire plus différent de la Floride que l'Alaska, non ?

— C'est sûr, répondit-elle. Mon père et moi voulions recommencer à zéro. C'était indispensable pour nous après que Maman et Richie…

Elle prit une inspiration brusque comme si elle s'était surprise en train de dire quelque chose de plus que ce qu'elle aurait voulu.

— Après leur mort, mon père et moi avons volé jusqu'à Miami pour prendre un avion vers un endroit où nous pourrions recommencer nos vies. Il y avait une mappemonde dans l'un des kiosques de l'aérogare. Papa m'a montré où nous étions, et puis il m'a demandé de choisir l'endroit où nous irions. J'ai choisi l'Alaska. Une fois sur place, nous nous sommes dit que le nom d'Harmony laissait penser que ce serait une ville accueillante où créer un nouveau foyer.

— Et ça a été le cas ?

— Ouais. (Il y avait de la mélancolie dans sa voix.) Mais elle n'est pas la même pour moi depuis son départ. Je me disais justement qu'il serait peut-être temps pour moi de jeter un nouveau coup d'œil à la mappemonde et d'aller vivre dans un autre coin du pays pour un temps.

Avant que Kade eût l'occasion de l'interroger là-dessus, le cliquetis et la vibration du monomoteur reprirent de plus belle. Alex accéléra de nouveau, mais cette fois bruit et secousses persistèrent.

— Que se passe-t-il ?

— Il va falloir que je nous pose, dit-elle. De toute façon, voilà la cabane de Tulak là en bas. Je vais essayer d'atterrir le plus près possible.

— D'accord.

Kade jeta un coup d'œil par la fenêtre au sol qui montait vers eux beaucoup plus vite qu'il ne l'aurait souhaité.

— Essayez juste de le poser doucement. Je ne vois rien qui ressemble à une piste là en bas.

Il n'aurait pas dû s'inquiéter. L'avion toujours vibrant, Alex le posa doucement sur ses skis, parvenant sans difficulté à éviter deux vieux épicéas qui avaient semblé surgir soudainement de l'obscurité tandis qu'ils glissaient déjà sur la poudreuse. La cabane arrivait droit devant eux à présent, mais Alex ralentit le Beaver et lui fit faire une courbe harmonieuse. Bref un atterrissage quasi improvisé mais parfaitement exécuté.

— Seigneur, on n'est pas passé loin, lâcha-t-il alors que l'appareil s'arrêtait dans la neige.

— Ah bon ?

L'air amusé qu'arborait Alex en coupant le moteur était très éloquent.

Elle descendit et Kade la suivit jusqu'au moteur. Elle regarda dedans.

— Bon Dieu ! Eh bien, voilà qui explique tout. Une paire de vis du capot moteur se sont fait la malle à cause des vibrations.

Kade en savait autant sur les capots moteur que sur le tricot. Mais, même s'il n'aurait pas dû, il se prit à espérer que les problèmes de l'avion allaient le garder bloqué au beau milieu de nulle part avec Alex pour quelques heures ; mieux même, quelques jours.

— Qu'êtes-vous en train de me dire ? Que nous sommes bloqués au sol en attendant de l'aide ?

— L'aide est là devant vous, répliqua-t-elle avec un grand sourire avant d'aller chercher sa boîte à outils dans la soute de l'avion.

L'une des raisons qu'avait eues Kade pour la faire venir avec lui dans cet endroit paumé avait été d'aller enfin au fond des choses quant à ce qu'elle savait des meurtres des Toms. Désormais, suite à la demi-vérité qu'elle lui avait débitée à propos de la mort de sa mère et de son frère, il avait une autre raison de la questionner. Et il se dit que s'il s'avérait qu'Alex savait quelque chose sur l'existence de la Lignée – et ce d'autant plus si ce savoir avait un rapport avec la perte de ses proches en Floride –, la soulager du poids de ce souvenir serait lui faire une fleur.

Mais il ne s'agissait plus seulement de sa mission. Il avait tenté de se convaincre du contraire, mais le devoir était passé au second plan dès son arrivée chez Alex ce matin-là. La façon dont son pouls s'emballait dès qu'il se trouvait en présence de cette femme ne faisait clairement pas partie du plan d'origine. Certes, son cœur était encore tout palpitant de l'atterrissage impromptu, mais, tandis qu'Alex revenait vers lui, l'air futée et compétente et si adorable quand elle se mit à travailler sur le moteur, la palpitation se transforma en coups furieux.

— Vous pourriez me tenir la torche, s'il vous plaît ?

Elle l'alluma et la lui tendit, puis enleva son gant et fouilla dans sa boîte à outils pour y récupérer une poignée de vis et d'écrous dépareillés.

— Il devrait y avoir là-dedans de quoi faire une réparation provisoire qui nous permettra de rentrer sans problème.

Kade la regarda mettre en place avec soin chaque vis dans la monture, se demandant si les autres guerriers de Boston ressentaient la même fierté et le même plaisir lorsqu'ils regardaient leurs compagnes faire ce qu'elles faisaient le mieux.

Cette pensée le secoua dès qu'il l'eut formulée dans son esprit… Depuis quand était-il du genre à envisager d'avoir une compagne, sans parler de donner une place quelconque à Alexandra Maguire dans ce scénario ? Elle était au mieux un obstacle temporaire à l'accomplissement de sa mission pour l'Ordre et au pire un risque pour la sécurité de la nation vampire, un risque qu'il était de son devoir d'éliminer en effaçant sa mémoire. Et dans ce dernier cas, le plus tôt serait le mieux.

Mais, pour son cœur affolé, rien de tout cela n'avait d'importance face au sentiment qui commençait à se révéler et à se diffuser dans chacune de ses veines et de ses cellules en la regardant finir son boulot à quelques centimètres de lui. Derrière elle, dans le lointain, le vert de l'aurore boréale était rejoint par un ruban de rouge naissant. Alex se tournait à présent vers lui, la tête sur fond de halo coloré, et il se demanda s'il avait jamais vu quelque chose d'aussi beau que son visage auréolé de la magie gelée de l'Alaska sauvage. Elle ne dit rien, se contentant de soutenir son regard avec la même intensité silencieuse que celle qui l'animait tout entier.

Kade éteignit la torche et la posa sur le capot du moteur, qui était à présent fermé. Il enleva ses gants et prit dans ses mains celle d'Alex, réchauffant ses doigts froids entre ses paumes chaudes. Son étreinte était légère, pour laisser à Alex la possibilité de retirer sa main si elle l'avait voulu. Mais elle la laissa où elle était.

Elle croisa ses doigts avec ceux de Kade, fouillant ses yeux du regard avec intensité.

— Que voulez-vous de moi, Kade ? Je vous en prie, il faut que je sache. J'ai besoin que vous me le disiez.

— Je croyais le savoir, dit-il. (Il secoua lentement la tête.) Je pensais que tout était clair pour moi. Bon Dieu, Alex… vous rencontrer a tout changé.

Il libéra une de ses mains pour la glisser contre la joue douce et chaude d'Alex dans la capuche de sa parka.

— Je n'arrive pas à vous lire, dit-elle en fronçant les sourcils. Ne pas pouvoir vous jauger me met mal à l'aise.

Il lui toucha le bout du nez et eut un sourire ironique.

— Trop de gris dans votre monde noir et blanc ?

Elle garda son air sérieux.

— Ça me fait peur.

— N'ayez pas peur.

— C'est vous qui me faites peur, Kade. Toute ma vie, j'ai fui devant les choses qui m'effrayaient, mais avec vous… (Elle eut un long soupir incertain.) Avec vous, il semble que je n'arrive pas à me tenir à l'écart.

Il lui caressa la joue et passa le bout de ses doigts sur les rides légères de son front.

— Il n'y a pas de raison d'avoir peur quand vous êtes avec moi, dit-il, parfaitement sincère.

Mais, alors qu'il penchait la tête et posait sa bouche sur la sienne pour un baiser destiné à la rassurer, celui-ci se transforma en quelque chose de beaucoup plus sauvage quand elle le lui rendit ouvertement en lui léchant les lèvres du bout de la langue. Toute la fièvre qui leur était tombée dessus la nuit précédente dans le parking du pub se ranima, mais plus vite cette fois, et plus intensément du fait des heures de manque que Kade avait connu entre-temps. Cette femelle l'enflammait, dangereusement même. L'embrasser était déjà risqué ; le désir poussait ses crocs à sortir et sa vision s'affinait avec l'afflux de la lumière ambrée qui allait bientôt emplir ses iris.

Son but à l'instant n'avait pas été de la séduire, quels que fussent sa mission pour l'Ordre ou son désir de connaître les secrets d'Alex pour satisfaire sa propre curiosité.

Il s'écarta, tête penchée, le visage détourné d'elle pour masquer les changements qu'il ne pouvait pas la laisser voir.

Des changements qui risquaient de l'affoler.

Des changements qu'il serait incapable d'expliquer.

— Qu'est-ce qu'il y a ? demanda-t-elle, sa voix douce rendue rauque par le baiser. Il y a quelque chose qui ne va pas ?

— Non.

Il secoua la tête, en faisant toujours bien attention de dissimuler son visage tout en essayant de refroidir son désir.

— Tout va bien. Mais il fait vraiment trop froid pour rester debout là-dehors. Vous devez être gelée.

— Je ne peux pas dire que je ressente le froid pour le moment, répliqua-t-elle, ce qui le fit sourire malgré le combat qu'il menait contre lui-même.

— Nous devrions tout de même passer à l'intérieur.

Il n'attendit pas la réponse d'Alex et fit le tour pour rejoindre le côté passager de l'avion.

— J'ai juste besoin de récupérer mon matériel. Allez devant. Je vous suis.

Elle hésita un instant, puis se mit à marcher vers la cabane, faisant crisser la neige de ses bottes.

— Entendu. Apportez un peu de bois de chauffage pendant que vous y êtes. Cet endroit est utilisé comme refuge maintenant et vous devriez en trouver dans la remise derrière.

Il attendit qu'elle soit entrée dans la cabane de rondins avant de sortir son sac d'armes de l'avion et de partir à la recherche de la remise à bois. Tandis qu'il avançait dans la neige immaculée, l'air de l'Arctique le fouettait. Il accueillit avec reconnaissance la morsure du vent glacial, qui lui rafraîchissait les idées.

Et pourtant, intérieurement, il brûlait pour Alex.

Il la voulait intensément et il aurait fallu qu'un glacier l'avale tout entier pour calmer le feu qu'elle allumait en lui.

Chapitre 14

Alex pénétra dans l'unique pièce de la cabane et ferma la porte derrière elle pour s'isoler du froid et, en tout cas elle l'espérait, profiter d'une minute d'intimité pour gérer son tumulte intérieur. Elle appuya son dos contre le panneau usé et lâcha un long soupir.

— Reprends-toi, Maguire.

Elle aurait voulu prétendre que le baiser ne voulait rien dire, que le simple fait que Kade se soit écarté le premier devait lui faire comprendre que, pour lui aussi, laisser les choses aller plus loin entre eux était une mauvaise idée. Le problème, c'était que les choses étaient déjà allées très loin. Plus encore même. Et le nier n'y changerait rien. Il n'y avait nulle part où Alex aurait pu courir pour dépasser le désir qu'elle avait pour Kade. Et de toute façon, elle n'avait pas envie de fuir ce sentiment, point final. Pour la première fois de sa vie, il y avait quelque chose qui lui foutait une trouille mortelle sans pour autant la pousser à fuir.

Pire encore, ses sentiments pour Kade la poussaient à vouloir se rapprocher de lui.

Et, toujours plus effrayant, elle avait l'impression que Kade pourrait être quelqu'un d'assez fort pour qu'elle s'appuie sur lui, pour qu'elle s'ouvre à lui – vraiment – sur tout ce qu'elle gardait en elle depuis si longtemps. Quelque chose en elle voulait croire qu'il était assez solide pour la soutenir en toute situation, même une situation lourde de monstres, où la nuit aurait des dents et où le vent rugirait, assoiffé de sang.

Kade la soutiendrait.

Elle le savait de la même façon qu'elle avait toujours su quand quelqu'un lui mentait. Et même s'il semblait qu'elle ne pouvait lire en lui comme elle le pouvait avec les autres, ce même instinct lui disait que c'était parce que, d'une certaine manière, Kade n'était pas comme eux. Il était différent de tous les hommes qu'elle avait rencontrés jusque-là et de tous ceux qu'elle pourrait rencontrer ensuite.

C'était ce même instinct inébranlable qui avait été à l'œuvre pendant le vol lorsqu'elle avait failli lui dire la vérité – toute la vérité – sur les raisons qui les avaient poussés, elle et son père, à quitter la Floride. La vérité sur ce qui avait tué sa mère et son petit frère.

Elle avait dû lutter contre l'élan qui la poussait à se confier à Kade, et quand elle lui avait jeté comme un os le mensonge lisse qu'elle avait utilisé avec tant d'autres sans le moindre scrupule, sa malhonnêteté envers lui l'avait dégoûtée d'elle-même. Mais comment aurait-elle pu livrer à un étranger avec qui elle flirtait depuis quelques jours à peine des éléments si fondamentaux de son histoire alors qu'elle les avait dissimulés à tous ceux qui, à Harmony, la connaissaient pourtant depuis son enfance ?

Mais Kade n'était pas un étranger pour elle. Même cette première nuit, lorsque ses yeux gris acier si vifs avaient croisé son regard à travers l'église, il ne lui avait pas semblé étranger.

Et si tout ce qu'ils avaient fait depuis se résumait à un simple flirt, comment se faisait-il qu'elle sente son cœur battre contre ses côtes chaque fois qu'elle était près de lui ? Pourquoi avait-elle l'impression, au mépris de toute logique et de toute raison, que sa place était auprès de cet homme ?

Assaillie par l'horreur des souvenirs et l'incertitude du futur, elle avait besoin de se raccrocher à quelque chose de fort et de chaleureux.

Mais pas à n'importe quoi, ou à n'importe qui… à lui.

Elle avait besoin de la chaleur de Kade à présent, de sa force, même si ça ne devait pas durer éternellement.

La remise à bois derrière la cabane portait les initiales d'Henry Tulak au-dessus de sa porte. Elle contenait un bon stock de bûches bien sèches soigneusement empilées. C'était l'usage dans l'intérieur des terres de prendre soin les uns des autres en laissant du combustible et de la nourriture pour le suivant et en respectant la nature afin de la préserver pour les autres comme pour soi-même.

Tout en extrayant des bûches du tas devant lui, Kade réfléchissait à ce qu'il pourrait laisser en échange du bois qu'il allait brûler pour Alex dans la cabane. Il s'agenouilla et ouvrit son sac. Dans ce qu'il transportait, seules ses armes pouvaient avoir une quelconque utilité pour ceux qui parcouraient ces étendues sauvages, mais son artillerie anti-Renégats avait trop de valeur pour en laisser le moindre élément derrière lui. Restaient les couteaux. Il en avait plus d'un avec lui.

Alors qu'il se penchait sur son sac pour trouver une lame dont il se séparerait sans trop de regret, le bout de sa botte buta sur un objet dur et blanc coincé entre les planches qui garnissaient le sol de la remise à bois.

— Qu'est-ce que… ?

Il se décala pour mieux voir ce qu'il risquait d'avoir écrasé sous son pied. C'était une dent d'ours. La longue pointe d'ivoire acérée était déjà profondément enfoncée dans l'interstice comme si de nombreuses bottes lui étaient passées dessus avant la sienne. Mais ce ne fut pas la vue du croc lui-même qui fit que Kade se figea. Ce fut la fine tresse de cuir à laquelle il était fixé.

C'était exactement le même type de lacet de cuir que celui qu'il avait vu peu de temps auparavant accroché à une autre dent d'ours.

Celui qu'il avait trouvé taché de sang humain séché, dissimulé dans la cache de petits trésors de Seth. La collection de souvenirs morbides d'un tueur.

Son frère était venu à cet endroit.

Ah, Seigneur ! Seth avait-il tué l'humain trouvé mort et mis en pièces là l'année précédente ?

Kade aurait voulu écarter la preuve qu'il avait en main en en faisant une simple coïncidence, mais le froid qui s'installait dans sa poitrine lui disait bien que son jumeau s'était trouvé à cet endroit précis l'hiver précédent, lorsque Henry Tulak avait rendu son dernier soupir.

— Espèce de salopard ! murmura-t-il, malade de sa découverte même s'il avait été à la recherche de telles preuves depuis son retour en Alaska.

Et à présent que cette certitude – une certitude que seul un jumeau identique pouvait avoir au sujet de son double – s'imposait à lui, il ne pouvait plus nier qu'au fond de lui il l'avait su depuis longtemps. Son frère était un tueur. Il ne valait pas mieux que les Renégats qu'il avait toujours haïs et qu'il chassait désormais comme membre de l'Ordre. Une fureur dévastatrice l'envahissait, mais elle n'était pas dirigée seulement contre Seth, elle l'était aussi contre lui-même, qui voulait encore croire qu'il se trompait sur son frère. Mais dans son cœur, Kade savait qu'il n'en était rien. Aucun doute ne lui permettait plus d'excuser Seth ou l'horreur de ses actes.

De la pointe de son couteau, Kade dégagea l'amulette à la dent d'ours et, la maintenant devant ses yeux, considéra avec répulsion la preuve qui venait de condamner son frère, cette preuve qui l'obligeait à présent à faire son devoir, vis-à-vis non seulement de l'Ordre mais aussi de son propre code de l'honneur.

Il devait trouver Seth et mettre un terme à ses meurtres.

Il fallait qu'il parte tout de suite. Il était trop à cran pour retourner en avion à Harmony avec Alex. Il allait partir à pied commencer sa chasse et profiter des quelque deux heures d'obscurité qui restaient avant le lever du jour. S'il le fallait, il parcourrait tout l'intérieur de l'État à pied, et il appellerait les loups à la rescousse pour trouver Seth s'il n'y arrivait pas assez vite seul.

Il fourra l'amulette dans la poche de devant de son jean et posa le couteau sur les bûches, malgré le fait qu'il n'avait plus l'utilité du bois désormais. La seule chose dont il avait besoin, c'était de filer de là et d'accomplir la tâche pour laquelle il était venu en Alaska en premier lieu.

Le temps qu'il quitte la remise et rejoigne la cabane, il bouillait de colère et de résolution meurtrière. Mais quand il ouvrit la porte de la cabane, prêt à donner à Alex une excuse quelconque pour se justifier de l'abandonner là, il fut accueilli par un souffle d'air chaud et la lueur d'un feu qui dansait dans le petit poêle installé au centre de la cabane.

Et Alex, assise au centre d'un nid de sacs de couchage et de couvertures de laine. Elle avait détaché ses cheveux, qui, ébouriffés, tombaient en vagues sur ses épaules nues. Nues comme l'étaient ses longues jambes minces, qui sortaient de sous la vieille couverture qui ne la couvrait qu'en partie.

Seigneur ! La belle Alex, sexy en diable, l'attendait nue !

Kade se racla la gorge, incapable de parler et bien en peine d'énoncer les excuses qu'il s'apprêtait à lui servir pour justifier son départ immédiat.

— Je, euh… J'ai trouvé du bois et des allumettes dans le seau, là, dit Alex. Et j'ai pensé que j'allais réchauffer un peu l'atmosphère.

Réchauffer l'atmosphère ? Si Alex avait été plus chaude, Kade se serait enflammé sur place. Son cœur résonnait encore de l'horrible découverte qu'il venait de faire dans la remise, mais à présent son battement s'accélérait avec une impatience nouvelle. Et en regardant les flammes danser sur la peau douce et crémeuse d'Alex il sentit un muscle de sa mâchoire vibrer douloureusement.

— Alex…

Il secoua faiblement la tête, incapable de trouver les mots pour la repousser. Les multiples raisons pour lesquelles tout ceci était une mauvaise idée – surtout à présent que le devoir exigeait de lui qu'il mette de côté ses propres besoins égoïstes et se concentre sur la mission qu'on l'avait envoyé mener à bien en Alaska – s'évanouirent de son cerveau envahi par le désir, et celui-ci chassa la fureur qui le consumait encore une minute plus tôt à peine.

Cette envie qu'il avait d'elle était un sérieux problème. C'était probablement le pire moment pour laisser les choses évoluer sur le plan intime entre Alex et lui.

Enfin, jusqu'au moment suivant, quand elle se leva et commença à marcher vers lui. La couverture usée qui la drapait si lâchement et traînait derrière elle s'ouvrit d'un coup par-devant pour lui donner un aperçu direct de ses longues jambes. Comme elle se rapprochait encore, le mince tissu glissant et découvrant la peau douce de sa hanche gauche, Kade vit soudain la petite marque écarlate de la larme tombant dans un croissant de lune renversé. Et de délicate, la situation devint franchement désastreuse.

C'était une Compagne de sang.

Et ça changeait tout.

Parce qu'Alexandra Maguire n'était pas une simple mortelle qu'il pouvait draguer, sonder pour récupérer des informations, éventuellement baiser pendant quelques jours, le tout avant d'effacer ses souvenirs et de l'oublier lui aussi. Elle était en fait comme une parente de sa race, une femelle précieuse à qui étaient dus respect et vénération.

Elle était quelque chose de rare et de miraculeux, quelque chose qu'il ne méritait pas, et elle n'en avait pas la moindre idée.

— Oh, Seigneur ! (Il posa son sac par terre. Sa mission allait devoir attendre.) Alex, il y a un truc… dont nous devons parler.

Elle lui adressa un sourire sensuel et amusé.

— À moins que tu n'aies à me dire que tu as une maladie honteuse ou que tu préfères les mecs…

Il la regarda, se demandant s'il y avait eu des indices qui lui avaient échappé tout du long. Mais au début il ne l'avait jamais regardée comme autre chose qu'une source d'informations, un témoin réticent dont il lui faudrait délier la langue par n'importe quel moyen. Et une fois qu'il avait parlé avec elle, il s'était mis à l'apprécier. Et une fois qu'il s'était mis à l'apprécier, il avait eu du mal à ne pas la désirer.

Et à présent ?

À présent, son honneur lui faisait obligation de protéger cette femelle à tout prix, et cela impliquait bien évidemment de l'empêcher de tomber aux mains d'un mâle dans son genre. Rien qu'en restant avec elle il la mettait en danger, l'entraînant plus profondément dans sa mission pour l'Ordre et plus près, en particulier après ce qu'il avait trouvé aujourd'hui, de l'horreur des petits jeux ignobles de son frère. Et s'il n'était que la moitié du guerrier qu'il s'était promis d'être, il allait l'arracher à cet endroit et la remmener chez elle, où il la laisserait définitivement tranquille.

— Kade ?

Elle se rapprocha en inclinant légèrement la tête, attendant sa réponse, le ton toujours joueur.

— Mais, ce n'est pas, euh… ce n'est pas ça que tu dois me dire, n'est-ce pas ?

— Non, ce n'est pas ça.

— Bon, tant mieux, dit-elle en ronronnant presque. Parce que je n'ai vraiment pas envie de parler là maintenant.

Kade inspira profondément tandis qu'elle se collait presque à lui, moins de dix centimètres et un vague chiffon de laine les séparant encore. Et il y avait aussi l'odeur de sa peau chaude, sa chaleur féminine et le soupçon à la fois sucré et épicé de quelque chose dont il comprenait à présent qu'il devait s'agir de l'odeur unique de son sang de Compagne de sang.

Même sans cette foutue tache de naissance, en fait malgré elle, Alexandra Maguire dégageait un mélange enivrant qui l'enveloppait, s'infiltrait en lui comme la plus puissante des drogues.

Elle leva vers lui des yeux couleur caramel plus sombres que jamais, deux puits sans fond où se noyer.

— Je veux être avec toi, ici et maintenant, Kade.

Elle ouvrit lentement la couverture, se dénudant complètement à ses yeux avant de le prendre dans ses bras et de la refermer sur eux deux. La chaleur de son corps nu le brûla, s'imprimant dans sa mémoire comme une marque au fer rouge l'aurait fait sur sa peau.

— J'en ai assez d'avoir froid tout le temps. J'en ai marre de me sentir si seule. Maintenant, je veux que tu me touches, Kade. Je veux juste sentir tes mains sur moi.

Elle n'eut pas à répéter sa demande. Il savait le courage dont elle avait dû faire preuve pour admettre sa vulnérabilité devant lui, pour s'offrir ainsi à lui. Il ne pouvait prétendre en avoir moins envie qu'elle. Il la désirait depuis la première fois qu'il avait posé les yeux sur elle. Et toutes ses bonnes intentions, toutes ses idées de devoir et d'honneur partirent en fumée à l'instant même.

Il fit remonter une main le long de la colonne vertébrale d'Alex tandis que de l'autre il venait caresser la courbe gracieuse de sa joue et la peau douce de sa nuque. Il posa le pouce délicatement sur sa carotide et sentit son pouls s'affoler. Et alors qu'il passait tous les doigts sur cette zone si tendre et si érotique, elle ferma les yeux et renversa la tête en arrière, lui offrant ainsi beaucoup plus qu'il n'était raisonnable.

Le pouls de Kade s'affolait lui aussi et chaque battement du cœur d'Alex, chaque tremblement de son corps contre lui sous ses caresses excitaient ses appétits les plus primitifs. Il plongea le visage dans son cou, ne s'autorisant qu'un bref baiser alors que ses crocs emplissaient rapidement sa bouche et que sa langue aurait voulu la goûter. Il laissa échapper un grognement sourd pour soulager ce désir impérieux et glissa la bouche sur sa gorge avant de descendre tout en prenant dans sa paume un sein parfait pour en monter le téton rosé à ses lèvres.

Il se mit à le suçoter, attentif à ne pas la blesser de la pointe de ses crocs tandis qu'il aspirait le petit bouton durci plus loin dans sa bouche pour en faire le tour de sa langue. Savourant les gémissements de plaisir d'Alex, il passa son autre main sur la rondeur de ses fesses pour aller caresser son sexe par-derrière. C'était si bon de la sentir dans ses bras, cela semblait si juste. Il l'écrasa contre lui, laissant ses doigts s'enfoncer plus profondément en elle. Elle était chaude, sa chair comme un havre bienveillant prêt à l'accueillir.

— Oh, Dieu, lâcha-t-elle dans un soupir en se cambrant. Kade…

Avec un gémissement, il abandonna le sein d'Alex pour revenir à ses lèvres, capturant son souffle en un baiser avide. Même si elle suivait son rythme fiévreux, c'était lui qui l'imposait, plus rapide qu'il ne l'aurait voulu, mais il était déjà bien trop loin dans son désir pour aller lentement. Il était aussi trop conscient des changements qui s'opéraient en lui, des changements qui allaient exiger une explication, mais aussi une discussion, qu'avait refusée Alex et qu'il ne se sentait pas en mesure d'avoir pour l'instant.

Sans cesser de l'embrasser, incapable d'arracher sa bouche à la sienne, il la guida jusqu'au nid de couvertures qu'elle avait installé près du feu. Ensemble, ils le déshabillèrent, le débarrassant à la va-vite de son manteau, de sa chemise, de ses bottes et de son jean. Kade enleva seul le reste tandis qu'Alex, quittant ses lèvres, glissait le bout de sa langue le long de son cou. Il tressauta sous la décharge de désir qui filait dans ses veines et sentit le sang se ruer dans ses membres et le long de son sexe en érection. Sa peau se mit à picoter sous la transformation de ses dermoglyphes, ces motifs propres à la lignée qui ornaient sa poitrine, ses bras et jusqu'à ses cuisses. Les glyphes, d'habitude un ton ou deux plus sombres que la couleur de sa peau, étaient sûrement à présent saturés de couleurs, des couleurs à l'intensité proportionnelle au désir qu'il ressentait pour Alex.

— Ah, bordel, grogna-t-il, inspirant brusquement entre ses crocs alors qu'elle mordillait la peau tendre de son cou.

Il ne savait pas combien de temps il pourrait encore tenir. Lorsqu'elle tendit la main pour venir caresser son membre, il ne put retenir un grondement animal. Elle empoigna son gland, ses doigts à la fois curieux et exigeants massant sa peau hypersensible avec le liquide préspermatique.

— Allonge-toi avec moi, dit-il, la voix rauque et le souffle court.

Il la prit par les bras et s'installa avec elle sur le sol jonché de couvertures. Il l'embrassa en la pressant doucement sous lui. Elle était douce et chaude contre son corps, les bras autour de ses épaules, les cuisses écartées par ses hanches. Son pénis reposait sur le sexe humide de la jeune femme, gonflé du désir d'y plonger profondément, mais Kade ne fit qu'amorcer ce mouvement, glissant entre les pétales luxuriants de son corps alors qu'il laissait ses lèvres aller et venir sur le pouls qui battait le long de sa gorge. Il prit son propre sexe en main et frotta sa vigueur contre la douceur d'Alex, son large gland excitant le petit bouton de son clitoris. Elle gémissait, se cambrant pour suivre son rythme, écartant encore les jambes pour l'inviter à la pénétrer. Il résista à la tentation, mais de justesse.

Elle lui avait demandé de la réchauffer, et elle était chaude, mais il voulait qu'elle le soit encore plus, plus qu'elle ne l'avait jamais été. Un besoin soudain et incompréhensible de s'inscrire dans son corps – de la faire jouir comme jamais personne auparavant – se mit à battre dans son sang comme un tambour. Stupéfait par ce sentiment, il s'écarta légèrement d'Alex. Mais elle était trop tentante et avant qu'il ait pu se redire qu'elle méritait mieux que lui, il était déjà en train de l'embrasser de haut en bas. Il savoura chaque centimètre de son corps adorable, depuis les collines de ses seins jusqu'à son ventre ferme et à la foutue petite tache de naissance qu'elle avait à la hanche, cette marque qui faisait de tout ce plaisir et de son besoin égoïste une telle erreur.

Mais erreur ou non, égoïsme ou non, il avait dépassé le point de non-retour. La sentir sous lui faisait bouillir son sang. Son odeur l'attirait comme un aimant vers les boucles duveteuses qu'elle avait entre les jambes. Il l'embrassa là, y allant des lèvres, de la langue et des dents au point qu'elle se mit à se tortiller contre sa bouche. Mais il ne s'arrêta pas pour autant. Il suça et caressa, l'excitant jusqu'à ce qu'elle se cambre en hurlant, foudroyée par l'orgasme.

Mais il poursuivit son offensive sans relâche.

Il continua à l'embrasser, à la sucer et à la caresser, l'amenant à une nouvelle jouissance sauvage, et ce n'est qu'alors qu'il remonta pour la couvrir de son corps et, avec un rugissement, s'enfoncer profondément en elle. Il se rendit alors compte que lui aussi avait besoin de cette chaleur, de sentir ainsi – même si ça ne devait être que temporaire – qu'il n'était pas seul. Il avait eu besoin d'Alex comme ça, à ce moment-là, autant qu'elle avait eu besoin de lui, elle qui en avait eu conscience dès le début.

Le ressort de la jouissance de Kade se tendait à la base de son membre, s'intensifiant avec chaque coup de rein enfiévré. De plus en plus chaud, de plus en plus tendu, jusqu'à ce qu'il ne puisse plus tenir une seconde de plus. Il se raidit et s'enfonça aussi loin qu'elle pouvait l'accueillir, enfouit son visage dans son cou et lâcha un cri rauque tandis qu'il expulsait sa semence en un jet brûlant.

L'eût-il voulu qu'il n'aurait pas pu se retenir, mais il n'y avait pas de risque de grossesse tant qu'il n'y avait pas échange de sang. Mais même ça était beaucoup plus tentant que ça n'aurait dû l'être. Les crocs de Kade s'allongèrent encore tandis qu'il se perdait dans le sexe en fusion d'Alex. Il entendait son cœur battre la chamade, le sentait dans l'écho affolé de son propre pouls. Et il sentait, à l'endroit où sa bouche reposait contre sa peau, le flux de son sang sous la surface de la fragile membrane.

— Oh, Seigneur ! Alex…, siffla-t-il, bouleversé par le flot de sensations qu'elle éveillait en lui.

Tout ce qui faisait de lui un membre de la Lignée exigeait qu'il fasse sienne cette femelle, qu'il prétende à son sang comme il venait de prétendre à son corps.

Kade étouffa de son mieux ce nouveau besoin, mais ce ne fut pas chose facile. Il la prit contre lui en cuillère pour l'empêcher de voir les changements que leur étreinte passionnée avait provoqués chez lui.

— Ça va ? demanda-t-elle en luttant pour reprendre le contrôle de ses pulsions et revenir à une pensée un peu plus rationnelle.

— Ouais, parvint-il à articuler au bout d'un moment. Beaucoup mieux que ça ne devrait.

— Moi aussi, dit-elle.

On devinait son sourire dans le contentement somnolent de sa voix, dont le souffle chaud glissait légèrement sur l'avant-bras de Kade.

— Au cas où tu te poserais la question, d'habitude ma prestation de pilote n'inclut pas de me retrouver nue avec mes clients.

— Tant mieux, répondit Kade d'une voix qui n'était guère plus qu'un grognement tout en la remontant pour la coller plus près de son corps toujours aussi brûlant.

Il se rendit compte d'un coup qu'il ne voulait pas qu'elle se dénude pour qui que ce soit d'autre. L'idée ne lui aurait guère plu avant ce qui venait de se passer entre eux, et elle lui plaisait encore moins à présent.

— Et toi ? demanda-t-elle alors qu'il les couvrait tous deux avec des couvertures pour qu'elle ne voie pas ses glyphes.

— Moi ?

— Est-ce que… tu fais ça souvent ?

— Me mettre nu avec des pilotes de brousse sexy au milieu des étendues sauvages et glacées ? (Il se tut un instant pour la laisser croire qu'il considérait sérieusement la question.) Non. C'était une première pour moi.

Comme l'était le puissant sentiment de possessivité qui battait dans ses veines quand il songeait à Alex dans les bras d'un autre. Il se demanda si c'était le fait qu'elle soit une Compagne de sang qui l'avait attiré vers elle dès le début. Mais déjà il répondait que la tache de naissance qui la liait au monde obscur qui était le sien en tant que membre de la Lignée n'était que la moindre des qualités qui l'attiraient vers Alexandra Maguire.

S'il y avait une chose dont il n'avait pas besoin à ce moment précis, c'était bien d'un engagement émotionnel, surtout avec une femelle qui portait la marque de la larme tombant dans un croissant de lune renversé. Mais cet engagement existait bel et bien. En fait, il venait juste de faire quelques nœuds de plus dans une situation déjà inextricable.

Se maudissant d'être l'imbécile qu'il était sans le moindre doute, Kade embrassa Alex sur le sommet du crâne et la maintint contre lui en attendant que ses yeux reprennent leur apparence habituelle et que ses crocs aient la possibilité de se rétracter.

Cela prit un peu de temps, et même après que son corps se fut apaisé, son désir pour la femme qu'il tenait dans ses bras subsista.

Chapitre 15

Dehors, devant la large ouverture de la grotte, le jour se levait, blême et couvert. C'était là, dans la forêt, que le prédateur avait trouvé refuge un moment plus tôt, quand les premiers rayons pâles d'un soleil encore timide avaient commencé à percer difficilement l'obscurité hivernale. Il y avait peu d'êtres vivants plus forts que lui, en particulier dans ce monde primitif si différent de celui, lointain, dans lequel il était né tant de millénaires auparavant, mais son espèce avait beau être très avancée, son corps imberbe couvert de dermoglyphes ne pouvait supporter la lumière ultraviolette et quelques minutes d'exposition suffiraient à le tuer.

En sécurité dans l'obscurité qui régnait au fond de la grotte, il se reposait de sa nuit de marche et de chasse, impatient que le faible jour s'épuise et se retire. Il lui faudrait se nourrir de nouveau bientôt. Il avait toujours soif, car ses cellules, ses organes et ses muscles nécessitaient une revitalisation intense après la longue période de privation et de sévices à laquelle il avait dû faire face en captivité. En lui combattaient son instinct de survie et la certitude qu'il était seul, complètement et définitivement, sur cet amas inhospitalier de débris en orbite.

Il n'y avait plus aucun de ses pairs sur cette planète, et ce depuis longtemps. Il était bien le dernier des huit explorateurs qui s'étaient écrasés sur Terre, un paria isolé sans la moindre chance de s'échapper.

Ils étaient nés pour conquérir, pour être rois. Au lieu de ça, un par un, ses frères échoués avaient tous péri, soit à cause de la rigueur de leur nouvel environnement, soit du fait de la guerre que leur avait menée leur progéniture à moitié humaine des siècles plus tard. Grâce à la traîtrise et à un accord secret avec son fils, lui seul avait survécu. Mais cette même traîtrise et ce même accord l'avaient rendu esclave du fils de son fils, Dragos.

À présent qu'il était libre, la seule chose qui l'attirait plus que de mettre un terme à son temps sur cette planète perdue était l'idée d'entraîner son héritier perfide dans la mort avec lui.

Il hurla au souvenir furieux des longues décennies de douleur et d'expériences qu'on lui avait infligées. Sa voix, rugissement inhumain arraché à ses poumons comme un cri de guerre, fit trembler les parois de la grotte.

Un coup de fusil lui répondit d'un endroit peu éloigné, quelque part dans les arbres sous la grotte.

Il y eut soudain un grand bruit dans les fougères glacées dehors. Puis le battement rythmé et soutenu de pattes – nombreuses – courant près de l'entrée de la grotte.

Des loups.

La meute se divisa en deux, la moitié des loups filant à droite de l'ouverture, l'autre à gauche. Et derrière eux, quelques secondes à peine plus tard, le son de voix humaines, des hommes armés les poursuivant avec acharnement.

— Par ici, cria l'un d'entre eux. Toute la foutue meute est montée sur cet escarpement, Dave !

— Vous, vous prenez par l'ouest, ordonna en réponse une voix de stentor. Lanny et moi, on passe à pied. Il y a une grotte là-haut. Il y a des chances pour qu'une ou plusieurs de ces sales bêtes galeuses se soient cachées dedans.

Le bruit des moteurs qui s'emballaient et la puanteur de l'essence envahirent l'air : certains des chasseurs repartaient. Quelques instants plus tard, les silhouettes de deux hommes armés de carabines se profilaient dans le jour, à l'entrée de la grotte, bloquant ce qui constituait la seule issue pour la créature réfugiée là. Le premier homme était grand, large d'épaules et de poitrine, et arborait un ventre qui avait dû être musclé dans sa jeunesse mais s'était transformé en graisse superflue. L'autre, un timide à la voix fluette, devait bien faire trente centimètres et cinquante kilos de moins.

— Je ne pense pas qu'il y ait quoi que ce soit là-dedans, Dave, dit ce dernier. Et je ne suis vraiment pas sûr que ce soit une bonne idée de nous séparer des autres…

Dans l'ombre, le seul occupant de la caverne se recroquevilla derrière une paroi de pierres pointues, mais pas assez vite.

— Là ! Je viens de voir une paire d'yeux qui brillait là-dedans. Qu'est-ce que je te disais, Lanny ? On a un de ces salopards au bout du fusil ! (La voix du grand type était excitée à l'idée du combat. Il leva son arme.) Allume cette torche, tu veux, et montre-moi sur quoi je tire, OK ?

— Euh… d'accord, Dave.

Tremblant d'inquiétude, l'homme alluma la torche et promena un rayon de lumière tremblant sur le sol et les parois de la grotte.

— Tu le vois quelque part, toi ? poursuivit-il. Moi, je ne vois rien du tout là-dedans.

Et c'était normal qu'il ne voie rien, puisque le propriétaire du regard brillant que son compagnon avait vu un instant plus tôt n'était plus accroupi près du sol mais accroché à la voûte de la grotte comme une araignée, immobile dans l'obscurité au-dessus des deux hommes.

Le grand type abaissa son arme.

— Qu'est-ce que… ? Mais, bordel, où est-il passé ?

— On ne devrait pas rester là, Dave. Je crois que nous devrions rejoindre les autres…

Dave avança un peu plus loin dans la caverne.

— Arrête de jouer les mauviettes. Donne-moi cette lampe !

Comme il tendait la main avec la torche en avançant, Lanny trébucha sur une pierre et tomba sur les genoux en criant de douleur et de surprise.

— Oh, merde ! Je crois que je me suis écorché !

Une odeur de cuivre s'éleva alors soudainement, preuve que le petit homme saignait bien. Cette explosion olfactive vint percuter les narines du prédateur, qui l'aspira pour la rejeter un instant plus tard hors de ses poumons à travers ses dents et ses crocs découverts.

Sous lui au sol, le petit homme inquiet releva la tête vers le haut. Son expression de surprise se transforma instantanément et l'horreur se peignit sur son visage à la vue de la lueur d'ambre qui émanait des yeux assoiffés du vampire.

Il cria d'une voix aussi stridente que celle d'une petite fille, tout en appuyant involontairement sur la détente de son fusil.

Au même moment, le grand type se retourna, prêt à tirer.

Le bruit et l'éclair de ce second coup de feu envahirent la grotte à l'instant où le prédateur lâchait ses prises sur la pierre de la voûte pour se précipiter sur les humains.

Alex ne se rappelait pas la dernière fois qu'elle avait dormi si profondément. Pas plus qu'elle ne se souvenait s'être sentie si épuisée et si satisfaite qu'elle l'était à présent après avoir fait l'amour avec Kade. Elle s'étira sous la pile de couvertures et de sacs de couchage étendus au sol, puis se souleva sur le coude pour le regarder ajouter du bois au feu qui brûlait dans le petit poêle de la cabane.

Il était accroupi et les muscles épais de son dos et de ses bras jouaient sous sa peau tandis qu'il se tournait pour mettre une nouvelle bûche, sa peau lisse baignée par la chaude lumière ocre qui émanait du foyer. Ses cheveux noirs coupés court étaient une forêt d'épis qui lui donnait un air encore plus sauvage que d'habitude, surtout quand il tourna la tête vers elle et qu'elle fut frappée par son visage de tueur aux traits taillés à la serpe et l'éclat d'acier de ses yeux aux longs cils noirs.

Accroupi là, nu devant elle, son regard intense et intime plongé dans le sien, il était époustouflant, encore cent fois plus beau si c'était possible. Le corps d'Alex vibrait encore au souvenir de leur étreinte passionnée, son entrejambe plaisamment endolori et plus chaud du regard qu'il lui lançait à présent, comme s'il voulait la dévorer de nouveau tout entière.

— Avons-nous dormi tout le jour ? demanda-t-elle, ressentant le besoin soudain de combler le silence électrique.

Il hocha brièvement la tête.

— Le soleil s'est couché il y a près de deux heures.

— Je vois que tu es sorti, commenta-t-elle en remarquant la pile de bûches renouvelée à côté de lui.

— Ouais, répondit-il. Je viens juste de rentrer.

Elle sourit en levant les sourcils d'un air faussement interrogateur.

— J'espère que tu n'es pas allé dehors comme ça. Il doit faire au moins – 25 °C avec la nuit.

Il lâcha un grognement amusé et ses lèvres sensuelles s'épanouirent en un sourire ironique.

— Je n'ai aucun problème de rétrécissement.

Non, ce n'était certainement pas un homme à ressentir la moindre insécurité quant à sa virilité. Tout en lui n'était que muscle sculpté, il n'y avait pas une once de graisse. Haut de près de deux mètres, il avait l'aspect brut d'un guerrier de légende, depuis ses épaules et ses biceps noueux jusqu'aux abdominaux superbement dessinés qui précédaient ses hanches étroites parfaitement taillées, en passant par ses pectoraux de rêve. Le reste était à l'avenant et, elle pouvait en témoigner, il savait s'en servir remarquablement bien.

Bon Dieu, c'était une œuvre d'art vivante, encore rehaussée par le dessin à l'encre intriqué mais subtil – de quelle sorte d'encre s'agissait-il d'ailleurs ? – dont le motif courait sur la peau dorée de son torse et de ses membres, comme tracé par la langue d'une amante subjuguée. Alex suivit des yeux les dessins étranges et se demanda si c'était une illusion provoquée par la lumière du foyer qui faisait que le henné de ses tatouages semblait s'assombrir tandis qu'elle les regardait avec une admiration non feinte.

Souriant comme s'il était habitué à ce que les femmes le boivent des yeux, il se releva et la rejoignit sans hâte, sa nudité ne provoquant visiblement pas la moindre inhibition chez lui.

Alex rit doucement en secouant la tête.

— Ça ne finit pas, parfois, par t'ennuyer ?

Il souleva un sourcil noir en se laissant mollement choir près d'elle.

— M'ennuyer ?

— Toutes ces femmes éperdues de désir, expliqua-t-elle en se rendant compte, un peu surprise, qu'elle n'aimait vraiment pas cette idée.

Elle ne la supportait pas du tout, en fait, et elle se demanda d'où lui venait cet accès de jalousie alors qu'elle ne pouvait avoir de droit sur lui juste parce qu'ils avaient partagé quelques heures brûlantes – et, aussi, il fallait bien le dire, spectaculaires – à profiter physiquement l'un de l'autre.

Il dégagea une mèche de cheveux rebelle de son visage et la força à le regarder.

— Je ne vois qu'une seule femme ici avec moi en ce moment. Et je peux t'assurer que je ressens tout sauf de l'ennui.

Il lui prit le visage dans les mains et l'embrassa en la couchant sur les couvertures. Elle sentait son regard brûlant et la pression de son érection contre sa hanche quand il s'étendit à ses côtés.

— Tu es une femme exceptionnelle, Alexandra. Bien plus que tu ne le crois.

— Tu ne me connais même pas, protesta-t-elle d'une voix douce.

Mais elle avait surtout besoin de se le rappeler à elle-même. Cela faisait quoi… ? deux, trois jours qu'ils s'étaient rencontrés. Ce n'était pas son genre de laisser quelqu'un entrer dans sa vie si intensément, si loin, surtout en si peu de temps. Alors, pourquoi lui ? Pourquoi à présent, alors que tout dans son monde la faisait se sentir comme perchée au bord d'une falaise abrupte ? Une bonne poussée dans le bon sens, enfin… le mauvais sens, et il n'y aurait plus d'Alex.

— Tu ne sais rien de moi… vraiment rien.

— Alors, dis-moi.

Elle leva le regard vers ses yeux, surprise par la sincérité, la véritable requête qu'elle entendait dans sa voix.

— Te dire…

— Raconte-moi ce qui t'est arrivé en Floride, Alex.

Alex eut l'impression que ses poumons se vidaient entièrement.

— Mais, je te l'ai raconté…

— Oui, mais nous savons tous deux que ce n'est pas un conducteur soûl qui t'a enlevé ta mère et ton frère. C'est autre chose qui leur est arrivé, n'est-ce pas ? Une chose que tu as gardée secrète toutes ces années.

Il parlait avec douceur, avec patience, la forçant à lui faire confiance. Et, puisse Dieu lui venir en aide, elle se sentait prête à la lui accorder. Elle avait besoin de partager son secret avec quelqu'un, et au fond de son cœur elle savait que Kade était ce quelqu'un.

— Tout va bien, Alex, tu peux me dire la vérité.

Elle ferma les yeux, sentant les mots affreux – les souvenirs horribles – remonter dans sa gorge comme de l'acide.

— Je ne peux pas, murmura-t-elle. Si je prononce les mots, alors tout ce que j'ai tenté de mettre derrière moi… tout ce que j'ai tellement tenté d'oublier… tout ça sera de nouveau réel.

— On ne peut pas passer sa vie à fuir la vérité, énonça-t-il, et elle sentit quelque chose d'obsédant se glisser dans sa voix : une tristesse, une résignation qui lui dit qu'il comprenait en partie le poids qu'elle portait sur les épaules depuis si longtemps. Nier la vérité ne permet jamais de la faire disparaître, Alex.

— Non, c'est vrai, répondit-elle d'une voix calme.

Au fond de son cœur elle le savait bien. Elle était fatiguée de fuir et de se battre pour garder l'horreur de son passé enfouie. Elle aurait voulu être libre de tout ça et cela signifiait avoir le courage de faire face à la vérité, aussi horrible – aussi incompréhensible – qu'elle puisse être. Mais la peur était un ennemi puissant. Peut-être trop.

— J'ai peur, Kade. Je ne suis pas sûre d'être assez forte pour y faire face seule.

— Tu l'es.

Il déposa un baiser plein de tendresse sur son épaule, puis, la prenant par le menton, ramena son regard vers le sien.

— Et tu n'es pas seule. Je suis avec toi, Alex. Raconte-moi ce qui s'est passé. Si tu le fais, je t'aiderai à traverser tout ça.

Elle ne quitta pas ses yeux implorants et trouva le courage dont elle avait besoin dans la force indomptable de son regard d'acier.

— Nous avions passé une journée si merveilleuse, tous ensemble. Nous avions pique-niqué près de l'eau et j'avais appris à Richie comment faire un salto arrière depuis le ponton. Il n'avait que six ans, mais il n'avait peur de rien et il était prêt à essayer tout ce que je faisais. Ça avait été une journée parfaite, pleine d'amour et de rires.

Jusqu'à ce que la nuit tombe sur le marigot, amenant avec elle une terreur sans nom.

— Je ne sais pas pourquoi ils ont choisi notre famille. J'ai cherché, mais je n'ai jamais été capable de trouver la moindre raison expliquant pourquoi ils sont sortis de la nuit pour nous attaquer.

Kade la caressa avec tendresse pendant qu'elle se battait avec les mots qui allaient suivre.

— Parfois, il n'y a pas de raison. Parfois les choses arrivent et il n'y a rien qu'on puisse faire pour leur donner du sens. La vie, comme la mort, ce n'est jamais bien tranché ni logique.

Parfois, la mort jaillissait de l'ombre comme une colère divine, comme un monstre trop horrible pour être vrai.

— Ils étaient deux, murmura Alex. Quand nous avons compris qu'ils étaient là, il était déjà trop tard. Il faisait nuit et nous étions tous assis sur la véranda, profitant de la fraîcheur après le dîner. Ma mère était sur la balancelle avec Richie, elle nous lisait *Winnie l'Ourson* avant qu'on aille se coucher, quand le premier est sorti de nulle part sans qu'on l'ait entendu venir et a bondi sur elle.

Kade arrêta sa caresse.

— Tu ne parles pas d'un homme.

Elle déglutit.

— Non, ce n'était pas un homme. Ça n'avait même rien… d'humain. C'était autre chose. Quelque chose de profondément mauvais. Il l'a mordue, Kade. Et puis l'autre a attrapé Richie avec ses dents aussi.

— Des dents, dit Kade d'un ton calme, sans manifester le moindre choc ou la moindre surprise, mais seulement une compréhension attristée. Tu veux dire des crocs, n'est-ce pas, Alex ? Les attaquants avaient des crocs.

Elle ferma les yeux, digérant l'impossibilité du mot.

— Oui. Ils avaient des crocs. Et leurs yeux… leurs yeux brillaient dans le noir comme des braises et, en leur centre, leurs pupilles étaient étroites comme celles d'un chat. Ça ne pouvait pas être des hommes. C'étaient des monstres.

La terreur de cette nuit affreuse envahissait de nouveau l'esprit d'Alex, mais la caresse de Kade sur son visage et ses cheveux la calmait un peu.

— Ça va aller. Tu es en sécurité maintenant. J'aimerais tellement avoir été là pour vous aider, toi et ta famille.

C'était plein de gentillesse, malgré l'improbabilité d'une telle aide si l'on considérait qu'il ne pouvait avoir plus de quelques années de plus qu'elle. Mais sa voix était sincère et elle sut qu'il le pensait vraiment. Quelles qu'auraient été leurs chances, ou l'énormité du mal auquel ils auraient eu à faire face, Kade se serait tenu à ses côtés pendant l'attaque. Et il les aurait protégés quand personne d'autre ne l'aurait pu.

— Mon père a essayé de les combattre, murmura Alex, mais tout allait si vite. Et ils étaient tellement plus forts que lui. Ils l'ont repoussé comme s'il n'avait été qu'une poupée de chiffon. À ce moment-là, Richie était déjà mort. Il était si petit, il n'avait pas la moindre chance de survivre à une violence pareille. Ma mère a crié à mon père de fuir, de me sauver s'il le pouvait. « Ne laisse pas ma fille mourir ! » Ça a été ses derniers mots. Celui qui la tenait a refermé ses énormes mâchoires sur son cou. Il ne la lâchait plus, se contentant de maintenir sa bouche rivée à sa gorge. Il… oh, mon Dieu, Kade. Ça va te paraître fou, mais il… il buvait son sang.

Une larme coula sur la joue d'Alex, et Kade posa ses lèvres sur son front et la serra contre lui pour lui offrir le réconfort dont elle avait tant besoin.

— Ça ne me paraît pas fou, Alex. Et je suis désolé pour ce que toi et ta famille avez dû endurer. Personne ne devrait avoir à supporter une douleur et une perte pareilles.

Même si elle ne voulait pas revivre l'événement, ses souvenirs étaient remontés à la surface et, après les avoir gardés enfouis pendant si longtemps, elle ne pouvait plus les garder pour elle. Pas alors que Kade était là pour la tenir dans ses bras, la faisant se sentir plus au chaud et en sécurité qu'elle ne s'était jamais sentie.

— Ils déchiraient ma mère et Richie comme des animaux l'auraient fait. En fait, non, même des animaux n'auraient pas fait ça. Et, oh, Seigneur… il y avait tant de sang. Mon père m'a arrachée du sol et nous avons fui. Mais je ne pouvais pas me détacher de ce qui se passait derrière nous dans l'obscurité. Je ne voulais plus regarder, mais c'était tellement irréel. Mon esprit ne pouvait pas analyser ça. Cela fait des années, et je ne peux toujours pas expliquer ce qui nous a attaqués cette nuit-là. Je voudrais juste… je voudrais que ça ait du sens, mais ça n'en a pas. Ça n'en aura jamais.

Elle inspira difficilement et repensa à une douleur et à une incompréhension beaucoup plus récentes. Puis elle revint au regard de Kade et dit :

— J'ai vu des blessures identiques sur les Toms. Ils ont été attaqués par le même genre de mal que nous. Ce truc est là, en Alaska, Kade… et j'ai peur.

Kade resta un long moment sans rien dire. Elle sentait que son esprit acéré revenait sur tout ce qu'elle lui avait raconté, chacun des détails incroyables auxquels n'importe qui d'autre aurait opposé un rire d'incrédulité avant de lui conseiller de se faire aider par un professionnel. Mais pas lui. Il acceptait sa vérité pour ce qu'elle était sans la moindre trace de doute dans les yeux ou la voix.

— Tu n'as plus besoin de fuir. Tu peux me faire confiance. Rien de mal ne t'arrivera plus tant que je serai là. Tu me crois, Alex ?

Elle hocha la tête, se rendant alors seulement compte de l'intangibilité de sa foi en lui. Elle lui faisait confiance sur un plan qui était au-delà de l'instinct, profondément. Ce qu'elle ressentait pour lui s'imposait comme une évidence malgré le fait qu'il n'était entré dans sa vie qu'un peu plus tôt cette semaine-là, et ça n'avait rien à voir non plus avec le désir physique dont elle brûlait pour lui, une soif qu'elle ne se sentait pas tout à fait prête à analyser.

Il lui suffit de plonger les yeux dans le regard assuré de Kade et elle sut, jusqu'au plus profond d'elle-même, qu'il serait assez fort pour l'aider à porter toute charge qu'elle voudrait partager avec lui.

— J'ai besoin que tu me fasses confiance, lui dit-il doucement. Il y a des choses que tu dois comprendre, Alex, maintenant plus que jamais. Des choses sur toi, et ce que tu as vu, en Floride comme ici. Et il y a aussi des choses qu'il faut que tu saches sur moi.

Elle s'assit, le cœur battant, lourd d'une attente inquiète.

— Qu'est-ce que tu veux dire ?

Il détourna alors les yeux et son regard suivit le doux chemin de sa caresse, qui descendit le long du corps nu d'Alex avant de s'attarder sur la courbe de sa hanche. Du pouce il traça un cercle autour de la petite tache de naissance qu'elle avait là.

— Tu es différente, Alexandra. Extraordinaire. J'aurais dû m'en rendre compte tout de suite. Il y avait des signes, mais d'une façon ou d'une autre ils m'ont échappé. J'étais concentré sur d'autres choses et je… oh, bordel !

Alex fronça les sourcils, plus troublée que jamais.

— Qu'est-ce que tu essaies de me dire ?

— Tu n'es pas comme les autres femmes, Alex.

Quand il releva son regard vers le sien, la confiance qui étincelait si vivement dans ses yeux d'habitude en était absente. Il déglutit et au bruit de gorge qui suivit elle sentit son sang se figer. Quoi qu'il ait eu à dire, c'était lui qui avait peur à présent, et de voir cette incertitude chez lui augmenta son inquiétude à elle.

— Tu es très différente des autres femmes, Alex, répéta-t-il d'un ton hésitant. Et il… il faut que tu saches que je ne suis pas non plus comme les autres hommes.

Elle cligna des yeux, sentant un poids invisible s'abattre sur elle dans le silence qui s'étendait entre eux. L'instinct qui lui disait d'exiger d'autres réponses plaidait au même moment pour qu'elle fasse machine arrière et prétende qu'elle ne voulait pas savoir, qu'elle n'avait pas besoin de savoir ce qui rendait Kade si peu loquace et si nerveux. Tout ce qu'elle pouvait faire, c'était l'observer et attendre en s'effrayant à l'idée qu'il allait chambouler encore plus tout son monde.

La sonnerie aiguë de son portable la fit sursauter comme une décharge électrique. Au deuxième coup, elle se précipita pour répondre, heureuse du prétexte qui lui permettait d'échapper au changement d'attitude étrange de Kade.

— Alex à l'appareil, dit-elle après avoir reconnu le numéro de Zach en ouvrant le téléphone pour prendre l'appel.

— Où es-tu ? demanda-t-il d'un ton sévère, sans même prendre le temps d'un bonjour. Je viens de passer devant chez toi et tu n'es pas là. Tu es chez Jenna ?

— Non, répondit-elle. Jenna était chez moi ce matin avant que je parte. Elle a dû rentrer chez elle.

— Eh bien, où est-ce que tu es, alors ?

— Je bosse, répliqua-t-elle, un peu vexée de son ton peu amène. J'ai, euh…, j'ai accepté un client pour un vol ce matin et…

— Ouais, eh bien nous avons un sérieux problème ici, à Harmony, la coupa Zach sans ménagement. Je suis en pleine urgence médicale et j'ai besoin que tu ramènes un blessé grave.

Alex sortit du brouillard émotionnel dans lequel elle était perdue avant l'appel.

— Qui est-ce qui est blessé, Zach ? Que se passe-t-il ?

— C'est Dave Grant. Je ne connais pas encore toute l'histoire, mais lui, Lanny Ham et plusieurs autres types d'ici sont partis chasser à l'ouest de la ville ce matin. Ils ont eu des problèmes, de sérieux problèmes. Lanny Ham est mort et apparemment le pronostic n'est pas brillant pour Big Dave. Les gars ne veulent pas le mettre sur une motoneige de peur de ne pas pouvoir le ramener ici assez vite pour le sauver.

— Oh, mon Dieu. (Alex s'assit sur ses talons, consciente du froid qui envahissait sa peau.) Les blessures, Zach… Que s'est-il passé ?

— D'après les autres, il y a quelque chose qui les a attaqués là-bas. Dave délire et il a perdu beaucoup de sang. Il perd conscience régulièrement et sinon il dit plein de conneries à propos d'une créature rôdant dans une des grottes à l'ouest d'Harmony. En tout cas, quoi que ce soit qui les ait attaqués, lui et Lanny, c'est méchant, Alex. Vraiment méchant. Ils ont été horriblement déchirés. Toute la ville est au courant et la panique s'installe.

Alex ferma les yeux.

— Oh, mon Dieu… Seigneur…

Kade posa la main doucement sur son épaule nue.

— Qu'est-ce qui se passe, Alex ?

Elle secoua la tête, incapable d'articuler les mots.

— Qui est-ce qui est avec toi ? demanda Zach vivement. Bordel, Alex. Tu es avec ce type de chez Pete l'autre soir ?

Alex ne pensait pas devoir répondre de ses fréquentations à Zach Tucker, surtout quand un homme était mort et que la vie d'un autre était en balance, et quand l'horreur de son passé – cette horreur dont elle craignait qu'elle ait rendu visite aux Toms quelques jours plus tôt – venait de raviver cruellement ses blessures.

— Je suis à la cabane de Tulak, Zach. Je pars tout de suite, mais il va me falloir probablement au moins quarante-cinq minutes.

— Oublie. On ne peut pas se permettre de t'attendre. Je vais essayer de trouver Roger Bemis.

Il raccrocha, et Alex resta là, immobile, sous le choc.

— Que s'est-il passé ? demanda Kade. Qui a été blessé ?

Pendant un moment, elle ne put rien faire d'autre que de se concentrer sur sa respiration. Son cœur battait à tout rompre et la culpabilité la rongeait.

— J'aurais dû les prévenir. J'aurais dû leur dire ce que je savais plutôt que de penser pouvoir le nier.

— Alex ? interrogea Kade d'une voix douce, avant de lui prendre le menton pour lever son visage vers lui d'une main ferme mais tendre. Dis-moi ce qui se passe.

— Big Dave et Lanny Ham, murmura-t-elle. Ils ont été attaqués ce matin à l'ouest d'Harmony. Lanny est mort. Big Dave risque de ne pas s'en sortir.

Et si Kade les avait accompagnés au lieu de venir là avec elle ? L'idée qu'il aurait pu se retrouver proche de ce danger – ou pire en être victime – lui souleva le cœur. La peur la rendait malade, mais c'est à sa colère qu'elle se raccrocha.

— Tu as raison, Kade. Je ne peux plus fuir ce que je sais. Je dois faire face à ce mal. Il faut que je fasse front maintenant, avant que quelqu'un d'autre en souffre. (Si la peur menaçait de la terrasser, sa fureur l'aidait à tenir le coup.) Je dois dire la vérité à tout le monde à Harmony. Et même au monde entier s'il le faut. Les gens doivent savoir ce qui rôde par ici. On ne peut pas détruire un mal dont on ne sait même pas qu'il existe.

— Alex. (Kade serra les lèvres et se mit à secouer la tête comme s'il voulait la dissuader d'agir.) Alex, je ne crois pas que ce serait sage…

Elle garda les yeux rivés sur lui, incrédule.

— C'est grâce à toi que je me sens assez forte pour faire ça, Kade. Nous devons nous dresser ensemble – chacun d'entre nous – et vaincre ce truc.

— Ah, Seigneur… Alex…

Son hésitation lui fit l'effet d'un coup de poing au sternum. Troublée par son changement d'attitude, mais trop déterminée à faire ce qui était juste – à faire ce qu'elle devait faire à présent –, elle s'écarta de lui et commença à s'habiller.

— Je dois rentrer à Harmony. Je décolle d'ici cinq minutes. À toi de voir si tu viens avec moi ou pas.

Chapitre 16

Ils ne dirent pas un mot de tout le vol de retour.

Kade resta assis à côté d'Alex en silence, malheureux, déchiré entre le désir de lui parler de la Lignée et de la place qu'elle occupait dans ce monde et la crainte que, si elle apprenait ce qu'il était vraiment, elle le range dans la catégorie des monstres qu'elle haïssait et qu'elle était désormais si déterminée à exposer au regard de tous les habitants d'Harmony et du reste de l'humanité.

La peur qu'elle puisse le haïr garda ses lèvres scellées pendant les quarante-cinq minutes qu'il fallut à Alex pour les ramener jusqu'à l'aérodrome enneigé à l'entrée de la ville. Lui cacher la vérité faisait de lui un salopard, il le savait. Il s'était même montré encore pire que cela dans la cabane de Tulak, quand il avait laissé le désir prendre le dessus sur son sens du devoir ; sur son propre code d'honneur, aussi ténu soit-il. Un mâle meilleur aurait joué cartes sur table avant de la prendre.

Mais il n'avait pas été question que de sexe avec Alex. Il ne s'agissait pas seulement de désir, même s'il en avait à revendre en ce qui la concernait. Les choses auraient été beaucoup plus simples à présent si ça avait été purement physique.

Le fait était qu'il l'aimait bien… qu'il l'aimait tout court. Il ne voulait pas la voir souffrir encore, et surtout pas par sa faute. Il voulait la protéger de ce qui lui avait fait du mal par le passé et il ferait tout ce qui était en son pouvoir pour s'assurer que rien de mauvais ne puisse jamais l'atteindre à l'avenir.

Eh bien, il s'en sortait remarquablement bien, ça, on pouvait le dire !

Il avait vraiment assuré depuis son retour en Alaska !

À la lumière des preuves qu'il avait trouvées dans la cabane, ce qui aurait pu n'être qu'une simple mission accessoire pour mettre un terme à un probable problème de Renégat dans les étendues glacées du Nord s'était transformé en poursuite d'un tueur appartenant à sa propre famille. Et il y avait à présent un autre mort à ajouter à cette salade, éventuellement deux si les blessures de Big Dave étaient aussi graves qu'on le disait.

Kade priait pour que cette autre attaque sauvage, malgré les apparences, ne soit pas signée Seth.

Il était toujours en train de ruminer ces sombres pensées quand Alex posa l'avion en un atterrissage parfait. Bon Dieu, même secouée comme elle devait l'être, Alex restait zen derrière son manche. Une vraie pro. Encore un détail qui forçait l'admiration de Kade.

— Merde, soupira-t-il en regardant par le pare-brise.

Il en pinçait vraiment pour cette femelle.

— On dirait que la moitié de la ville s'est rassemblée devant le dispensaire, annonça Alex. Et comme l'avion de Roger est là, je suppose qu'ils ont déjà dû ramener Big Dave et Lanny.

Kade grogna en observant la trentaine de personnes éclairées par un lampadaire dans la cour de la maison convertie en clinique, quelques dizaines de mètres plus loin vers le centre. Ceux qui étaient venus à pied attendaient debout, les autres assis sur leur motoneige.

Alex coupa le moteur et ouvrit la porte côté pilote. Kade sortit en même temps qu'elle et fit le tour de l'avion tandis qu'elle sécurisait l'appareil. Ses mouvements étaient précis et efficaces, ses mains gantées travaillant comme par habitude plutôt que sous la direction d'une pensée consciente. Quand enfin elle se tourna de son côté, Kade vit que son visage était pâle comme la cendre et ses traits tirés et inquiets. Mais son regard était chargé d'une détermination sans faille.

— Alex… Il faut qu'on parle de ça avant que tu ailles là-bas et que tu dises à ces gens ce que tu crois devoir leur dire.

Elle fronça les sourcils.

— Ils doivent savoir, il faut que je leur dise.

— Alex.

Il l'attrapa par le bras, avec plus de fermeté qu'il n'en avait eu l'intention. Elle regarda fixement ses doigts sur son bras, puis releva les yeux vers lui.

— Je ne peux pas te laisser faire ça.

Elle se dégagea et pendant un instant il envisagea de l'hypnotiser pour la tenir à distance de la foule assemblée un peu plus loin sur la route. Il lui suffisait de faire un petit effort mental et de balayer de la paume le front d'Alex pour la mettre dans un état de demi-conscience où elle lui obéirait. Il aurait ainsi pu gagner un temps précieux et l'empêcher de mettre en péril l'ensemble de sa mission pour l'Ordre en alertant ses concitoyens sur l'existence de vampires attendant dans l'ombre d'en faire leurs proies.

Et elle le détesterait encore plus – à raison – pour cette nouvelle manipulation.

Elle fit un pas en arrière, les sourcils toujours froncés par le trouble qu'elle ressentait.

— Qu'est-ce qui te prend tout d'un coup ? Il faut que je le fasse.

Elle tourna les talons et il ne l'empêcha pas de se mettre à courir vers le petit dispensaire d'Harmony. Il laissa échapper un juron et se lança à sa poursuite. Il la rattrapa en un instant, puis traversa avec elle la foule anxieuse et agitée de commentaires.

— … c'est si terrible qu'un truc comme ça se reproduise, murmura une vieille dame à cheveux blancs à la personne à côté d'elle.

— … il a perdu tellement de sang, fit remarquer quelqu'un d'autre. D'après ce que j'ai entendu, il les a déchirés. Il ne reste pas grand-chose d'intact chez eux.

— C'est vraiment horrible, lança dans la foule une autre voix, que la panique rendait suraiguë. D'abord les Toms, et maintenant Big Dave et Lanny. Je veux savoir ce que le sergent Tucker compte faire !

Kade resta au côté d'Alex, qui avançait d'un pas décidé vers Zach, debout près de la porte du dispensaire, son portable collé à l'oreille. Il se contenta de lui lancer un regard, sans cesser d'aboyer des ordres à l'intention de son correspondant.

— Zach, dit Alex, il faut que je te parle…

— Comme tu vois, je suis occupé, répliqua-t-il d'une voix tranchante.

— Mais, Zach…

— Pas maintenant, bordel ! J'ai là-dedans un type mort et un autre en train de se vider de son sang, sans parler de toute cette putain de ville qui s'emballe !

Kade eut du mal à retenir le grondement protecteur qui se formait au fond de sa gorge devant l'accès de mauvaise humeur de l'humain. Sa propre colère atteignait un pic dangereux et ses muscles se tendaient, prêts à un combat qu'il n'avait que trop envie d'engager lui-même. Mais, au lieu de ça, il prit doucement Alex par le bras et se plaça entre elle et l'autre mâle.

— Viens, lui dit-il, l'éloignant du policier à l'humeur de chien. Allons ailleurs en attendant que les choses se calment.

— Non. Je ne peux pas. Il faut que je voie Big Dave. Il faut que je sois sûre…

De nouveau, elle se dégagea, se précipitant cette fois vers le perron de béton pour pénétrer dans le dispensaire, Kade sur les talons. À l'intérieur, l'endroit était calme. On n'entendait que le bourdonnement des bandeaux de néons qui allaient de l'accueil déserté jusqu'aux salles d'examen qui ouvraient sur le couloir. À voir l'aspect modeste de la clinique et son manque d'équipement, il était clair qu'elle n'était pas prévue pour gérer quoi que ce soit de plus grave qu'une écorchure occasionnelle ou les vaccinations.

Alex emprunta le couloir d'un pas décidé.

— Mais où est passée Fran Littlejohn ? Elle ne laisse jamais la température tomber comme ça, murmura-t-elle à peu près au moment où Kade se rendait compte lui aussi du froid qui régnait là.

La bise arctique soufflait dans le couloir depuis une des pièces du fond. Elle passait sous la porte, car celle-ci était la seule fermée du couloir.

Alex posa la main sur la poignée, qui refusa de tourner.

— C'est bizarre ça, elle est verrouillée.

L'instinct guerrier de Kade prit le dessus.

— Écarte-toi !

Il était déjà devant elle, s'étant déplacé trop vite pour qu'elle l'ait vu faire. Il prit la poignée en main et tourna en force. La poignée céda, tous ses mécanismes internes réduits en poudre en un instant.

Kade poussa la porte… et se retrouva le regard plongé dans les yeux morts d'un Laquais.

— Skeeter ? (La voix d'Alex, sous l'effet de la surprise et d'une suspicion tout à fait justifiée, montait dans les aigus.) Mais qu'est-ce que tu fous là ?

Ce que le Laquais faisait là était parfaitement clair pour Kade. À côté du lit de Big Dave gisait au sol une forte femme d'âge mûr, sans aucun doute l'infirmière responsable du dispensaire. Elle était inconsciente mais elle respirait encore, ce qui était mieux que ce qu'on pouvait dire de son patient sur le lit.

— Fran ! s'écria Alex en courant vers elle.

Kade, lui, se concentrait sur autre chose. La chambre était envahie par l'odeur du sang humain. S'il s'était agi de sang frais, Kade n'aurait pas pu masquer la réponse automatique de son corps, mais l'odeur était fétide, les cellules sanguines mortes. Comme l'était Big Dave, que la gravité de ses blessures rendait méconnaissable. Il suffit à Kade d'une inspiration pour savoir que l'homme avait cessé de vivre depuis plusieurs minutes déjà.

— Mon Maître n'était pas content quand il a entendu parler de l'attaque d'aujourd'hui, dit le Laquais, dont le visage était livide et sans émotion.

Derrière lui était ouverte une fenêtre, à l'évidence son point d'entrée dans la pièce. Et il tenait encore en main les ciseaux à sutures sanglants qu'il avait dû utiliser pour accélérer les conséquences des blessures mortelles de Big Dave.

— Kade… De quoi parle-t-il ?

Skeeter esquissa un sourire – ou plutôt un rictus pervers – pour Alex.

— Mon Maître n'a pas été très content non plus d'entendre parler de toi. Les témoins sont un problème global, tu comprends.

— Oh, mon Dieu ! murmura Alex. Qu'est-ce que tu racontes Skeeter ? Qu'est-ce que tu as fait ?

— Espèce de fils de pute, siffla Kade en se précipitant sur le Laquais.

Il jeta Skeeter au sol et se mit à le frapper.

— Qui est-ce qui t'a créé ? Réponds-moi !

Mais, malgré les coups incessants de Kade, l'esclave humain décérébré se contentait de le regarder en ricanant.

— Qui est ton putain de Maître ? (Il frappa plusieurs coups successifs.) Parle, espèce de pourriture !

La réponse se dérobait à lui. Quelque chose d'irrationnel dans son esprit s'accrochait au nom de Seth, mais c'était une impossibilité. Même si Kade et son jumeau appartenaient à la Lignée, leur sang n'était ni assez vieux ni assez pur pour que l'un ou l'autre d'entre eux puisse créer un Laquais. Seuls les membres des premières générations avaient le pouvoir de vider presque entièrement un humain de son sang sans le tuer pour prendre le contrôle de son esprit.

— Quels sont tes ordres ? (Il continuait à envoyer son poing dans le visage sans âme couvert de sang et toujours ricanant.) Qu'as-tu dit à ton Maître sur Alex ?

Il entendit soudain la voix de cette dernière à travers la fureur qui l'avait envahi.

— Kade, je t'en prie… Arrête. Tu me fais peur. Arrête ça et laisse-le partir.

Mais il ne pouvait pas s'arrêter. Il ne pouvait pas laisser l'humain qu'avait été Skeeter Arnold partir. Pas alors qu'il savait ce qu'il était et ce qu'il risquait de faire à Alex si on lui donnait la possibilité d'obéir encore aux souhaits de son Maître.

— Kade, s'il te plaît…

Avec un grognement rauque, Kade prit la tête du Laquais et la tordit sauvagement. Il y eut un craquement sinistre d'os et de tendons, suivi d'un bruit sourd lorsqu'il laissa la tête désormais sans vie retomber au sol.

Il entendit la brusque inspiration d'Alex derrière lui. Il pensa qu'elle allait peut-être crier, mais elle resta profondément silencieuse. Et quand Kade tourna la tête vers elle, il n'eut aucun mal à lire dans ses yeux marron écarquillés la confusion, le choc extrême qu'elle ressentait.

— Je suis désolé que tu aies dû assister à ça, dit-il d'une voix blanche. Il n'y avait pas moyen de faire autrement, Alex.

— Tu… tu l'as tué. Tu viens de le tuer… à mains nues.

— Il n'était plus vraiment vivant, Alex. Ce n'était plus qu'une coque vide. Il n'était plus réellement humain.

Kade fronça les sourcils, conscient de l'incompréhension d'Alex à son expression troublée, hagarde. Il se releva doucement et elle recula d'un pas, hors de portée.

— Ne me touche pas.

— Ah, putain, murmura-t-il en se passant une main sur la tête.

Elle avait déjà été confrontée à tellement de violence dans sa vie. Elle n'avait vraiment pas besoin de se retrouver au milieu d'un nouveau drame à cause de lui.

— Ça me fait mal de te voir confrontée à ça. Mais je peux t'expliquer…

— Non. (Elle secoua vivement la tête.) Non, il faut que j'aille chercher Zach. Il faut que j'aille chercher de l'aide pour Big Dave et je dois…

— Alex. (Kade lui prit les bras avec douceur mais fermeté.) Il n'y a plus rien à faire pour aucun de ces deux hommes maintenant. Et mêler Zach Tucker ou qui que ce soit d'autre à ça ne peut que rendre la situation plus dangereuse, pas seulement pour eux, mais pour toi aussi. Et je refuse de prendre ce risque.

Elle braqua sur lui un regard inquisiteur.

Dans le calme qui semblait à présent s'emparer de la pièce, l'infirmière que Skeeter avait assommée reprenait conscience. Elle grogna et grommela quelque chose d'incompréhensible.

— Fran, dit Alex en se retournant pour aider la femme.

Kade s'interposa.

— Tout va bien se passer pour elle.

Tandis qu'Alex l'observait, l'air inquiet, il alla jusqu'à l'infirmière et posa doucement sa paume sur son front.

— Dormez maintenant, Fran. Quand vous vous réveillerez, vous aurez oublié tout ça.

— Qu'est-ce que tu lui fais ? demanda Alex d'un ton brutal, alors que la femme se détendait au contact de la main de Kade.

— Ce sera plus facile pour elle si elle oublie la présence de Skeeter ici, répondit-il en faisant en sorte que la mémoire de Fran soit bien débarrassée de l'attaque dont elle avait été l'objet ainsi que de tout souvenir de la présence de Kade et d'Alex. Ce sera plus sûr pour elle comme ça.

— De quoi parles-tu ?

Kade tourna la tête vers elle.

— Tes monstres, Alex, c'est plus compliqué que tu ne le crois. Beaucoup plus.

Elle le regardait, complètement décontenancée.

— Mais qu'est-ce que tu racontes, Kade ?

— Un peu plus tôt, à la cabane, tu m'as dit que tu me faisais confiance, n'est-ce pas ?

Elle déglutit et hocha la tête sans rien dire.

— Alors, fais-moi confiance, Alex. Ah, bordel ! Ne fais plus confiance qu'à moi désormais. (Il jeta un regard au corps de Skeeter Arnold : le corps d'un Laquais dont il allait devoir se débarrasser rapidement.) J'ai besoin que tu sortes. Tu ne peux rien dire à personne de Big Dave ou de Skeeter, ni de ce qui vient de se passer ici. Ne raconte à personne ce que tu as vu ici, Alex. C'est bien compris ? Je veux que tu sortes du dispensaire, que tu rentres chez toi et que tu attendes que je t'y rejoigne. Promets-moi que c'est ce que tu vas faire.

— Mais il…

Les mots lui manquèrent tandis qu'elle montrait le corps brisé au sol.

— Je m'occupe de tout. J'ai juste besoin que tu me dises que tu me fais confiance. Que tu me crois quand je te dis que tu n'as aucune raison d'avoir peur. De moi en tout cas.

Il tendit la main pour caresser sa joue gelée, soulagé de voir qu'elle ne tressaillait pas et ne s'écartait pas de lui non plus. Il exigeait beaucoup d'elle, beaucoup plus qu'il n'était en droit de le faire.

— Rentre chez toi et attends-moi, Alex. Je te rejoins dès que je peux.

Elle cilla un instant, puis recula de quelques pas. L'air hagard, elle le fixa du regard en se rapprochant de la porte ouverte et pendant quelques secondes il se demanda si sa peur n'allait pas prendre le dessus.

— Ça va aller, Alex, la rassura-t-il. Je te fais confiance moi aussi.

Tout en l'écoutant s'éloigner, il se retourna vers le merdier qu'il allait devoir nettoyer seul.

Chapitre 17

En un instant, tout son monde avait basculé.

Alex s'éloigna de Kade, surprise que ses jambes fonctionnent encore alors que son esprit était agité par l'absurdité de ce qu'elle venait de le voir faire, pas seulement à Skeeter Arnold, mais aussi à Fran Littlejohn. L'avait-il soumise à une sorte d'hypnose, ou à quelque chose d'encore plus puissant, pour qu'elle se plie si facilement à sa volonté ?

Et Skeeter…

Qu'avait-il voulu dire, en déclarant tous ces trucs étranges à Kade, parlant de la façon dont il exécutait les ordres de son « Maître » ? C'était un discours de dingue, mais pourtant Skeeter ne lui avait pas semblé fou du tout. Il lui avait paru très dangereux, très loin du dealer à la petite semaine et du loser irrécupérable qu'elle connaissait, quelque chose de létal, de presque inhumain.

« Il n'était plus vraiment vivant, Alex. Ce n'était plus qu'une coque vide. »

Skeeter avait tué Big Dave de sang-froid et Kade avait tordu le cou de Skeeter à mains nues.

Oh, mon Dieu. Rien de tout cela n'avait de sens à ses yeux.

« Tes monstres, Alex, c'est plus compliqué que tu ne le crois. »

Les déclarations de Kade résonnaient dans sa tête tandis qu'elle sortait dans la froide obscurité de l'après-midi. Comment quoi que ce soit de tout cela pouvait-il se produire? Ça ne pouvait pas se produire! Comment cela aurait-il été la réalité?

Mais elle savait bien que ça l'était, aussi sûrement qu'elle avait toujours su que ce qui était arrivé en Floride il y avait tant d'années en faisait partie aussi.

« Ne fais plus confiance qu'à moi désormais. »

Alex n'était pas sûre d'avoir le choix. Sur qui d'autre pouvait-elle compter? Ce que Kade venait de faire et tout ce qu'il venait de dire dans le dispensaire soulevaient pour elle plus de questions qu'elle n'avait le courage d'en poser. Elle était terrifiée et plus que jamais indécise. Kade était dangereux; elle venait de s'en rendre compte de visu à peine une minute plus tôt. Mais il s'était aussi montré protecteur, non seulement à son égard, mais aussi envers Fran Littlejohn, une femme qu'il ne connaissait même pas.

Malgré tout ce qu'il venait de dire et de faire, Kade restait un point d'ancrage solide au cœur de cette réalité dans laquelle flottait désormais Alex. Ce furent sa force et sa confiance qui la soutinrent quand elle vit la petite foule toujours agglomérée devant la clinique. Les visages de la trentaine de personnes qu'elle connaissait depuis si longtemps lui semblèrent à présent étrangers tandis qu'elle passait discrètement à côté d'eux. Même Zach, qui jeta un regard de son côté alors qu'elle avait presque dépassé l'attroupement, lui apparut moins comme un ami que comme une source de doutes et de complications à fuir.

Il continuait à la fixer du regard, mais elle poursuivit son chemin, anxieuse de sortir de là.

—Alex!

Elle sentit une panique soudaine s'emparer d'elle. Zach était la dernière personne qu'elle voulait voir à cet instant. Elle fit mine de ne pas l'entendre et pressa un peu le pas.

— Alex, attends ! (Il se fraya un chemin parmi les autres et l'attrapa par la manche de sa parka.) Tu veux bien attendre une minute, bordel ?

N'ayant plus le choix, elle s'arrêta. Elle eut beaucoup de mal à garder une expression neutre en se tournant vers lui. Et il lui fut impossible de contenir le frisson qui la parcourut sous le regard inquisiteur de Zach.

— Ça va ? Tu es blanche comme un linge.

Elle secoua la tête et haussa les épaules d'un air gêné.

— Je suis un peu vidée, j'imagine.

— Pas possible ! Écoute, je suis désolé de m'être énervé tout à l'heure. Les choses ont l'air de vouloir empirer sans cesse depuis peu.

Alex déglutit et hocha la tête. Et encore, il ne savait pas tout, loin de là…

« Ne fais plus confiance qu'à moi désormais… Ne raconte à personne ce que tu as vu ici, Alex… Promets-moi… »

Les mots de Kade flottaient dans son esprit tandis que Zach la regardait en attendant qu'elle en dise plus.

— Bon, alors. Je suis tout à toi, en tout cas pour le moment. De quoi voulais-tu me parler ?

— Euh…

Alex cherchait désespérément quoi répondre, se sentant bizarrement déstabilisée par la façon qu'avait Zach de l'observer, l'air inquisiteur, voire soupçonneux.

— Je… Je me faisais du souci pour Big Dave, voilà tout. Comment va-t-il ? Comment crois-tu qu'il… euh… qu'il aille ?

Elle était encore complètement retournée par tout ce dont elle venait d'être témoin et sa question lui parut particulièrement maladroite.

L'expression de Zach se fit encore plus suspicieuse.

— Tu viens de le voir en personne, non ?

Elle secoua la tête, incertaine d'être capable d'énoncer un mensonge convaincant.

— Je viens bien de te voir entrer avec ton nouveau, euh… ton nouvel ami ? (Il avait appuyé sur ce dernier mot.) Où est-il, d'ailleurs ? Toujours à l'intérieur ?

— Non, répondit-elle trop vite. Je ne sais pas de quoi tu parles. Kade et moi sommes restés là-dehors tout le temps. Il vient juste de partir.

Zach ne sembla pas vraiment la croire, mais avant qu'il ait une chance d'insister, la porte du dispensaire s'ouvrit et Fran Littlejohn s'avança sur le perron.

— Sergent Tucker ! Où est Zach ? Appelez le sergent Tucker tout de suite !

Prise du sentiment qu'une catastrophe était imminente, Alex regardait la tête de Fran se soulever à la recherche de Zach dans la foule.

— Par ici, cria Zach. Qu'est-ce qui se passe ?

— Oh, Zach ! (L'infirmière laissa tomber ses lourdes épaules et poussa un profond soupir.) J'ai bien peur que nous l'ayons perdu. Je venais juste de lui donner une nouvelle dose de sédatif et je me suis détournée pendant une minute tout au plus. Et quand je suis revenue vers lui à l'instant, j'ai vu qu'il était décédé. Big Dave est mort.

— Bon Dieu, murmura Zach. (Tout en s'adressant à Fran, il lança un regard acéré du côté d'Alex.) Personne d'autre avec vous là-dedans, Fran ?

— Non, juste moi, répondit-elle. Pauvre Dave, et pauvre Lanny aussi. Que Dieu les prenne en miséricorde.

Tandis qu'une vague de murmures et de prières chuchotées parcourait la foule, Alex se racla la gorge.

— Il faut que j'y aille, Zach. La journée a été longue et je suis vraiment fatiguée. Alors, à moins que tu aies d'autres questions…

— Non, dit-il, mais le regard qu'il lui lança restait circonspect. (Il avait visiblement du mal à accepter tout ce qu'il venait d'entendre.) Rentre chez toi, Alex. Si j'ai besoin de toi, je sais où te trouver.

Elle hocha la tête, incapable de se débarrasser de l'impression que ce dernier commentaire avait été une menace, et tourna les talons.

À une dizaine de kilomètres d'Harmony, en pleine nature gelée, Kade posa le cadavre de Skeeter Arnold, qu'il portait sur ses épaules, pour le laisser rouler dans un profond ravin.

Il resta là un moment après que le corps du Laquais eut disparu hors de sa vue, laissant l'air froid lui mordre les poumons et transformer son expiration en buée tout en contemplant les vastes étendues vierges qui l'entouraient. Le ciel était sombre au-dessus de sa tête et le sol couvert de neige luisait d'un bleu nuit sous les étoiles de l'après-midi. Dans le lointain, un loup lança une longue plainte qui appelait sa meute à le suivre. Dans ce cadre sauvage, Kade, l'espace un instant, fut tenté d'en faire autant.

Tenté d'ignorer le chaos et la confusion qu'il avait laissés derrière lui à Harmony. Tenté de fuir la peur qu'il avait instillée en Alex, et cet aveu qu'il allait devoir lui faire à son retour.

Le mépriserait-elle à cause de ce qu'il avait à lui dire ?

Se détournerait-elle avec effroi quand elle comprendrait sa vraie nature ?

Il ne pourrait pas lui en vouloir si elle le faisait. Étant donné ce qu'elle avait supporté pendant son enfance et ce qu'elle venait de voir – il avait tué un homme devant ses yeux, bordel ! –, comment pouvait-il espérer qu'elle le regarde encore avec autre chose que de la peur ou de la répulsion dans les yeux ?

— Et merde ! murmura-t-il en s'accroupissant au bord du ravin. Merde !

— Un problème, frérot ?

Cette voix et cette familiarité auxquelles il ne s'attendait pas – à cet endroit et à ce moment-là – eurent sur Kade l'effet d'une décharge électrique. Il se redressa d'un bond et se retourna en tendant instinctivement la main pour prendre l'une des lames qu'il gardait à la ceinture.

— Doucement, lâcha Seth d'une voix traînante en inclinant la tête pour désigner le bord du ravin juste derrière Kade. Fais attention où tu mets les pieds.

Kade considéra l'apparence négligée de son jumeau hirsute. Il sentit sa rage s'exacerber.

— Je pourrais t'en dire autant… frérot !

Le couteau toujours en main, il pivota pour suivre des yeux Seth, qui s'approchait de lui pour regarder dans le ravin.

— Ce n'est pas forcément le moyen le plus astucieux pour se débarrasser d'une victime, mais je suppose que les charognards ne tarderont pas à le trouver.

— Ouais, et ça te connaît ça, hein ?

Seth le regarda et ce fut comme si les propres yeux de Kade – son propre visage – le contemplaient dans un miroir. À ceci près que les cheveux noirs de Seth pendaient mollement en écheveaux emmêlés et ternes, que ses joues étaient creuses et sa peau grise de crasse. Son visage était plus maigre que dans le souvenir de Kade, presque émacié. Il semblait en manque et il y avait un éclat sauvage dans ses yeux aux paupières lourdes.

— Mais où étais-tu, putain ? demanda Kade d'un ton autoritaire. Ça fait combien de temps que tu te consacres à tes petits jeux meurtriers ?

Seth eut un petit rire grave et ironique.

— Ce n'est pas moi qui viens de me débarrasser d'un humain dans un trou neigeux.

— Un Laquais, corrigea Kade, même s'il se demandait bien pourquoi il ressentait le besoin de se justifier.

— Vraiment ? (Seth leva un sourcil.) Un Laquais, en pleine nature… intéressant !

— N'est-ce pas ? Mais tu n'as pas répondu à ma foutue question.

Seth esquissa un sourire.

— Ça servirait à quoi, alors que tu sais déjà ce que je vais dire ?

— Peut-être que j'ai besoin de l'entendre de ta bouche. Raconte-moi comment tu pistes et tues des humains depuis que j'ai quitté l'Alaska l'an dernier. Mais, en fait, ça fait bien plus longtemps que ça dure, pas vrai ? (Il laissa échapper un sifflement de dégoût.) J'ai trouvé un truc qui devrait te dire quelque chose. Tiens…

Il sortit l'amulette à la dent d'ours de sa poche et la jeta à son jumeau.

— Maintenant, tu as la paire, reprit Kade. Celle-là, et celle que tu as récupérée sur l'autochtone que tu as tué l'hiver dernier.

Seth regarda dans sa paume ouverte le lien de cuir tressé et la longue dent pâle accrochée au bout. Il haussa les épaules, étranger à toute culpabilité, et referma les doigts dessus.

— Tu es retourné au Havrobscur, murmura-t-il. Et tu as fouillé dans mes affaires. Très impoli, ça, sournois, même, Kade. Pourtant, ça a toujours été mon style plutôt que le tien.

— Que s'est-il passé, Seth ? Tu ne prenais plus assez ton pied avec une victime à la fois, il a fallu que tu passes au stade du massacre ?

Kade vit le masque froid de son frère s'animer sous l'effet de l'incompréhension.

— Je ne sais pas de quoi tu parles.

— Parce que maintenant, en plus, tu vas nier ? J'y crois pas ! fit Kade d'un air méprisant. J'ai vu les corps, ou du moins ce qu'il en restait. Tu as massacré une famille entière : six vies en une seule nuit, espèce de fils de pute cinglé. Et aujourd'hui tu en as ajouté deux à ton tableau de chasse en attaquant ces types d'Harmony !

— Non. (Seth secouait la tête. Il eut même le culot de paraître insulté.) Tu te trompes. S'il y a eu des meurtres de ce genre, comme tu le prétends, je n'y suis pour rien.

— Ne me mens pas, bordel !

— Je ne mens pas. Je suis un tueur, Kade. J'ai… un problème, si tu veux. Mais même mes perversions ont leurs limites.

Kade observa son frère, le jaugeant. Même après un an d'absence, il connaissait encore assez son jumeau pour voir qu'il lui disait la vérité.

— Je n'ai jamais tué une famille entière. Et je ne suis pas non plus responsable de la mort des deux hommes dont tu dis qu'ils ont été attaqués aujourd'hui.

Kade sentit son estomac se nouer. Aussi tordu qu'il puisse être, son frère était honnête en cet instant. Il n'avait pas tué les Toms. Il n'avait pas tué Lanny Ham et laissé Big Dave Grant pour mort.

Mais alors, si ce n'était pas Seth, qui était-ce ?

Kade avait depuis longtemps laissé tomber l'idée que des Renégats puissent être responsables, pas alors qu'il n'y avait pas eu une seule disparition de mâles de la Lignée des Havrobscurs de la région ni aucun autre élément indiquant la présence dans le coin de vampires atteints de la Soif sanguinaire.

Alors, quelle possibilité restait-il ?

S'agissait-il du vampire qui avait fait de Skeeter Arnold son esclave mental ? Et si oui, pourquoi un puissant aîné de la Lignée préférerait-il chasser dans les étendues sauvages et perdues de l'Alaska à la population clairsemée alors qu'il pouvait choisir entre d'innombrables villes grouillantes d'humains à la place ? Ça n'avait tout simplement aucun sens.

Mais rien de tout cela n'excusait les crimes de Seth ou son absence totale de repentir pour ce qu'il avait fait.

— Que t'est-il arrivé ? demanda Kade, les yeux rivés sur ce visage qui ressemblait tant au sien, celui d'un frère qu'il aimait toujours malgré tout ce qu'il avait fait. Pourquoi, Seth ? Comment as-tu pu te laisser aller à perdre ainsi le contrôle sur toi-même ?

— Perdre le contrôle ? (Seth se mit à rire en secouant la tête.) Quand nous sentons-nous davantage maîtres de nous-mêmes que dans la chasse ? Nous appartenons à la Lignée, mon cher frère. C'est ça que nous sommes, c'est dans notre sang. Nous sommes nés pour tuer.

— Non, cria Kade alors que Seth se mettait à arpenter lentement la neige devant lui.

— Non, tu es bien sûr ? demanda Seth en penchant la tête pour souligner sa question. Est-ce que ce n'est pas pour ça que tu as sauté sur l'occasion de rejoindre l'Ordre ? Ose dire que tu n'apprécies pas ton permis de tuer pour le compte de Lucan et de tes frères d'armes de Boston. Dis-le et c'est moi qui te traiterai de menteur.

Kade serra les mâchoires, en avouant, au moins pour lui-même, que ce que disait Seth n'était pas tout à fait faux. Il avait rejoint l'Ordre pour échapper à ce qu'il était en train de devenir en Alaska, mais aussi pour alimenter ce qu'il y avait de sauvage en lui avec quelque chose qui n'était pas complètement dénué d'honneur. Mais désormais son travail pour l'Ordre répondait à un objectif plus vertueux.

Avec l'ennemi que représentait Dragos, sa tâche n'avait jamais revêtu une telle importance vitale. Et il ne laisserait pas Seth déprécier ça en la comparant à ses propres jeux dévoyés.

— Tu sais que ça ne peut pas continuer, Seth. Tu dois cesser.

— Parce que tu crois que je n'ai pas essayé ? (Les lèvres de Seth se retroussèrent sur ses dents et ses crocs.) Au début, quand nous étions jeunes, j'ai vraiment tenté de faire taire mes… besoins. Mais j'ai continué à ressentir l'appel de la vie sauvage. Tu ne le ressens plus, toi ?

— Chaque minute de mon temps éveillé, reconnut Kade calmement. Parfois même dans mon sommeil.

Seth ricana.

— Mais, bien sûr, toi, le noble Kade, tu parviens à résister.

Kade regarda son frère intensément.

— Ça fait combien de temps que tu me hais, Seth ? Qu'est-ce que j'aurais pu faire autrement pour que tu voies qu'il n'y a jamais eu de concurrence entre nous ? Je n'avais rien à prouver en ce qui te concernait.

Seth se tut, se contentant de soutenir le regard de son jumeau.

— Tu as fait des erreurs, Seth. On en fait tous. Mais il reste du bon en toi, je le sais.

— Non. (Seth se mit à secouer la tête avec force, le mouvement agité d'un esprit profondément perturbé.) Tu as toujours été le plus solide de nous deux. Tout ce qu'il y avait de bon s'est réfugié chez toi.

Kade lâcha un hoquet de surprise.

— Comment peux-tu dire une chose pareille ? Toi, le fils préféré, l'espoir de la famille. Père n'en a jamais fait un secret.

— Père, répéta Seth en soufflant le mot. S'il ressent quelque chose pour moi, c'est de la pitié. J'ai eu besoin de lui, alors que toi jamais. Tu es exactement comme lui, Kade.

Est-ce que ni l'un ni l'autre vous ne pouvez voir ça comme je le vois ?

— En voilà des conneries ! s'exclama Kade, incapable de considérer un seul instant cette idée.

— Et puis tu es parti rejoindre l'Ordre, poursuivit Seth. Tu es parti et je me suis enfoncé encore plus dans ton ombre. J'ai voulu te haïr d'être parti. Et d'ailleurs, je le fais peut-être.

— Si tu as besoin d'une excuse pour ce que tu as fait, et bien d'accord, siffla Kade vivement. Mets-moi ça sur le dos, mais toi et moi savons bien que tu cherches simplement un moyen de justifier tes actes.

Le rire qu'émit Seth en réponse ne dépassa guère le stade d'un grognement guttural.

— Crois-tu vraiment que je cherche une justification ou une absolution quelconques ? Je tue parce que je peux le faire. Et je ne m'arrêterai pas parce que ça fait partie de moi maintenant. J'aime ça.

Le cœur de Kade se serra.

— Si c'est vrai, je te plains. Tu es malade, Seth. Je devrais t'arracher à ta misère une bonne fois pour toutes… ici et maintenant.

— Tu devrais, rétorqua Seth froidement, mais tu ne le feras pas. Tu ne peux pas le faire parce que je reste ton frère. Tes principes rigides ne te laisseraient jamais me faire de mal et nous le savons tous les deux. C'est une ligne rouge que tu ne franchiras jamais.

— N'en sois pas si sûr !

Comme il disait cela, le loup qu'il avait entendu hurler quelques minutes plus tôt recommença. Il n'était pas loin. Kade regarda par-dessus son épaule vers les épicéas et les pins serrés dans l'obscurité, conscient des appels sauvages qui se précipitaient dans ses veines. Comme ce devait certainement être le cas également pour Seth.

Même s'il aurait dû haïr son frère, il en était incapable.

Et même si la menace qu'il avait proférée était parfaitement justifiée, il savait au fond de lui que Seth avait raison. Kade ne se résoudrait jamais à lui faire du mal.

— Nous devons arriver à te sortir de là, Seth. Il faut que tu me laisses t'aider…

Mais quand il tourna la tête pour ramener le regard vers son frère, il ne trouva plus que le paysage gelé et le constat amer que tout espoir de sauver Seth s'était enfui avec lui.

Chapitre 18

Chaque pas était pour lui un calvaire.

Il n'y avait pas un centimètre carré de son corps nu à vif qui ne fût pas couvert de cloques à cause de l'exposition aux ultraviolets. En outre, ses processus de guérison, en général rapides, étaient enrayés par les dommages supplémentaires qu'avaient causés les coups de fusil qui l'avaient atteint à la cuisse et à l'abdomen. Du sang frais accélérerait la régénération nécessaire. Dès qu'il se serait nourri, ses parties molles et ses organes, ainsi que sa peau, guériraient en quelques heures, mais il ne pouvait risquer de rester plus longtemps sans chercher un abri adéquat.

Forcé de déguerpir de la grotte après que les humains l'avaient découvert, il avait à peine survécu à la lumière du jour. Il avait fui, blessé et perdant du sang, dans la forêt alentour, sous les rayons mortels du soleil. Il avait à peine eu le temps de creuser un trou dans une congère de neige durcie pour s'y réfugier avant que la sévérité de ses blessures et les effets du soleil combinés lui fassent perdre connaissance.

À présent, un peu après qu'il s'était réveillé pour trouver l'obscurité heureusement revenue, tout ce qu'il savait, c'était qu'il lui fallait trouver un nouvel abri avant le prochain lever de soleil, un endroit sûr où il pourrait récupérer plus longtemps afin de retrouver assez de forces pour chasser de nouveau et nourrir ses cellules meurtries.

D'un pas lent et hésitant, il traînait les pieds dans la neige éclairée par la lune. Il méprisait sa faiblesse physique. Il ne supportait pas qu'elle lui rappelle la torture qu'il avait endurée en captivité. Mais la haine l'animait désormais et elle forçait les muscles déchirés de sa jambe à travailler.

Il ne savait pas depuis combien de temps il avançait ni quelle distance il avait parcourue. Très probablement de nombreux kilomètres depuis la grotte et son abri de fortune dans la neige.

Soudain, il vit apparaître devant lui une lueur orangée à travers les silhouettes des résineux. Une habitation humaine, apparemment occupée, et éloignée de tout autre signe de civilisation.

Oui. Cela ferait l'affaire.

Il continua d'avancer, ignorant sa douleur pour se concentrer sur la petite cabane perdue et la proie sans méfiance qu'elle contenait.

Alors qu'il approchait, ses oreilles se mirent à tinter de bruits sourds et tristes qu'il identifia comme de la souffrance humaine. Ça restait indistinct, étouffé par les rondins et les volets. Mais l'affliction était bien là. Il y avait dans la cabane une femelle en train de pleurer.

Le prédateur se glissa jusqu'à la maison et colla son œil à une fente du volet de bois qui couvrait la fenêtre pour l'isoler du froid.

Elle était assise par terre devant un feu mourant en train de boire à une bouteille à moitié vide contenant un liquide ambre foncé. Devant elle se trouvait une boîte vide, à côté de laquelle des photos jonchaient le sol. Un grand pistolet noir était posé près de son genou plié. Elle sanglotait, un chagrin incommensurable se déversant de son être.

Il sentait le poids écrasant de sa peine et il comprit que l'arme n'était pas là pour la protéger. Pas ce soir-là en tout cas.

Un instant il resta là à ne rien faire, mais ça ne dura pas.

Elle avait dû sentir son regard sur elle. Elle tourna soudain la tête sur le côté et braqua ses yeux rougis sur l'endroit même où il se trouvait, masqué par le volet fermé et l'obscurité de la nuit qui l'enveloppait.

Mais elle savait.

Elle ramassa le pistolet et se leva avec difficulté.

Il se recula et se glissa silencieusement jusqu'à la porte de la cabane. Elle n'était pas verrouillée, mais ne l'aurait de toute façon pas arrêté si elle l'avait été. Il fit jouer le pêne d'une commande mentale puis poussa la porte.

Avant même que la femme se rende compte de sa présence, il était entré et lui avait enserré le cou de ses mains. Et avant qu'elle ouvre la bouche pour crier, avant qu'elle commande à ses réflexes amenuisés par l'alcool de presser la détente pour se défendre de cette attaque subite, il lui avait penché la tête sur le côté et enfoncé ses crocs dans la chair tendre de sa gorge mince.

Alex était assise à sa table de cuisine, Luna allongée sur ses pieds. Elle avait allumé toutes les lampes de la maison et verrouillé toutes les portes et toutes les fenêtres.

Cela faisait presque deux heures.

Elle ne savait pas combien de temps elle supporterait d'attendre encore. Tandis que, l'âme sereine, Luna dormait tranquillement sur ses orteils, sous la table, Alex n'avait pas cessé de gamberger, réfléchissant à des questions qu'elle osait à peine formuler et s'inquiétant pour un homme qui l'avait quittée en la laissant se demander ce qu'il était vraiment.

Mais la petite voix intérieure qui l'avait si souvent poussée à fuir ce qui lui faisait peur était silencieuse quand elle pensait à Kade. Certes, vu ce dont elle avait été témoin ce jour-là, elle n'avait plus la moindre certitude. Et elle avait peur que le chemin qui l'attendait soit encore plus instable que le passé qu'elle avait laissé derrière elle. Mais fuir était bien la dernière chose qu'elle ait eu l'intention de faire. À présent, c'était bien fini, elle ne fuirait plus.

Elle se demanda inopinément comment Jenna s'en tirait. Ça devait être difficile pour elle, tous ces morts alors qu'elle approchait de l'anniversaire de son propre drame familial. Alex tendit la main vers son portable, désireuse d'entendre la voix de son amie. Elle allait faire le numéro quand on gratta à la porte.

Kade.

Alex posa le téléphone et se leva, délogeant son chauffe-pieds canin, qui eut un vague grognement de protestation avant de laisser retomber sa gueule au sol et de se rendormir. Alex alla jusqu'à la porte, où attendait Kade. À présent qu'il était là, si grave, si grand et si menaçant derrière la vitre, elle sentit son courage l'abandonner un peu.

Il n'exigea pas d'entrer et ne pénétra pas non plus de force dans la maison, même si, elle en était absolument certaine, elle n'aurait pas pu faire grand-chose pour l'en empêcher s'il l'avait voulu. Non, il se contenta d'attendre là, la laissant libre de décider. Et ce fut justement parce qu'il ne la força pas, et parce qu'elle pouvait déceler dans ses yeux perçants aux reflets d'acier un tourment caché qui n'était pas là auparavant, qu'Alex ouvrit la porte et le laissa entrer.

Il fit un pas en avant dans la petite cuisine et la prit contre lui. Longtemps ses bras puissants l'entourèrent, la serrant comme s'il ne voulait plus jamais la laisser partir.

— Est-ce que tu vas bien ? demanda-t-il en pressant sa bouche contre les cheveux d'Alex. J'ai eu du mal à supporter d'avoir dû te laisser seule.

— Je vais bien, répondit-elle en s'écartant pour le regarder quand il se décida enfin à la lâcher. Je me faisais plutôt du souci pour toi.

— Non, dit-il. (L'air réprobateur, il lui caressa la joue en déglutissant.) Ah, Seigneur ! Je ne veux pas que tu t'inquiètes pour moi.

— Kade, qu'est-ce qui se passe, bordel ? J'ai besoin que tu sois honnête avec moi.

— Je sais. (Il la prit par la main et la ramena à la table. Elle s'assit sur sa chaise et il prit celle d'à côté.) J'aurais dû tout t'expliquer plus tôt, dès que je me suis rendu compte…

Devant son hésitation, elle sentit son cœur se serrer un peu.

— Dès que tu t'es rendu compte de quoi ?

— Que tu étais partie prenante dans tout ça, Alex. Que tu faisais partie de ce monde auquel moi et ceux de ma race appartenons. J'aurais dû tout te dire avant que tu me voies tuer ce Laquais. Et avant que nous fassions l'amour.

Elle entendit dans sa voix du regret pour l'intimité qu'ils avaient partagée et en éprouva une douleur inattendue. Mais ce qui la fit redoubler d'attention fut la façon particulière qu'il avait eue de parler de lui-même et de sa race, et le fait que d'une manière ou d'une autre il l'incluait dans cette équation. Et puis il y avait ce mot curieux qu'il avait employé pour désigner Skeeter Arnold.

— Un Laquais ? Je ne vois pas ce que ça peut vouloir dire, Kade. Je ne comprends pas ce que tout ça veut dire.

— Je sais que tu ne comprends pas. (Il se passa une main sur la mâchoire, puis lâcha un juron bien senti.) Quelqu'un s'est occupé de Skeeter Arnold avant moi. Quelqu'un l'a saigné, presque à mort, avant de le ranimer pour en faire un outil. Il n'était plus humain, Alex. Il était moins que ça. Quelqu'un avait fait de lui un Laquais, un esclave décérébré.

— Ça ne tient pas debout, murmura-t-elle, mais elle avait beau vouloir à tout prix refuser ce qu'elle entendait, elle ne pouvait pas ne pas tenir compte de l'attitude grave et mesurée de Kade. Tu as dit aussi que j'étais partie prenante dans tout ça. Comment ça, partie prenante ? Et qu'est-ce que tu as voulu dire à la clinique quand tu as déclaré qu'il y avait quelque chose que je ne savais pas à propos de l'attaque sur ma famille ? Qu'est-ce que tu pourrais bien savoir des monstres qui ont tué ma mère et Richie ?

— Ce qu'ils ont fait était monstrueux, dit Kade sur un ton indéchiffrable, trop neutre pour ne pas la mettre profondément mal à l'aise. Mais il y a un autre mot pour les désigner.

— Vampires.

Alex n'avait jamais prononcé ce mot à haute voix, en tout cas pas à propos des meurtres de sa mère et de son petit frère. Il restait collé à sa langue comme une pâte amère, même après qu'elle l'eut craché.

— Est-ce que tu es vraiment en train de me dire que…, poursuivit-elle. Mon Dieu ! Est-ce que tu veux réellement me faire croire que c'étaient des vampires, Kade ?

— Des Renégats. Accros au sang et létaux. Mais ils appartenaient aussi à une race différente des humains qu'on appelle la Lignée. Une race qui côtoie l'humanité depuis des milliers d'années.

— Des vampires, murmura-t-elle, malade à l'idée que quoi que ce soit de tout ça puisse être vrai.

Mais c'était vrai. Quelque chose en elle connaissait cette vérité depuis toujours, ou plutôt depuis l'attaque qui avait dévasté sa famille tant d'années auparavant.

Kade ne l'avait pas quittée des yeux.

— Dire que c'étaient des vampires est une façon simple mais réaliste de dire les choses.

Plus rien ne semblait simple à Alex. Pas après tout ce qu'elle avait vu. Pas après tout ce qu'elle venait d'entendre. Et certainement pas quand il était question de Kade.

Elle décelait une réticence dans son regard, quelque chose comme de la souffrance, et cela la travaillait.

— Tu m'as dit une fois que rien n'est simple. Que rien dans ton monde n'est juste bon ou mauvais, noir ou blanc. Tu as parlé de nuances de gris.

Il ne cilla pas et ne la quitta pas des yeux.

— C'est vrai.

— Est-ce de ça que tu voulais parler ? (Elle déglutit et sa voix se cassa un peu.) Est-ce que c'est le monde dans lequel tu vis, Kade ?

— Nous y vivons tous les deux, répondit-il, d'une voix si douce qu'elle la terrifia. Toi comme moi, Alex. Nous en faisons tous deux partie. Moi parce que mon père appartient à la Lignée. Toi parce que tu portes la même tache de naissance que ma mère et un petit nombre d'autres femmes très spéciales. Tu es une Compagne de sang, Alex. Les propriétés de ton sang et la composition exceptionnelle de tes cellules te lient à la Lignée sur un plan fondamental.

— C'est ridicule.

Elle secoua la tête, se rappelant la tendresse avec laquelle il avait touché la curieuse marque écarlate qu'elle avait à la hanche quand ils s'étaient retrouvés ensemble dans la cabane un peu plus tôt dans la journée. Sans même essayer, elle sentait encore la chaleur de ses doigts à ce point précis de son corps.

— Une tache de naissance ne fait de moi rien de spécial. Ça ne prouve rien…

— Non, répliqua-t-il d'un ton calme. Mais ajouté à d'autres choses, si. As-tu jamais été malade de ta vie ? Est-ce que tu ne t'es pas toujours sentie un peu perdue, un peu détachée, différente de tous les gens qui t'entouraient ? Il y a chez toi un truc qui a toujours été en recherche, qui a toujours tenté d'atteindre quelque chose qui est resté inaccessible. Tu n'as jamais vraiment trouvé ta place dans le monde. J'ai raison, n'est-ce pas, Alex ?

Elle ne pouvait plus parler. Mon Dieu, elle pouvait à peine respirer.

Kade continua.

— Tu as aussi un don que tu ne peux pas vraiment expliquer, une capacité innée qui te distingue du commun des mortels.

Elle aurait voulu lui dire qu'il avait tort sur toute la ligne. Mais pas moyen ! Tout ce qu'il venait de dire résumait son expérience de la vie et ses sentiments les plus intimes. C'était comme s'il l'avait connue toute sa vie… comme s'il la comprenait mieux qu'elle-même.

Mieux qu'elle ne s'était comprise elle-même jusqu'à cet instant-là, aussi impossible que cela ait pu paraître.

— Depuis que je suis gamine, j'ai toujours su si quelqu'un me disait la vérité ou me mentait. (Kade hocha la tête. Il n'avait pas l'air surpris du tout.) Je peux lire les autres, mais pas toi.

— Il est possible que ton don ne fonctionne qu'avec les humains.

Les humains. Pas lui, parce qu'il était quelque chose… d'autre.

Elle eut soudain très froid en comprenant ce qu'il était en train de lui dire.

— Est-ce que tu es… (Sa voix faillit lui faire complètement défaut.) Es-tu en train de me dire que tu es comme eux… ceux qui ont tué ma mère et Richie ? Ceux qui ont tué les Toms et Big Dave ?

— Je ne sais pas très bien qui sont les responsables des meurtres qui ont eu lieu ici récemment, mais je n'ai rien à voir avec eux. Et seuls les membres les plus malades et les plus haïssables de ma race sont capables de faire ce que ta famille a subi, Alex.

Il tendit la main et prit la sienne, porta ses doigts à ses lèvres et les embrassa avec une tendresse douloureuse. Ses yeux vif-argent restaient rivés sur les siens avec une intensité qui la transperçait.

— Je fais partie de la Lignée, Alex. Mais je ne te ferai jamais de mal, pas plus qu'à ceux que tu aimes. Jamais. Mon Dieu, je ne m'attendais pas à toi, je ne m'attendais pas à tout ça. Je ne pensais pas aimer comme ça un jour.

— Kade, murmura Alex sans bien savoir quoi dire après tout ce qu'il venait de lui expliquer.

Elle débordait de questions et d'incertitude, elle était dépassée par des émotions confuses, qui, toutes, concernaient cet homme, ce mâle de la Lignée, qui tenait sa main à présent, et son cœur désormais.

Comme s'il avait compris dans quels tourments elle se débattait, il se pencha de côté pour la prendre dans ses bras et elle se laissa aller sur ses genoux.

— Je ne sais pas quoi penser de tout ça, murmura-t-elle. Je me pose tant de questions.

Il la releva et fit glisser le dos de ses doigts le long de son visage et de la courbe de son cou.

— Je sais. Je répondrai à toutes tes questions. Quand je reviendrai, tu pourras me demander tout ce que tu veux savoir.

— Quand tu reviendras ? (Qu'il s'en aille à présent, alors qu'elle ne savait plus où elle en était, lui parut impensable.) Où est-ce que tu vas ?

— Il y a un truc qui me chiffonne à propos de Skeeter Arnold. Je l'ai vu avec quelqu'un l'autre nuit, devant chez Pete. Cette personne l'a emmené jusqu'à une compagnie minière à plusieurs kilomètres d'ici.

— Comment s'appelait-elle ?

— Coldstream.

Alex fronça les sourcils.

— Cette mine a fermé il y a près de vingt ans, mais j'ai entendu dire qu'une nouvelle direction s'y était installée récemment. Ils sont très soucieux de leur tranquillité, d'ailleurs. Ils ont mis en place tout un équipement de surveillance et des clôtures de sécurité autour du périmètre.

— Une nouvelle direction, hein ?

L'expression grave de Kade se passait de commentaires.

— Tu ne crois pas que…

— Si. Mais il faut que je sois sûr.

— Alors je viens avec toi.

Il fronça les sourcils à son tour.

— Hors de question. Ça pourrait être dangereux…

— C'est exactement pour ça que je ne vais pas rester ici à t'attendre et à m'inquiéter. Je vais avec toi. (Elle alla prendre sa parka, faisant semblant de ne pas entendre son juron étouffé derrière elle.) Bon alors, tu viens, ou quoi ?

Chapitre 19

Comme il avait laissé sa motoneige garée chez Alex le matin, ils partirent chacun sur la sienne pour rejoindre la *Coldstream Mining Company*. Pour éviter d'attirer l'attention, ils laissèrent leurs machines bruyantes à quelques centaines de mètres du site sécurisé et continuèrent en raquettes.

La reconnaissance se serait déroulée beaucoup plus rapidement s'il avait pu la faire seul, mais, en son for intérieur, Kade se sentait soulagé d'avoir Alex avec lui. Au moins comme ça, il pouvait la protéger. Si elle était restée seule en ville, elle aurait été vulnérable et, à cette idée, son cœur se serra un peu plus tandis qu'il avançait à travers la toundra gelée et obscure à ses côtés.

Loin devant eux, des projecteurs éclairaient la neige du complexe de la compagnie minière, qui semblait en pleine activité. Comme cela avait été le cas quand Kade avait observé l'endroit pour la première fois, une poignée de travailleurs en uniforme étaient en train de vider l'un des deux conteneurs garés devant l'entrée de la mine proprement dite. Des gardes équipés d'armes automatiques patrouillaient le long de la clôture.

Kade s'arrêta et posa sa main gantée sur le bras d'Alex.

— Nous n'allons pas plus loin.

— Mais il faut qu'on se rapproche beaucoup plus pour voir ce qui se passe là-dedans, murmura-t-elle, son souffle se transformant en buée en pénétrant la cagoule de polaire qui protégeait son visage.

— Trop dangereux pour toi et je n'ai pas l'intention de te laisser là sans moi.

— Alors, retournons à Harmony et prenons mon avion. On peut voler au-dessus pour voir le site de plus près.

— Et prendre le risque qu'ils t'identifient du sol ? (Kade secoua brièvement la tête.) Pas même si Harmony avait une centaine de pilotes possédant des petits monomoteurs rouges. Non, il y a un autre moyen.

Il prit une profonde inspiration, laissant un hurlement se former lentement dans sa gorge. Puis il l'envoya vers le ciel en un long appel inquisiteur. À peine quelques instants plus tard, une réponse sauvage s'éleva pas très loin vers l'ouest. Kade se connecta en esprit à l'auteur de ce cri, puis, lançant une commande muette, il fit sortir le loup de la nuit.

En voyant la fourrure argentée se glisser hors de la forêt pour venir directement sur eux, Alex sursauta.

— Tout va bien, déclara Kade. (Il la regarda, souriant de son étonnement si visible.) Tu as ton don ; j'ai le mien.

— Le tien est autrement mieux, murmura-t-elle le souffle court.

Il sourit de nouveau, puis riva son regard sur les yeux brillants d'intelligence du loup. Celui-ci enregistra les instructions que Kade lui donnait en silence, puis fila, furtif, pour les mettre en œuvre.

Alex était bouche bée.

— Qu'est-ce que tu viens de faire ? Et, euh… comment ?

— J'ai demandé au loup de nous aider. Il va se rapprocher du site et, grâce au lien que nous partageons maintenant, il va me montrer tout ce qu'il voit.

Alex se tut et Kade se concentra sur la connexion qui lui permettait temporairement de percevoir la réalité avec les sens du loup. Il ferma les yeux, sentant son pas rythmé sur la neige, entendant le calme mouvement de l'air dans ses poumons et les battements rapides et réguliers de son cœur. Et, à travers la vision nocturne acérée du loup, il vit le grillage et les bâtiments de surface hautement sécurisés, mais aussi les manutentionnaires – tous des Laquais, il s'en rendait compte à présent – qui entraient et sortaient de l'entrée caverneuse de la grotte, poussant des chariots d'équipements en caisse et de grands cartons sans aucune identification qui contenaient Dieu seul savait quelles sortes de fournitures.

La nouvelle direction s'était installée, ça ne faisait aucun doute, et apparemment, ses membres tenaient absolument à s'assurer que personne ne s'approche trop pour voir ce qu'ils fabriquaient.

D'ailleurs, à propos de cette nouvelle direction…

Les oreilles du loup se dressèrent et son instinct de conservation le poussa à s'aplatir au sol lorsque sortit de la mine un grand mâle aux cheveux blonds qui avait clairement des goûts de luxe en matière de vêtements. Même si Kade ne l'avait jamais vu auparavant, il fut instantanément clair pour lui que le mâle appartenait à la Lignée. Si sa taille et son attitude ne l'avaient pas trahi, son réseau étendu de dermoglyphes l'aurait fait. Les marques sortaient de ses poignets retournés et du col ouvert de sa chemise blanche chic, avec des motifs qui en faisaient sans aucun doute l'un des aînés de la Lignée.

Un vampire largement assez puissant pour faire d'un humain comme Skeeter Arnold son Laquais.

Et debout à ses côtés comme un chien obéissant se dressait un autre mâle de la Lignée. Si celui qui était habillé comme un banquier de Wall Street était formidable rien que par la pureté de son ascendance, l'individu qui le flanquait l'était encore bien plus. Armé jusqu'aux crocs et vêtu de la tête aux pieds en treillis de combat noir, le crâne rasé, couvert de glyphes serrés, il s'agissait d'un ennemi que Kade et le reste de l'Ordre ne connaissaient bien que depuis peu.

À travers les yeux du loup, il voyait le collier noir brillant qui entourait le cou de l'assassin, un collier électronique équipé d'un système explosif qui garantissait la loyauté du vampire envers son créateur pervers.

— Oh, merde, lâcha Kade à haute voix. Dragos a envoyé un de ses assassins ici.

— Qui ça ? murmura Alex à ses côtés. Des assassins ? Bon Dieu, Kade, dis-moi ce que tu vois.

Il secoua la tête, incapable de se lancer dans une explication adéquate alors qu'il sentait ses tripes se nouer sous l'effet de la crainte et du soupçon.

Pourquoi Dragos enverrait-il un de ses lieutenants et un membre de sa réserve personnelle d'assassins Gen-1 élevés en série au beau milieu du territoire gelé de l'Alaska ?

Qu'est-ce qu'ils foutaient donc là ?

Une fois les vampires disparus dans un des bâtiments de surface, Kade ordonna au loup de se déplacer pour trouver un endroit sûr et bien caché où il pourrait creuser sous le grillage et se glisser à l'intérieur du complexe. Il devait absolument voir de plus près les conteneurs, en particulier celui dont les Laquais semblaient se désintéresser. Les côtés de celui-ci, il le remarquait à présent, portaient d'énormes entailles et les gonds de leurs portes arrière étaient complètement tordus.

Il attendit, le cœur battant au rythme de celui du loup tandis que ce dernier creusait profondément la neige et la terre de ses griffes avant de se glisser sous la clôture. Une fois de l'autre côté, l'animal se mit à ramper furtivement, son instinct lui disant qu'il valait mieux rester dans l'ombre. Alors qu'il s'approchait des conteneurs, Kade sentit ses muscles se tendre.

Il avait deviné que de mauvaises nouvelles l'attendaient dans le conteneur amoché. Et son intuition ne l'avait pas trompé, loin de là. Quand le courageux animal passa la tête entre les portes décrochées qui pendaient lamentablement, regardant ce qui avait été un espace réfrigéré, Kade comprit tout de suite ce qu'étaient les objets qui n'avaient pas de signification pour le loup.

Il vit le grand caisson d'acier et de béton, dont le couvercle avait été arraché et réduit à l'état de gravats. Il vit les taches de sang déjà presque noires sur le sol et les parois du conteneur, un sang qui avait appartenu à des vampires comme le lui confirmait l'odorat sensible du loup. Il vit les entraves de titane qui avait encerclé les épais poignets et les énormes chevilles d'une créature que la plupart des membres de la nation vampire croyaient disparue avec ses semblables des siècles auparavant… une créature dont l'Ordre savait de source sûre qu'en fait elle était toujours vivante.

L'Ancien.

L'un des sauvages et puissants extraterrestres qui avaient engendré toute la Lignée sur Terre.

Celui que Dragos avait utilisé pour mener à bien son projet dément.

Dragos et ses associés l'avaient-ils déplacé au nord après la récente attaque lancée par l'Ordre sur son repaire caché ? Avaient-ils installé l'Ancien aussi loin de l'Ordre que possible en le transférant dans la vieille mine ?

Ou plutôt est-ce que ça avait été leur plan, jusqu'à ce que l'Ancien trouve d'une manière ou d'une autre le moyen de s'échapper ?

Kade repensa aux récents meurtres et à l'attaque brutale dont les deux hommes d'Harmony avaient été victimes le jour même.

Ce n'avait été le fait ni de Seth, ni d'un ou de plusieurs Renégats.

Il en avait à présent la certitude la plus absolue : ça avait été quelque chose de bien pire.

— Seigneur, siffla-t-il. Il est quelque part par là en cavale dans la nature.

Il ordonna au loup d'abandonner sa reconnaissance sur-le-champ et resta avec lui jusqu'à ce qu'il ait rapidement quitté l'enceinte du complexe. Comme sa fourrure argentée disparaissait dans la forêt, Kade interrompit leur contact et tendit la main pour prendre celle d'Alex.

— Il faut qu'on file d'ici. Tout de suite.

Elle hocha la tête et déguerpit avec lui. Elle ne lui posa aucune question et il ne perdit pas de temps à lui donner des éclaircissements. Il lui expliquerait tout, mais d'abord il devait contacter l'Ordre à Boston. Il fallait que Lucan et les autres sachent ce qu'il venait de découvrir et à quel point sa mission avait changé de perspective.

Zach Tucker cogna de nouveau la poignée en carbure de sa torche Maglite modèle police contre la porte branlante et attendit en rongeant son frein sur le perron situé à l'arrière de la maison délabrée dont Skeeter Arnold occupait une partie du rez-de-chaussée.

Comme cela faisait vingt-quatre heures que cet abruti ne répondait plus aux appels ou aux SMS qu'il lui envoyait, Zach n'avait pas eu d'autre choix que de venir en personne jusqu'à la maison que Skeeter partageait avec sa mère. Cela faisait cinq minutes qu'il était là dans le froid, à se geler les couilles en cognant à la porte sans obtenir de réponse, mais il n'avait pas l'intention d'abandonner avant d'avoir pu poser quelques questions à ce connard arrogant.

Et de récupérer les cinq cents dollars en espèces que Skeeter lui devait pour leur dernier deal.

Si Skeeter croyait pouvoir s'en tirer sans lui donner sa part, il avait tort. Et s'il s'était foutu dans sa petite tête de débile l'idée qu'il n'avait plus besoin de Zach, s'il s'était trouvé une autre source d'approvisionnement dans le coin et avait l'intention d'arrêter là leur coopération, alors Skeeter Arnold risquait de s'apercevoir qu'il avait mortellement tort.

Zach frappa encore, cette fois si fort que c'en était à se demander comment le bois gelé de la porte n'avait pas fini par éclater sous les assauts répétés de la poignée de sa torche.

Finalement, Zach entendit une voix à l'intérieur, pas celle de Skeeter, mais celle d'Ida Arnold, son acariâtre de mère. Zach détestait la vieille femme, mais probablement moins que ne devait le faire Skeeter, qui était exposé en permanence à sa bile et à son venin.

— J'arrive, bordel ! J'arrive ! braillait-elle, son pas lourd ponctuant chacune de ses syllabes. La lumière du perron s'alluma au-dessus de la tête de Zach puis la porte s'ouvrit sur un nouveau juron.

— 'Soir, Ida, dit Zach tout sourires tandis qu'elle lui lançait un regard noir.

— Qu'est-ce que tu veux ? (Elle croisa les bras en tirant sur les plis de sa vieille robe de chambre.) Tu es venu me dire qu'il est encore dans la merde ?

— Non.

Elle grogna.

— Il est mort ?

— Non, rien de tout ça. (Il inclina la tête.) Qu'est-ce qui vous fait dire ça ?

— Ça ne m'étonnerait pas plus que ça, c'est tout. J'ai appris ce qui était arrivé à Big Dave et à Lanny Ham aujourd'hui. (Devant l'expression grave de Zach, elle soupira et haussa les épaules.) À dire vrai, je ne les ai jamais beaucoup appréciés ni l'un ni l'autre.

— Oui, bon, répondit Zach, l'air de vouloir passer à autre chose.

Il se racla la gorge et prit sa voix de flic, celle dont Jenna disait qu'elle le faisait ressembler à un connard moralisateur. Tout ce qu'il savait, lui, c'est qu'en général elle lui permettait d'obtenir des résultats.

— En fait, je suis venu pour parler à Stanley.

En entendant le nom de baptême de son fils plutôt que le surnom dont il était affublé à Harmony depuis l'époque où il n'était qu'un gosse morveux et maigrelet, Ida Arnold fronça encore un peu plus les sourcils.

— Est-ce qu'il est là ?

— Non. Pas trace de lui depuis tôt ce matin.

— Il n'a pas appelé pour vous dire où il était, rien ?

Elle laissa échapper un petit rire sec.

— Il me dit jamais rien, juste comme son bon à rien de père avant lui. Il croit que je suis aveugle et stupide, ce gosse, ajouta-t-elle. Mais je sais bien ce qu'il trafique, va.

— Ah ? Et qu'est-ce qu'il trafique, Ida ? demanda d'une voix posée Zach, qui fronça les sourcils en voyant l'expression de la vieille femme se durcir.

— Il deale de nouveau, de la drogue, c'est sûr. Et à mon avis il revend aussi de l'alcool dans les communautés autochtones de l'amont, où c'est interdit.

Zach sentit son estomac se nouer.

— Qu'est-ce qui vous fait penser que Skeet… Stanley serait impliqué dans un truc comme ça ?

Elle se tapota le sternum du majeur.

— Bon Dieu, je l'ai élevé, non ? Pour le meilleur et pour le pire. Je n'ai pas besoin de preuves pour savoir qu'il s'est fourré dans un truc pas clair. Je ne sais pas ce que c'est cette fois, mais il commence à me faire peur. Je crois qu'il pourrait bien me faire du mal un de ces jours. En fait, vu la façon dont il m'a traitée la dernière fois qu'il était là, j'en suis même absolument sûre. Je ne l'ai jamais vu aussi méchant et aussi arrogant. Il s'est comporté comme s'il avait soudain eu des couilles.

Gêné par la vulgarité de la vieille femme, Zach s'éclaircit la voix.

— Et vous dites que ça s'est passé hier ?

— Il est rentré dans un état à faire peur. Quand j'ai voulu dire quelque chose, il m'a prise à la gorge. Sans mentir, j'ai cru qu'il allait me tuer sur place. Mais il a juste marmonné qu'il avait du boulot, avant de rentrer dans sa piaule et de fermer la porte. Autant que je sache, c'est la dernière fois qu'il a été là. D'un côté, vu comme il me traite, j'aime autant qu'il ne rentre plus. D'une certaine façon, j'aimerais bien qu'il… qu'il s'en aille. En prison, si c'est là sa place.

Zach la regardait en se disant que sa peur et sa détestation de son propre fils pourraient bien tourner à son avantage.

— La dernière fois qu'il était là, est-ce qu'il a dit quel genre de boulot il faisait ?

— Il ne l'a pas dit, mais ce garçon n'a jamais fait un seul jour de travail honnête de sa vie. Tu veux voir son studio ? C'est une vraie porcherie, mais si c'est des preuves que tu cherches…

— Pas possible, dit Zach, même si à ce moment précis il ne désirait rien de plus. Légalement, je ne peux pas perquisitionner chez lui. Ça demanderait tout un tas de paperasses et de procédures.

Les épaules de la vieille femme s'affaissèrent un peu.

— Je vois…

— Mais, ajouta Zach pour lui remonter le moral, comme je connais la famille depuis bientôt dix ans que je vis à Harmony, j'imagine que si vous me demandiez comme un service personnel d'entrer et de jeter un coup d'œil – officieusement bien sûr –, alors je n'aurais rien contre.

Elle l'observa un long moment, puis elle s'écarta et lui fit signe d'entrer.

— C'est par là, au bout du couloir. Il a sûrement verrouillé la porte, mais je garde une clé de rechange derrière la plinthe.

Ida Arnold alla jusqu'à la porte de son fils, récupéra une clé de laiton terni dans sa cachette, puis déverrouilla et ouvrit la porte pour Zach.

— Je n'en ai que pour quelques minutes, dit-il, la congédiant à la fois de la voix et de son regard fixe, un truc appris à l'école de police. Merci, Ida.

Lorsqu'elle se fut traînée à l'autre bout du couloir, Zach pénétra dans l'appartement bordélique de Skeeter et commença à le fouiller rapidement mais soigneusement. Des emballages de nourriture, des bouteilles et d'autres déchets couvraient le sol et presque toutes les autres surfaces planes. Et là il eut la surprise de trouver sur le comptoir de la kitchenette, à côté d'un vieil émetteur-récepteur de police, un rouleau de billets de vingt dollars entouré d'un élastique.

Ça ne ressemblait pas à Skeeter, ça, de laisser son argent traîner. Pas plus d'ailleurs que d'oublier son téléphone portable, et pourtant il était là, coincé dans l'assise d'un vieux fauteuil inclinable bleu layette. En tout cas, ça expliquait les appels et les SMS restés sans réponse, même si ça n'excusait pas l'attitude de Skeeter le matin même devant chez Pete.

Zach prit les billets et les compta. Il y en avait quinze. Ça ne faisait pas les cinq cents dollars que Skeeter lui devait, mais ce serait toujours ça de pris.

D'ailleurs, il allait prendre aussi le portable.

S'il n'y trouvait pas de traces des activités récentes de Skeeter ou de ses nouveaux associés, Zach pourrait toujours le mettre au clou la prochaine fois qu'il irait à

Fairbanks se réapprovisionner auprès de ses contacts en ville. Skeeter Arnold avait une dette envers lui, et il avait bien l'intention de récupérer son dû d'une façon ou d'une autre.

Chapitre 20

Alex était assise dans le canapé de son salon et partageait un morceau de pain grillé beurré avec Luna. Toutes deux étaient en train de regarder Kade faire les cent pas entre la cuisine et le couloir tout en parlant avec Boston sur son téléphone satellitaire.

Depuis qu'ils étaient revenus chez elle, il l'avait mise au courant de certaines choses concernant ce qu'il était et le boulot qu'on l'avait envoyé faire en Alaska. L'idée qu'il n'était pas vraiment humain continuait à s'agiter dans sa tête. Et puis elle avait aussi compris qu'il faisait partie d'un groupe de mâles de la Lignée qui s'était donné pour mission de maintenir la paix entre leur race et l'humanité. À l'entendre, l'Ordre lui paraissait quasi militaire, ce qui ne l'étonnait pas plus que ça à voir Kade et le mélange impressionnant de force létale et d'extrême confiance en soi qui l'animait.

Et malgré l'aura de danger qui émanait de lui, Kade était doux avec elle, protecteur même. Et elle avait beau être profondément secouée par ce qu'elle avait vu et entendu au cours des dernières heures, des derniers jours, avec lui elle se sentait en sécurité.

Même après qu'il lui eut expliqué la pire des menaces auxquelles les guerriers de l'Ordre avaient à faire face.

Il lui avait parlé de l'ennemi que l'Ordre poursuivait avec ténacité avec la ferme intention de le détruire, un vampire de deuxième génération du nom de Dragos. Alex avait écouté sans rien dire mais avec horreur la description des nombreux crimes de Dragos, dont le moindre n'était pas l'enlèvement de masse et le viol d'un nombre inconnu de femmes comme elle – des Compagnes de sang, repérées et kidnappées sur plusieurs décennies pour servir de couveuses à l'armée personnelle d'assassins qu'avait créée Dragos.

Mais ce qui l'avait vraiment saisie, et lui laissait l'impression que son sang s'était figé dans ses veines, c'était la dernière déclaration de Kade, le fait qu'une créature qui n'était pas de ce monde – une créature bien pire que les Renégats accros au sang qui avaient tué sa mère et Richie – s'était retrouvée d'une façon ou d'une autre en liberté dans les étendues sauvages de l'intérieur alaskain.

Même Kade était grave en parlant de l'Ancien à ses amis du complexe de l'Ordre à Boston, leur décrivant le conteneur endommagé et la présence de vampires et de Laquais sur le site de la vieille compagnie minière. Et même s'il parlait à voix basse, Alex ne pouvait manquer de comprendre que lui et ses frères d'armes étaient en train de se préparer au combat contre cette nouvelle menace.

À l'idée que Kade risque de se faire blesser, ou pire, la respiration d'Alex se fit plus courte et son cœur se mit à battre un peu plus vite. Elle ne supporterait pas qu'il lui arrive quelque chose. Pas après tout ce qu'ils avaient vécu ensemble en un temps si bref, un temps au cours duquel il était pourtant devenu une partie essentielle de sa vie. En quelques jours à peine, elle était devenue son amie et son amante, sa confidente. Et il commençait clairement à devenir encore plus que ça pour elle.

Était-il possible qu'elle soit en train de tomber amoureuse de lui ?

De tomber amoureuse… d'un vampire ?

Non, ce n'était pas ça qu'il était.

Kade appartenait à la Lignée, et ce n'était pas la même chose. Il était différent.

C'était difficile pour elle d'admettre qu'il était fait du même bois que les monstres qui avaient attaqué sa famille. Difficile de croire qu'il portait, quelque part dans son ADN, les gènes de quelque chose de complètement inhumain, d'inexplicablement létal. Quelque chose d'extraterrestre. C'était dur d'admettre que le bel homme fier si sexy qui parcourait sa petite maison de long en large n'était en fait pas du tout un homme, mais quelque chose d'autre. Tellement plus, en fait.

Alex le regardait, fascinée, encore sous le choc de ce qu'elle l'avait vu faire avec le loup près du site de la compagnie minière. Il lui avait suffi d'un instant pour devenir partie intégrante du splendide animal, fusionnant avec lui d'une manière si étonnante qu'elle en était restée bouche bée d'admiration. À présent encore, elle était admirative en sentant le courant de sauvagerie et de puissance dont il ne s'était pas départi. Il était intense et mystérieux, fort et séduisant. Et, oui, absolument craquant.

Tout chez Kade l'envoûtait.

Il lui suffisait de le regarder et elle s'enflammait.

Et il le savait. Elle s'en rendit immédiatement compte en voyant une lueur s'allumer dans l'acier de ses yeux tandis qu'il mettait un terme à son coup de fil et posait le téléphone sur le guéridon à côté du canapé.

— Tu tiens le coup ? demanda-t-il en s'asseyant à côté d'elle. Tu dois être épuisée. Je sais que ça fait beaucoup à digérer.

Elle haussa vaguement les épaules.

— J'ai toujours la tête qui tourne, mais au moins maintenant j'ai des réponses. Les trucs que je n'avais jamais compris jusqu'ici sont plus clairs. Pas vraiment de quoi sauter au plafond, mais c'est bon de connaître enfin la vérité, aussi terrifiante qu'elle soit. Alors, merci pour ça, Kade.

Il lui prit la main et, sa paume collée à celle d'Alex, passa son pouce sur la peau fine de son poignet. Sa caresse était chaude, apaisante, tendre.

— Mon Dieu, ça fait si mal de te voir entraînée dans tout ça. Il y a des endroits où tu serais en sécurité, Alex. La Lignée a de nombreux Havrobscurs qui te prendraient en charge, des communautés sûres où tu serais bien accueillie et protégée. Ce qui serait beaucoup mieux que ce que je peux faire pour toi pour l'instant. Après ce que nous venons de voir à la mine, tout ça est devenu bien trop réel, trop dangereux…

— Je n'irai nulle part, l'interrompit-elle en refermant les doigts sur ceux de Kade et en le regardant au fond des yeux. Je ne vais pas fuir. Ne me demande pas de fuir, Kade.

Il serra la mâchoire en la regardant intensément. Puis il fronça les sourcils et pinça les lèvres avant de secouer la tête.

— Ceci est mon combat. Le combat de l'Ordre. Demain, une partie des guerriers arrivera de Boston. Dès qu'ils seront là, nous nous réunirons, puis nous lancerons une offensive sur les installations de Dragos à la mine. Nous ne savons pas ce que nous allons trouver. La seule chose dont je sois sûr, c'est que je veux te savoir aussi loin que possible de cette mission – et de ses conséquences éventuelles. (Il leva la main et lui caressa la joue.) Et ça veut dire aussi t'éloigner le plus possible de moi avant que je te fasse prendre encore plus de risques.

Alex pivota la tête pour venir presser sa bouche contre la chaleur de sa paume. Elle embrassa l'intérieur de sa grande main.

— Non. Je ne peux plus me cacher, Kade. Je ne veux pas vivre comme ça, en passant mon temps à regarder par-dessus mon épaule, effrayée par tout ce que je ne comprends pas. Tu ne peux pas me demander ça alors que te rencontrer m'a donné la force de croire que je suis capable de faire face à mes peurs… et même que je dois leur faire face.

Il lâcha un juron bien senti, mais sa caresse était douce, son regard pénétrant, le gris qui entourait ses pupilles assombri par le désir.

— Tu m'accordes trop de mérite. Tu étais plus forte que tu ne le pensais, sinon tu n'aurais pas pu traverser ce que tu as subi enfant sans que ça te détruise. Peu de gens y seraient parvenus. C'était du courage, Alex. Tu n'as pas eu besoin de moi pour ça. Et ça n'a pas changé.

Elle sourit, lui prenant le visage dans les mains pour l'embrasser.

— Si, j'ai besoin de toi, murmura-t-elle contre sa bouche. Plus encore, je te veux, Kade.

Se rapprochant de lui sur le canapé, elle colla de nouveau sa bouche à ses lèvres et il laissa échapper un profond soupir de contentement. Il la prit dans ses bras et elle vint s'asseoir sur ses genoux tout en lui glissant la langue dans la bouche.

Il grogna, attrapa sa langue entre ses dents… avant de rompre le contact brusquement et de détourner la tête.

— Qu'est-ce qui se passe ? Pourquoi t'arrêtes-tu ? demanda-t-elle d'un ton haletant.

Elle sentait ses lèvres et sa langue parcourues d'une chaleur délicieuse. Mais un très léger goût de sang lui fit lever la main à la bouche et elle constata que le bout du doigt qu'elle en ressortait portait une tache écarlate.

Elle aperçut l'expression abattue de Kade et ressentit son tourment à la façon dont son grand corps vibrait de manière presque incontrôlable, comme s'il se battait contre lui-même.

— Regarde-moi, murmura-t-elle. (Comme il ne réagissait pas immédiatement, elle lui prit le menton et le força à lui faire face.) Regarde-moi… et laisse-moi te regarder.

— Crois-moi, tu ne veux pas, marmonna-t-il en tournant de nouveau la tête.

Mais pas avant qu'elle ait pu remarquer la transformation de ses yeux. Il n'avait pas réussi à se détourner assez vite pour cacher le fait que leur gris habituel était à présent parsemé de taches d'ambre brillantes. Et ses pupilles… elles aussi avaient quelque chose de différent.

— Kade, je t'en prie, souffla-t-elle avec douceur. Laisse-moi te voir tel que tu es vraiment.

Lentement, il leva son visage vers elle. Ses cils sombres se relevèrent et Alex fut saisie par l'explosion d'ambre qui jaillit de ses yeux à la lueur de braises. Et au centre de tout ce feu, ses pupilles s'étaient réduites à des fentes pareilles à celles des chats. L'étrangeté de son regard, la façon dont il transformait son visage en accentuant les angles de ses pommettes et de sa mâchoire carrée, tout cela la surprit au plus haut point. Elle le contemplait, incapable de rien dire. Tout juste parvenait-elle à respirer.

— Je ne veux pas que tu aies peur de moi, Alex.

Sa voix profonde, rauque, lui paraissait étrangement épaisse. Et soudain, elle comprit pourquoi. Elle vit des dents blanches pointues briller derrière ses lèvres quand il parlait. Ses crocs. Pas vraiment cachés, malgré les efforts évidents qu'il faisait pour les masquer à sa vue. Quand il la regardait à présent, il y avait du désespoir dans ses yeux d'ambre. Un désespoir et une attente qu'elle n'y avait encore jamais vus.

— Je ne veux pas que tu me haïsses, mais voilà ce que je suis, Alex. Ce que je suis réellement.

Malgré le soupçon de méfiance qui accélérait son pouls, Alex se pencha et vint prendre le visage de Kade dans ses mains. Elle soutint un moment son regard tourmenté, puis laissa ses yeux dériver plus bas, vers ses lèvres écartées et les pointes brillantes de ses crocs, qui semblaient avoir encore grandi.

— Ce que je ressens n'a rien à voir avec de la haine, murmura-t-elle en redressant la tête et en se passant la langue sur ses lèvres soudain sèches. Et si tu m'embrassais de nouveau, tu t'en rendrais compte.

Alex vit ses yeux comme parcourus d'éclairs juste avant qu'il ne se penche sur elle. Elle sentit la puissance qu'il avait en lui et l'effort qu'il fournissait pour la contrôler tandis qu'il l'embrassait avec fougue et possessivité.

Alex se laissa aller, se délectant de la chaleur des lèvres de Kade sur les siennes, sur son menton, sur sa gorge. Elle passa les mains sous son tee-shirt de coton noir à manches longues et les laissa courir sur son dos musculeux à la peau de satin. Elle sentait vaguement le contour de ses tatouages sous les doigts, un motif complexe d'arcs et d'arabesques qu'elle suivit des ongles en rêvant de le faire du bout de la langue.

— Laisse-moi voir ton corps. Je veux te voir tout entier, souffla-t-elle en tirant sur son tee-shirt qu'elle fit passer par-dessus sa tête. (Quand elle l'eut ainsi dévêtu elle resta en arrêt, émerveillée.) Seigneur, laissa-t-elle finalement échapper. Ce ne sont pas des tatouages, n'est-ce pas ?

— Ce sont des dermoglyphes.

Il se laissa aller contre le dossier du canapé pour permettre à Alex de mieux voir les motifs intriqués qui pulsaient sur son torse, ses épaules et ses bras comme s'ils étaient vivants. Jusque-là à peine plus foncées que le reste de sa peau, ces marques avaient à présent pris toutes sortes de nuances de bordeaux, d'indigo et d'or.

— Nous naissons avec, comme les Compagnes de sang avec leur tache.

— Ils sont magnifiques, Kade.

Ses dermoglyphes étaient une véritable œuvre d'art. Alex se pencha pour suivre d'un doigt une courbe particulièrement gracieuse qui faisait le tour du disque plat du pectoral gauche de Kade. À ce contact, sa teinte pourpre s'accentua. Elle le regarda, médusée.

— Comment est-ce que tu as fait ça ?

— C'est toi qui l'as fait. (Il sourit.) Les couleurs des glyphes changent en fonction de l'humeur du mâle qui les porte.

— Oh, dit-elle, tout émoustillée par le regard lourdement chargé de sens qu'il lui lançait. Et ton humeur, c'est quoi ?

Il ne répondit pas, se contentant d'avancer pour un nouveau baiser, qui cette fois dura longtemps et la fit fondre. Puis il l'allongea sur le canapé et commença à la déshabiller, ce qui força Luna à sauter de l'extrémité où elle s'était pelotonnée pour se glisser dans la cuisine avec un grognement d'humeur.

— Oh, oh. J'ai bien peur que tu n'aies perdu quelques points dans son estime, murmura Alex entre deux baisers.

Il rit légèrement et elle sentit sa bouche vibrer sous ses lèvres.

— Je m'excuserai plus tard. Pour l'instant, il n'y a qu'une femelle dont l'avis m'importe.

Il prit tout son temps pour lui enlever sa polaire, son corsage de coton et son jean ample. Puis il couvrit de baisers chaque centimètre carré de sa peau entre sa gorge et son ventre, en s'attardant sur ses seins, tout en lui caressant les bras et les jambes et en la buvant des yeux.

Nue dans ses bras, Alex était pantelante de désir. Il s'agenouilla sur le canapé au-dessus d'elle, ses cuisses musclées entre les siennes. Il avait toujours son jean, qui tombait sur ses hanches minces et que son sexe bandé tendait sur le devant.

Elle leva les mains vers lui, avide de sentir sa chair chaude sous ses doigts, sur tout son corps.

Et au plus profond d'elle.

Sans rien dire il dégrafa le bouton de son pantalon et baissa la fermeture Éclair. Il était nu sous le denim noir et son sexe dressé en jaillit immédiatement. Il se leva et elle tira son jean vers le bas autour de ses genoux, un mouvement qui amena son membre glorieux à quelques centimètres à peine de la bouche d'Alex.

Elle ne put résister à la tentation. Passant une main sous ses bourses, elle l'attira à elle, glissa les lèvres sur son gland, et engloutit sa verge jusqu'à la base, ravie de son gémissement.

Il était si bon contre sa langue, brûlant et si réel, aussi doux que du velours enchâssant une colonne d'acier. Alex replongea, puis remonta pour suçoter son extrémité, sans cesser de regarder les changements de couleur des glyphes qui couvraient l'abdomen de Kade et le haut de ses cuisses.

— Ah, Seigneur ! siffla-t-il alors qu'elle jouait avec son frein pour ensuite le prendre en entier dans sa gorge. (Ses doigts se crispèrent sur le crâne d'Alex et son corps se tendit comme un câble.) Alex… Ah… Bordel…

Les mains tremblantes, il l'écarta de son pénis. Ses yeux brillaient d'une chaleur intense et c'est le visage dévoré par la passion qu'il se débarrassa vivement de son jean et le jeta au sol. Dans toute la gloire de sa nudité, il revint vers elle et lui passa avec douceur une main derrière la nuque. On le sentait possessif, mais il ne se contentait pas de prendre. Son regard transformé était affamé mais patient, ses baisers passionnés mais tendres.

Il n'y avait rien de simple chez lui.

Rien de simple non plus dans ce qu'elle ressentait pour lui.

Kade était tout bonnement un faisceau de contradictions, toutes plus fascinantes les unes que les autres.

Il la faisait se sentir à l'abri et protégée… et c'était peut-être là la plus saisissante de ces contradictions. Avec lui, elle se sentait appréciée… peut-être même aimée.

Et Dieu, comme il la faisait brûler !

Il la caressait et son corps se tordait, chaque centimètre carré de peau hypersensible et assoiffé de cette caresse. Elle n'en pouvait plus et… n'en avait jamais assez.

Il se dressa au-dessus d'elle et lui écarta les cuisses des siennes.

— Je veux qu'on prenne tout notre temps ce soir, dit-il d'une voix rauque presque impossible à reconnaître. Je veux te savourer… nous savourer.

Il la pénétra sans la quitter des yeux avec une douceur que contredisait pourtant la raideur de ses hanches et des tendons de son cou. Il allait et venait lentement, bâtissant l'orgasme d'Alex pierre par pierre avec une retenue qui la rendait folle.

Elle aurait voulu lui crier d'accélérer, de la prendre sans ménagement si seulement ça pouvait libérer le ressort qu'il avait tendu en elle.

Mais faire l'amour avec lui était trop bon pour précipiter les choses. Elle ne voulait pas que cette impression, ni cette nuit, ne se termine. Et lui non plus ; elle le voyait sur son visage et elle le sentait dans chaque bascule contenue de son bassin, dans chaque lente caresse de sa bouche quand il l'embrassait à lui en faire perdre le souffle.

Les heures passeraient bien assez vite. Demain, sa mission auprès de l'Ordre reprendrait le dessus. Demain, la mort et le danger qui rôdaient autour de ce moment de paix remonteraient à l'assaut.

Beaucoup trop tôt.

C'est pourquoi elle gardait les bras autour du cou de Kade, les jambes autour de ses hanches, qui lui imposaient un mouvement d'une lenteur à la fois insupportable et merveilleuse auquel elle s'abandonnait avec bonheur. Elle accueillait chaque poussée profonde, soupirait à chaque retrait trop long, se délectait du poids et de la chaleur du superbe corps de Kade se frottant contre le sien.

Quand enfin elle jouit, ce fut une fantastique libération de ses sens. Elle cria, tremblant de tout son corps tandis que l'orgasme la soulevait depuis un point si profond en elle qu'il lui sembla exploser dans son âme même. Elle s'accrocha à Kade et planta les dents dans son épaule musclée.

— Kade, souffla-t-elle d'une voix pantelante. Oh, mon Dieu…

Il émit un profond grognement et la souleva au-dessus des coussins. Ses poussées gagnèrent en puissance. Il la pénétrait plus profondément à présent, mais il se contrôlait toujours.

— Laisse-toi aller, murmura Alex. Vas-y ! Je te veux tout entier, Kade.

Il gronda un refus brut, animal. Lorsqu'il la serra dans ses bras pour tenter de lui masquer son visage, Alex le repoussa. Il avait la face dévastée par le tourment, tendue à la fois de plaisir et de douleur. Et ses crocs… Seigneur ! Les longues pointes blanches qui emplissaient sa bouche étincelaient tandis qu'il la regardait en s'enfonçant si puissamment en elle qu'elle ne put retenir un cri aigu.

Son propre plaisir se précipitait à nouveau vers son point culminant, entraînant à sa suite une faim qui commençait à lui tordre l'estomac et à faire bouillir son sang.

— Oh, mon Dieu, Kade.

Les sensations et le besoin qui l'envahissaient étaient centrés sur lui. Et tandis qu'il allait et venait en elle avec intensité, elle planta ses ongles dans ses bras et enfonça son visage dans le creux de son cou massif.

La faim qu'elle ressentait s'intensifiait, se transformant en un besoin si vital qu'elle en fut toute secouée. Le parfum de la peau de Kade, sa chaleur douce et soyeuse sous ses lèvres, sur sa langue, l'étourdissaient de désir. Le rythme de Kade s'intensifiait et il la pénétrait de plus en plus fort et de plus en plus profond, en grognant à chaque poussée furieuse de son pelvis.

Alex laissa échapper son nom. Elle gémit, perdue dans le raz-de-marée d'un nouvel orgasme. Elle hurla quand celui-ci la submergea, vague de plaisir et de libération qui aurait dû étancher la soif qui couvait en elle à présent, mais ne fit que la rendre plus exigeante.

Elle voulait le goûter.

Pas comme elle l'avait fait jusque-là, mais d'une façon qui la choquait elle-même. D'une façon qui aurait dû la terrifier mais qui en fait accélérait le flux du sang dans ses veines, désormais animé d'un sombre pouvoir qu'elle semblait incapable de maîtriser.

Sous sa bouche ouverte, elle sentait le battement rapide du cœur de Kade pulser dans sa jugulaire. Elle appuya sa langue dessus, puis ses dents. Elle referma timidement celles-ci sur les tendons serrés et le pouls chaud qui semblait battre au même rythme désespéré que le sien.

Kade laissa échapper un juron mais ne fit qu'accélérer ses poussées.

Alex savoura sa perte de contrôle. Elle fit courir sa langue et ses dents sur la peau tendre, puis serra de nouveau les mâchoires, plus fort cette fois-ci…

Au-dessus d'elle, tout le corps de Kade se tendit, il rejeta la tête en arrière et lança un rugissement.

Chapitre 21

Il n'aurait pas pu tenir une seconde de plus.

Il jouit alors qu'Alex promenait ses petites dents lisses sur sa gorge en un simulacre de morsure. Elle ne pouvait pas savoir combien il aurait voulu qu'elle le morde, qu'elle aspire son sang dans sa bouche, qu'elle s'abreuve à sa source… à quel point il la voulait pour sienne et désirait la lier à lui pour toujours.

— Ah ! Bordel ! lâcha-t-il tandis que la bouche de la jeune femme chamboulait ses sens. Alex… Ah, Seigneur !

Égaré par son désir, il eut un orgasme comme il n'en avait jamais connu, envoûté par le battement assourdissant de son pouls, qui exigeait qu'elle soit sienne, qu'ils soient liés par le sang ou non.

Sa femme.

La seule qu'il désirerait jamais désormais.

Sa compagne pour toujours.

Kade se souleva sur les genoux pour la regarder, son sexe toujours enfoncé dans la chaleur d'Alex, toujours bandé pour elle et prêt à continuer. Son cou brûlait des caresses espiègles de sa bouche. Il sentait encore sur la langue la douceur du sang qu'il avait bêtement fait couler de la lèvre d'Alex quand ses crocs l'avaient égratignée dans un baiser. C'était cet avant-goût qui l'avait damné, et elle avec lui peut-être.

Le désir et la soif de sang le submergeaient ; sa vision s'accentuait et ses crocs vibraient de son envie de percer la peau délicate d'Alex. Il s'agrippa à ses hanches et reprit son mouvement de va-et-vient, la regardant se cambrer de plaisir en le suivant vers le sommet d'une nouvelle jouissance éclatante.

Elle cria son nom, sa cambrure s'accentua encore et sa peau laiteuse rosit. Kade l'observait avec une admiration douloureuse : il n'avait jamais rien vu d'aussi beau qu'Alex dans les affres de la volupté.

Il voulait lui donner plus, lui offrir le genre de plaisir et de jouissance, de passion et, oui, d'amour que seul un mâle lié par le sang pouvait procurer à sa compagne.

Mon Dieu, comme il le voulait !

— Alexandra, souffla-t-il de sa voix rauque, incapable d'en dire plus alors que sa soif et son désir pour elle l'envahissaient, le privant de toute autre pensée.

Il aurait voulu la prévenir qu'il était dangereux dans cet état, mais tout ce qui sortit de sa bouche fut un son à mi-chemin entre un juron et un gémissement.

Elle aurait dû le repousser mais, au lieu de ça, elle fit exactement l'inverse. Elle tendit les mains pour venir l'agripper et le ramener contre elle. Haletante, elle approcha le visage de Kade du sien et l'embrassa furieusement.

Kade tentait de combattre sa soif, mais Alex était en train de venir rapidement à bout de toutes ses défenses. Il se rendit vaguement compte qu'il ne s'était pas nourri depuis qu'il avait quitté Boston quelques jours plus tôt, mais il avait beau vouloir mettre sa soif sur le compte de son instinct de survie, il savait bien au fond de lui-même que c'était le sang d'Alex qu'il voulait.

Le sien, pas un autre.

Il était désormais au bord d'un profond précipice dans lequel il s'apprêtait à chuter en entraînant Alex avec lui. Il le savait. Et il savait parfaitement aussi qu'il devait tout faire pour qu'elle le sache, elle aussi.

Mais c'est alors qu'elle se mit à lui mordiller la lèvre inférieure avec un appétit qui ne lui aurait pas échappé même s'il avait été parfaitement calme et mesuré. Et il était très loin de toute mesure à cet instant, le corps brûlant, le sang se précipitant dans ses veines comme un feu liquide.

Kade s'arracha à la bouche d'Alex avec un grognement. Il fit glisser sa langue le long de sa mâchoire délicate pour rejoindre à l'aplomb de son oreille l'endroit qu'il savait être un point de non-retour. Mais il était déjà trop tard pour qu'il arrête. Le pouls d'Alex qui battait contre sa bouche menait sa soif à son paroxysme.

— Ah, mon Dieu, Alex, souffla-t-il d'une voix rauque avant de prendre la chair tendre de sa gorge entre ses dents et ses crocs et de plonger doucement ces derniers dans sa veine.

Quand il perça sa peau elle inspira brusquement et son corps se raidit. Kade s'arrêta comme si on venait de le gifler, horrifié de ce qu'il venait de faire et craignant de ne pas avoir la force de se retirer désormais, même si elle devait le haïr pour ça.

Mais très vite les mains d'Alex sur ses épaules se relâchèrent et se mirent à le caresser. Elle laissa échapper un long soupir tremblant de plaisir, auquel il répondit avec un gémissement de reconnaissance tout en aspirant la première gorgée de son sang délicieux.

Mon Dieu qu'elle avait bon goût !

Le sang d'Alex coulait sur sa langue comme du miel, dont il avait l'odeur, mélangée à celle de l'amande. S'y ajoutait la chaleur musquée de son excitation. Kade la buvait, époustouflé par l'afflux de chaleur et de plaisir qui le submergeait à chaque goulée tirée à sa veine. Le sang d'Alex étanchait sa soif, l'emplissait de puissance, l'enflammait de nouveau totalement, encore plus intensément qu'avant.

Elle était sienne. Et même s'il faudrait un échange de sang mutuel pour les lier comme compagnons, le lien qu'il avait avec elle à présent était indissoluble. C'était un lien viscéral, que seule la mort pouvait briser.

Et il venait de le lui imposer.

Cette idée lui fit honte, mais il était difficile d'éprouver du remords alors qu'Alex s'accrochait à lui avec avidité, pantelante sous l'effet d'un nouvel orgasme dévastateur. Elle gémissait sans cesse, sous le charme puissant de la morsure de Kade, et ses hanches montaient inlassablement pour l'enfoncer le plus loin possible en elle tandis qu'il aspirait la douceur miellée de son sang dans sa bouche.

Si Alex n'avait été qu'une simple femelle *Homo sapiens*, elle aurait ressenti un certain bien-être, et même du plaisir, à cette ponction. Mais comme elle était Compagne de sang et que leur passion les enflammait tous deux encore, sa réaction était infiniment plus intense. Et son extase était également celle de Kade à présent, il la ressentait à travers le sang d'Alex qu'il avait en lui. Désormais, toutes ses émotions, joie ou douleur, seraient siennes aussi.

Il continuait à s'abreuver à sa veine et sentait le désir d'Alex monter, pour atteindre des sommets qu'elle avait du mal à supporter. Sa soif était toujours aussi forte, mais c'était à présent aux besoins d'Alex qu'il réagissait. Il passa tendrement la langue sur la double perforation de sa veine, scellant ainsi sa morsure.

— Viens, murmura-t-il en la soulevant dans ses bras. Je vais te mettre au lit maintenant.

Somnolente et alanguie, elle se laissait aller contre la poitrine de Kade, qui l'emporta le long du couloir jusqu'à sa chambre. Il la déposa sur l'édredon matelassé, puis se coucha à côté d'elle, l'embrassa et se mit à caresser sa peau douce, mémorisant du toucher chaque courbe et chaque muscle de son corps parfait.

— Regarde-moi, Alexandra, dit-il quand elle ferma les yeux de plaisir. (Sa voix était rauque et grave ; lui-même avait du mal à la reconnaître.) J'ai besoin de savoir que tu me vois comme je suis maintenant. C'est ça que je suis vraiment.

Elle souleva les paupières et leva le regard vers lui. Il s'attendait à voir chez elle de la répulsion, car il savait qu'il ne devait jamais avoir semblé plus sauvage, moins humain, qu'à ce moment-là. Ses glyphes pulsaient de couleurs changeantes, les teintes dues au désir et à la passion se mêlant avec celles de sa faim latente et du tourment qu'il ressentait pour tout ce qui s'était produit avec Alex ce soir-là, et en particulier pour lui avoir imposé un lien de sang qu'il n'était pas en son pouvoir de défaire, même si elle devait lui en vouloir à mort.

Il la regarda le contempler, incapable de prononcer un mot, craignant qu'elle ne supporte pas son image, qu'elle détourne le regard, dégoûtée par ce qu'il était devenu sous l'effet de la transformation.

— Ça, c'est moi, Alex, déclara-t-il d'une voix calme. Me voici tel que je suis.

Sans ciller, elle le dévorait des yeux. Elle caressait sur son torse les glyphes en mutation, en suivant les motifs d'un doigt léger et attentif. Elle descendit, caressant la cuisse de Kade de la paume avant de rejoindre son sexe en érection. Il laissa alors échapper un grognement de plaisir sous la caresse attentionnée de ses doigts.

À travers son sang, cette précieuse partie d'elle qui circulait en lui, nourrissant ses cellules, il découvrait la profondeur du désir qu'Alex éprouvait pour lui. Il n'y avait ni peur ni incertitude chez elle. Juste une exigence tranquille qu'elle exprima en venant le saisir par la nuque pour le ramener à sa bouche.

— Fais-moi encore l'amour, murmura-t-elle contre ses lèvres.

C'était un ordre auquel Kade était plus que prêt à obéir. Doucement, il roula au-dessus d'elle tandis qu'elle écartait les jambes pour l'accueillir en elle de nouveau. Il la pénétra doucement et tendrement en la prenant dans ses bras. Ils s'embrassèrent longuement, passionnément. Lorsque l'orgasme l'emporta, il cria en la serrant de toutes ses forces.

Il comprenait à présent ce que les autres guerriers accouplés lui avaient raconté sur le plaisir, le ravissement du lien de sang. Avec Alex, cette femme qui avait éveillé en lui des sentiments auxquels il n'avait jamais voulu se risquer avant, Kade savait désormais ce que « pour toujours » voulait dire. Et il appelait ça de tous ses vœux, avec une force qui le stupéfiait.

À cet instant, avec Alex lovée contre lui avec tant de chaleur, de contentement et de confiance, il avait besoin de cet horizon… même si son côté sauvage lui soufflait insidieusement que ça ne pouvait durer éternellement.

Le feu qui, quelques heures plus tôt, était en train de mourir dans l'âtre, n'était plus que cendres froides depuis longtemps. Jenna Tucker-Darrow était étendue en chien de fusil sur le sol de la pièce principale de sa cabane. Tremblante de froid, elle se réveillait d'un sommeil sans rêves dont la profondeur n'avait rien de naturel. Elle sentait ses membres mous, sans énergie, son cou trop faible pour lui permettre de soulever la tête.

Avec un effort, elle parvint à ouvrir les yeux pour scruter l'obscurité de la cabane. Et une peur glaciale l'envahit.

Son agresseur était toujours là.

Il était assis par terre de l'autre côté de la pièce, la tête penchée en avant. Même au repos, il avait une présence massive et menaçante.

Il n'était pas humain.

Elle luttait toujours avec cette idée, se demandant si ce qu'elle voyait ne pouvait être attribué au *single malt* dans lequel elle s'était noyée. C'était le whisky préféré de Mitch et la béquille sur laquelle elle s'appuyait tous les ans à la même époque pour supporter le terrible anniversaire de sa mort et de celle de Libby.

Mais l'énorme intrus qui s'était introduit chez elle et l'y gardait à présent prisonnière n'était pas un éléphant rose dans son esprit embrumé par les vapeurs de l'alcool. Il était bien là, en chair et en os, bien qu'elle n'ait jamais vu un corps pareil. Il était arrivé nu malgré le froid polaire qui régnait à l'extérieur, et il était parfaitement imberbe et couvert de la tête aux pieds d'un réseau dense de marques rouges et noires qui était bien trop étendu pour être l'œuvre d'un tatoueur. Et, quoi qu'il ait été, il était plus fort que tous les hommes qu'elle avait eu l'occasion de rencontrer au cours de ses années dans la police, et ce bien que désarmé et grièvement blessé.

Jenna avait vu de nombreuses blessures par balle, assez en tout cas pour savoir que celle qu'il avait à la cuisse et celle, plus petite, qu'il arborait au flanc étaient probablement dues à un fusil de chasse. Les autres, les cloques et les lésions purulentes qui couvraient l'essentiel de sa peau, étaient moins discernables, spécialement dans le noir. On aurait dit des brûlures d'irradiation ou un coup de soleil particulièrement fort, le genre impossible à attraper à moins de faire sa séance d'UV sous une loupe géante.

Elle n'avait pas la moindre idée d'où il venait, ni de ce qu'il lui voulait. Lorsqu'il s'était introduit de force dans la maison, elle avait cru qu'il voulait la tuer. Et en vérité ça ne l'aurait pas plus gênée que ça. Elle était déjà bien partie pour. Elle en avait marre de vivre sans les gens qu'elle aimait le plus, marre de se sentir si inutile et si seule.

Mais l'intrus, la créature, faute de pouvoir le nommer autrement, n'était pas venu avec l'intention de la tuer. En tout cas, pas tout de suite, d'après ce qu'elle avait compris.

Mais il avait fait quelque chose de presque aussi terrible.

Il l'avait mordue à la gorge et s'était nourri de son sang comme un monstre.

Comme un vampire, avait-elle pensé sous le choc.

Mais c'était impossible, elle le savait bien. Elle rejetait l'idée de toute sa logique, comme elle aurait voulu rejeter la vision qu'elle avait à cet instant de cette idée impossible en chair et en os de l'autre côté de la pièce.

Jenna tressaillit au souvenir de ses crocs plongeant sur elle pour venir percer sa gorge. Heureusement, elle ne se rappelait pas grand-chose d'autre. Elle s'était peut-être évanouie, mais elle soupçonnait plutôt qu'il l'avait lui-même plongée dans l'inconscience. Elle ne savait pas si sa faiblesse actuelle était due à la perte de sang ou à ce qu'il avait fait pour l'endormir.

Elle essaya de nouveau de bouger mais ne parvint qu'à attirer son attention. Il releva la tête et les deux lasers de son regard vinrent la transpercer à travers la pièce. Refusant de se laisser intimider, quoi qu'il fût, Jenna lui rendit son regard. Après tout, elle n'avait rien à perdre.

Il l'observa longtemps. Il attendait peut-être qu'elle cède ou qu'elle essaie de se lever pour se jeter sur lui en un accès de rage futile.

Elle finit par se rendre compte qu'il tenait un truc rectangulaire et brillant dans ses énormes mains. Un cadre photo. Elle savait de quel cadre il s'agissait. Inutile de vérifier le manteau de la cheminée au-dessus d'elle pour savoir que c'était une photographie la représentant avec Mitch et Libby. C'était la dernière où ils figuraient tous les trois. Elle avait été prise quelques jours à peine avant qu'ils soient tués.

Sa respiration s'accéléra et, malgré sa lassitude, elle ressentit une poussée d'indignation. Il n'avait absolument pas le droit de toucher à ses affaires, et surtout pas à quelque chose d'aussi précieux que cette dernière image de sa famille.

De l'autre côté de la pièce, la créature imberbe inclina la tête d'un air interrogateur.

Elle se leva et commença à s'approcher lentement de Jenna, d'un pas apparemment douloureux. Sans trop y prêter attention d'abord, celle-ci remarqua que ses blessures par balle avaient cessé de saigner. La chair ne semblait pas aussi déchirée qu'auparavant, presque comme si ses blessures guérissaient à vue d'œil.

Le monstre s'arrêta devant elle et s'accroupit avec lenteur. Jenna fit tout ce qu'elle pouvait pour masquer sa peur.

Il lui tendit le cadre.

Jenna gardait les yeux braqués dessus, ne sachant pas quoi faire.

Il resta là très longtemps à la regarder, lui tendant la photo où elle se tenait souriante aux côtés de son mari et de son enfant comme une sorte d'offrande. Comme elle ne bougeait pas et restait sans rien dire, il finit par la poser au sol à côté d'elle. Le verre était fendu, les bords du cadre d'argent ternis par des taches de son sang.

Jenna regarda les visages heureux derrière ce verre cassé et ne put empêcher un sanglot de lui échapper. Elle fut soudain submergée par la douleur et, laissant son front reposer par terre, elle se mit à pleurer sans bruit.

Son geôlier retourna à sa place en boitant et resta un moment à l'observer, avant de se tourner vers la fenêtre pour contempler le ciel étoilé.

Chapitre 22

Luttant pour ne pas se réveiller du rêve intense et sensuel qu'elle venait de faire, Alex soupira langoureusement et bougea sur son lit. À part ce sommeil si doux, il ne manquait qu'une chose à sa félicité. Elle se mit à parcourir lentement le matelas du bras à la recherche de la chaleur de Kade.

Il n'était pas là.

Était-il parti sans le lui dire ?

Tout à fait réveillée à présent, elle se redressa sur les coudes et scruta l'obscurité déserte de sa chambre. Elle alluma la lampe de chevet, laissant échapper un grognement, déçue de son départ. C'est alors qu'elle entendit, venu de la salle de bains, le grincement du robinet de la douche qu'on fermait.

Un instant plus tard, Kade entra dans la pièce, nu à l'exception du drap de bain rose d'Alex, qu'il avait noué autour de ses hanches étroites.

— Tu es réveillée, constata-t-il en passant une main dans les épis noirs et humides qui lui tenaient lieu de chevelure.

— Tu pars déjà ?

Il s'assit sur le bord du lit. Des perles d'eau brillaient sur ses épaules et sa poitrine et quelques-unes ruisselaient le long de sa peau douce et de ses glyphes. Il sentait si bon et il avait l'air si appétissant qu'Alex eut une envie soudaine de le sécher avec la langue.

Il sourit comme s'il avait décelé la tournure lascive que prenaient ses pensées.

—Il faut que j'y aille. Mes frères d'armes de Boston ne vont pas tarder à atterrir à Fairbanks. Nous devons nous retrouver sur le site d'un vieux routier entre ici et la compagnie minière. Nous ne pouvons prendre le risque de laisser Dragos ou ses hommes s'apercevoir que nous sommes sur leurs talons, et c'est pourquoi nous allons attaquer la mine sans attendre.

Le danger qui les attendait, lui et ses amis, ne semblait pas l'inquiéter plus que ça. Alex, en revanche, ne parvenait à penser à rien d'autre qu'à la possibilité très réelle qu'il soit blessé. Ou pire, mais elle ne voulait même pas l'envisager. Rien qu'à l'idée de Kade se rendant dans cette mine, et peut-être aussi dans les mains de Dragos – ou d'un mal encore plus puissant s'ils devaient croiser la route de la créature dont ils suspectaient qu'elle avait été transportée dans la région –, Alex se sentait prise d'une peur irraisonnée qui la transperçait jusqu'à la moelle.

—Je ne veux pas que tu t'en ailles. J'ai peur de ne jamais te revoir.

—Ne t'en fais pas, répondit-il, et quelque chose de grave, d'ironique, traversa son beau visage. Tu ne vas pas te débarrasser de moi aussi facilement, Alex. Plus maintenant.

Il posa la main sur sa joue, puis se pencha pour l'embrasser, si tendrement qu'elle en ressentit une douleur au creux de la poitrine.

Mais elle en ressentait à beaucoup d'endroits de son corps. À tous les bons endroits.

Avant même que les lèvres de Kade ne quittent les siennes, tous ses pouls brûlaient comme s'ils avaient été frappés par la foudre. Et plus bas encore, son sexe la lançait et la chaleur s'accumulait entre ses jambes. Malgré les heures de passion qu'ils avaient connues, elle le désirait encore comme s'ils en étaient restés aux préliminaires.

Elle soupira d'aise au souvenir du plaisir qu'ils avaient partagé.

— Cette nuit a été…

— Oui, c'est vrai.

Il souriait mais elle décela une hésitation dans sa voix et quelque chose de perdu dans ses yeux.

Il caressa l'épaule nue d'Alex, puis fit remonter ses doigts le long de son cou, seul endroit de son corps qui semblait plus vivant et plus chaud que son entrejambe. Alex se laissa aller à ses caresses comme une chatte, frissonnant d'un appétit croissant pour lui tandis qu'il faisait courir son pouce sur la veine qui battait de plus en plus fort sous son toucher.

— Tu m'as mordue, murmura-t-elle, tout émoustillée rien qu'à prononcer ces mots.

Il inclina la tête gravement.

— Oui, et je n'aurais pas dû. Je n'avais pas le droit de te prendre ça.

Voulait-il parler de son sang ?

— Ça ne pose pas de problème, Kade !

— Si, ça en pose un. Tu mérites mieux que ça.

— Mais… j'ai aimé ça, reprit-elle, étonnée elle-même de cet aveu sincère. Ce que tu as fait m'a apporté du plaisir. Et je le ressens toujours. J'éprouve du plaisir partout où tu m'as touchée cette nuit.

Il expira lentement et son souffle chaud vint caresser le front d'Alex. Il n'avait pas cessé d'effleurer sa gorge. Il aurait pu continuer des heures sans qu'elle se lasse de ce contact apaisant.

— Ce que j'ai fait la nuit dernière a tout changé, Alex. J'ai bu à ta veine. Je me suis lié à toi, et je ne peux pas revenir en arrière. Même si tu me détestes pour ça.

Elle inclina la tête vers lui et embrassa ses lèvres pincées.

— Pourquoi voudrais-tu que je te déteste ?

Il la contempla longtemps, comme s'il pesait l'impact qu'allait avoir sur elle ce qu'il avait à lui dire.

— J'ai bu ton sang, Alex, en sachant parfaitement que tu étais une Compagne de sang. En sachant qu'une fois que ton sang serait dans mon corps, il n'y aurait pas de retour en arrière. Je suis lié à toi désormais et rien ne peut briser ce lien. Il est éternel. Je le savais, mais je te voulais si fort que je n'ai pas réussi à m'arrêter. J'aurais dû le faire, mais je ne l'ai pas fait.

Alex écoutait Kade en lisant son tourment dans ses yeux. Elle y lisait aussi son regret et elle sentit son cœur se serrer vivement.

— La nuit dernière, tu n'as pas pu t'arrêter, énonça-t-elle. (Il fallait absolument que ce soit clair, même si cela devait la tuer.) Mais maintenant tu aimerais pouvoir faire marche arrière. Parce que tu ne ressens plus la même chose… envers moi ?

Il redressa brusquement la tête, les sourcils froncés.

— Non, Seigneur… non, Alex. Ce que je ressens pour toi… (Les mots lui manquaient.) Ce que je ressens pour toi est plus fort que tout ce que j'ai jamais ressenti dans ma vie. C'est de l'amour, Alex, et ça l'était avant même la nuit dernière. Et je ressentirais la même chose si je n'avais pas bu ton sang.

Ce ne fut que quand elle laissa échapper son souffle dans un grand soupir qu'elle se rendit compte qu'elle l'avait retenu jusque-là.

— Oh, Kade !

Il laissa échapper un juron.

— Je ne sais pas comment j'ai laissé ça se produire. Je ne m'attendais certes pas à trouver ce que j'ai trouvé avec toi. Pas maintenant en tout cas, alors que tout le reste ne pourrait être plus bordélique qu'en ce moment.

— Eh bien, on y mettra de l'ordre, déclara-t-elle en passant les bras autour de son cou. Ensemble on peut tout résoudre. Parce que moi aussi je suis tombée amoureuse de toi.

Il jura de nouveau, mais cette fois avec douceur en la serrant contre lui pour l'embrasser passionnément. Alex sentait ses muscles fléchir et tressauter sous ses doigts. Et elle ressentit l'ouragan de désir qui l'emportait tandis qu'il la couchait doucement pour se glisser au-dessus d'elle. La serviette rose se détacha et Alex put se repaître du magnifique spectacle du corps de Kade, et de son sexe en érection, prêt à la prendre avec fougue.

Son regard était de braise, ses iris d'acier parcourus d'ambre.

— Ah, mon Dieu... Alexandra. J'ai besoin de l'entendre maintenant. Dis-moi que tu m'appartiens.

— Oui, dit-elle avant de le crier quand il s'enfonça en elle pour l'emmener vers le sommet d'une vague brûlante d'un plaisir quasi immédiat.

Il était resté au lit avec Alex presque une heure de plus, beaucoup plus qu'il n'en avait eu l'intention, mais malgré ça il avait eu toutes les peines du monde à trouver le courage de s'en aller. C'est pourquoi il avait dû se dépêcher afin d'atteindre le point de rendez-vous à temps pour y retrouver les guerriers qui arrivaient de Boston via Fairbanks. Il y était tout juste parvenu et venait à peine de descendre de sa motoneige quand il entendit le rugissement de leurs moteurs déchirant la nuit.

Comme lui, les quatre vampires étaient équipés de vêtements d'hiver noirs et de casques à visière de couleur identique. Membres de la Lignée, ils n'avaient pas besoin du phare de leur motoneige pour les guider. Leurs silhouettes massives hérissées d'armes sortirent de la nuit pour venir rejoindre Kade sur le parking du routier en ruine. Le bruit de leurs motoneiges emplissait l'air, leurs lourdes chenilles rejetant des gerbes blanches qui venaient se mêler aux fumées d'échappement derrière elles.

Les Quatre Cavaliers de l'Apocalypse *version revue et corrigée par l'Ordre*, se dit Kade avec un sourire en contemplant le groupe de guerriers qui s'arrêtait à présent devant lui.

Brock fut le premier à descendre de sa motoneige. Il coupa le contact et passa sa jambe par-dessus le siège, puis, tout en soulevant la visière de son casque, il vint saluer Kade d'un grand sourire et d'une solide bourrade dans l'épaule.

— Alors, tu n'aurais pas été satisfait si tu ne m'avais pas obligé à me traîner jusqu'à cette glacière paumée, c'est ça ? Faut que je te dise que je sens là comme de l'acharnement, mec ! Ou en tout cas c'est ce que je sentirais si je pouvais percevoir autre chose que ce froid polaire qui me grignote les parties.

Kade fit un large sourire au guerrier qui était devenu son ami le plus proche.

— Moi aussi, ça me fait plaisir de te voir.

Juste après Brock venait une autre des recrues récentes de l'Ordre, l'ancien agent du maintien de l'ordre Sterling Chase, dit aussi « Harvard » du fait de l'éducation haut de gamme qu'il avait reçue dans le civil et de l'attitude guindée qui avait été la sienne les premiers temps. Il arborait toujours la même expression de supériorité détachée, mais elle avait pris un tranchant indubitable au cours de l'année qu'il avait passée parmi les guerriers.

Chase était létal et il prenait à son travail un plaisir qui avait quelque chose de malsain. En fait, Kade était extrêmement surpris de le voir là, compte tenu du fait qu'à peine quelques semaines plus tôt il avait subi une vilaine blessure par balle à la poitrine lors d'un combat de rue à Boston. En le regardant enlever son casque et exposer aux éléments son crâne aux cheveux blonds coupés ras, Kade ne put s'empêcher de voir dans ses yeux bleu acier un peu de l'arrogance de Seth. Son visage maigre était presque émacié et il avait quelque chose de vide dans le regard. Une apathie dont Kade eut l'impression qu'il la voyait vraiment pour la première fois.

— J'ai des images satellite du site de la compagnie minière, annonça Chase sans le moindre salut préalable en tirant un petit ordinateur portable de son sac et en le lançant. Elles sont toutes récentes. Gideon se les est procurées juste avant que nous quittions le complexe.

— Bien, répondit Kade. Tu vas bien, Harvard ?

Le guerrier leva les yeux, son expression indéchiffrable, sévère.

— Mieux que jamais.

Tandis que Kade l'observait, les deux autres membres de l'équipe les rejoignirent. Ils étaient l'un comme l'autre impressionnants, deux des armes les plus mortellement efficaces de l'Ordre, membres de la première génération de la Lignée, même si Tegan était plus vieux de plusieurs siècles que le mâle qu'on appelait simplement « le Chasseur ». Tandis que Tegan avait été l'un des membres fondateurs de l'Ordre avec son chef Gen-1, Lucan, le Chasseur n'était là que depuis quelques mois. C'était d'ailleurs un allié inattendu si l'on considérait qu'il était le produit des laboratoires d'expérimentation génétique de Dragos.

Engendré par le dernier Ancien survivant, cette créature probablement en liberté quelque part en Alaska à l'heure qu'il était, et par l'une des nombreuses Compagnes de sang inconnues que Dragos avait capturées sur plusieurs décennies dans le cadre de son plan de prise de pouvoir, le Chasseur n'avait probablement pas plus de quarante ou cinquante ans. Et au cours de cette brève période il n'avait connu que la discipline et la solitude.

Il avait été élevé comme un assassin, un chasseur dénué de toute émotion. On ne lui avait pas donné d'autre nom que celui de sa fonction, la seule chose qui lui donnait de la valeur aux yeux de Dragos, son créateur.

Derrière la visière de son casque, le Chasseur restait l'automate aux lèvres scellées qu'il était toujours. Quant à Tegan, il n'avait jamais été un parangon d'amabilité. Il n'y avait pas si longtemps, à peine plus d'un an, l'implication de Tegan au sein de l'Ordre semblait encore pour le moins incertaine. Mais il avait fini par faire ses preuves et avait en outre conquis l'amour d'une femme remarquable. À présent, devenu le second de Lucan, le formidable guerrier mettait toute son énergie mortelle et sans pitié au service de chaque mission de l'Ordre.

Il ôta lui aussi son casque et salua Kade d'un hochement de tête.

— Bravo pour cette piste sur la Coldstream Mining Company, dit-il, un éclat brillant dans ses yeux verts perçants. Gideon est remonté jusqu'à une boîte appelée « TerraGlobal Partners ». C'est une société écran masquée derrière une dizaine d'entités tout aussi fumeuses.

— Laisse-moi deviner, dit Kade d'un ton sec. C'est Dragos qui est derrière tout ça.

Tegan hocha la tête.

— Dante, Rio et Niko s'occupent d'éplucher les données sans négliger la moindre piste. Pendant ce temps, Lucan et Gideon gardent la maison à Boston. J'ai été presque obligé d'attacher Lucan pour l'empêcher de nous accompagner sur ce coup-là, mais il n'est pas question de laisser le complexe sans protection tant que nous n'aurons pas Dragos lui-même en ligne de mire. Il recèle trop de trésors.

Kade approuva, conscient de l'inquiétude qui couvait dans la voix de l'autre mâle lorsqu'il évoquait sa Compagne de sang, Élise, et celles des autres guerriers, qui, toutes, vivaient au quartier général de l'Ordre.

Kade comprenait désormais cette inquiétude.

Lorsqu'il pensait à Alex et au fait qu'il avait dû la laisser chez elle à Harmony alors qu'il partait en mission…

Quand il se disait que, si les choses tournaient vraiment mal et qu'il ne pouvait y retourner, il y avait un risque qu'elle devienne la proie de l'Ancien ou victime d'un autre danger, et qu'il ne serait pas là pour assurer sa sécurité…

Oh, putain!

Chaque pensée était pire que la précédente et il lui fallut se secouer pour s'arracher à cette spirale épouvantable et entendre ce que disait Tegan.

— D'après ce que nous savons déjà de Dragos, nous pouvons supposer que la mine possède un système d'autodestruction quelconque. Si nous ne parvenons pas à trouver le centre névralgique de la tanière, il nous faudra faire sauter nous-même le site.

Brock grogna.

— Raison pour laquelle je transporte assez de C4 pour creuser un cratère de météore dans le flanc de cette montagne. Je vais vous dire un truc: je serai ravi de me débarrasser de cette merde.

Tegan approuva d'un bref signe de tête puis se mit à donner ses instructions pour le raid prévu sur la mine. Les guerriers avaient déjà discuté du plan d'attaque à Boston; il ne restait plus qu'à régler les derniers détails et à mener à bien la mission.

— Dommage qu'Andreas Reichen ne soit pas là pour ajouter du feu à la fête, ajouta Chase en faisant référence à la plus récente recrue de l'Ordre, un ancien chef de Havrobscur allemand. Un peu de pyrokinésie nous aurait bien aidés cette nuit.

— Ouais, c'est clair, répliqua Tegan. Mais son don est encore un peu vert. Tant qu'il ne le maîtrise pas tout à fait, il vaut mieux qu'on le laisse s'occuper de relations diplomatiques pour l'Ordre.

— La diplomatie, gloussa Brock. Dieu sait que pas un d'entre nous cinq ne serait capable de faire ce genre de boulot.

— Tu l'as dit, bouffi, approuva Tegan en affichant un sourire menaçant. Alors, assez bavardé. Il est temps d'agir.

Brock laissa ceux avec qui il venait de faire le voyage rejoindre leurs machines et adressa à Kade un regard interrogateur.

— Qu'est-ce que tu as ? J'ai fait trop de patrouilles avec toi pour ne pas me rendre compte que tu en as gros sur la patate, mec.

— Non. (Kade secoua la tête.) C'est rien. Tout va bien. Allons-y.

Brock fronça les sourcils. Il fit un pas de côté et bloqua le passage à Kade, prenant soin de ne pas élever la voix pour que les autres n'entendent pas.

— Attends un peu, tu veux. Ça, ce n'est pas le genre de conneries à servir à quelqu'un qui t'a sauvé la mise aussi souvent que tu la lui as sauvée. Alors, laisse-moi te reposer la question. Qu'est-ce qui t'est arrivé depuis que tu es là, putain ?

Kade contempla son camarade et ami, le guerrier qui était comme un frère pour lui. Plus proche même que son jumeau. Ce jumeau que Kade ne connaissait plus et qui n'était plus son parent depuis longtemps.

Rien que de penser à Seth il avait honte, alors expliquer ce qu'il avait découvert sur lui depuis son retour en Alaska…

Il faudrait bien qu'il raconte tout à l'Ordre à un moment quelconque, il en était conscient. Comme il faudrait aussi qu'il parle de Seth à Alex. Mais il y avait d'autres choses qui lui pesaient, la moindre n'étant pas le fait qu'au milieu de toute la folie et de tous les conflits auxquels il avait dû faire face depuis son départ de Boston il avait baissé sa garde et était tombé amoureux.

— La femme, déclara-t-il d'une voix blanche. Alexandra Maguire…

— Tu veux dire la Compagne de sang, corrigea Brock, qui avait dû entendre parler d'elle suite à l'un des appels de Kade au complexe. Il lui est arrivé quelque chose ?

— Ouais, on pourrait dire ça. (Kade laissa échapper un soupir de frustration.) Disons… disons qu'Alex est devenue importante pour moi. Très importante.

Brock regardait Kade, bouche bée. Les autres guerriers, pendant ce temps-là, enfourchaient leurs motoneiges et chauffaient leurs moteurs, dont le rugissement s'éleva bientôt autour d'eux. Tout le monde les attendait pour partir.

Brock sortit de son ébahissement et partit d'un grand éclat de rire.

— Oh, non ! Nooon ! Pas toi !

Kade eut un grand sourire et haussa les épaules.

— Je l'aime, mec. Et elle dit qu'elle m'aime, crois-le ou non.

— Putain ! J'y crois pas ! (Brock continuait à glousser et à secouer la tête.) Mais c'est en train de devenir une véritable épidémie cette histoire !

— Alors, tu devrais faire attention, toi aussi.

— Et merde, reprit Brock en allongeant le mot sur son souffle. Et avec qui je vais traîner après les patrouilles, moi, maintenant… Harvard ? Ah ben merci, mec ! À ce compte-là, pourquoi pas le Chasseur, joyeux drille pour joyeux drille !

À cet instant, Tegan souleva la visière de son casque et leur lança un regard sans équivoque.

— On y va !

Brock lui fit un signe d'assentiment, puis se retourna vers Kade.

— Blague à part, mec, j'ai hâte de rencontrer ta femme. Mais allons d'abord faire sa fête à Dragos.

Kade gloussa en rejoignant sa motoneige pour s'élancer avec ses frères d'armes, mais l'humeur légère qu'il affichait masquait le poids croissant de la réalité déplaisante à laquelle il allait devoir faire face s'il survivait au raid à venir, à savoir traiter le cas de Seth.

Il avait l'intention d'entamer avec Alex un nouveau chapitre de sa vie, si elle voulait bien de lui, mais il n'était pas question de faire ça sans avoir réglé une affaire qu'il aurait dû mener à bien avant même de quitter l'Alaska.

Seth se dirigeait tout droit vers la Soif sanguinaire, s'il n'y était pas déjà. Il fallait mettre un terme à sa folie.

Et Kade était le seul à pouvoir s'en charger.

Chapitre 23

Cela ne faisait que deux heures que Kade était parti, mais l'attente rendait Alex folle.

Il n'était pas question de dormir, même si elle n'avait pas beaucoup récupéré ces derniers temps. Elle avait déjà donné à manger à Luna et pris une douche et, si elle continuait à parcourir sa petite maison en quête de quelque chose à épousseter, à nettoyer ou à ranger, elle allait se mettre à hurler.

Peut-être pourrait-elle inviter Jenna à venir ?

Mieux, elle n'avait qu'à aller chez elle. Dieu savait qu'un peu de compagnie lui ferait du bien et l'aiderait à supporter d'attendre le cœur serré des nouvelles rassurantes de Kade.

D'ordinaire, elle se serait contentée de sauter sur sa motoneige et de se pointer sans s'annoncer, mais novembre était la période de l'année pendant laquelle Jenna aimait à être seule et exigeait même qu'on la laisse tranquille. L'anniversaire de la mort de Mitch et Libby avait toujours été un moment difficile pour son amie et Alex supportait mal de voir que Jenna préférait souffrir seule plutôt que d'accepter son réconfort quand c'était le plus dur pour elle.

Ce qui embêtait aussi Alex, c'était qu'elle n'avait pas eu la moindre nouvelle depuis la dernière fois qu'elles s'étaient vues.

Même à cette époque de l'année, il n'était pas habituel que Jenna reste plus d'un ou deux jours sans au moins un coup de fil ou une visite éclair.

Décrochant son téléphone pour l'appeler, Alex s'aperçut que le symbole indiquant la présence de messages était éclairé. *C'est probablement Jenna*, pensa-t-elle avec un petit rire de soulagement. Elle devait avoir laissé un message lui demandant pourquoi elle n'avait elle-même pas appelé ou n'était pas venue la voir. Alex tapa son code d'accès et attendit le message.

Ce n'était pas Jenna. L'un des clients qu'elle fournissait régulièrement, une jeune mère dont le bébé était malade et le mari parti travailler pour six mois sur l'oléoduc trans-Alaska, voulait savoir si Alex pouvait lui apporter du lait maternisé et du gasoil pour son groupe électrogène. Elle était presque à court des deux et elle avait peur que la tempête de neige ne fasse qu'empirer la situation. L'appel datait de la veille au matin, c'est-à-dire de plus de vingt-quatre heures.

— Merde, souffla Alex.

La cabane de la femme n'était qu'à une quinzaine de kilomètres, mais l'idée de s'aventurer hors d'Harmony avant le lever du jour, surtout en sachant que la créature sauvage devait rôder quelque part dans l'obscurité, fit réfléchir Alex un long moment.

D'un autre côté, pouvait-elle vraiment rester les bras croisés et laisser tomber tout le monde simplement parce qu'elle avait peur ? Ne venait-elle pas de déclarer à Kade qu'elle en avait fini de se cacher et de fuir devant le mal dont elle avait toujours su qu'il existait mais qu'elle n'avait jamais eu le courage d'affronter ?

Elle avait été sincère.

Kade lui avait donné la force de faire face à ses peurs.

Et le fait de le savoir là-dehors quelque part, à ce moment précis, en train de combattre pour elle, pour toute l'humanité comme pour la Lignée, conférait à Alex une impression de puissance renouvelée et accrue. Le noble Kade, Kade le courageux était son homme, son compagnon. Il l'aimait. Et avec la conscience de cet amour pour la soutenir, elle n'avait plus rien à craindre.

— Viens Luna, appela Alex en faisant signe à sa chienne de la suivre dans la cuisine, où elle prit sa parka au porte-manteau. (Elle fourra les pieds dans ses bottes, puis attrapa la clé de sa motoneige.) Allons faire un tour, ma fille.

Et en revenant de sa livraison elle passerait chez Jenna, histoire de s'assurer que tout allait bien pour elle, aussi.

— Nous avons compté sept Laquais patrouillant les zones au sud et à l'ouest du site, expliqua Kade, qui revenait avec Brock d'une reconnaissance rapide. D'après ce que nous avons vu, chacun d'entre eux est armé d'un fusil d'assaut semi-automatique et équipé d'une radio. Aucun signe de l'assassin Gen-1 ou du lieutenant de Dragos, ce qui veut dire qu'ils se cachent quelque part à l'intérieur.

Comme Tegan acquiesçait à ce rapport, Chase arriva pour donner le sien sur l'autre côté de leur cible.

— Quatre Laquais gardent la grille devant et deux autres surveillent la partie est de la clôture. J'imagine qu'on en trouvera d'autres une fois à l'intérieur. La question, c'est combien ?

— Aucune importance. (La voix du Chasseur était neutre. Il constatait, c'était tout.) Les Laquais ont des réflexes d'humains, inférieurs aux nôtres. Peu importent leur nombre ou leur équipement, il est peu probable qu'ils puissent nous mettre tous hors d'état de nuire. Ils ne constitueront qu'un obstacle passager à notre mission.

— Exact, confirma Tegan d'un ton un peu sec. Une fois que nous aurons infiltré le site et dépassé les Laquais de garde, notre objectif est double. D'abord, déterminer si l'Ancien est prisonnier à l'intérieur et si oui, où. Ensuite, nous devons capturer le vampire responsable du site. S'il reçoit ses ordres de Dragos, alors il sait où il est et ce qu'il prépare. Donc, on doit capturer ce fils de pute et le faire parler. Ce qui signifie qu'il nous le faut vivant.

— Mais ça ne veut pas dire en un seul morceau, commenta Chase, dont la pointe des crocs était déjà visible tant il anticipait le combat à venir. Il suffit que sa bouche fonctionne.

— Nous pénétrons le site sans fanfare, poursuivit Tegan, lançant un bref regard de côté à Chase avant de s'adresser à tous. Nous nous séparons en deux équipes et nous nous frayons un passage le plus large possible dans le peloton de sécurité de la mine. Mais on fait ça sans bruit. Pas de tir, sauf nécessité absolue. Plus on se rapproche de l'entrée de la mine sans alerter tout le monde de notre présence, mieux ce sera.

Tous les guerriers approuvèrent de la tête.

— Il nous faut une avant-garde pour se charger des Laquais de la grille, dit Tegan en regardant Kade et Brock. (Comme ils acquiesçaient, il lança un regard à Chase.) Nous deux, nous allons fouiller et sécuriser les bâtiments de surface et les conteneurs, et aussi nous assurer que le Chasseur ait la voie libre jusqu'à l'entrée de la mine proprement dite. Une fois les gardes hors jeu et les bâtiments de surface sécurisés, nous aurons besoin que tout le monde soit prêt à l'assaut.

— Eh bien, voilà un plan, déclara Brock.

Kade hocha la tête et croisa le regard de son ami à travers la neige fine qui avait commencé à tomber quelques minutes plus tôt.

— Alors, allons-y.

— OK, dit Tegan. Chacun sait ce qu'il a à faire et… c'est parti.

Les deux équipes se séparèrent. Leur vitesse et leur agilité surnaturelles allaient faciliter leur mission, surtout si on prenait en compte le fait que, comme l'avait dit le Chasseur, les Laquais, malgré leur nombre, allaient souffrir de l'inconvénient de n'être au départ que des humains. Leurs yeux furent en effet incapables de suivre les mouvements des guerriers lorsque ceux-ci se précipitèrent sur la clôture pour franchir ses deux mètres cinquante avec fluidité et célérité.

Kade fut le premier à la passer. Il se jeta sur un Laquais de garde à la guérite située à la grille, l'aplatit sur le sol gelé et le fit taire en lui tranchant la gorge immédiatement. Tandis qu'il traînait le corps dans le petit abri de bois, il vit que Brock était déjà là, ayant éliminé sa cible en lui tordant le cou.

Le guerrier noir et son camarade alaskain passèrent chacun à son objectif suivant, ce dernier sautant sur le toit du bâtiment le plus proche, tandis que Brock disparaissait en tournant au coin d'un autre. Kade repéra sa cible au sol sous lui. Le Laquais arpentait l'espace entre la clôture et l'une des remorques rouillées qui servaient d'entrepôts, les yeux rivés sur l'obscurité au-delà du grillage. Il eut à peine le temps d'un grognement de surprise quand Kade s'élança sur lui depuis le toit et le mit rapidement à mort au sol.

Brock avait aussi ajouté un autre Laquais à son tableau de chasse. Il jeta le cadavre de sa deuxième cible à côté de la victime de Kade.

Un peu plus loin, en partie caché par les bourrasques de neige qui gagnaient en intensité, Tegan relâchait son étreinte sur le corps brisé et sans vie d'un grand garde avant de le dépouiller de ses armes. Plus loin encore, vers le chemin qui menait à l'entrée de la mine, Kade aperçut l'immense silhouette du Chasseur qui repartait en laissant derrière lui deux Laquais fraîchement éliminés.

Kade fit un tour d'horizon du site à la recherche du dernier membre de l'équipe et le repéra près des conteneurs. Chase avait pris à la gorge un Laquais qu'il laissait crever lentement en souffrant le martyre, les pieds à plusieurs centimètres du sol. Commençant à s'étouffer, le Laquais battait des bras et convulsait.

— Achève-le, marmonna Kade en regardant l'expression de Chase qui se déformait sous l'effet d'une espèce de fureur. Il entendit soudain Brock grogner à côté de lui. Lui aussi avait vu que l'autre guerrier jouait avec sa proie.

À ce moment précis, Chase sortit son couteau et le leva pour donner le coup de grâce à sa victime.

C'est alors que Kade vit du coin de l'œil un autre Laquais sortir sur l'escalier extérieur de l'un des bâtiments alentour. Le garde visait Chase de son fusil et allait presser la détente.

— Et merde, lâcha Kade en levant son arme pour viser à son tour le Laquais qui menaçait la vie de Sterling Chase. Les instructions de Tegan – ne tirer qu'en cas de nécessité absolue – lui revinrent à l'esprit.

Il fallait qu'il tire. S'il ne le faisait pas, l'Ordre allait perdre l'un des siens dans la seconde.

Kade tira.

Ce fut comme un coup de tonnerre. La balle de Kade atteignit son objectif et, là-haut sur l'escalier, la tête du Laquais explosa. Puis il bascula par-dessus la rambarde pour finir au sol avec un bruit sourd.

Presque instantanément une alarme se déclencha dans le bâtiment. Le bruit lancinant des sirènes se répercuta dans toute la zone du site et ce fut le chaos.

Avant que Kade ait eu l'occasion de regretter le geste qui venait de sauver la vie d'un de ses frères d'armes mais aussi peut-être de mettre en danger le succès de la mission, une armée de Laquais intervint. Il en sortait de partout, les armes à la main. Kade et Brock plongèrent à couvert derrière le bâtiment le plus proche et se mirent à tirer sur le groupe de Laquais qui se dirigeait sur eux depuis l'autre côté de l'allée.

À travers le rideau de neige qui s'épaississait, Kade nota la présence d'un autre bataillon de Laquais près du petit édifice de brique qui protégeait l'entrée de la mine. Une dizaine d'entre eux se répartissaient devant pour le défendre, tandis que d'autres apparaissaient derrière eux dans l'encadrement des fenêtres étroites, qu'ils ouvraient avant d'y positionner les longs canons d'armes semi-automatiques de gros calibre.

Les balles fusaient dans toutes les directions. Kade et les autres essayaient d'abattre la ligne de défense et de se frayer un passage vers l'entrée de la mine, où se trouvait à l'évidence le centre névralgique de cette installation de Dragos. Les guerriers éliminèrent de nombreux opposants, non sans prendre eux aussi quelques coups. Même si la rapidité que leur conférait leur appartenance à la Lignée leur permettait d'anticiper et d'éviter les tirs qui leur étaient destinés, ils risquaient, dans le feu du combat, de perdre la trace des balles et, par conséquent, d'y passer.

Kade se prit une sérieuse éraflure à l'épaule. À côté de lui, Brock évita de justesse deux des balles qui lui étaient destinées. Les autres guerriers subissaient des assauts identiques et, comme Kade et Brock, rétorquaient de plus belle. Les Laquais continuèrent à tomber, jusqu'à ce qu'il ne reste plus que quelques gardes obstinés pour tenir la ligne de défense à l'entrée de la mine.

C'est alors que, comme pour rendre le défi encore plus passionnant, la porte d'acier du bâtiment s'ouvrit, laissant apparaître une silhouette immense tout de noir vêtue.

— Un assassin, siffla Kade à l'adresse de Brock tandis que l'énorme Gen-1 qu'il avait vu quelques jours plus tôt en compagnie du lieutenant de Dragos sortait pour rejoindre la piétaille.

Il avait à peine prononcé ces mots que l'un des guerriers s'avança à découvert en tirant.

Putain, le Chasseur !

— Couvrez-le ! cria Tegan, mais Kade et les autres étaient déjà en train de bondir de leurs positions pour rejoindre l'ancien assassin afin de prendre d'assaut avec lui l'entrée de la mine.

Le Chasseur, qui avait à présent plusieurs mètres d'avance sur eux, avalait à grandes enjambées le terrain désormais couvert de neige tout en esquivant de son mieux la grêle de balles qui lui arrivait de la droite devant lui. Il prit malgré tout un coup sérieux à la cuisse gauche, puis un autre à l'épaule droite.

Mais il tressauta à peine lorsque ses chairs se déchirèrent sous l'impact. Il jeta son arme et fonça tête baissée à une vitesse que seuls des yeux de vampires étaient capables de suivre. Toute sa fureur, toute sa soif de tuer étaient concentrées sur l'autre assassin Gen-1, le mâle de la lignée engendré et élevé comme lui pour devenir expert en une seule chose : donner la mort.

Au moment même où le Chasseur se précipitait en avant, l'assassin, lâchant lui aussi son arme, bondit en l'air. Il y eut un choc violent d'os et de muscles et ils chutèrent au sol. Et, tandis qu'ils entamaient un combat à mains nues qui ne cesserait que lorsque l'un des deux serait mort, le reste des guerriers poursuivirent leur progression pour en finir avec les Laquais qui gardaient encore la mine.

Les deux combats furent sans pitié et sanglants. À la fois monstrueusement lents et furieusement rapides, ils semblaient avoir lieu hors du temps.

Kade et les autres convergeaient sur l'entrée de la mine. L'obscurité enneigée était chargée d'un mélange de sang, d'os et de balles. Les Laquais tombaient en plus grand nombre à présent et leurs cris d'agonie déchiraient la nuit comme l'alarme de la mine, qui n'avait pas cessé de retentir.

Et au sol, tout proches, le Chasseur et l'assassin Gen-1 roulaient et se tordaient en un magma de mouvements flous sous leurs volées réciproques de coups de poing. Tandis qu'il en finissait avec un autre Laquais près de l'entrée, Kade vit l'éclair des crocs de l'assassin qui venait d'ouvrir la gueule et mordait de toutes ses forces l'épaule du Chasseur.

Kade avait certes un angle de tir possible, mais vu le chaos qui les entourait, ses chances d'éliminer l'assassin étaient très minces et il risquait de loger au contraire une balle dans la tête du Chasseur.

Il lâcha un juron et visa. Mais juste à ce moment-là, le Chasseur parvint à accrocher le collier de polymère noir que portait l'assassin et à le déséquilibrer. Puis il se mit à le marteler de coups de poing dans la poitrine. Enfin, sans émettre un seul son, il attrapa l'énorme tête imberbe dans les mains et se mit à la cogner sans pitié sur le sol gelé couvert de neige. Kade sentit le bruit sourd du crâne qui se brisait se réverbérer à travers ses bottes.

Son adversaire ne luttait plus avec autant de hargne, mais le Chasseur n'en avait pas fini pour autant. Efficace et impitoyable, il souleva la masse impressionnante de l'autre mâle et l'envoya valdinguer. L'assassin alla s'écraser sur le flanc d'un des conteneurs et son collier électronique laissa échapper une pluie d'étincelles en entrant en contact avec la tôle rouillée.

— Oh, merde ! cria Kade, qui savait d'expérience ce qui risquait de se passer avec le collier. Explosion UV imminente, tout le monde au sol !

Réagissant à ce cri, le Chasseur comme les autres guerriers s'aplatirent par terre. Une fraction de seconde après se déclencha un flash aveuglant de lumière blanche. Le rayon ultraviolet fusa sous la tête de l'assassin, tranchant net peau, chairs, tendons et os. Quand il s'éteignit un instant plus tard, l'assassin Gen-1 gisait en tas dans la neige fondue, le corps d'un côté, la tête de l'autre.

Immédiatement, le Chasseur tira un pistolet de sa ceinture et se mit à faire feu sur la poignée de Laquais qui, temporairement aveuglés par l'explosion, chancelaient à proximité. Kade et les autres se joignirent à lui et, en l'espace de quelques instants, il n'y avait plus entre eux et l'accès à la mine qu'un champ de cadavres.

Tegan ouvrit la porte d'acier d'un coup de pied et mena l'équipe dans le bâtiment. À part la présence de quelques cadavres supplémentaires et de caméras de sécurité, la pièce de devant était vide. Au fond se trouvait une autre porte, d'acier également, mais renforcée par une lourde serrure et un système de blocage à volant comme le sont celles des salles de coffres dans les banques.

— Brock, intima Tegan. Fais-lui goûter de ton C4.

Brock passa devant et décrocha le sac noir de munitions qu'il portait sur le dos. Il sortit l'un des pains d'explosifs blancs qu'il contenait et en découpa un petit morceau. Lorsqu'il l'eut collé sur la porte d'acier et qu'il eut mis les charges en place, tout le monde ressortit et protégea sa tête tandis qu'il pressait le détonateur pour la faire sauter.

— Entrée libre, dit-il comme la fumée commençait à se dissiper et la poussière à retomber.

Ils firent pivoter ce qui restait de la porte intérieure sur ses gonds et se glissèrent dans le couloir sur lequel elle donnait. D'un côté s'alignaient des dortoirs, probablement destinés aux Laquais qui gardaient et faisaient fonctionner l'endroit. Plus loin s'ouvraient un cellier, une modeste cuisine et, encore au-delà, une salle de communications, dont les occupants semblaient s'être absentés depuis peu.

Poursuivant leur fouille, les guerriers arrivèrent au niveau d'une pièce presque entièrement vide, sorte de cellule sans lumière ni couchage, avec juste une couverture soigneusement pliée par terre. Il y avait là sur un petit tabouret dans un coin une boîte de munitions ouverte et le fourreau d'une large lame.

Le Chasseur jeta un regard froid dans la pièce.

— C'est là que dormait l'assassin.

C'était un tout autre décor qui les attendait quelques mètres plus loin. À travers une porte entrebâillée, Kade aperçut des meubles luxueux. Derrière un bureau de merisier poli, un profond fauteuil de cuir tournait encore sur son axe. Visiblement son occupant venait de le quitter en hâte.

Il n'y avait pas le moindre doute : cette suite d'apparat était celle du lieutenant de Dragos.

La dernière pièce ouvrant sur le couloir avant le puits de mine proprement dit était vide. Kade fit un geste de la main vers ce dernier.

— Il n'a pu filer que par là.

— Ouais, confirma Tegan en tournant son regard vert du côté de Kade. Directement dans la gueule du loup.

Il fit signe aux autres de le suivre puis se dirigea vers l'embouchure du couloir, noyée dans les ténèbres.

Chapitre 24

Pour Alex et Luna, ce qui avait commencé comme un gracieux ballet de flocons s'était transformé en tempête de neige lors de leur retour de livraison. Alex était contente d'avoir pu dépanner la jeune mère qui comptait sur elle, mais elle était nerveuse à l'idée de n'avoir pas encore pu joindre Jenna. Elle sortit son portable et essaya une nouvelle fois de l'appeler chez elle.

Toujours pas de réponse.

Sa préoccupation, légère avant son départ, n'avait fait que croître depuis, et à présent elle était franchement inquiète. Et si Jenna supportait ce moment difficile encore plus mal cette année que les précédentes ? Alex savait que même si elle luttait contre, elle ressentait toujours le désespoir de la perte de son mari et de son enfant. Peut-être ce sentiment s'était-il aggravé cette fois ?

Au point de devenir dangereux et de la rendre suicidaire ?

— Oh, mon Dieu… Jenna. Faites que je me trompe.

Luna courant à ses côtés, Alex accéléra en s'éloignant de la piste qui menait à Harmony pour rejoindre directement la cabane de Jenna, qui était située à environ mille cinq cents mètres de la ville.

Elle était encore à une quinzaine de minutes de son objectif quand elle vit quelque chose bouger dans les arbres devant elle. Elle distinguait mal les formes dans la pénombre, mais il aurait pu s'agir… de quelqu'un ?

Oui, c'était ça. Il y avait quelqu'un qui fonçait dans les sous-bois enneigés de la forêt. Le plus incroyable, c'est que, malgré le froid mordant, il était complètement nu.

Et il n'était pas seul.

Plusieurs autres formes sortant de l'obscurité se matérialisèrent à ses côtés ; des formes sombres à quatre pattes... une meute d'une demi-douzaine de loups. La vue de cette association homme-loups la troubla plus qu'elle ne la choqua.

Kade ? s'interrogea-t-elle.

Elle ralentit jusqu'à se traîner et Luna en fit autant.

— Kade, appela-t-elle, lançant ce nom par pur instinct. Un instant, elle sentit un plaisir réel à l'idée que ce soit lui, puis la logique s'abattit sur elle comme une douche froide. Kade était parti des heures auparavant pour retrouver les autres guerriers de Boston. Que ferait-il là comme ça ?

Il y avait chez l'homme quelque chose qui clochait...

Ça ne pouvait être Kade.

Et pourtant... c'était bien lui.

Il était pris dans la lumière du phare de sa motoneige. Les loups s'égaillèrent dans la forêt, mais lui restait là, seul à présent, une main levée pour protéger ses yeux d'ambre luisants de l'éclat lumineux. Ses dermoglyphes étaient si sombres qu'ils semblaient noirs sur sa peau, et quelque chose de presque aussi noir, quelque chose que l'esprit d'Alex refusa dans un premier temps d'identifier, brillait sur sa peau nue.

Du sang.

Oh, mon Dieu, il était couvert de sang de la tête aux pieds. Il était blessé... sévèrement à le voir.

Alex sentit son cœur se soulever. Il était blessé. La mission de l'Ordre avait dû très mal se terminer.

— Kade ! cria-t-elle.

Puis elle sauta à bas de sa motoneige pour courir vers lui. Luna faisait des cercles devant elle en bloquant son chemin et en émettant un gémissement aigu. C'était un avertissement, à moins que la chienne aussi ait compris que Kade avait un sérieux problème.

— Kade, que t'est-il arrivé ?

Il inclina la tête et riva son regard sur elle comme hypnotisé. Ses cheveux noirs étaient complètement ébouriffés et luisants d'humidité. Malgré la trentaine de mètres qui les séparait, Alex voyait qu'il avait le visage couvert de sang.

Pourquoi ne répond-il pas ?

Mais qu'est-ce qu'il a ?

Alex s'arrêta ; ses pieds refusaient soudain d'aller plus loin.

— Kade ? Oh, mon Dieu, je t'en prie, parle-moi. Tu es blessé. Dis-moi ce qui s'est passé.

Mais il ne prononça pas un seul mot.

Comme s'il était lui-même une créature sauvage, il déguerpit dans la forêt.

Alex l'appela de nouveau, mais il avait disparu. Le phare n'éclairait plus rien d'autre que les arbres et la neige. Elle fit quelques pas hésitants, essayant d'ignorer le nœud qui se formait au creux de son estomac et l'avertissement grogné de Luna à côté d'elle.

Il fallait qu'elle trouve Kade.

Il fallait qu'elle sache ce qui s'était passé.

Même si ses bottes s'enfonçaient dans la neige, les pas incertains d'Alex se transformèrent en foulées. Son pouls s'accélérait, ses poumons souffraient à chaque respiration, mais elle continuait sa course à travers l'obscurité glaciale, guidée par le faisceau lumineux du phare de sa motoneige.

Elle resta un instant le souffle coupé en voyant les taches de sang dans la neige. Tant de sang ! Les empreintes de Kade en étaient pleines. Celles de la meute aussi.

— Oh, mon Dieu, murmura Alex, qui sentit la nausée monter en elle en suivant la piste sanglante dans la forêt.

Plus elle avançait, plus la neige était noire. Une quantité de sang répandu comme elle n'en avait jamais vu. Beaucoup trop pour que Kade en ait perdu autant tout en restant capable de se tenir debout, et plus encore de fuir comme il l'avait fait en la voyant.

Alex continuait, tous les sens engourdis, son instinct lui criant de faire demi-tour avant de voir quelque chose qu'elle ne pourrait jamais oublier.

Mais elle ne pouvait plus se détourner.

Elle ne pouvait pas fuir.

Elle devait savoir ce qu'avait fait Kade.

En atteignant l'endroit où avait eu lieu le carnage, Alex ralentit le pas. Elle se sentit défaillir en voyant le résultat sanglant d'une attaque barbare. Une attaque de vampire, pire que tout ce qu'elle avait vu jusque-là. Un autre être humain innocent violenté par les tueurs monstrueux de ses cauchemars.

Par Kade, même si elle ne l'aurait jamais cru si elle ne l'avait pas vu, lui, de ses propres yeux.

Alex ne pouvait plus bouger. D'ailleurs, elle ne sentait presque plus rien, engourdie par le choc et une telle impression d'horreur qu'elle ne trouvait même plus le souffle pour crier.

Alors qu'il progressait avec les autres guerriers dans le couloir qui menait au puits de la mine, Kade ressentit une sensation étrange dans la poitrine. Mais il continua à avancer dans l'obscurité, prêt à tirer, en essayant de se débarrasser de l'impression glaciale derrière son sternum.

Il se demanda s'il avait pris un coup à la poitrine dans le chaos général.

Furtivement, il se palpa à la recherche d'une blessure ou du contact gluant du sang qui coule, mais sans rien trouver. Il n'y avait là que cette douleur fantôme qui semblait vouloir aspirer tout l'air de ses poumons. Il s'ébroua pour s'en débarrasser et lutta pour maintenir son attention sur la caverne d'un noir de poix qui s'étendait devant lui et les autres guerriers.

Derrière eux, les sirènes d'alarme continuaient à mugir. Mais dans les profondeurs de la mine, c'était le calme qui régnait. Et puis, du fin fond de l'ombre, s'éleva comme un léger bruit de pas traînant. Kade l'avait entendu et il était sûr que le reste des guerriers aussi.

Tegan leva la main pour les arrêter.

— J'ai bien l'impression que cette foutue mine est vide, déclara-t-il d'un ton péremptoire pour essayer d'appâter le lieutenant de Dragos. Fais-moi passer un peu de ce C4, qu'on en finisse avec cette putain de…

— Attendez !

Ce mot avait été prononcé de mauvaise grâce par une voix arrogante, sorte de grognement lourd né de l'obscurité elle-même.

— Attendez… S'il vous plaît.

— Montre-toi, ordonna Tegan. Viens par ici, connard. Lentement et sans gestes brusques. Si tu es armé, on te truffe de plomb.

— Je n'ai pas d'arme, répondit la voix sans aménité. Je suis un civil.

Tegan ricana.

— Pas aujourd'hui. Montre-toi.

L'associé de Dragos obéit et sortit du noir, mais à peine. Vêtu d'un pantalon gris taillé sur mesure et d'un pull de cachemire noir, il avait plus l'air d'un stratège de conseil d'administration que d'un tacticien de terrain. Mais, étant donné ce que l'Ordre avait vu jusque-là des associés que s'était choisis Dragos, il semblait recruter ses lieutenants plus sur leur pedigree et leur capacité à corrompre que sur quoi que ce soit d'autre.

Les mains en l'air en signe de reddition, l'homme de Dragos restait près des ombres de la mine. Il se déplaçait avec une lenteur calculée et son expression soigneusement étudiée ne parvint pas complètement à masquer sa peur tandis qu'il passait en revue les cinq guerriers de la Lignée qui le tenaient en joue.

— Qui es-tu ? interrogea Tegan. Comment t'appelles-tu ?

Le vampire ne répondit pas, mais son regard glissa imperceptiblement de côté.

— Reste-t-il quelqu'un d'autre là-dedans ? demanda Tegan. Où est l'Ancien ? Où est Dragos ?

Le mâle fit un pas hésitant en avant.

— J'aurais besoin de gages de la part de l'Ordre, tenta-t-il, avant que ses yeux se déportent une nouvelle fois. Je demande l'asile...

Un coup de feu éclata dans l'obscurité et vint l'interrompre en lui arrachant une partie non négligeable de la tête.

— Un assassin, grogna le Chasseur, mais son avertissement fut perdu dans de nouveaux tirs émanant de l'ombre.

Le lieutenant de Dragos, le vampire qui aurait pu offrir à l'Ordre sa meilleure piste dans sa recherche de leur ennemi juré, n'était plus qu'un tas sanglant au sol. Kade et les quatre autres guerriers ouvrirent le feu, criblant l'obscurité de balles tout en évitant celles de leur opposant.

— À couvert ! cria Tegan comme la fusillade ne semblait pas vouloir s'arrêter.

Kade et Brock se précipitèrent dans la pièce la plus proche, Tegan sur leurs talons. Chase et le Chasseur se postèrent plus avant de l'autre côté du couloir, répliquant à l'incessante grêle de balles qui déchirait l'obscurité.

— Brock, dit Tegan, dont les crocs brillaient dans le noir. Envoie-leur un peu de plastic. On tirera dessus d'ici pour le faire péter.

Brock posa son arme et attrapa un paquet de C4 dans son sac. Travaillant rapidement, il fourra un détonateur dans le pain de couleur crème. Quand il eut fini, il adressa un hochement de tête à Tegan.

— Faudra viser juste. Si on rate le détonateur que j'ai mis dedans, on n'aura pas d'étincelle.

Kade intercepta le regard noir du guerrier.

— Pas d'étincelle, pas d'explosion ?

— C'est ça !

— Vas-y, lance-le, dit Tegan.

Brock s'avança à la porte. Il lança le C4 en l'air et, tandis qu'il disparaissait dans l'ombre du puits de mine, tous les trois ouvrirent le feu. Ils n'auraient su dire s'ils avaient touché le pain d'explosif, jusqu'à ce qu'une étincelle troue l'obscurité et que le plastic explose avec un souffle puissant.

Une tornade de fumée et de gravats pulvérisés vint souffler des petits morceaux de béton et une poussière étouffante dans la pièce où s'étaient réfugiés Kade, Brock et Tegan.

Puis apparut l'assassin Gen-1, chargeant à travers la vague de débris aveuglante.

Ce n'était qu'une masse indistincte qui, dans un mouvement vertigineux, fonçait comme un boulet de canon. Tegan bondit pour l'intercepter et, bientôt, les deux mâles Gen-1 s'affrontaient en combat mortel. La lutte s'intensifiant, l'obscurité et le nuage de poussière les avalèrent. Les armes percutaient le sol de pierre avec un bruit métallique ; les poings s'écrasaient sur la chair et les os.

De toute cette confusion s'éleva soudain l'odeur du sang.

Puis un rugissement de fureur, un mugissement de rage poussé par Tegan et enfin… le silence.

Quelqu'un trouva un interrupteur et l'actionna. Des tubes fluorescents éclairèrent le couloir où régnait à présent un brouillard bleuté.

Tegan était là, la cuisse ensanglantée par une blessure profonde, son couteau de titane denté glissé entre le cou épais de l'assassin et le collier de polymère noir qui en faisait le tour.

— Et maintenant, tu vas te lever très doucement, intima-t-il au tueur de Dragos.

Le Gen-1 chauve grogna. La haine se lisait dans ses yeux.

— Va te faire foutre !

— Lève-toi, répéta Tegan. Fais gaffe, rien de plus facile que de perdre la tête dans une situation de ce genre.

De mauvaise grâce, tout son être irradiant la menace, l'assassin se mit debout. Kade et les autres le tenaient toujours en joue et Tegan le fit entrer doucement dans la pièce proche. L'usage de celle-ci n'était pas un mystère pour Kade car l'Ordre en avait trouvé une semblable lors de son raid sur le quartier général de Dragos dans le Connecticut quelques semaines auparavant. C'était une cellule, que sa cage cylindrique installée au centre, avec ses entraves électroniques et son panneau de commande informatisé, destinait au confinement d'un prisonnier très spécial.

— Où est l'Ancien ? demanda Tegan d'un ton péremptoire en guidant l'assassin jusqu'au siège fixe qui avait été installé là pour retenir l'extraterrestre. Tegan lança un regard vers Kade et Brock.

— Attachez-moi ce fils de pute comme il faut.

Ils prirent chacun une main du Gen-1 et refermèrent les entraves intégrées au siège sur ses poignets. Tandis qu'ils s'occupaient de ses bras, Chase s'approcha et entrava ses chevilles.

— Où est l'Ancien ? réitéra Tegan sèchement. Bon, et bien alors, où est Dragos ? Il est clair qu'il est en train de diversifier ses bases d'opération en faisant circuler ses pions au lieu de les garder tous au même endroit. Donc, il avait prévu de mettre l'Ancien au frais ici, mais quid des autres ? Où se cache-t-il ? Où sont les Compagnes de sang qu'il retient prisonnières ?

— Il ne peut pas le savoir.

C'était la voix du Chasseur qui venait de s'élever au-dessus du vacarme des alarmes extérieures et de la tension qui montait dans la salle de confinement de l'Ancien.

— Dragos ne nous dit rien. Ses Chasseurs sont là pour servir et c'est tout.

Tegan gronda. Il semblait prêt à briser le collier de l'assassin sur-le-champ. Au lieu de ça, gardant une main sur la lame appuyée contre sa gorge, il posa l'autre sur le front de l'assassin et poussa sa grosse tête en arrière.

— Cet enfant de salaud sait quelque chose.

Le Gen-1 eut un petit sourire mystérieux.

— Parle, espèce de monstre de laboratoire, ou tu pars en fumée.

Le regard de l'assassin était glacial.

— Mais nous allons tous partir en fumée, siffla-t-il à travers ses dents et ses crocs.

Jetant un coup d'œil sur le panneau de commande contre le mur opposé, Kade se rendit alors compte qu'il y avait là un retardateur numérique qui affichait un compte à rebours de cinq minutes. Et, alors qu'il regardait ce qui devait être le mécanisme d'autodestruction de la mine, une impression nauséeuse de déjà-vu vint s'ajouter au froid qu'il ressentait toujours dans la poitrine.

— Merde, il a déjà appuyé sur le bouton. Toute cette foutue mine va bientôt exploser.

Tegan poussa un grondement menaçant en enlevant son couteau de sous le menton de l'assassin. Puis, tandis que Kade et les autres reculaient, il alla jusqu'au panneau de commande et bascula l'interrupteur qui déclenchait les barreaux d'UV. Les colonnes lumineuses s'allumèrent, entourant l'assassin Gen-1 et l'emprisonnant ainsi plus sûrement que ne l'auraient pu n'importe quels barreaux métalliques.

— Filons, dit Tegan en passant la porte. Les autres guerriers le suivirent, Kade et Brock formant l'arrière-garde.

Brock s'arrêta sur le seuil, se retourna et fit un grand sourire à l'assassin prisonnier.

— Et surtout ne t'éloigne pas, tu m'entends ?

En temps normal, Kade aurait réagi en gloussant à l'humour de son partenaire, mais il avait beaucoup de mal à rire alors que son cœur battait à tout rompre et que la curieuse sensation qui s'était installée dans sa poitrine se répandait dans ses veines.

Courant avec le reste de l'équipe, il sortit du bâtiment de la mine pour rejoindre la grande cour du site, qui ressemblait à un champ de bataille. Les sirènes d'alarme y hurlaient dans la nuit. La neige tombait désormais à gros flocons, blanchissant les corps des Laquais morts et réduisant la visibilité presque à néant.

— Il faut que nous nous débarrassions de ces corps pour nous assurer qu'il n'y ait plus rien à identifier après l'explosion, déclara Tegan. Allez, tirons-les dans un des bâtiments et finissons le travail avec le reste de ce C4.

— C'est parti, répondit Brock.

Avec les autres, Kade s'affaira à nettoyer la cour avant que le système de mise à feu de la mine se déclenche. Il commençait à avoir du mal à respirer et son sang pulsait de sirènes d'alarme internes, tandis qu'à mesure que se dissipaient les effets de l'adrénaline du combat et la concentration qui allait avec il prenait petit à petit conscience de la raison de sa détresse intérieure.

Et c'est quand lui et ses frères d'armes eurent déplacé le dernier des cadavres de Laquais et que les premiers grondements de l'explosion commencèrent à secouer le sol qu'il comprit clairement.

Alex.

Putain !

Il était arrivé quelque chose. Elle était secouée, bouleversée même. Quelque chose l'avait terrifiée… horrifiée. Et il sentait son choc comme si c'était le sien parce qu'il avait ingéré son sang. C'était ce lien de sang qui s'était mis à sonner l'alarme dans ses veines.

Et tandis que le sol tremblait sous ses pieds et que la compagnie minière explosait violemment derrière lui, il se mit à psalmodier le nom d'Alex comme une prière.

Chapitre 25

— OK, Alex. Attends une seconde, tu veux ? Calme-toi, d'accord ?

Zach Tucker referma calmement la porte de la remise derrière sa maison et regarda Alex l'air parfaitement incrédule. Elle ne pouvait pas vraiment lui en vouloir. Personne de sensé ne croirait ce qu'elle venait juste de lui raconter, à moins de l'avoir vu de ses propres yeux.

— Tu es en train de me dire que tu as trouvé un nouveau cadavre dans la nature et que tu crois que c'était le résultat d'une attaque… de vampire ?

— Je ne crois pas, j'en suis sûre, Zach.

Elle avait du mal à dire les mots, mais l'image de Kade et celle du corps massacré du trappeur qu'il avait laissé derrière lui ne la quittaient plus.

— Oh, mon Dieu, Zach. Je sais que tu ne me crois pas, mais c'est vrai.

Il fronça les sourcils et la contempla un long moment.

— Viens, entre. On gèle là-dehors, et tu trembles comme une feuille.

Si elle tremblait, ce n'était pas tant à cause du froid que sous l'effet de la confusion et de l'horreur qu'avait provoquées chez elle la trahison de Kade. Il lui avait juré qu'il était différent des monstres de ses cauchemars et elle l'avait cru. Elle aurait cru tout ce qu'il aurait pu lui dire si elle n'avait pas vu de ses propres yeux quelques minutes plus tôt la preuve sanglante de sa tromperie.

— Viens, répéta Zach, qui lui entoura les épaules des bras et la guida de la remise vers la maison.

Luna se releva pour suivre, mais avant qu'elle ait pu pénétrer dans la maison, Zach lui avait refermé la porte au museau.

— Assieds-toi, Alex. Reprenons lentement, d'accord ? Aide-moi à comprendre ce que tu crois avoir vu.

Obéissant sans réfléchir, Alex se laissa tomber sur le canapé du salon de Zach. Il s'assit près d'elle.

— Je ne crois pas avoir vu, Zach : j'ai vu. Tout ce que je t'ai dit est vrai. Les vampires existent réellement.

— Tu devrais t'entendre ! Ça ne te ressemble pas, Alex. Tu te comportes bizarrement depuis l'attaque chez les Toms. Depuis que ce type, ce Kade, s'est pointé à Harmony. (Le regard de Zach se fit perçant.) Dis-moi, il ne t'aurait pas donné de drogue par hasard ? C'est pour ça qu'il est venu jusqu'ici ? Parce que si ce trou-du-cul croit qu'il peut venir dans ma ville et se mettre à dealer…

— Non ! (Alex secoua la tête.) Bon Dieu, c'est ça que tu penses ? Que je te raconte tout ça parce que je suis raide ou un truc du genre ?

— Il fallait que je pose la question, répliqua-t-il en continuant à la regarder avec une intensité qui la déstabilisait. Je suis désolé, Alex, mais tout ça sonne un peu… eh bien, un peu dingue.

Elle laissa échapper un profond soupir.

— Je sais. Je ne veux pas y croire plus que toi. Mais c'est la vérité. Je sais que c'est vrai depuis mes neuf ans.

— Qu'est-ce que tu veux dire ?

— Les vampires, Zach. Ils existent vraiment. Il y a des années de ça ils ont tué ma mère et mon petit frère.

— Tu as toujours dit que c'était un conducteur soûl.

Elle secoua lentement la tête.

— Ce n'était pas un conducteur soûl. J'ai vu l'attaque de mes propres yeux. C'est le pire truc auquel j'ai jamais assisté. Et je n'ai pas eu besoin d'assister à celle contre le père Toms et sa famille pour savoir que c'est le même mal qui les a tués. J'aurais dû dire quelque chose à ce moment-là. J'aurais peut-être pu éviter ce qui est arrivé ensuite à Lanny Ham et Big Dave.

Zach fronça les sourcils d'un air interrogateur.

— Tu es en train de dire que ce sont des vampires qui les ont attaqués dans cette grotte ?

— Un vampire, corrigea-t-elle. Le même probablement que celui qui a tué les Toms. Il est plus fort que les autres vampires, Zach. C'est l'un des pères de toute la race vampire. Et il n'est pas… de cette planète.

Zach se laissa aller en arrière et se mit à rire bruyamment.

— Oh, bon Dieu, Alex ! Mais c'est quoi cette histoire maintenant, putain ? Tu m'as l'air sobre, mais tu dois planer complètement pour me regarder sans rire en espérant que je vais croire à ces conneries. Des vampires extraterrestres, c'est ça dont tu parles ?

— Je sais que c'est difficile d'imaginer qu'un truc comme ça puisse exister, mais je t'assure que c'est le cas. Les vampires existent. Ils appellent leur race la Lignée.

Elle s'interrompit avant de dire que Kade en faisait partie, car elle n'était pas tout à fait prête à le trahir, même si lui ne semblait pas avoir eu les mêmes scrupules.

Zach se releva et lui tendit la main.

— Allez, rentre chez toi et dors un bon coup.

— Écoute-moi, cria-t-elle, désespérée à l'idée qu'il ne la croyait pas et qu'il la pensait droguée ou folle.

Elle se rendait bien compte qu'elle était en train de perdre la bataille et elle avait peur que son échec à le convaincre ait pour conséquence la perte rapide d'autres vies.

— Zach, je t'en supplie ! Nous devons avertir les gens. Il faut que tu me croies.

— Non, Alex, je ne te crois pas. (Il se retourna pour lui faire face, avec quelque chose de brutal dans son expression.) Je ne suis même pas sûr de pouvoir croire quoi que ce soit de ce que tu m'as dit, y compris ton histoire d'un autre cadavre dans la forêt. Je n'ai vraiment pas le temps pour ce genre de conneries en ce moment, tu sais ! J'ai mes propres problèmes à régler. Les gens sont déjà affolés par tout ce qui s'est passé ces derniers temps ici. J'ai une équipe de flics qui arrive demain de Fairbanks, et je n'ai vraiment pas besoin que tu viennes en rajouter avec des histoires débiles sur des tueurs extraterrestres sanguinaires lâchés dans la nature.

Alex détourna les yeux, incapable de soutenir son regard furieux.

Elle ne l'avait jamais vu si fâché. Si… près de craquer. Il était lui-même dans un état proche de la panique, et ça ne semblait pas lié à ce qu'elle venait de lui dire. Tournant la tête, elle remarqua sur la table basse une liasse de billets pliée et un téléphone portable qui lui rappelait vaguement quelque chose. Tandis qu'elle les contemplait, elle sentit un soupçon se former dans son esprit.

— Ce n'est pas le portable de Skeeter Arnold ?

Zach sembla pris de court.

— Hein ? Oh ! Oui, je l'ai confisqué à ce petit salaud ce matin.

Sans lâcher Alex des yeux une seule seconde, il ramassa la liasse de billets de vingt dollars et la fourra dans sa poche sans explications. Alex sentit son sang se figer lentement dans ses veines.

— Je n'ai pas vu Skeeter de la journée. Quand est-ce que tu l'as vu ?

Zach haussa les épaules.

— Je crois que c'était peu de temps avant que tu arrives. J'imagine que les flics de Fairbanks vont vouloir ce téléphone pour leur enquête, vu que c'est avec lui qu'a été filmé le hameau des Toms.

L'explication se tenait.

Et pourtant…

— Ça fait combien de temps que tu l'as vu ?

— Je sais pas, ça doit faire une heure, répondit-il d'un ton sec. Qu'est-ce que ça peut te faire, Alex ?

Elle savait pourquoi il était sur la défensive, et ce sans avoir besoin de tendre la main pour le toucher et confirmer ses soupçons grâce à son don. Zach lui mentait. Skeeter était mort depuis des heures ; c'était Kade qui l'avait tué après qu'il eut lui-même achevé Big Dave.

Mais pourquoi Zach mentait-il en disant qu'il l'avait vu ?

Elle réfléchit aux billets que Zach venait d'empocher et au portable qu'il n'avait pas pu obtenir quand il disait l'avoir fait… et aussi au fait que, même si presque tout le monde à Harmony et à cent cinquante kilomètres à la ronde savait que Skeeter fricotait avec des trafiquants d'alcool et de drogue, Zach n'avait jamais trouvé assez de preuves pour l'arrêter. Peut-être n'avait-il pas cherché suffisamment.

Ou peut-être même Zach n'avait-il aucune envie de voir Skeeter Arnold changer de métier.

— Oh, mon Dieu, murmura Alex. Zach, est-ce que toi et Skeeter, vous aviez un arrangement quelconque ?

Le regard défensif du policier devint encore plus incisif.

— Mais de quoi est-ce que tu parles, bordel ?

Alex se leva. Elle sentait l'horreur de tout ce qui s'était produit ce jour-là s'estomper sous la force de son indignation.

— C'est bien ça, non ? Tous tes voyages à Anchorage et à Fairbanks. C'est là que tu récupérais de la came pour qu'il la vende ? Et ta commission, elle était de combien ? Combien te faisais-tu sur le dos de tous ces gosses qui foutaient leur vie en l'air avec l'alcool qu'il leur faisait passer ? De bons gosses, comme Teddy Toms.

Les yeux de Zach étincelaient de fureur, mais il se composa une expression compatissante.

— C'est vraiment ce que tu penses de moi ? Ça fait des années que tu me connais, Alex.

— Ah, ouais ? (Elle secoua la tête.) Je n'en suis plus si sûre, maintenant. Je ne suis plus sûre de rien, d'ailleurs.

— Alors, laisse-moi m'occuper de toi, dit-il d'une voix douce, qui ne la convainquit pas vraiment. Je vais mettre mon manteau et je vais te ramener chez toi pour que tu te reposes. Je crois que tu en as bien besoin, Alex. (Il serra les lèvres et lui fit un petit signe de tête.) Je reviens, d'accord ?

Tandis qu'il quittait la pièce, Alex resta là, submergée par l'incertitude.

Toute sa vie avait chaviré. Elle ne savait plus à qui faire confiance.

Pas à Kade.

Et visiblement pas à Zach, non plus.

Ce ne serait certainement pas sage de se fier à lui désormais.

Flammes et débris s'élevaient haut dans le ciel. Kade jeta un coup d'œil derrière lui, sentant sur son visage la vague de chaleur de l'explosion, une chaleur qui transformait brièvement en une averse de pluie tiède la tempête de neige qui les entourait, lui et les autres guerriers. Mais la chaleur ne dura pas. Le froid glacial reprit ses droits bien vite, se concentrant dans la poitrine de Kade.

— Alex, murmura-t-il.

Il fallait qu'il la joigne.

Brock lui lança un regard inquiet.

— Qu'est-ce qui se passe ?

Kade frotta sa main sur son sternum.

— Je ne sais pas vraiment. C'est Alex, et ce n'est pas bon.

Même si son lien de sang avec elle lui disait qu'elle n'était pas en danger de mort, son instinct lui criait de la rejoindre. Mais il avait un devoir envers l'Ordre et il ne devait plus perdre de vue l'objectif de la mission, au risque d'y manquer. Certes, le poste avancé de Dragos en Alaska était détruit, mais l'Ancien était toujours dans la nature. La mission des guerriers ne serait pas complète tant que ce dangereux extraterrestre ne serait pas localisé et qu'on ne l'aurait pas empêché de nuire.

— Merde, siffla Kade.

Rien n'allait plus. Il ne pouvait pas rester une seconde de plus sans au moins appeler Alex. Il fallait qu'il s'assure qu'elle allait bien. Et il avait besoin d'entendre sa voix.

— Appelle-la, dit Brock.

Comme Kade hésitait, se demandant pourquoi la glace qui oppressait sa poitrine lui remontait dans la gorge avec un goût d'épouvante, le grand guerrier noir lui lança un regard sévère.

— Appelle ta femelle.

Kade sortit son portable et s'éloigna de plusieurs mètres des autres guerriers. Il composa le numéro d'Alex. Il y eut trois sonneries avant qu'elle décroche.

— Alex ? dit Kade pour briser le silence car elle n'avait rien dit.

Le craquement des flammes et le son étouffé des débris qui tombaient derrière lui dans la neige lui paraissaient assourdissants.

—Alex… Tu es là ? Tu m'entends ?

—Qu'est-ce que tu veux ?

Elle avait l'air un peu essoufflée, comme si elle était en train de marcher à grands pas.

—Ce que je veux ? Est-ce… Est-ce que tu vas bien ? Je sais que tu es bouleversée. Je l'ai senti. J'ai eu peur qu'il te soit arrivé quelque chose…

Son ricanement méprisant manqua le faire défaillir.

—C'est drôle, quand je t'ai vu tout à l'heure, ça n'avait pas l'air de te gêner que je sois bouleversée.

—Quoi ? (Il se secoua, essayant de comprendre ce qu'elle disait.) Mais de quoi parles-tu ?

—Tu voulais que je te voie comme ça ? C'est ça que tu voulais dire quand tu as dit que tu avais peur que je te haïsse un jour ? Parce que là maintenant je ne sais pas quoi penser. (Sa voix était tendue de colère, et aussi de souffrance.) Après ce que j'ai vu, je ne sais plus où j'en suis, avec toi, avec nous et avec le reste.

—Alex, je n'ai pas la moindre idée…

D'autres respirations hachées, ses bottes dans la neige.

—Et c'était quoi toute cette histoire de mission avec l'Ordre ? C'étaient des conneries, Kade ? Juste un jeu pour me faire croire que tu étais quelque chose de mieux que ce que tu es vraiment ?

—Alex…

Elle ravala un sanglot.

—Et tout ce qui s'est passé entre nous ? C'étaient aussi des conneries, c'est ça ?

Kade s'éloigna encore des retombées de l'explosion et des autres guerriers, qui s'étaient aperçus qu'il avait quitté le groupe.

—Alex, s'il te plaît. Dis-moi ce qui se passe, bon Dieu.

— Je t'ai vu ! éclata-t-elle. Je t'ai vu, Kade. Dans la forêt, couvert de sang, courant avec cette meute de loups. J'ai vu ce que tu avais fait à cet homme.

— Ah, Seigneur ! murmura-t-il, comprenant tout d'un coup. Alex…

— Je t'ai vu, répéta-t-elle en murmurant cette fois, la voix brisée. Et je sais que tu m'as vue parce que tu m'as regardée directement dans les yeux.

— Alex, ce n'était pas moi, dit-il, accablé. C'était mon frère. Mon jumeau, Seth.

— Oh, je t'en prie. (Elle lâcha un nouveau ricanement.) Comme c'est pratique pour toi de te souvenir de son existence au bon moment. Laisse-moi deviner : tu es le docteur Jekyll et lui, c'est Mr. Hyde.

Kade comprenait qu'elle ne le croie pas. Il comprenait sa colère et son mépris. L'émotion d'Alex se dilatait dans sa propre poitrine, comprimant son cœur comme dans un étau.

— Alex, tu ne comprends pas. Je n'ai pas voulu te parler de Seth parce que j'ai honte. De lui, de ce qu'il a fait. Mais de moi, aussi, et du fait que je n'ai pas encore mis un terme à sa folie. Je ne t'ai pas parlé de lui parce que j'ai eu peur que tu penses que j'étais comme lui. (Il laissa échapper un profond soupir.) Et merde… peut-être n'était-ce qu'une question de temps avant que tu te rendes compte que j'étais effectivement comme lui ?

Elle resta silencieuse un long moment ; elle ne marchait plus. Il entendait en arrière-plan le gémissement de Luna.

— Je vais raccrocher, maintenant, Kade.

— Attends. J'ai besoin de te voir. Où es-tu, Alex ?

— Je ne… (Elle prit une profonde inspiration et expira d'un coup.) Je ne veux pas te voir. Pas maintenant. Et peut-être plus jamais.

— Alex, je ne peux pas te laisser faire ça. Je veux te parler, face à face, pas comme ça. (Il ferma les yeux, sentant son espoir s'estomper.) Dis-moi où tu es. Je peux être chez toi en quelques minutes…

— Je ne suis pas seule. Après ce que j'ai vu aujourd'hui, je ne savais pas quoi faire, ni où aller. Alors, je me suis rendue chez Zach.

L'officier de police. Et merde…

La panique se déclencha chez Kade.

— Alex, je sais que tu es bouleversée et troublée, mais ne lui dis surtout rien de tout ça.

— Trop tard, murmura-t-elle. Il faut que je raccroche, maintenant, Kade. Ne t'approche pas de moi.

— Alex, attends ! Alex !

Le portable signala d'un bip la fin de la communication. Elle lui avait raccroché au nez.

— Putain…

Il essaya de la joindre de nouveau, mais elle ne répondait pas. Trois, quatre sonneries… son répondeur prit l'appel et il raccrocha.

Il réessaya. Avec le même résultat.

— Et merde ! rugit-il de colère, frustré et furieux contre lui-même de ce qu'Alex avait traversé.

Ce qu'elle avait traversé en partie par sa faute et à cause de quoi il avait probablement perdu la seule femme qu'il avait jamais désiré avoir à ses côtés pour le restant de ses jours.

Lorsqu'il se retourna, Tegan était là, derrière lui.

— Ça n'a pas l'air terrible tout ça.

Kade hocha vaguement la tête.

— Une femelle, à l'évidence, reprit Tegan. La Compagne de sang d'Harmony ?

Kade soutint le regard sinistre du guerrier Gen-1.

— Je suis lié à elle. Je l'aime.

Tegan, qui lui aussi était lié à une Compagne de sang, grogna.

— Il y a pire !

— Ouais, convint Kade. Sûr ! Elle croit que je l'ai trahie. Ce n'est pas vrai, mais je n'ai pas été honnête avec elle non plus et je l'ai déçue. Elle a dit qu'elle ne voulait plus jamais me voir.

— Continue, je t'écoute.

— Alex est au courant à propos de la Lignée, reprit Kade. Elle sait aussi pour l'Ancien. Bordel, elle sait tout, quoi. Et j'ai bien peur qu'elle ait tout dit au policier en poste à Harmony.

Tegan ne cilla pas. Son expression était fermée, calculatrice, impitoyable.

— Ce serait tout à fait malvenu.

Kade acquiesça, avant de lâcher un juron.

— Mais il est trop tard pour l'en empêcher. Elle m'a dit qu'elle s'était rendue chez lui aujourd'hui. Elle est bouleversée et elle a peur. Je crois qu'elle est allée lui demander de l'aide.

— Je vois. (Tegan émit un grondement si profond qu'il en fut à peine audible.) Alors, il semble bien que nous soyons sur le départ pour Harmony. Il faut contenir cette situation. Et si nécessaire, contenir ta femelle aussi.

Chapitre 26

— Viens, Luna, allons-y !

Alex s'assit sur sa motoneige et attendit que Luna s'installe devant elle. Elle empocha son portable, qu'elle avait éteint après les appels répétés de Kade. Puis, elle se força à rester là, assise un moment dans l'obscurité sous la neige, à respirer profondément.

Elle ne pouvait plus lui parler. Pas à ce moment-là. Son cœur était faible, et même si elle lui avait dit de rester loin d'elle, il y avait une partie de son être qui voulait le laisser revenir, malgré le maelström d'événements autour d'elle. Peut-être à cause de ça, elle désirait encore le réconfort que lui apportait la force de Kade.

Elle désirait encore son amour.

Mais elle ne savait pas si elle pouvait faire confiance à ses propres sentiments. Rien ne semblait clair pour elle. Depuis qu'elle avait rencontré Kade, son monde au manichéisme confortable s'était écroulé. Il avait tout changé en lui ouvrant les yeux et elle ne pourrait jamais revenir en arrière.

Elle était changée à jamais, et ce surtout parce qu'elle avait beau vouloir le craindre, le haïr pour ce qu'il était, son cœur ne voulait pas renoncer à lui.

Alex démarra sa motoneige. Elle devait réfléchir et s'aérer la tête. Elle avait besoin d'un havre de paix et le seul endroit où elle pourrait trouver ça à présent, c'était la cabane de

Jenna. Et puis, au milieu de tous les événements de ces dernières heures, son projet de vérifier comment allait son amie avait sans cesse été remis à plus tard. S'il y avait une personne désormais en qui elle pouvait avoir confiance, c'était Jenna.

Derrière elle, la porte de la maison de Zach claqua.

— Hé, où vas-tu ? appela-t-il en traversant la cour à grands pas. J'ai dit que je voulais te raccompagner chez toi, m'assurer que tu rentrais bien. Je ne pense pas que tu sois en état de…

— Je ne veux pas de ton aide, Zach.

Alex lui lança un regard dur, dégoûtée à l'idée qu'elle ait pu le considérer comme un ami. Pire, de s'être laissée aller une fois à une relation intime avec lui. Si Kade était dangereux à cause du sang de la Lignée qui coulait dans ses veines, Zach constituait une menace beaucoup plus insidieuse à cause de la façon dont il était prêt à utiliser des innocents, à les corrompre et à ruiner leur vie dans son propre intérêt.

— Combien Skeeter et toi vous êtes-vous fait d'argent au cours de toutes ces années ? Comme tu dois mépriser ces gens que tu t'es engagé à protéger et à servir pour être prêt à les vendre comme tu l'as fait !

Les yeux de Zach étincelaient.

— Tu ne sais pas ce que tu dis, Alex. Tu délires.

— Ah bon ?

— Oui. (Il se rapprocha.) J'ai peur que tu sois un danger pour toi-même.

— Tu veux dire un danger pour tes revenus, c'est ça ?

Il gloussa, mais sans humour.

— En tant qu'officier de police, je ne peux pas en conscience te laisser partir comme ça, Alex. Alors maintenant, descends de la motoneige.

Elle secoua la tête et actionna la manette des gaz.

— Va te faire foutre !

Mais avant qu'elle puisse s'éloigner, la main de Zach se referma sur son poignet. Il tira rudement sur son bras et faillit réussir à la déséquilibrer. Paniquée, Alex le vit tirer son pistolet de son holster de hanche.

À l'instant où elle ouvrait la bouche dans un cri d'horreur, Luna tourna sa grosse tête et vint refermer ses mâchoires sur le bras de Zach.

Il hurla de douleur et lâcha Alex qui, entourant sa chère Luna d'un bras pour la maintenir devant elle, lança sa machine à toute vitesse pour s'enfuir.

Elle fila à travers le rideau de neige sans oser regarder derrière elle. Et même quand elle entendit Zach crier son nom, puis le bruit de son moteur s'élever alors qu'il se lançait à sa poursuite, elle s'abstint de le faire.

La femme était étendue face contre terre sur le sol de la cabane. Seule bougeait sa poitrine, sous l'effet d'une respiration régulière. Elle était hypnotisée et n'avait pas conscience de la petite coupure qu'il avait faite dans sa nuque peu de temps auparavant.

De cette incision pratiquée avec soin s'écoulait à présent un petit filet de sang alors que, accroupi près d'elle, il rapprochait les deux pans de sa peau délicate d'humaine. Il se pencha sur elle et lécha le petit écoulement au goût cuivré, puis il passa sa langue sur la blessure pour la refermer.

Son propre corps était lui aussi réparé. Les brûlures d'UV s'étaient calmées et sa peau n'était plus couverte de cloques. Quant aux blessures par balle de sa cuisse et de son abdomen, elles avaient été bien refermées par de nouvelles chairs. Et la soif qui ne l'avait pas quitté depuis sa fuite était enfin étanchée.

À présent il avait l'esprit clair et l'occasion de réfléchir, de considérer ce qui l'attendait.

La fuite, encore et toujours. Se cacher, lutter pour garder une longueur d'avance sur tous les membres des générations suivantes qui voulaient soit le capturer, soit le détruire. Bref, la même existence que celle qu'il connaissait depuis que lui et ses frères d'armes s'étaient retrouvés les proies de leurs propres enfants.

Il survivrait.

Mais dans quel but ?

Si son instinct l'assurait qu'il était loin d'être vaincu, la logique le forçait à admettre qu'il ne gagnerait jamais. Il ne pouvait y avoir de fin heureuse à tout ça, seulement la répétition de ce qui était déjà arrivé.

Lui et les sept autres conquérants qui s'étaient écrasés avec leur vaisseau ici il y avait si longtemps auraient dû être des rois au milieu des formes de vie inférieures qui habitaient cette planète. Et ils l'auraient été sans le soulèvement de leurs fils à demi humains, sans la guerre qui l'avait seul épargné, sa survie dépendant de la traîtrise du fils qui l'avait dissimulé dans une grotte perdue dans la montagne.

Il n'aurait pas dû être surpris que cette même traîtrise se retourne contre lui une fois terminée son hibernation.

Il s'était attendu à trouver un monde différent, un monde qui lui aurait été offert en tribut et dont il n'aurait eu qu'à se repaître selon son bon plaisir. Au lieu de ça, il avait été entravé et affamé, affaibli par des produits chimiques et une technologie qu'il aurait crue bien loin des possibilités de l'humanité primitive qu'il avait connue avant sa mise en sommeil.

Mais la Terre avait progressé. Rien à voir bien sûr avec le monde qu'il avait laissé derrière lui, mais assez pour que la vie sur cette planète soit à jamais pour lui une épreuve.

Une suite monotone et interminable de jours et de nuits, de fuites et de retraites.

Il n'était pas sûr d'avoir encore la volonté et le désir de continuer.

La femme étendue devant lui était prise dans le même genre de piège. Il avait assisté à son désespoir et il avait senti le goût de sa défaite dans chaque battement de son cœur en se nourrissant à sa veine. Il avait goûté à sa solitude, à son découragement, et cela avait fait vibrer quelque chose au plus profond de son être.

C'était une guerrière comme lui était un guerrier. Cela se voyait sur les quelques photos encadrées qu'elle avait chez elle. On l'y voyait vêtue d'un uniforme, armée et le regard déterminé. Ce regard n'avait pas disparu, même alors qu'elle s'était retrouvée affaiblie par la perte de sang et sous l'empire de la terreur. Elle était toujours forte, toujours guerrière dans le cœur, mais elle ne se voyait plus comme ça.

Elle aussi était perdue… seule.

Mais alors qu'elle avait été prête à abandonner juste avant qu'il ne vienne chambouler tous ses plans, lui, du fait de sa génétique évoluée, n'avait pas le droit à cet abandon. Il était né conquérant, né pour se battre. Il était le prédateur ultime. Qu'il le veuille ou non, son corps combattrait la mort jusqu'à son dernier souffle… quel que soit le temps qui l'en séparait.

Et cela faisait aussi partie de sa nature de tout faire pour voir ses ennemis défaits, par tous les moyens.

Et c'était ça qui l'avait forcé à envisager les dispositions qu'il venait de prendre avec cette femme inconsciente, ignorante de tout, qui gisait sur le sol de la cabane.

Toujours plongé dans ses sombres réflexions, il s'écarta d'elle. Machinalement, il porta son avant-bras gauche à ses lèvres pour sceller la petite coupure qu'il y avait faite. Il passa la langue sur la légère déchirure dans le muscle sous sa peau et la blessure se referma et disparut comme si l'incision n'avait jamais été faite.

Alors qu'il se relevait pour rejoindre l'autre côté de la pièce, il entendit le rugissement de moteurs à explosion non loin de la cabane.

L'avaient-ils déjà retrouvé ?

Il ne pouvait savoir si ses poursuivants étaient humains ou membres de la Lignée.

Mais en testant le tendon et la peau régénérés de ses bras, il sourit pour lui-même, sûr qu'il était prêt à affronter n'importe quelle menace.

Chapitre 27

Alex fuyait aussi vite que le lui permettaient la neige et la visibilité vers la cabane de Jenna. Elle entendait toujours derrière elle la motoneige de Zach, qui semblait gagner du terrain. Elle changea plusieurs fois de direction, priant pour arriver à le perdre dans cette tempête qui l'aveuglait presque. Elle espérait que le fait qu'il ait dégainé quelques instants auparavant devant chez lui n'avait été qu'une entorse momentanée au bon sens.

Mais elle avait vu l'éclat dangereux de son regard. Il était furieux et il tenait absolument à protéger son secret, et ce probablement surtout vis-à-vis de Jenna. Y tenait-il au point de tuer Alex ? Là était la question.

La boule de peur qui grossissait dans la gorge d'Alex lui disait qu'il n'hésiterait pas à le faire.

Lorsque enfin elle atteignit la maison de Jenna, le cœur d'Alex battait la chamade. Elle freina brusquement en dérapant et coupa le moteur. Luna sauta en même temps qu'elle à bas de la machine et elles se mirent à courir toutes deux vers le porche de la cabane.

— Jenna ! appela Alex. Jenna, c'est moi !

Alors qu'elle avait presque atteint le perron, Alex entendit la motoneige de Zach s'arrêter derrière elle.

— Ne va pas plus loin, Alex !

Oh, mon Dieu !

— Jenna ! cria-t-elle encore. Tu es là ?

Pas de réponse. Aucun mouvement dans la cabane.

Et derrière elle, le déclic du pistolet qu'on arme.

— Bon Dieu, Alex. (La voix de Zach semblait neutre, dénuée de toute émotion.) Pourquoi me forces-tu à faire ça ?

— Jenna, appela-t-elle de nouveau, plus doucement cette fois, consciente que ça ne servait à rien.

La cabane était silencieuse. Jenna ne voulait pas ou elle ne pouvait pas l'entendre. Et si les craintes qu'elle avait eues plus tôt dans la journée avaient été fondées ? Elle osait à peine y penser.

De toute façon, elle n'en aurait pas l'occasion, parce qu'il semblait bien que Zach avait perdu la tête et qu'elle allait mourir là.

C'est alors qu'elle entendit, venant du silence de la cabane, un bruit très faible, comme une plainte légère, à peine audible même si près de la porte. Elle ressentit un sursaut d'espoir.

— Jenna ?

Elle avança d'un tout petit pas et posa un pied sur la marche inférieure du perron.

— Si tu m'entends, s'il te plaît, ouvre la…

Le coup de feu tiré derrière elle lui fit l'effet d'un coup de canon. Elle sentit le murmure et la chaleur de la balle qui lui passait à côté de la tête avant d'aller se loger dans le chambranle de bois moins d'un mètre devant elle.

Oh, Seigneur ! Oh, mon Dieu !

Zach lui avait tiré dessus.

Elle se figea et, sous l'effet du choc et de la peur insondable qu'elle ressentait à présent, se mit à trembler de tous ses membres. Elle expira difficilement et pivota lentement la tête. Elle n'allait pas laisser Zach lui tirer dans le dos. S'il devait le faire, eh bien, il le ferait en la regardant dans les yeux.

Mais elle s'était à peine retournée qu'il y eut une explosion de mouvement derrière elle. Quelque chose d'énorme jaillit de la cabane de Jenna en enfonçant la porte, tellement vite qu'elle ne vit que du flou. Zach hurla. Son arme se déclencha de nouveau et on entendit la balle frapper les branches chargées de neige des pins alentour.

Alex attrapa Luna et se jeta au sol en enfouissant son visage dans le cou de la chienne. Elle ne savait pas ce qui s'était passé. Il lui fallut quelques instants pour analyser les grognements gutturaux et les bruits nauséeux qui suivirent.

Puis elle comprit ce dont il devait s'agir.

Elle leva lentement la tête. Le cri qui montait dans sa gorge s'étouffa quand elle aperçut une créature létale dont les proportions éclipsaient tout ce qu'elle avait vu jusque-là.

L'Ancien !

À travers le rideau incessant de flocons de neige qui striait l'obscurité son regard d'ambre brillait comme un rayon laser avec une sauvagerie indescriptible. Il était nu, imberbe et couvert de la tête aux pieds de dermoglyphes si denses et si intriqués qu'ils masquaient presque sa nudité. Ses immenses crocs dégoulinaient de sang, le sang de Zach, qui provenait du trou béant qui avait remplacé sa gorge.

Une pensée affreuse vint frapper Alex : est-ce que ce monstre s'en était pris aussi à Jenna ?

Elle ferma les yeux, murmurant une prière pour son amie et espérant avec l'énergie du désespoir qu'un miracle lui avait épargné la sauvagerie dont venait d'être victime Zach.

Luna se mit à grogner et la créature inclina la tête avec un angle surprenant en braquant le regard sur l'animal. Puis elle s'écarta du corps sans vie de Zach en laissant échapper un sourd grognement du fin fond de sa gorge d'extraterrestre.

Alex sentit l'air lui manquer. Elle était sûre que l'Ancien allait la tuer elle aussi, mais son regard interrogateur s'attardait sur la chienne. Et au cours de ces quelques secondes le vent porta à ses oreilles le vrombissement distant de motoneiges.

Alex lança un regard inquiet dans la direction d'où venait le bruit.

Quand elle revint à l'Ancien, elle s'aperçut qu'il avait disparu. Il ne restait plus que le balancement de quelques branches basses à l'orée de la forêt pour indiquer dans quelle direction il avait fui.

La conscience de la peur que ressentait Alex frappa Kade comme une enclume en pleine poitrine.

Ils fonçaient avec les autres guerriers vers Harmony quand il avait eu soudain l'impression qu'ils s'éloignaient d'Alex au lieu de s'en rapprocher. Il avait alors rapidement fait virer le groupe et pris sa tête sur une piste qui zigzaguait vers l'ouest de la ville.

Des traces fraîches de motoneige lui avaient confirmé qu'ils étaient sur le bon chemin, mais pas plus que le radar de son lien de sang avec Alex, dont le signal croissait à mesure que son engin avalait la piste pour les mener vers une petite cabane de rondins à quelques centaines de mètres de là.

Alors qu'il se réjouissait déjà de l'avoir retrouvée, Kade s'affola de nouveau un instant plus tard en sentant l'odeur de cuivre du sang humain. Ce n'était pas le sang d'Alex – il aurait reconnu n'importe où son parfum de miel –, mais l'idée qu'Alex puisse être à proximité de la mort, la mort de qui que ce soit, l'emplit de crainte.

Il tourna à fond la manette des gaz, mais cette foutue motoneige était toujours trop lente à son goût. Il s'écarta de la piste et l'abandonna d'un saut périlleux pour se retrouver au sol déjà en train de courir, exploitant toutes les ressources de son agilité de vampire pour rejoindre sa femelle.

—Alex! cria-t-il en dépassant le carnage.

Un coup d'œil lui suffit pour remarquer le corps supplicié de Zach Tucker et les morceaux de bois éclatés de ce qui avait été la porte de la cabane.

—Ah, mon Dieu… Alex!

Fonçant à l'intérieur, il la trouva à genoux à côté de son amie Jenna, qui était allongée sur le sol de la cabane obscure. Il alluma une lampe, pas tant pour lui que pour les deux femmes. Jenna semblait confuse. Elle avait les yeux dans le vague et sa voix était endormie comme si elle reprenait tout juste connaissance.

—Alex, murmura Kade doucement, la voix brisée par l'émotion.

Elle se retourna pour lui faire face et se releva lentement. Puis elle fit un pas hésitant vers lui et il ne lui en fallut pas plus. Il alla jusqu'à elle et la prit contre lui dans ses bras. Il l'embrassa sur le sommet du crâne, soulagé de voir qu'elle n'avait rien.

—Alex, je suis vraiment désolé. Pour tout.

Elle s'écarta et détourna le regard, ce qui n'empêcha pas Kade de lire dans ses yeux une douloureuse incertitude, qui signifiait qu'elle n'était pas sûre de pouvoir encore lui faire entièrement confiance. Voir ce doute dans son regard l'accablait. Mais le pire était de savoir qu'il en était responsable.

Elle l'éloigna de Jenna, qui murmurait des choses incohérentes, oscillant encore entre la torpeur et l'éveil.

Le regard d'Alex était à présent rivé sur Kade avec un calme effrayant.

—C'était l'Ancien, Kade. Il était là.

Kade jura, même si cela ne le surprenait pas vu l'état du corps qui gisait devant la cabane.

—Tu l'as vu? Est-ce qu'il t'a touchée? Est-ce qu'il… Ah, Seigneur… Est-ce qu'il t'a fait quoi que ce soit?

Elle secoua la tête.

— Il devait être caché dans la cabane de Jenna quand Zach et moi sommes arrivés il y a quelques minutes. Il a fait irruption à travers la porte juste après que Zach a essayé de me tuer.

— Quoi ?

Le sang de Kade ne fit qu'un tour, passant du froid de la peur à la chaleur intense de la rage. Si Tucker n'avait pas déjà été mort, il l'aurait dépecé vivant.

— Mais que s'est-il passé, bordel ? Pourquoi ce fils de pute voulait-il te faire du mal ?

— Parce que je me suis rendu compte de ce qu'il fabriquait. Zach et Skeeter faisaient des affaires ensemble. Ils dealaient et ils vendaient de l'alcool en contrebande à des autochtones. J'ai su que quelque chose clochait quand j'ai vu le portable de Skeeter et une liasse de billets chez Zach. Il a essayé de s'en tirer avec des mensonges, mais je savais.

— Il a mal choisi à qui mentir, hein ?

Elle eut un vague sourire.

— Je ne veux pas que Jenna voie… (Elle s'interrompit et fit un geste du côté de la cour.) Il faudra qu'elle sache la vérité évidemment, mais pas comme ça.

Kade acquiesça.

— Ouais, bien sûr.

Les autres guerriers arrivèrent alors sur leurs motoneiges vrombissantes. Kade sortit pour les accueillir et les informer que l'Ancien s'était trouvé là quelques instants auparavant et que la victime qui gisait devant la maison était le frère de l'amie d'Alex.

Chase et le Chasseur se mirent à nettoyer discrètement la scène, tandis que Tegan et Brock suivaient Kade à l'intérieur.

— Voici Alex, dit-il et il lui présenta rapidement les deux guerriers.

Pendant qu'il expliquait ce qui s'était passé avant leur arrivée, il eut énormément de mal à se retenir de la toucher, histoire de s'assurer qu'elle n'était pas blessée.

— Vous allez bien ? Et votre amie ? demanda Tegan d'une voix empreinte du plus profond respect malgré le fait que sa présence visait essentiellement à estimer une situation qui n'avait cessé d'empirer au cours des dernières heures.

— Je vais bien, répondit Alex. Mais je suis inquiète pour Jenna. Je ne vois pas ce qui cloche chez elle, mais il ne me semble pas non plus que tout aille bien.

Tegan jeta un coup d'œil à Brock, mais le grand guerrier rejoignait déjà Jenna de l'autre côté de la pièce.

— Qu'est-ce qu'il va lui faire ? demanda Alex, l'air préoccupée.

— Ne t'inquiète pas, la rassura Kade. Si quelque chose ne va pas, il pourra l'aider.

Brock passa les mains sur le dos de Jenna, puis dégagea doucement ses cheveux et posa ses doigts à la peau sombre contre sa joue blafarde.

— Elle a été hypnotisée, déclara-t-il. Mais elle est en train de sortir de la transe. Ça va aller.

Chase et le Chasseur entrèrent alors dans la cabane.

— La cour est nettoyée, dit Chase à l'adresse de Tegan. On peut tous les deux fouiller les alentours pour repérer la piste de l'Ancien.

Tegan pinça les lèvres puis laissa échapper un soupir.

— Il est à des kilomètres d'ici maintenant. Autant chercher une aiguille dans une botte de foin. Impossible de pister ce fils de pute avec ce foutu blizzard. On ne l'attraperait jamais.

Kade sentit le regard d'Alex sur lui.

— Et Luna ? Si tu utilisais ton don sur elle, est-ce qu'elle ne pourrait pas nous aider à suivre la trace de l'Ancien ?

Tegan regarda la chienne, qui était venue fourrer son museau dans la main de Kade.

— Ça pourrait être notre meilleure chance, mec.

— Ouais, je peux le faire, affirma Kade. Mais, et vous ? On va tous se mettre à courir avec elle, armés jusqu'aux dents au cas où on attraperait ce salopard ?

— Je peux vous emmener dans mon avion, suggéra Alex.

— C'est hors de question. (Kade secoua la tête.) Absolument hors de question. Je ne vais pas t'impliquer dans ce truc plus que je ne l'ai déjà fait. C'est un risque que je refuse de prendre.

— Mais je veux le faire. Je ne veux pas quitter Luna et je peux vous prendre tous dans mon appareil pendant qu'elle piste l'Ancien au sol.

— Il fait nuit, Alex, rétorqua Kade. Et il y a une tempête de neige.

— Je ne vois pas ce que tu veux dire, riposta-t-elle. Et plus on reste là à discuter, plus loin cette créature s'enfuit. Et ça, c'est un risque que, moi, je ne veux pas prendre.

Tegan leva un regard interrogateur vers Kade.

— Elle a raison. Et tu le sais.

Kade reporta son regard sur Alex et vit dans ses yeux tout le courage et toute la détermination qui l'avaient fait tomber amoureux d'elle. L'Ordre avait besoin d'elle à présent, cela ne faisait aucun doute. Il était à la fois fier d'Alex et pétrifié de peur pour elle. Mais il se contenta d'un juron et confirma :

— Ouais. Eh bien, allons-y alors !

— Et l'humaine ? demanda Chase. On ferait mieux de la nettoyer avant qu'elle en voie plus que ce qu'elle a déjà vu.

Mais alors que l'ex-Agent du maintien de l'ordre se dirigeait déjà vers elle, Brock tourna la tête, les crocs brillants derrière ses lèvres.

— Bas les pattes, Harvard. Tu ne la touches pas, c'est clair ?

Chase stoppa net. Il haussa vaguement les épaules et s'écarta tandis que Brock retournait auprès de Jenna.

Tandis que la tension retombait dans la cabane, Alex s'agenouilla à côté de Luna et l'enserra dans ses bras avec tendresse en lui murmurant quelque chose à l'oreille avant de lever les yeux vers Kade.

— OK, elle est toute à toi. Promets-moi que tu seras prudent avec elle.

— Je te le promets, répondit-il en toute sincérité.

Alors qu'Alex s'écartait, Kade prit le museau de Luna dans sa paume et riva les yeux sur son regard intelligent. Il établit la connexion avec l'esprit de la chienne, puis lui intima silencieusement l'ordre de lui montrer où avait fui l'Ancien.

Quand Luna se mit à courir hors de la cabane dans la tempête de neige, Alex la suivit des yeux les bras croisés, une main contre la bouche.

Chapitre 28

Peu après, ils étaient dans l'avion, Kade dans le siège du copilote et trois autres vampires tassés dans l'espace derrière lui d'ordinaire réservé aux marchandises. Kade donnait les directions à Alex, naviguant grâce à son lien mental avec Luna, qui courait au sol.

Alex ne la voyait pas. Ils étaient trop haut et la neige tombait trop dru dans l'obscurité pour qu'elle puisse voir quoi que ce soit au-delà du nez de son appareil. C'étaient des conditions de vol dangereuses, voire extrêmement dangereuses, mais Alex connaissait ce terrain comme sa poche. Elle suivait les indications de Kade, mais elle aurait presque été capable d'anticiper le chemin que traçait Luna le long de la Koyukuk, qui était la route la plus logique à suivre pour l'Ancien.

— Continue à suivre la rivière, lui dit Kade. La piste est de plus en plus fraîche. On gagne du terrain sur lui.

Alex hocha la tête, se concentrant sur son pilotage et sur les fortes rafales qui soufflaient de la chaîne Brooks tandis qu'ils remontaient vers le nord le long de la rivière gelée sous eux. Même si elle ne voyait pas le ruban de glace, elle savait qu'ils arrivaient à un point où l'Ancien en fuite aurait été forcé de faire un choix : rester dans la vallée et compter sur les forêts de plus en plus denses pour le masquer à d'éventuels poursuivants ou virer à l'ouest et tenter sa chance dans les montagnes jusqu'aux crêtes escarpées. Les conditions d'atterrissage ne seraient bonnes dans aucun des deux cas, mais il n'y avait pas grand-chose de plus traître que de tenter un atterrissage court sur du rocher potentiellement instable en altitude.

— La piste tourne, annonça Kade. Vire à gauche.

— Entendu, répondit Alex, qui, envoyant au ciel une prière silencieuse, changea de direction pour s'éloigner de la rivière et filer sur la chaîne montagneuse. Accrochez-vous, tout le monde. Il va y avoir quelques trous d'air car nous allons nous mettre vent debout.

— Comment ça se passe ? demanda Tegan derrière elle. Vous êtes sûre de pouvoir vous débrouiller ?

— Du gâteau, répliqua Alex – même si ce n'était pas tout à fait vrai –, et elle sentit la main de Kade se décaler pour venir toucher la sienne.

Ce contact lui fit du bien. Même si elle avait toujours présent à l'esprit ce qu'elle avait vu dans la forêt et un nœud à l'estomac suite à cette expérience et à la terreur qu'avait provoquée chez elle l'Ancien tout à l'heure, Alex ne pouvait pas nier les sentiments qu'elle éprouvait pour Kade. Il était le seul à la connaître vraiment à présent. Malgré tout ce qui s'était passé entre eux et autour d'eux, son cœur ne pouvait se résoudre à renoncer au réconfort qu'il était le seul à pouvoir lui donner.

La colère qu'elle ressentait envers Kade et le reste de son espèce s'était estompée en voyant comment lui et ses amis de l'Ordre avaient géré l'affreuse situation qu'ils avaient trouvée à la cabane de Jenna. Kade s'était montré tendre et affectueux avec Alex, respectueux et plein de considération vis-à-vis de Jenna, comme l'avaient été les autres guerriers, et en particulier celui qui s'appelait Brock, qui était resté sur place pour s'occuper d'elle.

Il était difficile d'imaginer une race d'êtres capables de tant d'humanité alors qu'ils avaient les mêmes origines extraterrestres que la créature impitoyable qui avait tué Zach et tant d'autres individus au cours des derniers jours. Ou que les Renégats atteints de Soif sanguinaire qui avaient tué sa mère et son petit frère. Ou encore que Seth, le jumeau dont Kade avait eu trop honte d'avouer l'existence avant qu'Alex ait constaté par elle-même sa sauvagerie.

Mais Kade et les autres mâles de la Lignée qu'il lui avait présentés étaient différents. C'étaient des hommes bons, et ce malgré les gènes qui en faisaient quelque chose d'autre, quelque chose de plus que des hommes.

Ils avaient de l'honneur.

Kade aussi. Et à présent, alors qu'elle le pilotait avec ses frères d'armes de l'Ordre à travers une zone de turbulences vers les crêtes escarpées des montagnes et une bataille imminente avec une créature qui n'était pas de ce monde, elle s'attachait à l'espoir qu'elle et Kade auraient la possibilité de clarifier ce qu'ils étaient l'un pour l'autre. Elle ne pouvait que prier qu'il ait un futur pour eux au-delà du danger qu'ils allaient avoir à affronter sous peu.

— Luna suit la trace de l'Ancien à la base de la montagne, annonça Kade à côté d'elle. Ah, merde… c'est du rocher brut et c'est sacrément pentu. Ce fils de pute s'échappe sur une corniche. On va le perdre dans les montagnes.

— Dis-moi simplement de quel côté se dirige Luna, dit Alex. Je me débrouillerai pour nous y amener.

Elle vola le long de la corniche obscure en suivant les indications de Kade et en essayant de voir à travers le pare-brise par-delà les flocons de neige qui dansaient et roulaient dans son champ de vision.

— Putain, lâcha Kade un instant plus tard. Luna a perdu sa piste. Elle fait des cercles sur une saillie juste en dessous de nous, mais elle ne peut plus retrouver la trace de l'Ancien.

— C'est parce qu'il a sauté de là, fit remarquer le Chasseur d'une voix égale. L'Ancien est maintenant soit au-dessus de l'animal, soit en contrebas.

— Nous sommes assez près pour le poursuivre à pied, dit Tegan. L'Ancien ne peut plus aller très loin sans nous avoir sur les talons. Mais il faut qu'on pose ce zinc maintenant.

— OK, c'est parti, annonça Alex, qui, regardant par la fenêtre, ne vit d'autre possibilité que le plus court des atterrissages qu'elle ait jamais eu à effectuer.

Elle dirigea l'avion vers une petite étendue de neige immaculée qui se détachait sur les amas rocheux et commença sa descente.

Kade avait déjà eu l'occasion de voir Alex en action aux commandes de son appareil, mais cela ne diminua en rien son admiration pour elle quand elle posa le petit avion sur un étroit rebord de neige dans la montagne. Ce ne fut qu'après l'atterrissage qu'il se rendit compte qu'elle les avait posés sur une pente douce qui n'offrait guère plus d'un mètre de marge d'erreur de chaque côté.

Aucun des guerriers ne prononça un mot tandis que l'avion venait s'arrêter en bout de course et que l'unique moteur se taisait.

Pas même le Chasseur, qui était assis très droit à l'arrière, le visage imperturbable même si les articulations de ses mains semblaient avoir blanchi dans les filets où il avait accroché les doigts au-dessus de sa tête.

Ce fut Chase qui rompit le silence avec un juron.

Tegan gloussa :

— Voilà un sacré atterrissage, Alex.

— Une sacrée femme, oui, dit Kade en la regardant avec une fierté qu'il n'avait probablement pas le droit de ressentir. Mais le regard qu'elle lui jeta, quoique bref, était doux, et cela fit renaître chez lui l'espoir qu'il ne l'avait peut-être pas perdue complètement.

Peut-être y avait-il encore une chance que ça marche entre eux ?

Alors que le groupe descendait de l'avion et s'équipait avec armes et munitions, Luna arriva en grimpant la pente pour se jeter dans les bras ouverts d'Alex. Un moment, Kade conserva égoïstement sa connexion avec la chienne pour savourer la chaleur de l'amour que lui portait Alex.

Alors qu'il rompait le lien, Tegan le rejoignit, armé jusqu'aux dents.

— Nous allons nous séparer. Le Chasseur va s'occuper du haut, Chase et moi du terrain en contrebas.

Kade acquiesça gravement.

— Et moi ?

Tegan lança un regard vers Alex, qui était en train de féliciter Luna.

— Reste ici et assure-toi de la sécurité de ta femelle. Il n'y a rien de plus important que tu puisses faire, non ?

Kade réfléchit au commentaire de Tegan. Il sentait qu'il était de son devoir de dire que ce qu'il y avait de plus important à cet instant-là, c'était la mission. Que rien ne comptait plus que son engagement vis-à-vis de l'Ordre, ses frères d'armes et leurs objectifs. D'un côté, il le croyait vraiment, il savait sans l'ombre d'un doute qu'il donnerait sa vie pour n'importe lequel des guerriers, comme eux le feraient pour lui. C'était sa famille et il était lié à elle comme il ne l'avait jamais été auparavant.

Mais Alex était encore plus que tout ça.

Son cœur lui appartenait désormais. Il ne lui serait même pas venu à l'idée d'essayer de le nier. Et il savait que quand Tegan parlait d'elle, le guerrier Gen-1 accouplé parlait aussi d'expérience.

— C'est vrai, admit Kade. Sans Alex… Ah, Seigneur ! Sans elle, rien n'aurait plus d'importance.

Tegan hocha la tête et pinça les lèvres.

— Peut-être devrais-tu t'assurer qu'elle le sache ?

Il lança une bourrade dans l'épaule de Kade, puis fit signe aux autres guerriers de se joindre à lui pour l'étape suivante de la poursuite. Lorsque le Chasseur eut bondi sur la corniche qui dominait la pente où ils se trouvaient et que Tegan et Chase eurent sauté sur la corniche inférieure, Kade rejoignit Alex.

— Il me semble qu'à nous trois nous faisons une bonne équipe, dit-il en tendant la main pour caresser Luna derrière les oreilles faute de prendre Alex dans ses bras.

Elle croisa les bras.

— Tu ne pars pas avec les autres ?

— Tegan a voulu que je reste derrière pour assurer ta sécurité. Il sait combien tu es importante pour moi et que je ne supporterais pas qu'il t'arrive quoi que ce soit.

Elle le regarda en fronçant légèrement les sourcils. Il y eut un silence interminable. Dans le calme de la neige qui tombait, on entendit l'appel étouffé d'un loup dans le lointain.

Lorsque Alex finit par parler, sa voix n'était guère plus qu'un murmure.

— J'ai voulu te haïr. Quand je t'ai vu dans les arbres, couvert de sang…

— Pas moi, lui rappela-t-il. Ce n'était pas moi, Alex. C'était Seth.

Elle hocha la tête.

— Je sais bien. Je te crois. Mais c'est toi que j'ai vu à ce moment-là. C'était toi, Kade, et tu avais le même aspect monstrueux que les Renégats qui ont tué ma mère et Richie. J'ai voulu te haïr à cet instant-là… mais je n'ai pas pu. Quelque chose en moi refusait de te lâcher, même alors, à un moment où tu n'aurais pas pu me sembler plus odieux et plus mauvais. Je t'aimais toujours.

Il laissa échapper un soupir de soulagement et la prit dans ses bras.

— Alex, je suis désolé pour ce que tu as pensé. Pour ce que tu as vu. Je suis désolé pour tout.

— C'est ce qui m'a fait le plus peur, Kade. L'idée que je pourrais t'aimer même si tu étais un tueur, même si tu étais un monstre, comme…

— Comme mon frère, acheva-t-il d'une voix douce. Je ne suis pas mon frère. Tu n'auras jamais à avoir peur de moi. Je t'aime, Alexandra. Et je t'aimerai toujours.

Il prit délicatement le beau visage d'Alex dans ses mains et l'embrassa. Elle se sentit si bien dans ses bras, contre ses lèvres, qu'il aurait pu l'embrasser jusqu'à la fin des temps.

Mais le grognement de Luna derrière eux mit l'instinct guerrier de Kade en alerte rouge.

En s'écartant d'Alex pour la faire passer derrière lui par réflexe il sentit l'air vibrer légèrement…

Juste au moment où une énorme silhouette sombre tombait du ciel.

À plusieurs mètres d'eux, l'Ancien atterrit avec grâce et souplesse dans la neige. Puis, retroussant les lèvres sur ses dents et ses crocs immenses, la dangereuse créature riva son regard d'ambre sur Kade et feula, ses intentions meurtrières évidentes.

Chapitre 29

Alex hurla.

La terreur s'empara d'elle tandis que l'Ancien s'accroupissait, prêt à bondir, ses yeux d'ambre baignant Kade d'une lumière épouvantable.

— Alex, fous le camp.

La gorge sèche comme jamais, elle déglutit.

— Qu… quoi ?

— Fonce ! ordonna Kade sans lâcher des yeux la menace devant lui. Retourne à l'avion et décolle. File aussi loin que tu le peux de cette montagne.

La peur irriguait tout son être, mais les jambes d'Alex refusaient de bouger. Elle ne pouvait pas abandonner Kade comme ça, quoi qu'il dise. Quoi qu'ils aient à affronter, ils l'affronteraient ensemble.

— Je ne pars pas. Je ne veux…

— Putain, Alex, va-t'en ! grogna-t-il en attrapant l'un des gros semi-automatiques qu'il avait sous sa parka.

Il bougea si vite qu'elle ne put suivre ses mouvements. Une seconde sa main glissait dans son manteau ouvert, la suivante il brandissait le pistolet devant lui et lâchait une grêle de balles.

Mais l'Ancien fut encore plus rapide.

Il évita le tir et ses puissantes jambes couvertes de dermoglyphes le propulsèrent au-dessus du sol en un bond qui aurait dû l'envoyer s'écraser sur Kade s'il n'y avait pas eu le Chasseur. L'immense Gen-1 vint heurter l'Ancien en sautant de la corniche supérieure, les envoyant tous deux rouler dans la neige.

Impossibles à distinguer l'un de l'autre pour Alex l'espace d'un instant, ils se lancèrent dans une lutte à mort.

Kade se mêla au combat juste au moment où le Chasseur prenait un coup sévère à la base du cou. Le sang gicla, ce qui sembla accentuer la frénésie de l'Ancien, dont les pupilles s'élargirent et les crocs s'allongèrent encore. La créature lança son énorme tête en arrière et ouvrit la bouche pour lâcher un hurlement furieux.

Kade tira et l'Ancien, au lieu de frapper le Chasseur de nouveau, dut dépenser une énergie précieuse à éviter la balle.

Le temps qu'Alex cligne des yeux, l'Ancien avait déjà les doigts autour du pistolet de Kade. Il écrasa l'acier de l'arme comme s'il froissait du papier, puis, avec une puissance inimaginable pour Alex, l'extraterrestre envoya Kade valser en l'air. Il atterrit tout au bord de l'escarpement, sa tête cogna contre un rocher et il se mit à saigner au-dessus de la tempe.

— Kade ! hurla Alex, le souffle coupé.

Il essaya de se relever, mais il avait perdu tout repère et il s'affaissa avec un grognement.

Quelques centimètres de plus et il était perdu.

— Kade ! Oh, mon Dieu… Ne bouge plus !

Le blizzard avait encore empiré depuis qu'ils s'étaient posés et la neige tourbillonnait tout autour d'Alex. Elle parvint à peine à reconnaître la forme du Chasseur qui se relevait pour se jeter de nouveau sur l'Ancien. Avec un feulement vicieux, la créature se retourna et jeta le grand Gen-1 loin de lui.

Puis elle se dirigea vers Kade, toujours allongé au bord de l'à-pic.

Le cœur prêt à se rompre, Alex progressait tout doucement vers l'avion. Elle n'allait pas fuir, même à présent. Elle était terrifiée, plus qu'elle ne l'avait jamais été, mais il fallait qu'elle fasse quelque chose pour Kade et pour ses frères d'armes même si ses actions risquaient de s'avérer insignifiantes contre l'ampleur de la menace.

Elle attrapa le fusil chargé qu'elle gardait dans la soute.

Alors que l'Ancien se rapprochait de Kade, qui tentait de nouveau de se mettre debout, elle visa. Elle ne pouvait pas laisser la créature atteindre Kade.

Alex pressa la détente.

Le coup de feu éclata comme le tonnerre dans l'obscurité enneigée.

L'Ancien ne l'avait pas vu venir. Sa grande main était pressée contre sa poitrine, mais du sang coulait entre ses doigts.

L'extraterrestre retroussa les lèvres et gronda. Puis il se remit en route, mais plus vers Kade… vers Alex et Luna à côté de l'avion.

Alex entendit des loups hurler non loin de là. Ils étaient nombreux. Au moins une demi-douzaine, voire plus. Elle les entendait et, malgré sa terreur, pouvait presque distinguer le bruit de leurs pas croissant dans le froid mordant de la tempête.

Elle savait que les loups étaient proches, mais elle n'en fut pas moins surprise de les voir apparaître soudain des pentes escarpées en contrebas. La meute chargea, bondissant d'un seul élan sur un objectif commun : la créature extraterrestre, qui se mit à rugir de fureur sous l'attaque conjointe de huit prédateurs.

Et alors que les loups mordaient, déchiraient et sautaient à la gorge de l'Ancien, un autre adversaire passa la crête.

Seth!

Alex eut soudain le souffle coupé en voyant le mâle de la Lignée qui ressemblait tant à Kade émerger de l'obscurité et des tourbillons de neige. D'un coup, il ne lui sembla plus identique à Kade. C'était plutôt comme une image miroir, une image renversée, comme s'il était la moitié la plus sauvage, la plus dangereuse du vampire qu'elle aimait.

Les immenses crocs de Seth brillaient comme de l'ivoire. Ses yeux projetaient une lumière ambrée qui brûlait comme un laser. Il lança un bref coup d'œil en biais à Alex, qui déglutit. Elle eut le sentiment de voir comme des excuses inscrites dans l'expression sévère de son visage. Peut-être même du remords.

Et puis, avec un cri de guerre qui glaça les sangs d'Alex, Seth se jeta sur l'Ancien d'un bond puissant.

Ils étaient trop proches du bord de la falaise.

Leur élan était trop important pour qu'ils puissent s'arrêter.

Se rendant compte de ce qui allait se passer, Alex écarquilla les yeux. Un instant plus tard, elle serrait les paupières alors que Seth et l'Ancien plongeaient ensemble par-delà l'escarpement.

— Seth !

Kade cria le nom de son frère. Son esprit embrumé par le coup qu'il avait reçu s'était instantanément éclairci quand il avait vu Seth aux prises avec l'Ancien. Une seconde plus tard il était frappé d'horreur en les voyant passer à côté de lui au bord du précipice pour aller se perdre dans les ténèbres.

Il y eut soudain un fort grondement qui lui sembla provenir de partout à la fois autour de lui, comme un coup de tonnerre, à ceci près qu'il le ressentait dans le sol sous lui. Et au-dessus aussi.

Puis ce fut le craquement violent de la glace et de la neige tassée qui cédaient sur le rocher escarpé au-dessus de la corniche sur laquelle il se trouvait.

L'avalanche rugit en passant l'arête, des tonnes de neige et de glace déferlant comme une lame de fond à côté de sa tête dans le ravin. Un nuage aveuglant et étouffant de cristaux poudreux s'éleva dans son sillage, gelant le visage de Kade et l'obligeant à détourner le regard de la crevasse à présent pleine de neige dans laquelle son frère et l'Ancien étaient tombés. Rien ne pouvait survivre au pouvoir suffocant d'une telle masse de neige.

Kade sentit des mains douces entourer ses épaules, la chaleur du corps d'Alex qui le prenait dans ses bras et le serrait contre elle. Et il entendit, un peu plus loin sur la corniche, le son diffus de plusieurs voix. C'étaient celles du Chasseur, de Tegan et de Chase qui exprimaient leur incrédulité devant ce qui venait juste de se passer.

— Kade, murmura Alex d'un ton calme et réconfortant. Oh, mon Dieu… Kade !

Il n'avait qu'une envie, la prendre dans ses bras et accepter l'amour qu'elle lui offrait, mais son cœur pleurait son frère. L'idée qu'il avait perdu son jumeau le mettait au supplice. Il n'arrivait pas à croire au sacrifice de Seth. C'était trop dur pour être vrai.

Kade se dégagea des bras protecteurs d'Alex et rampa jusqu'au bord de la falaise.

— Seth ! hurla-t-il dans le vide à l'affût du moindre signe qui lui permettrait d'espérer que son frère n'était pas mort.

Et puis il vit… une forme sombre, brisée, étendue sur une saillie dentelée à une trentaine de mètres en contrebas. Cette forme bougeait. Faiblement, mais elle bougeait.

— Seigneur ! C'est lui ! (Il se releva.) Seth ! Tiens bon !

Alex resta bouche bée.

— Kade, qu'est-ce que tu fais ? Kade, ne…

Il passait le rebord.

Alex cria en le voyant faire un bond calculé dans la crevasse rocheuse. Il atterrit à côté de son frère et s'activa immédiatement à chasser la glace et la neige de son visage et de son corps tuméfiés.

— Bon Dieu, Seth.

Sa voix exprimait à la fois le soulagement et la douleur. Son frère avait subi de multiples blessures tant au cours de son combat avec l'Ancien que dans sa chute. Il saignait en plusieurs endroits de la tête et des membres, mais c'était la méchante entaille qu'il avait à la poitrine qui inquiétait le plus Kade.

Se régénérer après de tels dommages aurait été un vrai défi pour les plus vigoureux des mâles de la Lignée, alors pour quelqu'un d'aussi usé que Seth… Et merde. Il semblait vraiment mal parti.

Seth avait les yeux fermés, son corps était tout flasque. Il respirait à peine, mais parvint quand même à écarter les lèvres et essaya de parler à Kade.

— Va-t'en, finit-il par émettre d'une voix sifflante. Tu ne peux… peux pas me sauver, mon frère.

Kade lâcha un juron.

— Ça, ça reste à voir. Je vais te sortir d'ici.

— Non. Laisse-moi… Je suis en train de mourir. C'est comme si j'étais déjà mort. Nous le savons tous les deux.

— Pas comme ça, mon frère, répliqua Kade. Tu vas guérir. Je vais te ramener à la maison dans le Havrobscur de Père et tu récupéreras.

— Non, murmura Seth doucement. (Il ouvrit péniblement les yeux.) Non, Kade, non.

En voyant les yeux de son frère, Kade faillit détourner le regard. Les pupilles n'étaient plus que des fentes baignées d'ambre lumineux. Le regard de Seth était chargé d'angoisse, sauvage. Ses crocs n'étaient pas rentrés. Ses dermoglyphes étaient sombres et pulsaient de toutes les couleurs comme s'il était assoiffé de sang.

Tous les signes étaient présents, mais Kade ne pouvait se résoudre à les reconnaître.

Depuis la dernière fois qu'il l'avait vu, son frère avait succombé à la Soif sanguinaire.

Seth était un Renégat.

— Il n'y a plus de retour en arrière pour moi désormais, murmura Seth. Tu as tenté de me prévenir...

— Ah, putain ! murmura Kade. Ah, bordel, Seth. Non ! Non ! Ce n'est pas possible !

Seth prit une brève inspiration et une violente quinte de toux le secoua. Son corps tressauta. Sa peau semblait pâlir à vue d'œil.

— Laisse-moi m'en aller, mon frère. Je t'en prie.

Kade secoua la tête.

— Je ne peux pas. Tu le sais. Je n'aurais pas renoncé à t'aider avant, ce n'est pas pour le faire maintenant. Tu m'as sauvé la vie là-haut, Seth. Et maintenant, bon Dieu, c'est moi qui vais sauver la tienne.

Il tourna la tête et cria vers le haut de la falaise à l'adresse de Tegan et des autres :

— J'ai besoin de cordes. Mon frère est blessé. Il ne pourra pas remonter tout seul. Je vais avoir besoin d'un harnais pour le hisser.

Les guerriers les regardèrent puis disparurent à sa vue pour aller chercher le matériel. Le visage d'Alex remplaça bientôt le leur. Rien que la voir lui donnait du baume au cœur, un sentiment d'amour pur et honnête, ce dont il avait le plus besoin en cet instant.

Les lèvres parcheminées et sanglantes de Seth s'écartèrent en un faible sourire.

— Tu es amoureux, dit-il avec comme un regret dans sa voix sifflante.

— Eh oui, répondit Kade. Elle s'appelle Alexandra. Je vais en faire ma compagne, si elle veut bien de moi.

Seth ferma les yeux et hocha faiblement la tête.

— J'aurais aimé la rencontrer.

— Tu vas le faire. (Kade regarda son frère et vit son corps supplicié se raidir.) Tu dois tenir le coup, Seth. Allez… Ouvre les yeux. Continue à respirer, bordel !

Mais les yeux de Seth restèrent clos.

Il respira encore, mais juste une dernière fois. Sa poitrine se comprima en une ultime expiration et il mourut.

Les souffrances de Seth étaient finies.

Kade prit le corps martyrisé de son frère dans ses bras. Il s'assit avec lui sur la corniche gelée et le berça doucement en priant pour qu'il ait enfin trouvé la paix.

Chapitre 30

C'est en silence que les guerriers aidèrent Kade à remonter Seth. Ils travaillaient sans gestes inutiles, manipulant le corps sans vie comme s'il s'était agi d'une cargaison précieuse alors même qu'il était évident, même s'il était mort, que le jumeau de Kade avait été un Renégat.

Les couleurs des dermoglyphes de Seth étaient toujours intenses, ses crocs avançaient toujours sous ses lèvres relâchées. Et même si ses yeux étaient fermés, il était clair que sous les paupières ses pupilles devaient toujours être allongées et ses iris submergés d'ambre.

Toutes ces marques de la Soif sanguinaire qui l'avait possédé le désignaient comme ennemi des membres de la Lignée respectueux de la loi, et à plus forte raison des guerriers de l'Ordre, qui avaient fait serment de débarrasser la population vampire de tous les tueurs apparus en son sein.

Mais, malgré ça, c'est avec révérence que Tegan et Chase déposèrent Seth dans la neige aux pieds de Kade. Le Chasseur, lui, retourna au bord de la crevasse pour scruter ses profondeurs. Puis il revint à Tegan et secoua la tête.

— Je ne vois aucun signe de vie là en bas. L'Ancien est sûrement mort.

Tegan hocha la tête.

— Bien. Et même si la chute ne l'a pas tué, quelques milliers de tonnes de neige et de glace finiront certainement le travail.

À cet instant, Alex revint de l'avion avec en main une couverture pliée. C'est les yeux pleins de larmes qu'elle regarda Kade, avant de commencer à déplier en le secouant doucement le linceul qui allait couvrir le corps brisé et sanglant de Seth.

Mais Kade l'arrêta d'un signe de la main.

— Attends ! J'ai besoin de le voir comme ça. J'ai besoin que vous tous le voyiez et que vous sachiez que ça aurait aussi bien pu être moi.

Il regarda les visages graves de ses frères d'armes, celui du Chasseur, aux yeux d'or impassibles, celui de Chase, aux sourcils froncés et enfin celui de Tegan, à l'expression indéchiffrable. Pour finir, Kade regarda Alex, la personne au monde dont l'opinion avait désormais le plus d'importance pour lui.

— Seth, mon jumeau, était un tueur. Cela faisait longtemps que je le savais, mais je ne voulais pas l'avouer. Pas plus aux autres qu'à moi-même. En fait, ce que je ne voulais surtout pas admettre, c'est que nous n'étions pas si différents l'un de l'autre.

— C'était un Renégat, dit Tegan. Ça fait une différence.

— Oui, reconnut Kade avec un haussement d'épaules. Mais sa chute a pris plusieurs années. Et pendant toutes ces années, il a chassé comme un animal. Il a tué de sang-froid. Seth était malade d'une sauvagerie qu'il ne pouvait surmonter. Je le savais, parce que cette sauvagerie vit aussi en moi.

Kade vit qu'Alex déglutissait avec difficulté et qu'elle ramenait la couverture contre elle comme si elle avait soudain besoin de sa chaleur. Il ressentit le petit sursaut de son pouls tandis qu'elle l'observait en silence. À travers le lien qu'il avait avec elle, il ressentit sa peur comme si ça avait la sienne propre.

Il détestait l'idée que c'était lui qui provoquait cette peur, et l'envie d'apaiser ses inquiétudes par un mensonge confortable le submergeait presque. Mais il en avait fini avec les secrets. Il ne pouvait plus se cacher, ni prétendre qu'il était plus fort qu'il ne l'était réellement, même au risque de perdre Alex sur-le-champ.

Il fallait qu'elle connaisse la vérité, et cela valait aussi pour le groupe de mâles de la Lignée qui se tenaient devant lui.

— Dès l'enfance, Seth et moi avons laissé notre don nous gouverner. C'était dur de résister à la liberté et à la puissance qu'il nous offrait. Commander à d'autres prédateurs mortels, courir à leurs côtés, chasser avec eux : tout ça nous montait à la tête. Il nous arrivait même de vivre des mises à mort en direct par leurs yeux. Et une fois que nous eûmes répondu à l'appel de la sauvagerie, il devint de plus en plus dur de la maîtriser. Et c'est encore le cas parfois.

Même si Alex n'avait pas bougé d'un cil, Kade avait senti son estomac se nouer en l'écoutant. Elle était écœurée, mais pas par Seth cette fois, ou par un malentendu quelconque que Kade aurait pu dissiper avec son charme ou des promesses sincères. Elle voyait la vérité à présent, enfin, et aussi terrible que ce fût pour lui de savoir qu'il la repoussait loin de lui avec son honnêteté, il ne pouvait pas s'arrêter avant qu'elle sache tout.

— Trop de pouvoir n'est jamais une bonne chose, glissa Chase d'une voix lourde de réflexion dans le silence qui s'éternisait. Cela peut corrompre jusqu'aux plus forts.

— Ouais, acquiesça Kade. Il a corrompu Seth très tôt. Je ne sais pas à quel moment il a commencé à tuer des humains. Ça n'a plus vraiment d'importance maintenant. J'ai fini par le découvrir et j'aurais dû l'empêcher de continuer sur-le-champ. Mais je ne l'ai pas fait. Au lieu de ça, j'ai quitté l'Alaska. J'ai reçu un appel de Niko me disant que l'Ordre recrutait et j'ai filé à toutes jambes. Pour m'interdire de devenir ce que Seth était devenu, j'ai fui à Boston et je l'ai laissé se débrouiller seul.

Tegan le regarda d'un air grave.

— Ça date tout juste de l'année dernière. Seth n'était plus un enfant à l'époque. Combien de temps encore te serais-tu considéré responsable de lui ?

— C'était mon frère, répliqua Kade en lançant un regard triste au cadavre du Renégat qui avait été son image miroir. Seth était une partie de moi, presque une extension de ce que j'étais. Je savais qu'il était malade. J'aurais dû rester ici pour le recadrer. Et s'il n'avait pas cessé de tuer ou s'il s'était avéré qu'il en était incapable, alors j'aurais dû faire en sorte de l'en empêcher définitivement.

Tegan plissa ses yeux verts.

— Pas facile de tuer son propre frère, quoi qu'il ait fait. Demande à Lucan, il saura t'en parler.

— Est-ce que c'est plus facile de briser le cœur d'un père ? lâcha Kade avec amertume. C'est de moi que mon père se serait attendu à ça, pas de Seth. Tous ses espoirs et toute son attention ont toujours porté sur lui. Il va être anéanti de le voir comme ça. Comme il l'aurait été si j'avais exposé au grand jour le secret de Seth au lieu de le protéger tout ce temps.

Tegan grogna.

— Plus on cherche à la dissimuler, plus la vérité devient laide.

— Ouais, je le sais bien maintenant.

Le regard de Kade se reporta sur Alex, mais elle s'était détournée de lui. Elle tendit la couverture à Chase, puis retourna à l'avion en silence, Luna sur les talons. Kade se racla la gorge.

— Il faut que je ramène mon frère à la maison dans sa famille. C'est là sa place. Mais d'abord, je dois m'assurer qu'Alex va bien. Et son amie Jenna aussi.

— Et il y a en plus le problème d'un policier mort en ville, ajouta Chase.

Kade approuva de la tête.

— Sans oublier plusieurs autres personnes victimes des attaques de l'Ancien à la morgue et une équipe de flics en route depuis Fairbanks pour enquêter sur ces morts récentes.

— Et merde, dit Tegan. (Il fit signe à Chase de couvrir le corps de Seth.) Toi et le Chasseur, emmenez-le jusqu'à l'avion. Et doucement, hein ! Renégat ou pas, le frère de Kade lui a sauvé la vie aujourd'hui. D'ailleurs ce qu'a fait Seth nous a plus que probablement sauvé la mise à tous.

Les deux guerriers acquiescèrent et soulevèrent Seth pour l'emmener. Alors que Kade faisait un pas pour les suivre, Tegan le retint d'un regard lourd de sens.

— Tu sais, dit-il à voix basse pour n'être entendu que de Kade. J'ai l'expérience de ce à quoi tu as à faire face, alors tu n'es pas seul. Il y a longtemps de ça, moi aussi j'ai cédé à ce genre de sauvagerie, seulement ma drogue à moi, c'était la rage. Ça m'a presque tué. Et sans Lucan, qui m'a tiré de là, c'en était fini de moi. Maintenant, c'est Élise qui me permet de tenir. Mais la bête est toujours là en moi. On ne s'en débarrasse jamais complètement, mais je suis là pour te dire qu'on peut la maîtriser.

Kade écoutait, se souvenant de ce qu'il avait entendu dire des luttes de Tegan contre lui-même, aussi bien au cours des premiers temps de l'Ordre en Europe des siècles plus tôt que lors des récents événements qui s'étaient soldés par son union avec sa Compagne de sang, Élise, l'année précédente.

— Je ne vais pas te dire que je suis content d'avoir entendu tout ce que tu as dit aujourd'hui, reprit le Gen-1, mais je suis heureux que tu nous aies fait assez confiance pour t'en libérer devant nous.

Kade hocha brièvement la tête.

— Je vous le devais.

— Et comment ! répliqua Tegan. Il y a une chose dont il faut que tu te souviennes, mec. Tu as perdu un frère en Alaska aujourd'hui, mais tu auras toujours une famille à Boston.

Kade garda les yeux rivés sur l'intense regard vert du Gen-1.

— C'est vrai ?

— C'est vrai, confirma Tegan avec un grand sourire qui ne dura qu'un instant. Et maintenant, cassons-nous vite fait de ce caillou gelé et allons faire ce qu'il y a à faire.

Alex ne pouvait pas nier que la confession de Kade l'avait effrayée. Voir son frère – ce jumeau qui lui ressemblait tant – transformé en un monstre du genre de celui qui avait tué sa mère et Richie ne faisait qu'empirer les choses.

Kade pouvait-il lui aussi se transformer en monstre un jour ou l'autre ? À l'en croire, oui, et l'inquiétude qu'en ressentait Alex l'oppressait, pas tant parce qu'elle avait peur pour elle, mais parce qu'elle s'en faisait pour lui.

Elle ne voulait pas le voir souffrir. Elle ne voulait pas le perdre au bénéfice de la maladie, de la sauvagerie irrésistible qui avait emporté Seth.

À l'exception de Jenna, pour laquelle elle ne pouvait que prier, Alex avait déjà perdu tous les gens qu'elle aimait. Et à présent Kade risquait d'être le suivant. Il avait peur de la nature séductrice de son don. Ayant vu ce que ce dernier avait fait de Seth, Alex la craignait elle aussi. Elle n'était pas sûre qu'elle pourrait supporter de s'impliquer plus avant dans sa relation avec Kade pour le perdre ensuite par la faute d'une chose avec laquelle elle ne pourrait entrer en compétition que sans espoir de gagner la partie.

Le problème, c'était qu'elle l'aimait vraiment.

Et c'était la profondeur de cet amour qui la terrifiait le plus. C'est ce qu'elle se disait tandis qu'elle le ramenait avec ses frères d'armes jusqu'à Harmony. Elle n'arrivait pas à oublier que le frère Renégat de Kade était étendu enveloppé de sa couverture linceul dans la soute de l'avion, évocation sinistre d'un des futurs possibles de Kade.

Ça avait déjà été assez dur de perdre les siens sous les crocs de Renégats. Voir Kade défait par le même ennemi terrible que celui qui lui avait volé sa famille était pour Alex inenvisageable.

S'arrachant à ces funestes pensées, elle s'appliqua à chercher un endroit où poser son avion à proximité de la cabane de Jenna. Ils avaient décidé d'éviter l'aérodrome de la ville car cela risquait trop d'attirer l'attention des habitants, déjà passablement déboussolés. C'est pourquoi Alex finit par se poser dans une petite clairière près de chez Jenna.

— La cabane est juste derrière ces arbres, dit-elle à Kade et aux autres en arrêtant son moteur.

Kade, qui était assis sur le siège passager, se tourna pour la regarder. C'était la première fois qu'il le faisait depuis leur départ de la montagne vers Harmony. Il détourna les yeux un instant en s'éclaircissant la voix.

— Quand nous aurons réglé la situation ici en ville, j'aimerais ramener Seth au Havrobscur de ma famille à côté de Fairbanks. Je sais que c'est beaucoup demander. Trop, probablement, surtout après…

— Ce n'est pas trop demander, Kade, l'interrompit Alex. Je t'emmènerai dès que tu le voudras, bien entendu.

Il eut une expression contrite.

— Merci.

Elle hocha la tête, un peu déçue de la façon dont il semblait se détacher d'elle par son silence et les précautions qu'il prenait quand enfin il s'adressait à elle. Ou peut-être n'était-ce pas tant qu'il semblait se détacher d'elle, mais bien plutôt qu'il paraissait la pousser à s'éloigner de lui ?

Alex sortit de l'avion avec lui et les trois autres mâles de la Lignée, laissant Luna monter la garde auprès de la dépouille de Seth tandis qu'ils rejoignaient Jenna et Brock.

Dès qu'elle aperçut la cabane de son amie avec sa porte enfoncée et le sang de Zach toujours visible sous la nouvelle couche de neige, la réalité de ce qui s'était déroulé là s'empara d'Alex en un tourbillon d'émotions.

— Oh, mon Dieu, lâcha-t-elle en se mettant à courir. Jenna !

Brock apparut dans l'encadrement de la porte, son énorme masse corporelle bloquant l'entrée tandis qu'Alex montait les marches du perron.

— Elle va bien. Elle est confuse et toujours un peu incohérente, mais elle n'a rien. Ça va aller. Je l'ai mise dans la chambre pour qu'elle puisse se reposer plus confortablement.

Alex ne put s'empêcher de se jeter au cou du grand mâle noir et de le serrer dans ses bras de reconnaissance.

— Merci d'avoir pris soin d'elle, Brock !

Il hocha lentement la tête. Il avait dans les yeux une chaleur et une gentillesse qui paraissaient incongrues chez un guerrier si grand et à l'air si menaçant.

— Qu'est-ce qui s'est passé ? demanda-t-il alors qu'Alex pénétrait dans la cabane et que Kade et les autres guerriers arrivaient à leur tour. Avez-vous trouvé l'Ancien ?

— C'est une longue histoire, dit Tegan. On te donnera les détails plus tard. Pour l'instant, il suffit que tu saches que l'Ancien est mort. Malheureusement pas sans dommages de notre côté. Kade a perdu son frère dans la bataille.

— Quoi ? (L'air attristé, Brock posa une main sur l'épaule de Kade.) Ah, Seigneur ! Je suis désolé pour toi.

Alex fut remuée par l'émotion authentique et le lien étroit que partageaient Kade et Brock, mais aussi tous les guerriers rassemblés dans l'espace confiné de la cabane. Cela l'impressionnait de voir des hommes si forts, des individus qui étaient en fait beaucoup plus que ça, prendre soin les uns des autres comme les membres d'une même famille.

Se sentant d'un coup comme étrangère à ce qui se passait, Alex passa dans la chambre, où Jenna était allongée en chien de fusil sur le lit.

Comme Alex s'asseyait doucement sur le bord du matelas, Jenna s'agita.

— Hé, murmura-t-elle d'une voix endormie qui n'était guère plus qu'un murmure en soulevant à peine les paupières.

— Hé, répondit Alex en souriant. (Elle écarta une mèche de cheveux de la joue de Jenna.) Comment te sens-tu, ma chérie ?

Jenna murmura quelque chose d'incompréhensible et ses yeux se refermèrent.

— Elle n'a pas arrêté de perdre et de reprendre conscience depuis que vous êtes partis.

Alex tourna la tête et vit Brock derrière elle. Kade et les autres guerriers pénétrèrent eux aussi dans la pièce, regardant tous Jenna avec compassion.

— Elle est toujours faible à cause du sang qu'elle a perdu, dit Brock. L'Ancien a dû rester avec elle assez longtemps pour se nourrir à sa veine. Elle a eu beaucoup de chance. Au moins, elle est en vie.

Alex ferma les yeux, envahie par le regret à l'évocation de l'épreuve qu'avait subie Jenna.

— Je l'ai plongée dans une transe légère pour la calmer, reprit Brock, mais il y a quelque chose qui cloche. La transe ne l'endort pas complètement, ce qui est très étrange, vu qu'elle est humaine.

— Tu es sûr que ce n'est pas une Compagne de sang ? demanda Tegan.

Brock secoua la tête.

— Juste une *Homo sapiens* pour ce que j'ai pu en voir.

Tegan grogna.

— Je suppose que ça au moins c'est une bonne nouvelle. Qu'est-ce qui lui arrive, alors ?

— Je n'en sais foutre rien. Elle ne souffre pas, mais elle n'arrête pas de revenir à elle en murmurant tout un tas de trucs incompréhensibles. Pas même des mots connus, juste un charabia incohérent.

Alex revint à Jenna et lui caressa doucement la joue.

— Pauvre Jenna. Elle a traversé tellement d'épreuves. Elle ne méritait pas de subir ça par-dessus le marché. J'aimerais pouvoir claquer des doigts et effacer tout ce qui s'est passé ici aujourd'hui.

— Ça peut se faire, en fait, dit Tegan.

Lorsque Alex tourna vers lui un regard surpris et inquisiteur il poursuivit :

— Nous pouvons nettoyer sa mémoire de tout ça. C'est rapide et sans douleur. Elle ne se souviendra même plus de notre présence. On peut faire en sorte qu'elle ne se rappelle rien de la journée écoulée, ou des deux derniers jours, de la semaine… ou plus loin encore si nécessaire.

— Vous pouvez faire ça ?

Tegan haussa les épaules.

— C'est bien pratique de temps en temps.

Alex regarda Kade.

— Et moi. Vous pourriez effacer tout ça de ma mémoire aussi ?

Kade riva son regard sur elle pendant un instant qui lui parut infini.

— C'est ça que tu veux ?

Il y avait eu un temps, pas si lointain, où Alex aurait sauté sur l'occasion de se débarrasser de tous les souvenirs horribles qui l'avaient torturée, où elle n'aurait rien souhaité de plus que de pouvoir cligner des yeux et oublier la perte, la peine, la peur.

Mais ce n'était plus le cas à présent.

Désormais, son passé faisait partie de son être. Les événements auxquels elle avait assisté, aussi terribles qu'ils aient été, avaient façonné sa vie. Elle ne pouvait pas jeter volontairement aux orties ses souvenirs de sa mère et de Richie, pas ceux de la nuit au cours de laquelle ils avaient été tués. Faire ça, ce serait juste une autre façon de fuir, de se cacher face aux choses qu'elle ne se sentait pas assez forte pour affronter.

Elle ne voulait plus être cette personne-là.

Elle ne pourrait plus vivre comme ça, plus jamais.

Avant qu'elle ait pu exprimer tout ça à voix haute, Jenna commença à s'agiter sur le lit. Elle fléchissait et contractait ses membres, fronçait tout le visage, lèvres entrouvertes, la respiration sifflante. Elle murmura quelque chose d'inintelligible, puis ses mouvements devinrent encore plus saccadés.

Brock s'assit à côté d'Alex et plaça sa grande main sur le dos de Jenna avec infiniment de tendresse. Il ferma les yeux, se concentrant sur la caresse, et Jenna sembla se calmer un peu.

— Brock, dit Tegan en secouant la tête d'un air indécis. Ne la remets pas en transe tout de suite. Il faut que j'entende ce qu'elle dit.

Le guerrier acquiesça mais garda la main sur le dos de Jenna, qu'il continua à caresser avec douceur. Elle se relâcha mais ses lèvres continuèrent à bouger, laissant échapper d'une voix ténue ses mots sans signification.

Tegan écouta un instant, le visage plus grave à chaque syllabe étrange qui sortait de la bouche de Jenna.

— Putain ! Il n'est pas question de nettoyer l'esprit de cette femelle de quoi que ce soit. Pas plus d'ailleurs que de la remettre en transe.

— Qu'est-ce qui se passe ? demanda Alex, qu'inquiétait l'expression ahurie qu'arborait le visage habituellement impassible du guerrier. Quelque chose de grave chez Jenna en fin de compte ?

— Nous n'en saurons rien tant que nous ne l'aurons pas emmenée avec nous à Boston.

Alex se leva, inquiète à présent.

— Mais de quoi vous parlez ? Emmener Jenna à Boston ? Vous ne pouvez pas décider ça à sa place. Elle a sa vie ici à Harmony…

— Plus maintenant, la coupa Tegan d'un ton sans réplique. Quand nous partirons, cette femme viendra avec nous.

Kade se rapprocha d'Alex.

— Qu'est-ce qu'il y a, Tegan ?

Le Gen-1 inclina la tête en direction de Jenna, qui continuait à murmurer doucement malgré la caresse apaisante de Brock.

— L'amie humaine d'Alex n'est pas incohérente. Elle parle une autre langue. La langue de l'Ancien.

Chapitre 31

Il fallut un certain temps pour que le choc provoqué par la bombe lâchée par Tegan s'atténue. Tandis que Kade et ses amis se connectaient par téléphone satellitaire au quartier général de l'Ordre afin de mettre Lucan au courant des derniers développements de la situation en Alaska, Alex était restée tout le temps dans la chambre avec son amie.

Elle s'inquiétait pour Jenna et Kade le savait.

Alex avait tenté de lui faire comprendre, comme à Tegan, qu'il n'était pas juste d'arracher Jenna à son monde pour la transporter à Boston sans lui laisser le moindre choix. Mais Tegan avait refusé de se laisser fléchir et Lucan l'avait approuvé sans réserve une fois informé du fait que Jenna Tucker-Darrow s'était soudain mise à parler une langue qui n'était pas née sur cette planète et n'y avait pas été entendue depuis de nombreux siècles, une langue que seuls les plus vieux membres de la Lignée étaient capables de reconnaître et dont l'Ordre espérait que d'une façon ou d'une autre elle s'avérerait utile à sa lutte contre Dragos, son ennemi juré.

Quand cela avait été le moment pour elle de partir avec Kade pour le Havrobscur de sa famille, Alex avait eu du mal à laisser Jenna seule avec ses frères d'armes. Tegan lui avait donné sa parole qu'elle serait en sûreté avec eux, mais Kade avait remarqué que c'était l'assurance que lui en avait donnée personnellement Brock qui avait fini par atténuer l'inquiétude qui se lisait dans ses yeux.

— Il prendra bien soin d'elle jusqu'à notre retour, disait à présent Kade, assis à côté d'Alex dans le cockpit de son avion, alors qu'ils passaient au-dessus des lumières de Fairbanks à quelques centaines de mètres d'altitude. (Avant leur décollage, Alex avait également renvoyé Luna à la cabane de Jenna, la confiant à Brock par la même occasion.) Tu n'as pas à t'inquiéter, Alex. Cela fait un an que je combats aux côtés de Brock, en lui faisant confiance pour me protéger comme je le protège. Quand il donne sa parole, tu peux compter sur lui pour la tenir. Jenna ne pourrait être en de meilleures mains.

Kade se fit tristement la réflexion qu'il ne pouvait pas en dire autant d'Alex. S'il n'avait pas eu besoin de l'avion pour ramener le corps de Seth jusqu'au domaine familial, il aurait insisté pour qu'elle aussi reste avec Brock. L'accueil qui l'attendait au Havrobscur de son père ne serait pas agréable, il le savait. Et la dernière chose qu'il désirait était qu'Alex soit le témoin de sa honte ou qu'elle assiste aux manifestations de douleur que son retour allait inévitablement provoquer dans sa famille lorsqu'il ramènerait le corps de Seth.

Il aurait bien voulu franchir seul cette épreuve, mais quelque chose chez lui était heureux de la savoir à ses côtés. C'était égoïste de sa part, mais la présence d'Alex le réconfortait un peu.

Alex jeta un coup d'œil au vampire silencieux auprès d'elle.

— Quid des autres habitants d'Harmony ? J'ai entendu Tegan dire au téléphone qu'avec Chase et le Chasseur il allait maîtriser la situation pendant que nous nous occupions de Seth. Qu'est-ce que ça veut dire exactement « maîtriser la situation » ? Ils ne vont tout de même pas… faire de mal à qui que ce soit en ville, hein ?

— Non, non. Il ne sera fait de mal à personne, répondit Kade, qui avait participé avec Lucan et les autres à la discussion visant à mettre place les dernières étapes de la mission en Alaska. Tu te souviens quand tu as dit que tu aimerais qu'il soit possible d'effacer l'Ancien et ce qu'il a pu lui faire subir de la mémoire de Jenna ?

Alex lui lança un regard incrédule. Elle commençait à comprendre.

— Tu veux dire toute la ville ? Il y a presque cent personnes à Harmony. Qu'est-ce que Tegan et les autres vont faire, parcourir chaque rue et faire du porte-à-porte ?

Malgré la gravité de la situation et le gouffre de problèmes non résolus qui béait toujours entre Alex et lui, Kade sourit.

— Je suis sûr qu'ils trouveront un moyen. Tegan est l'efficacité même.

Kade regarda par la fenêtre. Sous eux, le paysage uniforme de la ville, avec ses toits enneigés et ses rues dégagées, laissait place aux étendues sauvages à perte de vue.

— Les vingt mille hectares que possède mon père commencent juste au-delà de cette crête. Il y a une clairière où l'on peut se poser de l'autre côté de cette forêt de grands épicéas au nord. Le complexe du Havrobscur n'est pas loin à pied.

Alex acquiesça et dirigea l'avion du côté qu'il lui avait indiqué.

Dès qu'ils eurent atterri, Kade descendit de l'appareil et alla récupérer le corps sanglant de Seth dans sa couverture. Il portait avec révérence la charge sans vie, dont il ne connaîtrait bientôt plus le poids. Autant il aurait voulu ramener son frère chez lui seul, comme c'était son devoir, autant il lui fallait reconnaître que la présence d'Alex lui était d'un précieux réconfort sur le chemin qui le menait au complexe du Havrobscur.

C'est avec une attitude réservée qu'elle pénétra à ses côtés dans la cour enneigée de la résidence principale. On devait être en fin de matinée, à une ou deux heures du lever du jour. La plupart des habitants de cette petite communauté de la Lignée se trouvaient probablement chez eux, endormis peut-être ou, pour certains, en train de faire l'amour.

Kade s'arrêta devant la grande maison où vivaient ses parents, se disant que d'ici quelques minutes leur vie allait être brisée de chagrin et de douleur, précisément ce qu'il avait cherché à leur éviter en gardant si longtemps pour lui le secret de Seth.

— Ça va ?

Alex hésitait à ses côtés. Elle finit par poser sa main sur l'épaule de Kade d'un geste tendre et chaleureux qui lui donna plus de force qu'elle n'aurait pu le croire.

Et il eut besoin de cette force dès l'instant qui suivit.

De la maison leur parvint un bruit de pas rapides sur le plancher et la voix de la mère de Kade se fit entendre plus loin à l'intérieur.

— Kern ? Kern ? Qu'est-ce qu'il y a ? Où vas-tu ?

Le père de Kade ne répondit pas.

Les portes de la vaste résidence de rondins s'ouvrirent à la volée sous la seule puissance des émotions du vieux mâle. Il franchit le seuil comme une furie. Il était clair qu'il sortait de son lit et qu'il avait juste pris le temps d'enfiler un pantalon de flanelle d'intérieur avant de se précipiter pour faire face à la nouvelle qu'aucun parent ne souhaite jamais entendre.

À sa vue, Alex resta bouche bée, mais ce choc ne fut pas une surprise pour le fils survivant de Kern.

Deux mètres de rage musclée, aux dermoglyphes pulsant des teintes sombres de la colère et de l'inquiétude, se tenaient debout dans l'encadrement de la porte. Des yeux gris parsemés d'ambre passèrent, interrogateurs, sur Alex avant de s'arrêter sur Kade sans la moindre indulgence.

— Dis-moi ce qui est arrivé à mon fils !

Kade n'avait jamais entendu la voix de baryton de son père trembler, même lors des pires moments qu'il avait connus avec lui. Sa trépidation lui fit l'effet d'un couteau sous la gorge.

— Père… Je suis désolé.

Kern dévala les marches du perron et les rejoignit dans la neige. Il s'arrêta devant Kade et Alex et, tendant une main tremblante, il souleva un coin de la couverture pour voir le visage de Seth.

— Ah, Seigneur ! Non !

Les mots s'étranglèrent dans sa gorge sèche. Il regarda encore, plus longtemps, comme s'il se forçait à bien enregistrer le visage de Renégat qui se cachait sous la couverture.

— J'ai prié pour que ça n'arrive plus. Putain, pas à un de mes fils !

— Kern !

Kade leva les yeux et vit sa mère enceinte qui sortait sur le perron, sa robe de chambre de soie recouverte par la grande parka qu'elle avait dû attraper au passage dans la maison pour s'en couvrir les épaules. Elle manqua de tomber en voyant Kade debout là dans la neige avec dans les bras un paquet qu'elle ne pouvait qu'identifier.

— Oh, mon Dieu, non ! Oh, non ! Oh, Seigneur, non ! Dites-moi que ce n'est pas…

— Reste où tu es, aboya le père de Kade. (Puis sa voix se fit un bouleversant filet de douceur.) Victoria, je t'en supplie… n'avance plus. S'il te plaît, mon amour, rentre dans la maison. Fais ce que je te dis. Il ne faut pas que tu voies ça.

Avec un sanglot, elle recula tout doucement vers la porte, aidée par Maksim, le frère de Kern, qui venait juste de sortir à son tour et, lui ayant pris le bras, la ramenait à l'intérieur.

— Donne-le-moi, dit le père de Kade une fois la porte refermée sur eux. Laisse-moi porter le corps de mon fils.

Kade déposa Seth dans les bras de son père et le regarda emporter le corps, pieds nus dans la neige qui lui arrivait aux genoux, vers la chapelle du Havrobscur au centre du complexe. C'est là que, comme le voulait la coutume, la dépouille de Seth serait préparée pour les rites funéraires qui auraient lieu au prochain lever de soleil.

Kade sentit qu'Alex l'entourait de ses bras, mais cela ne suffit pas à dissiper le regret brûlant qui le dévorait comme un vautour une charogne.

Dans deux heures à peine il ne resterait plus rien qu'une pile de cendres de son frère, et plus rien non plus de la place de Kade parmi les siens.

À Harmony, les guerriers se dépêchaient pour assainir au plus vite la situation avec les habitants. Ils avaient commencé par s'occuper de faire disparaître les cadavres reposant dans la morgue improvisée de l'aérodrome et dans la petite clinique de la ville.

— Il y a un truc bien avec toute cette neige et tout cet espace, c'est que ça ne manque pas d'étendues sauvages neigeuses, fit remarquer Tegan, pince-sans-rire, alors qu'il retrouvait Chase et le Chasseur à l'endroit où ils avaient laissé leurs motoneiges sur une piste de trappeurs à bonne distance d'Harmony.

Ils en étaient partis avec en remorque, Big Dave, Lanny Ham et la famille Toms, qu'ils avaient transportés jusqu'à une grotte dans les montagnes. Il avait ensuite suffi de quelques tirs bien ajustés pour faire tomber la roche et la glace à l'entrée de la grotte pour la sceller et s'assurer ainsi qu'il faudrait attendre le prochain âge glaciaire avant que les corps refassent surface.

— Des nouvelles de Gideon pour la phase deux de l'opération ? demanda Tegan à Chase, qui avait été chargé de coordonner la partie « ville » des tâches à accomplir ce jour-là.

— Tout est en place, dit Chase. Gideon a parlé avec un certain Sidney Charles, maire d'Harmony, et l'a informé que l'équipe dépêchée par le département de la police de Fairbanks allait arriver dans l'heure pour s'adresser aux habitants collectivement et recueillir leurs dépositions.

— Et j'imagine que ce brave homme s'est montré coopératif?

Chase acquiesça.

— Il a dit à Gideon qu'il ferait personnellement en sorte que chaque citoyen participe à la réunion. Au moment même où nous parlons, ils sont en train de se rassembler dans l'église d'Harmony pour nous y attendre.

Tegan gloussa.

— Alors, voyons, où en sommes-nous ? Effraction, suppression de preuves, détérioration d'une scène de crime, usurpation de l'identité d'agents de la force publique, nettoyage de la mémoire d'une centaine d'humains d'un coup et tout ça avant le lever du jour...

— Et en moins de vingt-quatre heures, conclut Chase avec un large sourire.

Kade n'était pas sûr qu'il serait le bienvenu dans la chapelle du Havrobscur, où s'étaient rassemblés tous les habitants du complexe pour faire leurs adieux à Seth pendant les quelques minutes qui précédaient le lever du jour. Il avait envisagé de rester complètement à l'écart de ce foutu rituel, et il faisait les cent pas dans sa cabane comme un animal en cage devant Alex tandis qu'on se rapprochait inexorablement de midi, heure à laquelle le soleil d'hiver finirait par faire sa brève apparition. Mais, finalement, il n'y tint plus.

— Ma place est là-bas, lâcha-t-il en s'arrêtant devant Alex, qui était assise sur le canapé de son salon. Qu'ils pensent que je fais toujours partie de leur communauté ou non, j'ai besoin d'y être. Pour Seth. Et pour moi aussi. Nom de Dieu, il faut que, tous, ils entendent ce que j'ai à dire.

Il se rua hors de la cabane et se lança à travers le terrain gelé. La neige bleutée, éclairée par le lever de soleil imminent, craquait sous ses bottes à chacune des foulées qui l'emportaient vers la chapelle. Les fenêtres du petit bâtiment de bois étaient déjà hermétiquement closes à l'approche du jour. En s'approchant, Kade entendit le léger murmure des voix en prière mélangé aux lamentations intermittentes.

Avant même de tendre la main pour ouvrir la porte, il sentit l'odeur de paraffine des huit chandelles qui devaient brûler devant l'autel et celle de l'huile parfumée avec laquelle le corps de Seth avait été frotté en préparation des rites de l'infini, qui allaient commencer.

Huit gouttes d'huile parfumée pour le bénir et le purifier. Huit couches de soie blanche immaculée comme linceul jusqu'à ce que son corps soit livré au soleil. Huit minutes d'exposition brûlante aux ultraviolets pour celui qui serait choisi parmi les vivants pour accompagner seul le mort lors des derniers instants de la cérémonie funèbre.

— Putain, murmura Kade, qui, arrêté à la porte de la chapelle, sentit la réalité le rattraper.

Son frère était mort.

Sa famille était en deuil.

Et Kade se sentait plus qu'un peu responsable de tout ça.

Il ouvrit la porte et pénétra dans la chapelle. Toutes les têtes ou presque se tournèrent vers lui. Certains lui jetaient un regard de pitié, d'autres le regardaient comme l'étranger qu'il était devenu au cours de l'année qu'il avait déjà passée au sein de l'Ordre.

Tout le monde était vêtu d'habits de cérémonie, les femmes drapées dans des robes noires à capuche, les hommes dans de longues toges serrées à la ceinture. Il vit ses parents assis au premier rang devant l'autel avec Maksim et Perth, tous en noir, visages livides, les yeux rouges, pleins de larmes. Si Seth avait été lié à Perth, elle aurait été vêtue de rouge pour symboliser leur lien de sang et le corps de Seth, allongé dans son cocon de soie blanche sur l'autel, aurait porté un unique baiser écarlate à l'endroit où, après se les être entaillées, sa veuve aurait pressé les lèvres en un dernier adieu.

Tout en considérant la solennité des traditions de sa race, Kade ne pouvait s'empêcher de penser à Alex. Il imaginait malgré lui un avenir dans lequel c'était lui qui était étendu sur l'autel funéraire, son visage transformé comme l'était celui de Seth, figé par la Soif sanguinaire sous le linceul blanc. Alex l'aimerait-elle alors ?

Pouvait-il vraiment lui demander de l'aimer à présent, avec tout ce qu'elle savait sur lui ? Après tout ce qu'elle avait vu et entendu au cours des dernières heures, pouvait-il espérer jamais regagner sa confiance et son affection ?

Et qu'en était-il des gens assemblés dans cette chapelle ? Sa famille éprouverait-elle à son égard autre chose que du mépris quand il aurait dit ce qu'il avait à dire ?

Kade n'en savait rien. À ce moment précis, il s'en fichait pas mal. Il rejoignit l'allée centrale, conscient de combien il devait paraître déplacé avec son treillis couvert de sang et usé par les combats, ses pistolets et ses couteaux cliquetant à sa ceinture tandis que ses bottes de marche résonnaient sur le parquet poli.

Il vit son père froncer les sourcils quand il commença à remonter vers l'autel. En passant les rangées de bancs occupés, il entendait les murmures des prières et les louanges déclamées à voix basse pour son frère.

— Il était toujours si charmant, déclara quelqu'un d'une voix à peine audible. Il est vraiment tragique que quelque chose de ce genre lui soit arrivé.

— C'était Seth le plus studieux et le plus responsable des deux, chuchota un autre. Il aurait pu faire un bon chef de Havrobscur un jour.

— Pauvre Kern, pauvre Victoria, ils doivent avoir le cœur brisé, remarqua un autre encore des résidents atterrés, la voix si basse que Kade l'entendit à peine en le dépassant.

— Qui aurait pu imaginer que Seth vire Renégat ? Quel gâchis et quelle déception pour sa famille.

— Kern refuse d'en parler, répondit un autre murmure. D'après ce que j'ai compris, il a tellement honte qu'il n'a laissé personne approcher le corps de Seth depuis que Kade l'a ramené.

— C'est vrai, ajouta quelqu'un en confidence. Et c'est seulement devant l'insistance de Victoria que Kern a permis que cette cérémonie soit publique. On aurait dit qu'il voulait se débarrasser de Seth comme s'il n'avait jamais existé.

Kade ignora l'onde de spéculations chuchotées derrière lui. La honte et la désapprobation de son père ne le surprenaient pas. Kern était si fier de sa rigueur, de sa discipline si parfaite, qu'il ne tolérerait jamais la présence d'un Renégat dans la famille et à plus forte raison ne daignerait pas admettre que son fils favori avait cédé à la Soif sanguinaire.

Kade avait honte lui aussi, mais pas tant des faiblesses et des impardonnables méfaits de son frère que de son propre échec à l'aider à rentrer dans le droit chemin avant qu'il soit trop tard.

— Ce moment appartient à mon frère, déclara-t-il en s'adressant à l'assemblée de ses parents et des autres résidents du Havrobscur. Mon intention n'est pas de lui en voler ne serait-ce qu'une seconde, mais il y a des choses que vous devez tous savoir. Des choses que vous devez comprendre avant de le condamner pour ce qu'il a fini par devenir.

—Assieds-toi, Kade.

La voix de son père était basse et raisonnable, mais ses yeux exprimaient toute la force de son injonction.

—Ce n'est ni l'heure, ni le lieu.

Kade acquiesça.

—Je sais. J'aurais dû m'exprimer beaucoup plus tôt. Peut-être, si je l'avais fait, mon frère aurait-il eu une chance de s'en tirer ? Peut-être ne serait-il pas mort ?

Kern se leva du banc sur lequel il était assis.

—Tout ce que tu pourrais dire ici ne changerait rien à rien. Alors, tiens ta langue, mon garçon. Restes-en là.

—Je ne peux pas, répondit Kade. Je porte en moi le secret de Seth depuis trop longtemps. Sans compter le mien. Il est largement temps que je les laisse sortir au grand jour.

La mère de Kade retint un nouveau sanglot. Elle avait posé l'une de ses fines mains sur la courbe de son ventre, dans lequel attendaient de nouveaux jumeaux.

—De quoi parles-tu ? De quels secrets, Kade ? Je t'en prie, je veux savoir.

Il quitta le regard désapprobateur de son père pour contempler la supplication qui émanait des yeux humides de sa douce mère. Il était possible que ce qu'il allait dire dans cette salle, devant tous ces témoins réunis, aide un jour les frères qui allaient bientôt naître avec le même don que celui dont Seth et lui avaient hérité et se retrouver exposés aux sirènes du même appel sauvage. Rien que pour cette raison-là, il se devait de parler.

Et puis il y avait Alex.

Le regard de Kade dévia vers le fond de la chapelle pleine de monde, dans laquelle elle venait d'entrer en silence. Elle se tenait près des portes fermées, le regard aussi tendre que ferme. Elle fit un petit hochement de tête, seule approbation qui comptait vraiment pour lui à cet instant.

— Mon frère n'allait pas bien, déclara-t-il à l'assemblée désormais muette. Dès notre enfance nous avons tous deux été sous l'emprise du talent dont nous avions hérité à notre naissance. Il est possible que chez quelqu'un d'autre, comme chez toi, Mère, ajouta-t-il en la regardant, ce talent soit une force. Pour Seth et moi, il s'est transformé en malédiction. Il représentait beaucoup trop de pouvoir pour des garçons que leur arrogance rendait stupides et qui étaient trop naïfs pour comprendre les conséquences de leurs actes. Nous avons abusé du don que tu nous as transmis. D'abord, nous en avons fait un jeu, et nous courions avec des meutes de loups dans la forêt, chassant avec eux… tuant avec eux. Nous avons laissé la sauvagerie prendre le dessus. À un moment donné, je me suis rendu compte que Seth ne pouvait plus s'arrêter.

— Oh, mon fils, lâcha Victoria. Je suis tellement désolée. Je n'avais pas la moindre idée…

— Je le sais bien, l'interrompit-il avant qu'elle puisse prendre plus loin sur elle une responsabilité qui n'était pas la sienne. Personne n'en avait idée. Seth et moi n'aurions pas dû dissimuler la vérité. Et je n'ai fait qu'empirer les choses en quittant l'Alaska l'an dernier.

Le froncement de sourcils de Kern s'accentua.

— Comment ça ?

— Seth avait tué un humain.

Kade ignora le murmure d'horreur qui parcourait l'assemblée et maintint son regard rivé sur son père.

— Il avait tué un humain, et je savais qu'il l'avait fait. Il m'a promis que c'était une erreur qu'il ne répéterait jamais. Je ne l'ai pas cru. J'aurais voulu le croire, mais je connaissais trop bien mon frère. J'aurais dû faire quelque chose à ce moment-là. J'aurais dû trouver un moyen de l'empêcher de recommencer. Mais, au lieu de ça, je suis parti.

Un silence de plomb tomba sur l'assistance. Tandis qu'il s'éternisait, Kade ne lâcha pas une seconde le regard indéchiffrable de son père. Ce fut sa mère qui rompit ce silence devenu insupportable pour tous.

— Il fallait que tu partes, Kade. L'Ordre avait besoin de toi à Boston. Tu avais un travail important à faire là-bas…

— Non, répliqua Kade en secouant la tête lentement. J'étais content de rejoindre l'Ordre, mais ce n'est pas la raison de mon départ. Pas vraiment. J'ai quitté l'Alaska parce que j'avais peur de devenir comme Seth si je restais. Pour me sauver, j'ai abandonné mon frère, je vous ai tous abandonnés, et j'ai fui à Boston pour obéir à mes propres raisons égoïstes. Il n'y avait pas d'honneur dans ce que j'ai fait.

En disant cela, il tourna les yeux vers le fond de la chapelle et rencontra le regard d'Alex. Elle écoutait sans le juger, et dans la salle seuls ses yeux n'exprimaient ni mépris, ni surprise, ni incrédulité.

— Ce que Seth a fait était mal, continua Kade. Il était malade, peut-être au-delà de toute assistance, même avant que sa faiblesse ne le transforme en Renégat. Mais malgré tout cela il est mort avec honneur. Grâce au sacrifice de Seth il y a quelques heures de ça, je suis vivant. Et plus important encore, il y a debout au fond de cette salle une femme magnifique et extraordinaire, qui, elle aussi, est vivante grâce à ce qu'a fait Seth pendant les derniers instants de sa vie.

Le groupe se retourna d'un bloc pour regarder Alex. Soudain l'objet de l'attention de tous et le sujet de tous les murmures de spéculation et de curiosité qui parcoururent la chapelle à l'annonce de Kade, elle ne broncha pas pour autant.

— Seth n'était pas parfait, dit Kade. Dieu sait que je ne le serai jamais. Mais j'aimais mon frère. Et je lui dois tout pour ce qu'il a fait aujourd'hui.

— Et tu lui fais honneur, murmura une voix masculine quelque part à la gauche de Kade. (Il se retourna et vit que Maksim s'était levé et lui faisait un signe de tête.) Tu nous fais honneur à tous ici, Kade.

Les louanges de son oncle, son ami, étaient inattendues et Kade en eut la gorge serrée d'émotion. Puis d'autres s'élevèrent d'un peu partout dans la salle.

Kern fit un pas en avant et posa la main sur l'épaule de Kade.

— C'est l'heure. Le jour va se lever et je dois porter Seth au soleil.

Kade leva la main et referma les doigts sur le solide poignet de son père.

— Laisse-moi le faire. Je t'en prie… C'est à moi de le faire, Père.

Il s'attendait à un refus net. Un regard grave qui le forcerait à insister pour prendre sur lui la charge, et l'honneur final, d'accompagner le corps de Seth pendant les huit minutes d'exposition aux rayons solaires requises par la tradition funéraire de la Lignée.

Mais Kern ne discuta pas. Il fit un pas en arrière et resta silencieux tandis que Kade enlevait sa tunique de combat tachée et son ceinturon avant de les poser sur le banc de bois.

Personne ne dit rien quand il alla jusqu'à l'autel pour prendre dans ses bras la masse du corps de son frère dans son linceul de soie et se mit à progresser dans le couloir qui débouchait sur un jardin enneigé à l'arrière de la chapelle, où le soleil de midi commençait tout juste à percer le gris de l'hiver à l'horizon.

Chapitre 32

Alex attendait dans la cabane de Kade, inquiète du supplice auquel il se soumettait dans le jardin derrière la chapelle du Havrobscur. Huit minutes de lumière ultraviolette sur sa peau nue, pas une de moins. Huit minutes de souffrances terribles avant que le sens du devoir accompli lui permette d'abandonner son frère aux rayons dévastateurs du soleil.

Sans l'oncle de Kade, Maksim, et la jeune Compagne de sang nommée Perth, qui tous deux étaient venus se présenter à elle juste après le départ de Kade avec le corps de Seth, Alex n'aurait rien su des traditions funéraires de la Lignée. Maksim et Perth s'étaient montrés chaleureux et accueillants et ils étaient restés avec Alex tandis que le reste des résidents du Havrobscur quittait la chapelle en empruntant le réseau de tunnels souterrains qui connectait entre eux tous les bâtiments du complexe.

Max et Perth avaient proposé à Alex de lui tenir compagnie dans les quartiers de Kade pour l'attendre et l'aider à soigner ses brûlures, mais Alex avait refusé aussi poliment que possible. Elle pensait que Kade n'aimerait pas qu'on fasse trop de cas de lui. Elle n'était même pas sûre qu'il voudrait d'elle ici à ce moment-là, une interrogation qui rendait l'attente de son retour encore plus crispante.

Mais, quand elle l'entendit gravir le perron de la cabane, toute pensée la ramenant à elle-même s'envola comme plume au vent.

Elle courut à la porte et l'ouvrit, saisie de le voir debout là avec la lumière du jour derrière lui. Étonnamment, après les huit minutes qu'il avait donné à son frère, Kade n'avait pas pris les tunnels mais semblait avoir marché de l'extérieur de la chapelle jusqu'à chez lui.

— Oh, mon Dieu, murmura Alex.

Kade la regardait de ses yeux gris enchâssés dans son visage rouge à la peau cloquée. Alex sentit sa gorge se serrer comme dans un étau.

— Entre, maintenant !

Tandis qu'il passait devant elle, elle ressentit fortement la chaleur qui émanait de ses épaules, de ses bras et de son torse nus. Il était évident qu'il souffrait le martyre, mais au-delà des dommages causés par les UV sur sa peau, impossibles à cacher, il n'en montrait rien.

— Suis-moi, dit Alex. J'ai un bain froid qui t'attend.

Il lui jeta un regard interrogateur.

— J'ai rencontré Maksim et Perth à la chapelle. Ce sont eux qui m'ont expliqué de quoi tu aurais besoin à ton retour.

Les lèvres de Kade se recourbèrent légèrement en entendant ça, mais lorsqu'il tenta de parler, sa voix ne dépassa pas le stade d'un croassement.

— Viens, Kade. Laisse-moi prendre soin de toi.

Elle l'accompagna jusqu'à la salle de bains au fond du couloir. Il se laissa faire quand elle l'aida à se déshabiller, enlevant ses bottes et ses chaussettes l'une après l'autre tandis qu'il restait debout sur le carrelage, sa large paume comme un fer à repasser chaud contre l'épaule d'Alex sur laquelle il s'appuyait pour garder l'équilibre. Alex lui enleva soigneusement son pantalon de treillis noir. Frappée comme chaque fois par la perfection masculine de son corps et par la beauté de ses glyphes complexes, elle ne put contenir une exclamation murmurée, même si elle était bien trop préoccupée par ses brûlures pour prendre un réel plaisir à admirer sa nudité.

Elle l'aida à entrer dans la baignoire. Il se glissa dans l'eau fraîche en émettant un sifflement qui se transforma en un long soupir profond.

— Est-ce que c'est bien comme ça ?

Il gémit en hochant légèrement la tête, puis ferma doucement les yeux. Sa peau était si chaude que de la vapeur se dégageait déjà de l'eau.

— Merci, marmonna-t-il en s'enfonçant encore plus dans le bain.

Alex prit un gant de toilette et le plongea dans la baignoire.

— Détends-toi maintenant. Je m'occupe du reste.

Elle se mit à faire goutter délicatement l'eau fraîche du gant sur les cloques de ses épaules. Puis elle en fit autant pour son dos, sa poitrine et ses bras. Enfin, aussi précautionneusement que possible, elle porta le gant à son visage et lava la peau rougie et à vif de ses joues creuses aux pommettes anguleuses et les lignes épurées de son menton et de son front.

Comme il se relâchait encore, Alex lui ramena doucement la tête en arrière pour pouvoir mouiller ses cheveux d'ébène et faire couler l'eau fraîche sur la peau de son crâne.

— Les choses que tu as dites dans la chapelle tout à l'heure… J'étais très fière de toi, Kade. Il fallait beaucoup de courage pour faire face comme tu l'as fait.

Il émit un grognement de dénégation.

— Tu ne le crois peut-être pas, mais tu as été un bon frère pour Seth. Je pense que tout le monde a vu ça aujourd'hui. Tu es aussi un bon fils.

Il ouvrit les yeux et fronça les sourcils.

— Quelques mots, voilà tout, parvint-il à articuler difficilement. Ça n'efface pas le passé. Ça ne veut rien dire.

Alex fit couler un peu plus d'eau dans ses cheveux et fit courir tendrement ses doigts dans ses mèches soyeuses.

— Pourquoi es-tu si dur avec toi-même ?

— Tu as vu ce qu'était mon frère. Ça devrait te suffire comme réponse, lâcha-t-il dans un grognement. Je suis sûr qu'il est inutile que je te rappelle ce dont il était capable. Tu as vu ça de tes propres yeux dans la forêt près d'Harmony.

— Oui, c'est vrai, répliqua doucement Alex. Mais c'était Seth, pas toi. Ou bien dois-je te rappeler que ce sont les mots mêmes que tu as prononcés quand je t'ai raconté ce que j'avais vu ? Seth était un tueur, toi non.

Kade jura, mais Alex ignora sa colère naissante.

— C'est Seth qui a viré Renégat, Kade. Et ça ne veut pas dire que tu le deviendras à ton tour.

Il bougea dans la baignoire, levant la tête pour la regarder droit dans les yeux.

— Pendant la plus grande partie de ma vie, Alex, j'ai fui la vérité et vécu dans le déni, me dérobant à tout ce que je ne pouvais pas contrôler. Je pensais que si je mettais assez de distance entre moi et mes problèmes ils disparaîtraient. Eh bien, non, ça ne marche pas.

Alex hocha la tête. Il aurait tout aussi bien pu être en train de parler de sa vie à elle.

— Je sais bien que fuir ne résout rien, murmura-t-elle. Il faut faire face à ce qui vous fait le plus peur. C'est toi qui m'as appris ça, Kade.

Le froncement de ses sourcils s'accentua.

— C'est bien ce que j'ai l'intention de faire, Alex. Mais il faut que je le fasse seul.

— Qu'est-ce que tu veux dire ?

— Les choses dont j'ai parlé aujourd'hui à la chapelle, et sur cette montagne quand nous avons remonté Seth du surplomb. Je ne peux pas prendre le risque de te plonger dans mes problèmes.

— C'est un peu tard pour penser à ça, tu ne crois pas ? (Elle effleura du bout des doigts la peau tendre de sa mâchoire tendue.) J'ai entendu tout ce que tu as dit. J'ai vu ce qui était arrivé à ton frère. Je comprends tes peurs, Kade. Mais je ne vais pas fuir. C'est fini, ça, pour moi. Et je ne te laisserai pas non plus me repousser. Je t'aime.

Il laissa échapper un profond soupir et quand il releva les yeux vers elle des étincelles d'ambre éclairaient ses iris gris argent. Et elle vit la pointe de ses crocs meurtriers briller derrière ses lèvres.

— Je t'aime, Kade, dit-elle en revenant à la charge, refusant de se laisser intimider. Et à moins que tu me dises ici et maintenant que, toi, tu ne m'aimes pas, je ne vois aucune raison pour que l'un ou l'autre de nous deux reste seul.

Il riva les yeux sur elle, la mâchoire serrée.

— Bon Dieu, Alex. Tu sais bien que je ne peux pas dire ça. Je t'aime. Et ça a tout compliqué.

Elle sourit malgré elle.

— Un peu trop de gris pour toi ? demanda-t-elle doucement. Et moi qui pensais que j'étais celle qui aimait que les choses soient simples, noires ou blanches.

Kade ne lui rendit pas son sourire. Il était déjà trop loin pour ça. En se reculant, Alex vit ses yeux qui passaient de ses lèvres à la base de son cou.

Son pouls palpitait là et son rythme s'intensifia quand elle vit Kade braquer un regard affamé sur cet endroit. Il s'aperçut qu'elle l'observait et détourna vivement les yeux, essayant de cacher sa conscience du sang qui battait là sous la surface de sa peau et la soif qu'il avait d'elle.

Lui prenant doucement le menton, Alex ramena le regard de Kade vers elle.

— Tu n'as pas besoin de nier ce que tu es ou ce dont tu as besoin, Kade. Pas avec moi. Plus jamais.

Sans rien dire de plus, elle posa le gant de toilette et se positionna contre la bouche de Kade en dégageant ses cheveux de sa gorge.

Il inspira profondément et lâcha le nom d'Alex avec vénération sur sa peau en un souffle brûlant. Puis, plein d'un besoin désespéré qu'il ne cherchait plus à dissimuler, il vint planter d'un coup ses crocs dans sa veine.

Dans la maison de Zach Tucker à Harmony, deux policiers arrivés peu de temps auparavant de Fairbanks étaient affalés, silencieux, sur le canapé, tous deux en transe.

Juste à côté, dans un fauteuil inclinable, le maire, Sidney Charles, ronflait doucement, en transe lui aussi. Le vieil autochtone s'était avéré extrêmement utile, même si ça avait été à son insu, à la réalisation des objectifs de l'Ordre en ville. Non seulement il avait respecté à la lettre sa promesse de réunir l'ensemble des citoyens d'Harmony dans l'église quelques heures auparavant, mais il avait aussi eu la bonne idée d'amener les policiers arrivés de Fairbanks chez Zach Tucker dès leur atterrissage au lever du jour.

Laissant Brock en poste à la cabane de Jenna, Tegan, Chase et le Chasseur avaient, eux, déplacé leur quartier général chez Tucker. Ils avaient consacré les quelques heures de jour à fouiner dans les fichiers informatiques du policier mort et à chercher d'autres preuves de sa corruption dans la maison. Ils n'avaient d'ailleurs pas eu à chercher bien loin.

Zach Tucker avait beau avoir été un flic de brousse, il avait possédé une âme de comptable. Il avait enregistré toutes les quantités de drogue et jusqu'à la moindre bouteille d'alcool de contrebande passées entre ses mains et dans celles de Skeeter Arnold pour leur distribution dans la région.

Lorsque les deux policiers de Fairbanks se réveilleraient, ils trouveraient tous les registres manuscrits découverts dans la maison de Zach et toutes ses feuilles de calcul informatiques. Et ils trouveraient aussi le coffre où Zach conservait en liquide les bénéfices considérables qu'il avait accumulés grâce à son petit business sur une période qui devait couvrir plusieurs années.

Les hommes en uniforme allaient aussi suivre une intuition tenace qui les conduirait dans un coin perdu en pleine nature où ils découvriraient l'unique officier de police d'Harmony sauvagement assassiné, le corps dévoré par les animaux. Près du corps, ils ramasseraient le téléphone portable de Skeeter Arnold, dont l'historique révélerait toute une série de communications avec le sergent Tucker. Skeeter Arnold étant introuvable et personne n'ayant entendu parler de lui depuis un moment, les policiers concluraient que Zach et probablement aussi Skeeter s'étaient retrouvés du mauvais côté d'un deal qui s'était horriblement mal passé.

Ce que les représentants de l'ordre ne trouveraient pas, ce serait la moindre preuve d'autres événements curieux à Harmony. Personne en ville ne se rappellerait les morts récentes, sans parler du nom des victimes, et grâce à un virus informatique émanant de Boston et stratégiquement placé qui aurait effacé la moitié des archives des communications du département des Alaska State Troopers de la semaine précédente, ces derniers n'auraient aucune raison de chercher autre chose que ce qu'ils auraient trouvé, à savoir une regrettable affaire de corruption dans la paisible ville d'Harmony.

— Ça va le faire, déclara Chase qui sortait du bureau de Tucker. J'ai désactivé la protection par mot de passe de l'ordinateur et laissé une feuille de calcul reprenant les transactions de notre ami pour cette année ouverte à l'écran. Ces flics vont penser que Tucker était non seulement un salopard, mais aussi un imbécile fini.

Tegan gloussa.

— Je vais finir ici avec les humains. Dis au Chasseur qu'on se casse dans cinq minutes.

Chase hocha la tête. Il fit un pas vers la porte, mais n'alla pas plus loin.

— Des nouvelles de Kade ?

— Rien pour l'instant.

— C'est vraiment terrible, pour son frère, dit Chase d'une voix manquant étrangement de naturel.

— Oui, répondit Tegan. Terrible.

Alors que l'ex-Agent du maintien de l'ordre tournait les talons, Tegan se racla la gorge.

— Dis-moi, Harvard. Je voulais te parler de ce qui s'est passé là-bas à la mine.

— Ouais ?

— Je me demandais simplement à quoi tu pensais quand tu as maintenu ce Laquais en l'air plutôt que de le tuer proprement et rapidement.

Le sourire de Chase avait quelque chose de bizarre.

— Je me suis juste amusé un peu, c'est tout.

Tegan garda les yeux rivés sur l'ex-Agent, qui, s'il était resté longtemps un peu coincé, s'était avéré un atout pour l'Ordre malgré quelques imprudences.

— Ce genre de distractions peut te faire tuer, mec. Tu ferais bien de t'en souvenir.

Chase arbora une expression d'insouciance et haussa les épaules.

— OK, Tegan. Merci pour le conseil. Je tâcherai de m'en souvenir.

Tegan le regarda quitter la pièce, puis il reporta son attention sur les humains et se mit à les programmer pour qu'ils s'éveillent une fois lui et les autres vampires à distance respectable de la ville.

Chapitre 33

Vêtu d'une robe de chambre de soie noire, Kade se tenait devant sa cabane du Havrobscur, appuyé à un montant du porche arrière, qui donnait directement sur la nature sauvage. Le soleil s'était couché depuis quelques heures et l'obscurité avait repris possession de la région. Il était perdu dans ses pensées, les yeux rivés sur l'horizon lointain, où les lueurs vertes de l'aurore boréale parcouraient le ciel étoilé.

Alex sortit pour le rejoindre. Il l'entendit arriver discrètement derrière lui et ferma les yeux quand elle vint doucement refermer ses bras sur son torse. Elle fit un léger bruit d'arrière-gorge, puis soupira quand il passa ses doigts sous les manches de sa robe de chambre de satin blanc pour caresser tendrement ses bras.

Ils avaient passé le plus clair de la journée au lit dans les bras l'un de l'autre. Le corps de Kade était toujours en voie de guérison après les dommages que lui avait fait subir le rite funéraire, mais, grâce au sang qu'Alex lui avait donné, il allait déjà beaucoup mieux. À présent, si sa peau était encore rouge et fragile, les cloques et la douleur avaient disparu. Sa libido lui rappela soudain qu'il allait assez bien pour désirer Alex. Et puis, de toute façon, il n'y avait rien qui pût l'empêcher de la désirer.

— Je ne voulais pas te réveiller, murmura-t-il alors qu'ils ne faisaient plus qu'un sous le ciel étoilé à regarder l'aurore boréale danser dans le lointain. Tu as enduré beaucoup de choses ces derniers jours. Tu devrais te reposer un peu plus.

Alex passa devant Kade et se nicha dans sa chaleur.

— Je suis sortie te dire la même chose. Comment te sens-tu ?

Il grogna en hochant légèrement la tête.

— Mieux, grâce à toi. Et encore mieux quand je te tiens dans mes bras.

Elle leva la tête pour aller à la rencontre des lèvres de Kade. Leur contact était chaud, engageant. Plein de tendresse pour ce qu'ils avaient traversé ensemble et riche d'espoir pour ce qui s'étendait peut-être devant eux.

— J'avais besoin de toi, aujourd'hui, Alexandra, murmura-t-il contre sa bouche. J'ai essayé de me convaincre que ce n'était pas le cas, mais tu es tout ce dont j'ai besoin. Merci pour tout ce que tu as fait pour moi aujourd'hui.

Elle lui sourit et répondit d'une voix pleine d'émotion :

— Tu n'as plus à me remercier pour ça désormais.

— Dieu que je t'aime ! chuchota-t-il, le cœur serré en la regardant. Tu me fais beaucoup d'honneur, Alex. Je ne crois pas que tu te rendes compte à quel point je me sens humble devant toi. Tu pourrais avoir n'importe quel mâle de ton choix…

Elle tendit la main pour lui caresser la joue.

— Il n'y a qu'un seul mâle que je pourrai jamais aimer.

Il émit un gémissement et inclina la tête pour l'embrasser passionnément. Son désir monta en flèche. Il la voulait, dans son lit, sous ses crocs… Il la voulait de toutes les façons possibles et imaginables.

Son désir était si fort qu'il entendit à peine les coups rapides frappés à la porte de devant.

Et il les aurait complètement ignorés si Alex ne s'était pas écartée, déjà hors d'haleine.

— Il y a quelqu'un à la porte.

— Je m'en fous, répliqua Kade avant de se pencher dans l'intention de reprendre leur baiser.

On frappa de nouveau. Plus fort, cette fois, avec insistance.

Kade laissa échappa un juron, caressa le beau visage d'Alex, puis s'écarta à son tour pour se diriger vers la porte. Avant même de l'ouvrir, il savait qui il allait trouver derrière.

— Père, dit-il d'un ton sec impossible à considérer comme accueillant.

Kern le regarda, puis jeta un coup d'œil par-dessus son épaule à l'endroit où se tenait Alex, qui avait elle aussi quitté le porche de derrière.

— Il faut que nous parlions.

Kade ne bougea pas, bloquant le seuil de son corps.

— J'ai dit tout ce que j'avais à dire.

— Mais moi non. (Il lança un nouveau regard en direction d'Alex.) Prends le temps de m'écouter, je t'en prie, fils.

Kade n'avait jamais entendu son père s'adresser à lui comme ça. C'est peut-être ce qui le poussa à relâcher sa prise sur la poignée de la porte et à s'écarter pour le laisser entrer.

Mais il n'avait pas l'intention de céder du terrain en ce qui concernait Alex.

— Tout ce que tu peux avoir à me dire peut l'être devant Alexandra. C'est ma compagne. Je n'ai aucun secret pour elle.

Kern leva légèrement un sourcil.

— Bien entendu. (Il inclina la tête à l'adresse d'Alex, un geste de respect qui fit remonter un peu sa cote auprès de Kade.) Es-tu d'accord pour que nous nous asseyions un instant, fils ?

Kade acquiesça, puis tendit la main à Alex pour qu'elle se joigne à eux. Elle se rapprocha et s'assit à côté de lui sur le canapé, Kern s'installant dans le fauteuil de cuir en face d'eux. Pendant un long moment, le vieux mâle se contenta de les regarder, son expression indéchiffrable, ses yeux perçants les jaugeant en silence.

— J'ai prié pour que ce jour n'arrive jamais, finit-il par dire. (Sa voix profonde était caverneuse, encore marquée par le chagrin.) Pendant très longtemps, depuis votre enfance en fait, j'ai vécu dans la peur de perdre ton frère.

Kade baissa les yeux, un nouvel accès de honte le prenant.

— Je sais que tu es déçu, Père. Je sais… ah, Seigneur ! (Alex glissa sa main dans celle de Kade et la serra. La gorge sèche, il déglutit.) Je sais que tu aurais souhaité que ce soit moi, et pas Seth.

— Tu ne sais rien, dit Kern d'un ton cassant. (Kade releva la tête et son père poursuivit en se radoucissant.) Tu ne sais pas ce que j'espère, ni ce que je ressens. Comment le pourrais-tu, alors que je ne t'ai jamais rien livré de moi-même ? J'ai tout donné à Seth à la place. Je lui ai trop donné.

Kade haussa les épaules.

— C'était ton fils. Tu l'aimais.

— Tu es aussi mon fils, répliqua Kern. Et je t'aime aussi, Kade. Mais c'est Seth qui avait le plus de besoins. Il n'a jamais eu ton esprit d'indépendance. Il n'est pas né avec ton courage.

Kade fronça les sourcils.

— Tu le choyais. Tout le monde le faisait.

— C'est vrai. Parce que tu étais plus fort que lui, Kade. Tu étais plus avancé que lui dans tous les domaines. J'ai essayé de compenser ses manques en lui accordant plus d'attention qu'à toi, mais je n'ai fait que le pourrir encore plus.

— Tu lui as confié des tâches de gestion du Havrobscur. Tu semblais le former à diriger un Havrobscur à son tour.

Kern secoua lentement la tête.

— Des espoirs paternels futiles, rien de plus. J'ai tenté de lui donner une chance de faire quelque chose de lui-même.

J'ai essayé et essayé encore. Seth n'aurait jamais fait un bon chef. Il était trop faible, trop peu sûr de lui.

— Et moi ? demanda Kade, la question lui échappant avant qu'il ait une chance de la rattraper.

— Toi ? (Kern le regarda l'air pensif.) Toi, tu étais indomptable. Du moment où tu es sorti du ventre de ta mère en hurlant et en t'agitant de tous tes membres, rien ni personne n'a pu t'arrêter. Tu étais une force de la nature, Kade. Tout le monde voyait bien que tu étais quelqu'un d'unique, quelqu'un de spécial. J'ai connu autrefois un autre enfant qui te ressemblait.

— Grigori, murmura Kade, qui vit le visage de son père passer de la surprise à la nostalgie.

— Grigori, répéta calmement Kern. J'imagine que tu en as entendu parler par mon autre frère, Maksim.

Kade hocha la tête.

— Max m'en a dit quelques mots. Je sais que Grigori comptait beaucoup pour toi, et je sais qu'il a viré Renégat.

Kern fronça légèrement les sourcils.

— Oui, c'est vrai.

— Et tu avais peur que je finisse comme lui un jour.

— Toi ? (Kern se renfrogna, puis secoua doucement la tête.) Je n'ai jamais pensé ça de toi. C'était Seth qui m'inquiétait. Tu me rappelais Grigori, c'est vrai. Tout ce qu'il y avait de vif, de robuste, de solide en lui, je le voyais en toi, Kade. Mais Seth, lui, n'avait aucune de ces qualités. Ce qu'il avait en commun avec mon frère, c'étaient les défauts et les faiblesses qui ont fini par causer sa perte. Je le savais et je vivais dans la crainte de ce que risquait de devenir Seth. Quant à toi, je ne pouvais qu'espérer que tu ne te retrouverais jamais dans la situation à laquelle j'avais dû faire face avec Grigori. Je priais pour que tu n'aies jamais à prendre la même décision tragique.

En entendant ce que disait son père, l'estomac de Kade se noua. Et les doigts d'Alex se serrèrent autour des siens comme si elle aussi avait peur de ce que Kern allait dire.

— Dis-moi ce qui s'est passé, Père.

— J'ai toujours espéré que tu n'aurais pas à supporter le poids que représente l'obligation de détruire quelqu'un qu'on aime. (Le regard de Kern se voila de regret.) Je pensais que si je gardais Seth assez près de moi, si je lui donnais toutes les chances de faire ses preuves, ma force suffirait à le maintenir dans le droit chemin. Si je pouvais empêcher Seth de céder à la faiblesse que j'avais vue en lui dès son enfance, alors peut-être ne finirait-il pas comme Grigori. Et peut-être ne serais-tu pas obligé de faire ce que j'avais eu à faire.

— Max dit qu'on n'a jamais plus vu ou entendu parler de Grigori après que ta famille a été informée qu'il avait viré Renégat et tué quelqu'un sous l'effet de la Soif sanguinaire. Il dit aussi que tu as toujours refusé de parler de Grigori par la suite.

Kern hocha tristement la tête.

— Ça ne servait plus à rien de parler de lui. Il était mort. J'avais considéré qu'il était de mon devoir de frère de m'assurer qu'il ne pourrait plus jamais tuer.

La confession de Kern et sa sobriété laissèrent Alex sans voix. Quant à Kade, il était éberlué de découvrir à quel point le chemin qu'il avait eu à parcourir était pareil à celui qu'avait parcouru son père et à quel point il avait méconnu le mâle qui l'avait engendré et la vie que son père avait vécue avant sa naissance et celle de son jumeau.

Il marmonna un juron, mais sans agressivité aucune. Il n'en aurait plus pour son père, pas après ce jour.

— Toute ma vie, j'ai souffert de notre relation, avoua-t-il. Je croyais que tu me méprisais.

Kern claqua la langue et secoua la tête avec une expression de remords.

— Jamais. Je voulais le meilleur pour toi. Je l'ai voulu pour mes deux fils. Et je le désire maintenant aussi pour les deux qui vont naître d'ici quelques semaines à peine.

— Nous avons perdu un temps précieux à nous cacher derrière des secrets et à entretenir des peurs inutiles, répondit Kade.

Il se tourna pour regarder Alex, submergé par l'amour qu'il portait à la femme qui avait pris son cœur.

— Je ne veux plus gâcher la moindre minute de cette façon-là.

Kern se leva.

— Et je ne devrais pas non plus vous faire perdre plus de temps alors que vous pourriez le passer ensemble. Je veux que tu saches que je suis fier de toi, Kade. Et je suis heureux de voir que tu as trouvé le bonheur. Tu as trouvé l'amour et, à côté de toutes celles que tu possèdes par ailleurs, c'est cette force qui te permettra de traverser toutes les épreuves de la vie.

Kade déglutit et eut un signe de tête gêné.

— Merci, Père.

— Combien de temps Alex et toi allez-vous rester ici au Havrobscur ?

— Pas longtemps, répondit Kade. Quelques heures tout au plus. Plusieurs de mes frères d'armes attendent dans une ville non loin d'ici. Nous devons mettre un terme à la mission en cours, puis nous rentrerons à la maison.

— Ensemble ? demanda Kern en les regardant tour à tour.

— J'imagine que je ferais mieux d'officialiser en faisant ma demande en bonne et due forme, dit Kade en caressant la joue d'Alex. Qu'en penses-tu Alex ? Ai-je une chance de te convaincre de venir avec moi à Boston ?

Les yeux marron d'Alex brillaient de douceur.

— Je ne connais pas la Nouvelle-Angleterre. Je crois que j'aimerais visiter.

Kade eut un sourire éclatant.

— Si tu me laisses faire, je te ferai découvrir le monde entier.

Ils s'embrassèrent, interrompus un instant plus tard par un raclement de gorge un peu embarrassé de Kern. Alex était rouge de confusion. Kade ne ressentait aucune gêne et rencontra le regard amusé de son père en souriant.

Kern sourit à son tour et rejoignit la porte, Kade et Alex à ses côtés. Lorsqu'ils s'arrêtèrent sur le seuil, Kade tendit la main, mais son père ne la prit pas. Au lieu de ça, il le serra fermement dans ses bras.

— Je sais que tu t'es trouvé une famille à Boston avec l'Ordre, dit-il en s'écartant pour rencontrer le regard de Kade. J'en suis heureux pour toi. Mais tu as aussi une famille ici. Toi et ta belle Alexandra avez tous deux une famille ici.

— Est-ce que je peux aussi vous prendre dans mes bras ? demanda Alex avec chaleur au père de Kade, passant outre à son côté bourru.

Le visage de Kern s'éclaira d'un sourire, ce qui chez lui était rare.

— J'en serais honoré.

Tandis qu'Alex le serrait dans ses bras, le vieux mâle leva les yeux vers Kade, le regard plein de trop d'émotions pour que son fils puisse les nommer. La fierté, le pardon, le regret, l'espoir... des années d'émotions jamais exprimées entre le père et le fils. Peut-être à présent trouveraient-ils le temps de cultiver ce qui avait été enterré sous tant de secrets et de peurs inutiles.

Et puis il y avait Alexandra.

Kade regarda la femme qu'il aimait, sa femme, sa compagne. Son cœur débordait de toutes les choses qu'il voulait lui dire, de toutes celles qu'il voulait partager avec elle… des promesses qu'il voulait lui faire à présent, dans l'espoir qu'il passerait le reste de sa vie avec elle pour les tenir.

Tandis que Kern repartait à travers la neige éclairée par la lune pour rejoindre la maison principale, Kade et Alex restèrent sur le seuil à le regarder, Kade les bras autour des épaules d'Alex. Lorsqu'il eut disparu, Kade se retourna vers Alex et la souleva dans ses bras.

Elle poussa un petit cri quand ses pieds quittèrent le sol puis se mit à rire quand il pivota sur ses talons pour l'emporter vers sa chambre.

— Pose-moi par terre ! Tu viens à peine de récupérer de tes brûlures, Kade. Tu ne devrais vraiment pas faire ça.

— Oh que si ! répliqua-t-il en la regardant avec une faim qu'il aurait été bien en peine de masquer même s'il avait essayé.

Ils firent l'amour, tous deux perdus dans le flux de leurs émotions et les exigences pressantes du désir qu'ils éprouvaient l'un pour l'autre, et ils s'unirent avec fièvre et passion. Kade s'empara du corps d'Alex, la faisant jouir tant de fois qu'elle finit par abandonner toute tentative de les compter.

Les sens d'Alex étaient emplis de lui et son corps vibrait tandis qu'elle redescendait d'un nouveau pic de plaisir, nichée dans les bras protecteurs de Kade.

Elle l'aimait si profondément que c'en était douloureux. Et là, dans ces instants délicieux qui succédaient à leurs élans passionnés, elle sut avec certitude qu'il l'aimait aussi.

Il caressait avec tendresse la peau délicate de sa gorge, ses doigts allant et venant comme du velours sous son oreille.

— Je n'ai pas été honnête envers toi lorsque j'ai bu à ta veine cette première nuit chez toi à Harmony, murmura-t-il doucement. Le choix t'appartenait, Alex. Je te l'ai volé. J'aurais dû te dire ce que cela signifiait avant de me lier à toi. J'aurais dû avoir assez d'honneur pour gagner ce droit au lieu de m'imposer comme je l'ai fait.

— Ça m'est égal, répondit-elle. Tout ce qui importe, c'est que nous soyons ensemble maintenant. Je te veux pour toujours, Kade. Je veux…

Elle buta sur les mots, non par peur ou par manque d'assurance, mais à cause de la force de son désir. Elle tourna la tête vers lui.

— Tout ce que je veux, c'est être ta compagne.

— Et tout ce que je désire, c'est te rendre heureuse et te savoir en sécurité.

— Je le suis. Il n'y a aucun endroit au monde où je pourrais être plus heureuse ou plus en sécurité qu'ici, dans tes bras.

Elle caressa le beau visage de Kade et vit dans son expression les traces du tourment qui l'habitait encore. Le manque d'assurance qui n'avait pas tout à fait quitté ses yeux et n'en disparaîtrait peut-être jamais complètement.

— Ensemble nous sommes forts, Kade. Plus forts que tes instincts sauvages. Tu as entendu ce que ton père a dit. L'amour est la plus formidable des forces. Il n'y a rien de plus puissant.

— Tu le crois vraiment ?

— Plus que tout. Mais la vraie question c'est : est-ce que toi tu le crois ?

Il la regarda un long moment de ses yeux gris inquisiteurs.

— Tant que je t'ai auprès de moi, je crois que tout est possible. Je t'aime, Alexandra. Tu es tout pour moi.

Il l'attira vers lui et l'embrassa. Ce fut le baiser le plus tendre, le plus respectueux qu'elle ait jamais connu. Elle se fondit en lui, son corps envahi par une sensation de chaleur qui l'atteignit au plus profond d'elle-même. Elle pencha la tête en arrière et la bouche de Kade voyagea le long de sa mâchoire jusqu'au côté de sa gorge.

En grognant il rejeta la tête en arrière. Il la regarda, les yeux étincelant d'ambre, les crocs brillant. Il haletait déjà de désir, en proie à la faim qu'elle lui inspirait.

Il se renfrogna. De sombres émotions s'agitaient au fond de ses yeux gris argent.

— Pour toujours ?

— Pour toujours, Kade.

Elle vint caresser des doigts sa bouche sensuelle, où pointaient ses crocs derrière ses lèvres entrouvertes.

— Lie-moi à toi maintenant. Je veux te goûter. Je veux l'éternité avec toi.

Laissant monter de sa gorge un grognement puissant, il riva son regard à celui d'Alex et porta son poignet à sa bouche. Il plongea ses crocs dans la chair et le muscle. Du sang se mit à couler de la morsure et rejoignit son menton. Hésitant, il tendit son bras à Alex.

Elle prit le poignet de Kade et le porta à ses lèvres.

Le premier goût qu'elle eut de lui fut un choc. Elle ne savait pas à quoi elle s'était attendue, mais rien de ce qu'elle avait pu imaginer ne l'avait préparée à cette réalité. Le sang de Kade avait une douceur qui enchantait la langue, une sauvagerie qui lui coupa le souffle. Tout en buvant à sa veine, elle absorbait aussi en elle le parfum de sa peau et l'odeur de terre épicée de son sang.

Sa puissance éclata en elle comme la foudre.

Kade grogna de plaisir et elle but encore, avide à présent. Le désir pulsait dans chacune de ses cellules et exacerbait tous ses sens. La chaleur l'envahissait au plus profond d'elle-même et elle gémit quand le premier orgasme monta en elle et la submergea.

Kade poussa un grognement de triomphe purement masculin.

Alex chevauchait encore la vague de plaisir quand, après avoir refermé d'un coup de langue la morsure de son poignet, il l'allongea et lui ouvrit les cuisses, le regard affamé.

— Tu es mienne, maintenant, Alex. Que Dieu te vienne en aide, tu es mienne pour toujours.

— Alors, prouve-le-moi, murmura-t-elle, la voix rauque de plaisir.

Elle passa la langue sur ses lèvres, savourant jusqu'à la dernière goutte de son sang. Puis elle inclina la tête de côté, lui présentant sa gorge.

— Montre-moi que je suis tienne pour toujours, Kade.

Les lèvres de Kade se retroussèrent sur ses crocs qui pointaient, aussi acérés et aussi brillants que des diamants dans la faible clarté de l'aurore boréale dansant au loin à l'extérieur de la cabane. Alex admira la sauvage beauté de son visage. Elle ne ressentait plus aucune peur à présent lorsqu'elle le regardait, bien loin de là.

Il était son cœur, son amant, son compagnon.

Il était tout pour elle.

— Aime-moi, Kade, murmura-t-elle.

— Pour toujours, répondit-il.

Puis, avec un grognement de satisfaction et de soumission, il inclina la tête et, plongeant ses crocs profondément dans la chair d'Alex, lui montra tout le plaisir qu'ils allaient tirer de l'éternité qui s'ouvrait devant eux.

EN AVANT-PREMIÈRE

Découvrez la suite des aventures
des guerriers de la Lignée

(version non corrigée)

Traduit de l'anglais (États-Unis) par Pascal Tilche

Bientôt disponible chez Milady

Chapitre premier

— *La vie… ou la mort ?*

Les mots lui parvinrent à travers l'obscurité, des syllabes bien détachées véhiculées par une voix blanche qui traversa son esprit embrumé pour la forcer à se réveiller, à écouter. À faire un choix.

— *La vie ?*

— *Ou la mort ?*

La joue collée au plancher froid, elle grogna et tenta de bannir de son esprit la voix et la décision qu'elle exigeait d'elle implacablement. Ce n'était pas la première fois qu'elle entendait ces mots, cette question. Pas la première fois non plus en l'espace de plusieurs heures interminables qu'elle soulevait à regret une paupière lourde sur le calme glacial de sa cabane pour se retrouver face à l'horrible visage d'un monstre.

Un vampire.

— Choisis, murmura la créature en sifflant lentement le mot.

Le vampire était accroupi au-dessus d'elle à l'endroit où elle était étendue, recroquevillée et tremblante de froid devant le foyer éteint. Ses crocs brillaient au clair de lune, effilés comme des rasoirs, mortels. Leur pointe était toujours tachée de sang frais, son sang à elle, qu'il avait tiré à la morsure qu'il lui avait faite à la gorge quelques instants plus tôt.

Elle essaya de se lever, mais parvint à peine à fléchir ses muscles affaiblis. Elle tenta de parler, mais ne réussit à émettre qu'un gémissement. Elle avait la gorge sèche comme du papier de verre et la langue épaisse et molle.

Dehors, l'hiver alaskain rugissait, mordant et inflexible. Et il n'y aurait eu personne pour l'entendre crier, même si elle avait essayé.

Cette créature pouvait la tuer à sa guise. Elle ne comprenait pas pourquoi elle ne l'avait pas encore fait. Elle ne comprenait pas pourquoi le vampire continuait à exiger d'elle une réponse à une question qu'elle s'était elle-même posée presque chaque jour au cours des quatre années qui venaient de s'écouler.

Depuis l'accident qui lui avait arraché son mari et sa petite fille.

Combien de fois s'était-elle dit qu'elle aurait préféré mourir avec eux sur cette route verglacée ? Tout aurait été tellement plus simple, moins douloureux, si ç'avait été le cas.

Elle ressentait comme du jugement dans les yeux inhumains qui la regardaient sans ciller dans le noir, brûlants à force de briller, les pupilles aussi étroites que celles d'un chat. L'immense vampire était nu, tête et corps imberbes recouverts de marques intriquées dont les motifs en arabesques semblaient pulser de couleurs vives tandis qu'il l'observait. Le silence se prolongea ; il la considérait patiemment comme il l'aurait fait d'un insecte piégé dans un bocal.

Quand il parla de nouveau, ses lèvres restèrent closes et les mots pénétrèrent dans le crâne de Jenna comme de la fumée, s'enfonçant profondément dans son esprit.

— *La décision t'appartient, femme. Alors, qu'est-ce que ce sera : la vie ou la mort ?*

— Va te faire foutre ! lâcha-t-elle, la voix éraillée et la bouche pâteuse.

De ses doigts dont la puissance évoquait un étau, le vampire lui attrapa le menton et la força à lui faire face. Puis il inclina la tête, ses yeux de chats dénués de toute émotion, et, le souffle court, parla à travers ses lèvres et ses crocs tachés de sang.

— Choisis. Le temps nous est compté.

Pas d'impatience dans son grognement, rien que de l'indifférence. Une apathie qui semblait signifier qu'il se fichait réellement de la réponse.

La rage la prit. Elle aurait voulu lui dire d'aller se faire voir, d'arrêter ses simagrées et de la tuer, si c'était ce qu'il avait l'intention de faire. Elle n'allait certainement pas se mettre à le supplier, bordel ! Elle était prête à lancer ce défi et la colère poussa ce dernier le long de sa gorge en feu jusqu'au bout de sa langue.

Mais les mots refusèrent de sortir.

Elle ne parvint pas à lui demander de la tuer. Et ce même alors que la mort était probablement le seul moyen pour elle d'échapper à la terreur qui la submergeait. La seule échappatoire à la souffrance qu'elle éprouvait de la perte des deux personnes qu'elle avait le plus aimées et face à l'existence sans but qui constituait son triste lot depuis leur disparition.

Il relâcha son menton et, avec un calme insupportable, la regarda retomber sur le sol. Le temps s'étira avec une lenteur impossible. Elle luttait pour animer sa voix, pour prononcer le mot qui la libérerait ou celui qui la condamnerait. Toujours accroupi près d'elle, il se balançait sur les talons et inclinait la tête en la regardant sans rien dire.

Puis, à la grande horreur de Jenna, il tendit le bras gauche et s'ouvrit l'avant-bras en y enfonçant profondément un ongle qui avait tout d'une griffe. Le sang jaillit et de lourdes gouttes écarlates vinrent éclater sur le plancher. Il plongea le doigt dans la plaie ouverte et se mit à fouiller au milieu des muscles et des tendons de son bras.

— Oh, mon Dieu ! Mais qu'est-ce que vous faites ?

Tous les sens de Jenna étaient en révolte. Son instinct lui disait que quelque chose d'horrible allait se produire, de plus affreux peut-être que sa captivité avec cette créature de cauchemar qui l'avait faite prisonnière il y avait des heures de ça pour se nourrir de son sang.

— Oh, Seigneur, non ! Je vous en prie ! Mais, bordel, qu'est-ce que vous faites ?

Il ne répondit pas, ne la regarda même pas avant d'avoir retiré de sa chair quelque chose de minuscule qu'il tenait à présent entre son pouce et son index sanglants. Puis, il cligna lentement une fois des yeux, avant de l'épingler d'un regard d'ambre hypnotique.

— La vie ou la mort, siffla-t-il sans quitter Jenna de son regard impitoyable.

Il se pencha sur elle, la blessure qu'il s'était lui-même infligée toujours sanguinolente.

— Tu dois décider, maintenant !

Non, se dit-elle désespérément. *Non*.

Une vague de fureur se déclencha quelque part au fond de Jenna et elle ne put retenir un cri misérable.

— Non !

Elle leva les poings et se mit à marteler la chair dure et inhumaine des épaules de la créature. Soudain enragée, elle le roua de coups, y mettant toute la force qu'elle parvint à rassembler, avide de la douleur que provoquait en elle chaque impact.

— Salaud ! Non ! Fous le camp ! Ne me touche pas !

Mais elle avait beau le frapper sans relâche, aux épaules et même sur le crâne, il se collait de plus en plus à elle.

— Laisse-moi tranquille, putain ! Casse-toi !

Bientôt elle sentit l'obscurité l'envahir lourdement, comme un linceul gorgé d'eau qui ralentissait ses mouvements et ses pensées.

Ses muscles finirent par refuser de lui obéir. Mais elle continua avec des mouvements ralentis, comme si elle boxait au milieu d'un océan de goudron.

— Non, gémissait-elle, les yeux fermés à l'obscurité qui l'entourait. (Elle s'enfonçait de plus en plus dans un vide dépourvu de tout son, de tout poids, de toute fin.) Non... Laisse-moi partir. Salaud ! Laisse-moi...

Faisant appel au peu de force et de volonté qui lui restait, elle envoya un nouveau coup à la créature qui la maintenait au sol. Elle sentit le muscle épais absorber le choc. Alors elle s'accrocha à son geôlier, de tous ses doigts, de tous ses ongles. Et elle eut la surprise de sentir de l'étoffe se plisser dans ses mains. De la laine tricotée, chaude. Et pas la peau nue moite de la créature qui s'était introduite de force chez elle pour l'y retenir prisonnière.

Ce trouble fut comme un coup de semonce dans son esprit embrumé.

— Qui... ? Non, ne me touchez pas...

— Jenna, vous m'entendez ?

La chaude voix de baryton, si près de son visage, lui sembla familière. Et aussi curieusement apaisante.

Elle la renvoyait à quelque chose tout au fond d'elle-même, lui donnait quelque chose à quoi se raccrocher au milieu du sombre océan insondable qui l'entourait. Elle gémit, toujours perdue mais animée à présent d'un très vague espoir de survie.

La voix profonde qu'elle avait tant besoin de réentendre s'éleva de nouveau.

— Kade, Alex. Oh, putain, elle revient à elle. Je crois qu'elle a fini par se réveiller.

Jenna inspira avec difficulté, l'air lui manquait.

— Laissez-moi partir, murmura-t-elle, pas sûre de pouvoir se fier à ses impressions, de pouvoir se fier à quoi que ce soit désormais. Oh, mon Dieu… Non, s'il vous plaît, ne me touchez pas. Ne…

— Jenna ? (Non loin d'elle une voix féminine prenait forme. Ses inflexions étaient tendres, chargées d'inquiétude. Une amie.) Jenna, ma chérie, c'est moi, Alex. Tout va bien maintenant. Tu comprends ? Tu es en sûreté, je te le promets.

Lentement, les mots d'Alex firent leur chemin dans l'esprit de Jenna, apportant avec eux une impression de soulagement et de réconfort. Un sentiment de paix, malgré la terreur glacée qui parcourait encore ses veines.

Avec effort, elle ouvrit les yeux et se débarrassa en cillant du brouillard qui voilait ses perceptions. Elle distingua trois formes au-dessus d'elle, deux immenses, forcément masculines, l'autre grande et élancée, féminine. Sa meilleure amie, Alexandra Maguire.

— Que… Où suis…

— Chuuut, souffla Alex. Ne dis rien. Ménage-toi. Ça va. Tu es dans un endroit sûr. Tout va bien se passer maintenant.

Jenna cligna des yeux. Lentement, les silhouettes debout autour d'elle prenaient forme humaine. Se redressant à moitié, elle se rendit compte qu'elle tenait toujours fermement le pull de laine que portait le plus grand des deux mâles, l'immense Afro-Américain au crâne rasé et à la carrure de rugbyman, dont la voix chaude l'avait aidé à sortir de la terreur asphyxiante de son cauchemar.

L'homme qu'elle avait frappé sans relâche pendant Dieu savait combien de temps, car elle l'avait prise pour la créature infernale qui l'avait attaquée en Alaska.

— Hé, murmura-t-il, en esquissant un sourire attendri.

Ses yeux marron foncé restaient rivés sur les siens. Et, alors qu'elle relâchait sa prise sur son pull pour se rallonger sur le lit, son sourire s'agrandit.

— Content de voir que vous avez décidé de rejoindre le monde des vivants !

Jenna fronça les sourcils à cette plaisanterie, qui lui rappelait le choix terrible que lui avait imposé son agresseur. Elle laissa échapper un soupir rauque en luttant pour appréhender son nouvel environnement. Elle se sentait un peu comme Dorothy se réveillant dans la campagne du Kansas après son séjour au pays d'Oz.

Sauf que, dans ce scénario-là, Oz avait été un pays de douleur ininterrompue, une sorte d'enfer plein de sang.

Mais au moins cette épreuve horrible avait-elle pris fin.

Elle regarda Alex.

— Où sommes-nous ?

Son amie s'approcha et lui posa un linge humide sur le front.

— Tu es en sûreté, Jenna. Ici, rien de mal ne pourra t'arriver.

— Où ? répéta Jenna avec insistance.

Un curieux sentiment de panique s'emparait d'elle. Certes le lit sur lequel elle était étendue, avec ses coussins épais et ses couvertures molletonnées, était luxueux, mais elle n'avait pas pu s'empêcher de remarquer les murs blancs, ainsi que la batterie de moniteurs et d'appareils de mesure installés dans la pièce.

— Qu'est-ce que c'est que cet endroit, un hôpital ?

— Pas vraiment, répondit Alex. Nous sommes à Boston, dans une installation privée. C'était le meilleur choix au niveau sécurité, pour toi comme pour nous tous.

Boston ? Une installation privée ? Cette explication par trop vague ne contribuait pas réellement à la faire se sentir mieux.

— Où est Zach ? J'ai besoin de le voir. Je dois lui parler.

À la mention du frère de Jenna, l'expression d'Alex s'altéra. Elle resta silencieuse un long moment. Trop longtemps. Elle jeta un regard par-dessus son épaule à l'autre homme. Avec ses cheveux noirs en épis, ses yeux gris acier pénétrants et ses pommettes anguleuses, il semblait vaguement familier à Jenna. Alex prononça son nom en murmurant :

— Kade…

— Je vais chercher Gideon, dit-il en caressant la joue d'Alex.

Cet homme – Kade – était à l'évidence un ami d'Alex. Un ami intime même. Alex et lui allaient ensemble ; malgré son esprit troublé, Jenna pouvait sentir l'amour profond qui les unissait. En s'écartant d'Alex, Kade jeta un regard à l'autre homme.

— Brock, assure-toi que tout reste calme ici pendant mon absence.

L'air grave, ce dernier acquiesça d'un signe de tête. Et pourtant, quand Jenna leva les yeux vers lui, il rencontra son regard avec le même calme souriant que celui avec lequel il l'avait accueillie à son réveil dans cet endroit bizarre.

Sentant une boule d'angoisse monter dans sa gorge, Jenna déglutit.

— Alex, dis-moi ce qui se passe. Je sais que j'ai été… attaquée. J'ai été mordue. Oh, Seigneur… il y avait une… une créature, qui est parvenue je ne sais comment à s'introduire chez moi et qui m'a attaquée.

Alex arborait une expression grave. En un geste tendre, elle posa une main sur celle de Jenna.

— Je sais, ma chérie, ce que tu as traversé a dû être terrible. Mais tu es là, maintenant. Dieu merci, tu as survécu.

Secouée par un sanglot, Jenna ferma les yeux.

— Alex, cette créature… elle s'est nourrie de mon sang!

Sans que Jenna s'en aperçoive, Brock s'était rapproché du lit. Il était à présent juste à côté d'elle et il tendit la main pour faire courir ses doigts le long de sa nuque. Ils étaient chauds et leur caresse d'une tendresse incroyable. L'apaisement qu'ils provoquaient était une sensation des plus étranges.

Quelque chose en elle aurait voulu rejeter ce contact non sollicité, mais il y avait une autre partie d'elle-même, une partie en manque et vulnérable qu'elle supportait mal d'avoir à reconnaître – et plus encore à laisser s'exprimer –, qui ne parvenait pas à refuser ce réconfort. Son pouls agité se calma sous la caresse rythmée de ces doigts qui allaient et venaient sur son cou.

— Ça va mieux? demanda-t-il d'une voix tranquille en retirant sa main.

Elle laissa échapper un long soupir et hocha faiblement la tête.

— Il faut vraiment que je voie mon frère. Est-ce que Zach sait que je suis là?

Après un silence pénible, Alex finit par desserrer les lèvres.

— Jenna, ma chérie, ne t'inquiète de rien ni de personne d'autre pour l'instant, d'accord? Tu as eu trop de choses à supporter. Pour l'instant, concentrons-nous sur toi et tâchons de faire en sorte que tu ailles mieux. C'est ce que voudrait Zach lui aussi.

— Où est-il, Alex?

Même si cela faisait des années que Jenna ne portait plus l'insigne et le badge de policier des Alaska State Troopers, elle savait quand quelqu'un tentait d'esquiver ses questions. Elle était capable de voir quand quelqu'un essayait de protéger quelqu'un d'autre, de lui épargner une souffrance. Et c'était ce qu'Alex était justement en train de faire pour elle.

— Qu'est-il arrivé à mon frère ? Je veux le voir. Il lui est arrivé quelque chose, Alex. Je le vois bien à ta tête. Il faut que je sorte d'ici… maintenant.

Brock approcha de nouveau sa grande main, mais cette fois Jenna la repoussa. Elle avait juste eu un petit mouvement de poignet, mais la main de Brock vola comme si elle avait mis toute sa force – et plus encore – dans son mouvement.

— Qu'est-ce que… ?

Brock fronça les sourcils et quelque chose de brillant et de dangereux se mit à vibrer dans son regard sombre, avant de disparaître sans que Jenna se soit vraiment rendu compte de ce qu'elle avait vu.

À cet instant précis, Kade revint dans la pièce, accompagné de deux autres hommes. L'un, grand et mince, de carrure athlétique, avait une couronne de cheveux blonds ébouriffés et portait des lunettes de soleil bleu pâle qui lui tombaient sur le nez et lui donnaient un petit air de savant fou. L'autre, les cheveux noirs et l'air sinistre, pénétra dans la chambre comme un roi médiéval ; sa présence seule exigeait l'attention de tous et semblait rendre l'atmosphère électrique.

Jenna déglutit. En tant qu'ex-policière, elle avait été habituée à se retrouver devant des hommes qui faisaient deux fois sa taille sans ciller. Il en avait toujours fallu beaucoup pour l'intimider, mais en présence des près de cinq cents kilos de muscle et de force brute que représentaient les quatre hommes qui l'entouraient, pour ne rien dire de la menace qu'ils projetaient autour d'eux sans même avoir l'air de s'en rendre compte, elle eut beaucoup de mal à ne pas baisser les yeux devant les regards scrutateurs, presque méfiants, qu'ils lui adressaient tous.

Où qu'elle ait été amenée et qui qu'aient été ces hommes avec lesquels Kade était associé, Jenna eut l'impression très nette que la prétendue « installation privée » n'était absolument pas un hôpital. En tout cas, il était clair que ce n'était pas un club de loisirs.

Achevé d'imprimer en juillet 2012 par Hérissey à Évreux (Eure)
N° d'impression : 119000 - Dépôt légal : août 2012
Imprimé en France
81120795-1